John le Carré

MARIONETTEN

John le Carré

MARIONETTEN

Roman

Aus dem Englischen
von Sabine Roth und Regina Rawlinson

Ullstein

Die Originalausgabe erschien 2008
unter dem Titel *A Most Wanted Man*
bei Hodder & Stoughton, London.

8. Auflage 2009

ISBN 978-3-550-08756-1

Gesetzt aus der Berling und Bodoni bei Leingärtner, Nabburg
Druck und Bindearbeiten: CPI – Clausen & Bosse, Leck
Printed in Germany

Für meine Enkel,
geborene und ungeborene

Unsere goldene Regel muß sein, daß wir denen,
die wir lieben, dabei helfen, von uns loszukommen.

Friedrich von Hügel

I

Von einem türkischen Schwergewichtsmeister, der Arm in Arm mit seiner Mutter eine Hamburger Straße entlangspaziert, kann wohl niemand verlangen, daß er es bemerkt, wenn ihn ein klappriger junger Mann im schwarzen Mantel verfolgt.

Big Melik, wie er bei seinen zahlreichen Bewunderern hieß, war ein gutmütiger Riese, etwas zottelig, etwas zerzaust, mit einem breiten, von Herzen kommenden Grinsen, schwarzem Pferdeschwanz und einem unbeschwerten, wiegenden Gang, der auch ohne seine Mutter den halben Bürgersteig einnahm. Mit seinen zwanzig Jahren war er in seiner kleinen Welt eine Berühmtheit, und das nicht nur wegen seiner Verdienste im Boxring: er war Jugendsprecher seines islamischen Sportvereins, er war dreimaliger norddeutscher Vizemeister über hundert Meter Schmetterling, und samstags feierte er im Fußballtor Triumphe.

Wie die meisten sehr großen Menschen war er es außerdem eher gewohnt, Blicke auf sich zu ziehen, als um sich zu blicken: auch das ein Grund, warum der klapprige Junge ihm drei Tage am Stück unbemerkt folgen konnte.

Zum erstenmal wurde er auf ihn aufmerksam, als er mit seiner Mutter Leyla aus dem Al-Umma-Reisebüro kam, wo sie Flüge für die Hochzeit seiner Schwester in ihrem Heimatdorf in der Nähe von Ankara gebucht hatten. Melik spürte, daß ihn jemand anstarrte, sah sich um und fand sich Angesicht in Angesicht mit einem sehr großen, entsetzlich mageren jungen Mann mit struppigem Bart, geröteten, tief in den Höhlen liegenden Augen und einem langen schwarzen Mantel, in dem drei Zauberer Platz gehabt hätten. Er trug eine schwarzweiße Kefije um den Hals und über der Schulter eine Satteltasche aus Kamelleder, wie Touristen sie als Mitbringsel kaufen. Von Melik sah er zu Leyla, dann wieder zu Melik, immer mit dem gleichen unverwandt-flehenden Blick aus glühenden, eingesunkenen Augen.

Trotzdem hätte die Verzweiflung, die der Junge ausstrahlte, Melik nicht übermäßig nahegehen müssen, denn das Reisebüro lag am Vorplatz des Hamburger Hauptbahnhofs, der zu jeder Tages- und Nachtzeit von verlorenen Seelen aller Art bevölkert war: deutschen Obdachlosen, Asiaten, Arabern, Afrikanern oder auch Türken wie Melik, die es nur schlechter getroffen hatten als er – ganz zu schweigen von den Beinamputierten auf Elektrowägelchen, Dealern und ihren Kunden, Bettlern mit ihren Hunden oder dem siebzigjährigen Cowboy mit Stetson und silberbeschlagener Lederreithose. Wenige hier hatten Arbeit, und eine Handvoll hätten deutschen Boden gar nicht erst betreten dürfen und wurden im Zuge einer gezielten Verelendungspolitik bestenfalls geduldet, bis die Abschiebung sie ereilte, für gewöhnlich im ersten Morgengrauen. Nur Neuankömmlinge oder die ganz Verwegenen gingen das Risiko ein. Erfahrenere Illegale machten einen großen Bogen um den Bahnhof.

Ein zweiter guter Grund, den Jungen zu ignorieren, war die klassische Musik, mit der die Stadt über eine Batterie strategisch verteilter Lautsprecher diesen Teil des Bahnhofs beschallte: Musik, die nicht dazu gedacht war, unter den Zuhörern Wohlbehagen zu verbreiten, sondern, im Gegenteil, sie zu vertreiben.

Doch trotz alledem prägte sich das Gesicht des klapprigen Jungen Melik ein, und einen flüchtigen Moment lang schämte er sich für sein eigenes Glück. Aber warum eigentlich, verdammt? Etwas Phantastisches war geschehen, und er konnte es kaum erwarten, seine Schwester anzurufen und ihr zu erzählen, daß Leyla, die sechs Monate nicht vom Sterbebett ihres Mannes gewichen war und sich dann ein Jahr lang die Seele aus dem Leib getrauert hatte, jetzt plötzlich übersprudelte vor Vorfreude auf die Hochzeit ihrer Tochter und aufgeregt überlegte, welches Kleid sie anziehen sollte, ob die Mitgift auch üppig genug war und ob der Bräutigam wirklich so blendend aussah, wie jeder, allen voran Meliks Schwester, behauptete.

Was also sollte Melik davon abhalten, in die Fröhlichkeit seiner Mutter einzustimmen? – denn das tat er, aus vollem Herzen, den ganzen Weg bis nach Hause. Es war die Stille, die den Jungen umgab, entschied er später. Diese Falten, die sich in ein Gesicht gegraben hatten, das so jung wie sein eigenes war. Dieser Hauch von Winter an einem strahlenden Frühlingstag.

* * *

Das war am Donnerstag.

Und am Freitagabend, als Melik und Leyla zusammen aus der Moschee kamen, stand er wieder da, derselbe Junge mit seiner Kefije und dem überdimensionalen Mantel, in den Schatten eines schmuddeligen Hauseingangs gedrückt. Diesmal fiel Melik auf, daß der magere Körper leicht Schlagseite hatte, so als hätte ihm jemand einen Rippenstoß verpaßt, nach dem er sich lange nicht wieder hatte aufrichten können. Und seine Augen glühten noch beschwörender als am Vortag. Melik erwiderte seinen Blick, bereute es prompt und sah weg.

Und dieses zweite Zusammentreffen war um so unwahrscheinlicher, als Leyla und Melik so gut wie nie in die Moschee gingen, auch in keine gemäßigte, türkischsprachige. Seit den Anschlägen vom elften September waren die Hamburger Moscheen gefährliche Orte geworden. Ein einziger Besuch in der falschen – oder in der richtigen, aber beim falschen Imam –, und man landete mitsamt der ganzen Sippschaft für alle Zeit auf der Verdächtigenliste der Polizei. Niemand bezweifelte, daß in fast jeder Gebetsreihe ein vom Staat bezahlter Informant kniete. Niemand, sei er Muslim, Polizeispitzel oder beides, konnte vergessen, daß der Stadtstaat Hamburg, ohne es zu ahnen, drei der Attentäter vom elften September nebst weiteren Zellenmitgliedern und Mitverschwörern beherbergt hatte und daß Mohammed Atta, der mit dem ersten Flugzeug in die Zwillingstürme gekracht war, in einer bescheidenen Hamburger Moschee zu seinem grimmigen Gott gebetet hatte.

Ohnehin waren Melik und seine Mutter in Glaubensdingen etwas nachlässig geworden, seit sein Vater gestorben war. Sicher, der alte Herr war gläubiger Muslim gewesen, sogar Laienprediger. Vor allem jedoch war er ein militanter Kämpfer für die Rechte der Arbeiter, darum hatte er die Heimat ja verlassen müssen. In die Moschee waren sie einzig deshalb gegangen, weil es die impulsive Leyla plötzlich dazu gedrängt hatte. Sie war glücklich. Die Trauer lockerte ihren eisernen Griff. Aber der erste Todestag ihres Mannes stand bevor. Sie mußte Zwiesprache mit ihm halten und die frohe Nachricht mit ihm teilen. Das große Freitagsgebet hatten sie schon verpaßt, weshalb sie eigentlich auch zu Hause hätten beten können. Doch Leylas Laune war Gesetz. Mit dem unwiderlegbaren Argument, daß private Bittgebete größere Erfolgschancen haben, wenn sie am Abend dargebracht werden, hatte sie durchgesetzt, daß sie die letzte Gebetsstunde des Tages besuchten, was gleichzeitig hieß, daß die Moschee nahezu leer war.

Weswegen Meliks zweites Zusammentreffen mit dem Jungen, genau wie das erste, purer Zufall sein mußte. Was sollte es sonst sein? Das zumindest sagte sich, schlichten Gemüts, der gutherzige Melik.

* * *

Am nächsten Tag, Samstag, fuhr Melik seinen reichen Onkel väterlicherseits in dessen Kerzenfabrik am anderen Ende der Stadt besuchen. Zu Lebzeiten seines Vaters hatte es zwischen den Brüdern Spannungen gegeben, aber seit seinem Tod hatte er die Freundschaft des Onkels schätzengelernt. Er stieg in den Bus, und was sah er? Keinen anderen als den klapprigen Jungen, der unter ihm im Wartehäuschen saß und ihm hinterherschaute. Und als er sechs Stunden später an derselben Haltestelle wieder ausstieg, war der Kerl immer noch da, in seine Kefije und den Zauberermantel gehüllt, in dieselbe Ecke des Unterstands gekauert wie zuvor, wartend.

Bei seinem Anblick wurde Melik, den das Gebot Gottes dazu verpflichtete, alle Menschen gleichermaßen zu lieben, von einer ganz unfrommen Abneigung gepackt. Von dem Jungen schien ein Vorwurf auszugehen, und den nahm er ihm übel. Schlimmer noch, er hatte trotz seines erbärmlichen Zustands etwas Hochmütiges an sich. Was bezweckte er überhaupt mit diesem lächerlichen schwarzen Mantel? Hielt er sich damit für unsichtbar? Oder wollte er irgendwem weismachen, er wäre so unbeleckt von westlichen Gebräuchen, daß er nicht wußte, was für ein Bild er in dem Ding abgab?

Egal. Melik war entschlossen, ihn abzuschütteln. Statt ihn also anzusprechen und sich zu erkundigen, ob er Hilfe brauchte oder krank war, wie er es andernfalls sicher getan hätte, nahm er mit langen Schritten Kurs auf zu Hause, in der beruhigenden Gewißheit, daß diese halbe Portion nie mit ihm würde mithalten können.

Die Sonne schien ungewöhnlich heiß für einen Frühlingstag, das Pflaster glühte förmlich. Dennoch schaffte es der Junge auf wundersame Weise, auf dem belebten Gehsteig mit Melik Schritt zu halten: humpelnd und keuchend, röchelnd und schwitzend, mit vereinzelten ungelenken Hüpfern dazwischen, als litte er Schmerzen, schloß er an jeder Kreuzung wieder zu ihm auf.

Und als Melik das winzige Backsteinhaus betrat, das seine Mutter nach mehreren Jahrzehnten eisernen Sparens fast vollständig abbezahlt hatte, konnte er nur ein paarmal durchatmen, ehe die Türklingel ihren Dreiklang ertönen ließ. Und als er wieder nach unten ging, stand auf der Türschwelle der klapprige Junge mit seiner Satteltasche über der Schulter. Seine Augen loderten wild von der Anstrengung des Laufens, über sein Gesicht strömte der Schweiß wie ein Sommerregen, und in seiner zitternden Hand hielt er ein Stück braune Pappe, auf der in türkischer Sprache stand: *Ich bin ein muslimischer Medizinstudent. Ich bin müde und ich möchte bei Ihnen wohnen. Issa.* Und wie um die Botschaft noch zu unterstreichen, hing um sein Handgelenk ein schmales Goldkettchen, von dem ein winziger goldener Koran baumelte.

Aber Melik stank die Sache inzwischen gewaltig. Gut, er war vielleicht nicht die größte Leuchte, die seine Schule jemals hervorgebracht hatte – aber sollte er sich deshalb schuldig und minderwertig fühlen, nur weil ein Bettler mit Starallüren sich an seine Fersen heftete und ihn belästigte? Seit sein Vater tot war, fiel Melik die stolze Rolle des Hausherrn und Beschützers seiner Mutter zu, und zum krönenden Beweis hatte er weiterverfolgt, was sein Vater nicht mehr hatte zu Ende bringen können: als türkischer Einwanderer in der zweiten Generation hatte er gemeinsam mit seiner Mutter den langen, steinigen Weg zur deutschen Staatsbürgerschaft angetreten, auf dem jede Facette ihres Lebenswandels unter die Lupe genommen werden würde und acht Jahre untadeligen Betragens die erste Bedingung waren. Das letzte, was seine Mutter oder er brauchen konnten, war ein geisteskranker Penner, der sich für einen Medizinstudenten hielt und an ihrer Haustür bettelte.

»Mach, daß du wegkommst«, befahl er dem Jungen barsch auf türkisch und pflanzte sich breit in die Tür. »Hau ab. Hör auf, uns hinterherzulaufen, und laß dich hier nicht mehr blicken.«

Die einzige Reaktion auf dem ausgemergelten Gesicht war ein Zucken, als hätte jemand ihn geschlagen. Melik wiederholte seine Aufforderung auf deutsch. Aber als er die Tür zuknallen wollte, stand hinter ihm auf der Treppe Leyla und sah über seine Schulter auf den Jungen und auf das Pappschild, das unkontrolliert in seiner Hand zitterte.

Und er sah, daß sie schon Tränen des Mitleids in den Augen hatte.

* * *

Der Sonntag verging, und am Montag erfand Melik eine Ausrede, um nicht in der Gemüsehandlung seines Cousins in Wellingsbüttel antreten zu müssen. Er wolle daheim bleiben und für die Boxmeisterschaften trainieren, sagte er seiner

Mutter. Er müsse in den Kraftraum und ins Trainingsbad. Aber in Wirklichkeit war es ihm einfach nicht geheuer, sie mit einem baumlangen, größenwahnsinnigen Irren allein zu lassen, der, wenn er nicht betete oder die Wand anstarrte, im Haus herumstrich und liebevoll alle Gegenstände berührte, als erinnerte er sich noch von früher an sie. Melik ließ auf seine Mutter nichts kommen, aber seit dem Tod ihres Mannes verließ sie sich für seinen Geschmack etwas zu stark auf ihr Gefühl. All die Auserwählten, die sie einmal ins Herz geschlossen hatte, konnten für sie nichts verkehrt machen. Issas Sanftmut, seine Schüchternheit und das jähe Aufleuchten, das manchmal über seine Züge glitt, verschafften ihm sofortige Aufnahme in diesen illustren Kreis.

Den Montag und auch den Dienstag verbrachte Issa mit wenig anderem als Schlafen, Beten und Baden. Um sich mit ihnen zu verständigen, sprach er ein gebrochenes, sonderbar kehlig klingendes Türkisch, schwallweise, verstohlen, als sei ihm das Reden verboten, und dabei doch, nach Meliks Meinung zumindest, auf eine schwer greifbare Art belehrend. Ansonsten aß er. Wohin um Himmels willen steckte er nur all die Essensmengen? Melik konnte in die Küche kommen, zu welcher Tageszeit er wollte: immer saß Issa da, den Kopf über eine Schale mit Lammfleisch, Reis und Gemüse gebeugt, unermüdlich löffelnd, während seine Augen von einer Seite zur anderen huschten, damit ihm nur ja niemand einen Bissen wegnahm. Wenn er fertig war, wischte er die Schale mit einem Stück Brot aus und vertilgte es, worauf er mit einem gemurmelten »Gelobt sei Gott« und einem schwachen Grinsen auf dem Gesicht, als hätte er ein Geheimnis, das ihm für andere zu schade war, zur Spüle schlich und die Schale auswusch, ein Benehmen, das Leyla ihrem Sohn oder ihrem Mann nie und nimmer hätte durchgehen lassen. Die Küche war ihr Reich. Männer mußten draußen bleiben.

»Und wann fängst du mit deinem Medizinstudium an, Issa?« fragte Melik ihn beiläufig, so daß seine Mutter es hören konnte.

»Mit Gottes Willen wird es bald sein. Ich muß kräftig sein. Ich darf nicht Bettler sein.«

»Du brauchst eine Aufenthaltserlaubnis, das weißt du? Und einen Studentenausweis. Und dann noch ungefähr hunderttausend Euro für Wohnung und Essen. Und einen flotten kleinen Flitzer, um mit deinen Freundinnen spazierenzufahren.«

»Gott ist barmherzig. Wenn ich nicht Bettler mehr bin, er gibt mir.«

Solche Gelassenheit ging in Meliks Augen über bloßes Gottvertrauen hinaus.

»Der Kerl wird langsam richtig teuer, Mutter«, beschwerte er sich, als er Issa sicher auf dem Speicher wußte. »Dieses pausenlose Gemampfe! Das Wasser, das der verbraucht!«

»Nicht mehr als du, Melik.«

»Schon, aber er ist ja nicht ich, oder? Wir wissen nicht, wer er ist.«

»Issa ist unser Gast. Wenn er wieder bei Kräften ist, werden wir mit Allahs Hilfe seine Zukunft besprechen«, erwiderte seine Mutter pathetisch.

Issas glücklose Versuche, sich unsichtbar zu machen, trugen nur zu Meliks Verstimmung bei. Ob er die enge Diele entlanghuschte oder sich anschickte, die Leiter zum Speicher hinaufzuklettern, wo Leyla ihm sein Bett bereitet hatte, immer legte er diese übertriebene Rücksichtnahme an den Tag – machte demütige Rehaugen und drückte sich flach gegen die Wand, um Melik oder Leyla vorbeizulassen.

»Issa war im Gefängnis«, verkündete Leyla eines Morgens zufrieden.

Melik war entgeistert. »Weißt du das sicher? Der Mann ist ein Knacki? Weiß die Polizei davon? Hat er es dir *erzählt*?«

»Er hat gesagt, im Gefängnis in Istanbul gab es immer nur ein Stück Brot und eine Schale Reis am Tag«, sagte Leyla, und bevor Melik noch mehr einwenden konnte, schob sie einen Lieblingsspruch ihres Mannes hinterher: »Wir ehren unseren Gast und stehen all denen bei, die in Not sind. Kein Werk der Barmherzigkeit wird im Jenseits unbelohnt bleiben«, deklamierte sie. »War nicht auch dein Vater in der Türkei im Gefängnis, Melik? Nicht jeder, der ins Gefängnis kommt, ist ein Verbrecher. Für Menschen wie Issa und deinen Vater ist das Gefängnis eine Auszeichnung.«

Aber Melik wußte, daß sie noch andere Gedanken in ihrem Herzen bewegte, mit denen sie nicht so ohne weiteres herausrücken würde. Allah hatte ihre Gebete erhört. Er hatte ihr einen zweiten Sohn geschickt, als Ersatz für den Ehemann, der ihr genommen worden war. Die Tatsache, daß er ein illegaler, halbirrer Knastbruder mit krankhaft übersteigertem Selbstwertgefühl war, schien sie nur am Rande zu interessieren.

* * *

Er war aus Tschetschenien.

Soviel konnten sie am dritten Abend feststellen, als Leyla sie alle beide überraschte, indem sie ein paar Sätze auf tschetschenisch in den Raum warf, etwas, was Melik sein Lebtag nicht von ihr gehört hatte. Issas abgehärmtes Gesicht erstrahlte in einem verblüfften Lächeln, das ebenso schnell wieder verschwand, und dann verstummte er vollends. Dabei war die Erklärung für Leylas Sprachkünste denkbar harmlos. Als kleines Mädchen in ihrem türkischen Dorf hatte sie mit tschetschenischen Kindern gespielt und ein paar Brocken ihrer Sprache aufgeschnappt. Sie hatte gleich den Verdacht gehabt, daß Issa Tschetschene sein müsse, aber nichts gesagt, denn mit den Tschetschenen sei das so eine Sache.

Er war aus Tschetschenien, und seine Mutter war tot, und alles, was ihm von ihr geblieben war, war das goldene Kettchen mit dem Koran daran, das sie ihm umgelegt hatte, bevor sie starb. Aber wann und wie sie gestorben war und wie alt er gewesen war, als er das Kettchen geerbt hatte, waren Fragen, die er entweder nicht verstand oder nicht verstehen wollte.

»Die Tschetschenen werden von allen gehaßt«, erklärte Leyla Melik, während Issa gesenkten Hauptes seinen Teller leer schaufelte. »Aber nicht von uns. Hörst du, Melik?«

»Natürlich hör ich dich, Mutter.«

»Alle außer uns verfolgen die Tschetschenen«, fuhr sie fort. »In Rußland und überall sonst auf der Welt. Und nicht nur die Tschetschenen, sondern russische Muslime ganz gleich wo. Putin verfolgt sie, und Bush bestärkt ihn darin noch. Solange Putin das Krieg gegen den Terror nennt, kann er mit den Tschetschenen machen, was er will, und niemand hindert ihn daran. Hab ich recht, Issa?«

Aber Issas kurzer Glücksmoment war längst vorbei. Über seine hohlen Wangen hatten sich wieder die alten Schatten gelegt, in seine Rehaugen war das leidvolle Glänzen zurückgekehrt, und eine abgezehrte Hand schloß sich schützend um das Armband. Sag was, verdammt, fuhr Melik ihn wütend an, aber nur im Geiste. Wenn *mich* jemand plötzlich auf türkisch anredet, dann antworte ich auch auf türkisch, jeder anständige Mensch tut das! Also sag meiner Mutter gefälligst etwas Nettes auf tschetschenisch – oder bist du zu beschäftigt damit, dir auf ihre Kosten den Wanst vollzuschlagen?

Auch andere Sorgen plagten ihn. Bei einer Sicherheitsüberprüfung des Speichers, den Issa inzwischen als sein Hoheitsgebiet ansah – einer höchst verstohlenen Sicherheitsüberprüfung, während Issa unten in der Küche mit seiner Mutter plauderte wie üblich –, hatte er einige entlarvende Entdekkungen gemacht: gehortete Essensreste, als würde Issa die Flucht planen, eine kleine goldgerahmte Porträtaufnahme von Meliks verlobter Schwester mit achtzehn, die er aus Leylas heißgeliebter Sammlung von Familienphotos im Wohnzimmer entwendet hatte, und die Lupe seines Vaters, die auf den Hamburger Gelben Seiten lag, auf einer Doppelseite, die die zahlreichen Banken der Stadt auflistete.

»Gott hat deine Schwester mit einem lieblichen Lächeln gesegnet«, entgegnete Leyla gelassen auf Meliks aufgebrachte Meldung, daß sie es nicht nur mit einem illegalen Einwanderer zu tun hätten, sondern auch noch mit einem Perversen. »Ihr Lächeln wird Issa ins Herz scheinen.«

* * *

Issa war also aus Tschetschenien, ob er die Sprache beherrschte oder nicht. Seine Eltern waren beide tot – aber anderweitig nach ihnen befragt, war er um eine Antwort ebenso verlegen wie seine Gastgeber, zog die Brauen hoch und richtete milde Blicke in die Zimmerecke. Er war staatenlos, obdachlos, ein Exhäftling und illegaler Einwanderer, aber Allah in seiner Güte würde die Mittel bereitstellen, um ihn Medizin studieren zu lassen, sobald er kein Bettler mehr war.

Nun, Melik hatte selber einmal davon geträumt, Arzt zu werden; er hatte seinen Vater und seine Onkel sogar darauf eingeschworen, zusammenzulegen und ihm das Studium zu finanzieren, ein Unterfangen, das der Familie echte Opfer abverlangt hätte. Und wenn er nur ein bißchen mehr für die Schule gelernt und sich ein bißchen weniger um seinen Sport gekümmert hätte, dann hätte er jetzt im zweiten Semester sein können, ein Medizinstudent, der sich die Ohren heiß büffelte, um seiner Familie Ehre zu machen. Nicht unverständlich also, daß Issas nonchalantes Vertrauen auf Allahs Hilfe bei einem Unternehmen, das ihm selbst so grandios mißlungen war, Melik dazu trieb, Leylas Warnungen in den Wind zu schlagen und seinen unerwünschten Gast ins Kreuzverhör zu nehmen, so geschickt er das in seiner Gutmütigkeit vermochte.

Er hatte das Haus für sich. Leyla war zum Einkaufen gegangen und würde erst am Nachmitttag zurückkommen.

»Und du hast also schon Medizin studiert?« begann er, wobei er sich neben Issa setzte, um eine Vertrauensbasis zu schaffen, und kam sich dabei äußerst professionell vor. »Nicht schlecht.«

»Ich war in Krankenhäusern, Herr.«

»Als Student?«

»Ich war krank, Herr.«

Warum »Herr«? War das auch ein Überbleibsel aus dem Gefängnis?

»Aber Patient sein ist nicht dasselbe wie Arzt sein, oder? Ein Arzt muß wissen, was den Leuten fehlt. Als Patient sitzt du nur da und wartest, daß der Arzt dir hilft.«

Issa unterzog diese Aussage der umständlichen Betrachtung, der er Aussagen gleich welcher Größenordnung unterzog: griente ins Leere, kratzte sich mit den spinnendünnen Fingern den Bart und lächelte schließlich strahlend, ohne eine Antwort zu geben.

»Wie alt bist du?« fragte Melik, mit etwas weniger Raffinesse als geplant.

»Dreiundzwanzig, Herr.« Aber auch das erst nach einer ausgedehnten Denkpause.

»Also schon ziemlich alt. Selbst wenn du deine Aufenthaltsgenehmigung schon morgen in der Tasche hättest, wärst du fünfunddreißig oder so, bis du fertiger Arzt bist. Und Deutsch mußt du ja auch noch lernen. *Und* dafür zahlen.«

»Und ich werde heiraten gute Frau, so Gott will, und Kinder haben. Zwei Knaben, zwei Mädchen.«

»Aber nicht meine Schwester. Meine Schwester heiratet nämlich in einem Monat.«

»So Gott will, sie wird haben viel Söhne, Herr.«

Melik überlegte einen Moment und unternahm dann den nächsten Vorstoß. »Wie bist du eigentlich nach Hamburg gekommen?« fragte er.

»Es ist irrelevant.«

Irrelevant? Wie kam er auf so ein Wort? Und noch dazu auf türkisch?

»Wußtest du nicht, daß es Asylanten hier in Hamburg schwerer haben als sonstwo in Deutschland?«

»Hamburg wird mein Zuhause sein, Herr. Es ist der Platz, wo sie mich gebracht haben. Es ist Allahs göttlicher Wille.«

»*Wer* hat dich hierhergebracht? Wer sind *sie*?«

»Es war Kombination, Herr.«

»Eine Kombination aus was?«

»Vielleicht türkische Leute. Vielleicht tschetschenische Leute. Wir zahlen sie. Sie bringen uns zu ein Schiff. Packen uns in ein Container. Container mit fast kein Luft drin.«

Der Schweiß brach Issa aus, aber Melik war schon zu weit vorgeprescht, um noch einen Rückzieher zu machen.

»*Wir?* Wer ist wir?«

»War Gruppe, Herr. Von Istanbul. Schlechte Gruppe. Schlechte Männer. Ich habe kein Respekt für diese Männer.« Wieder dieser überhebliche Ton, selbst in stockendem Türkisch.

»Wie viele wart ihr?«

»Vielleicht zwanzig. Container war kalt. Nach paar Stunden sehr kalt. Diese Schiff ging nach Dänemark. Ich war glücklich.«

»Nach Kopenhagen, meinst du? Kopenhagen in Dänemark? Die Hauptstadt.«

»Ja« – munterer jetzt, so als sei Kopenhagen ein guter Einfall –, »nach *Kopenhagen*. In Kopenhagen soll kommen neuer Plan für mich. Plan, der mich wegholt von schlechten Männern. Aber dies Schiff ging nicht gleich nach Kopenhagen. Dies Schiff muß erst nach Schweden. Nach *Göteborg*. Ja?«

»Es gibt einen schwedischen Hafen, der Göteborg heißt, glaub ich«, räumte Melik ein.

»In Göteborg das Schiff soll Fracht mitnehmen, dann weiterfahren nach Kopenhagen. Als Göteborg kommt, sind wir alle krank, alle hungrig. In Schiff sie sagen uns: ›Kein Lärm machen. Schweden böse Leute. Schweden töten euch.‹ Wir machen kein Lärm. Aber Schweden gefallen nicht unser Container. Schweden haben Hund.« Er überlegte kurz. »›Wie ist dein Name, bitte?‹« donnerte er plötzlich, so laut, daß Melik hochfuhr. »›Wo hast du Papiere, bitte? Du bist von Gefängnis? Welche Verbrechen, bitte? Du bist geflohen von Gefängnis? In welcher Art, bitte?‹ Ärzte sind tüchtig. Ich bewundere diese Ärzte. Sie lassen uns schlafen. Ich bin dankbar zu diese Ärzte. Eines Tages werde ich ein Arzt wie sie sein. Aber so Gott will, muß ich fliehen. Nach Schweden fliehen geht nicht. Sie haben Natodraht. Viel Wachmänner. Aber auch Toilette. Toilette mit Fenster. Nach Fenster ist Tor zum Hafen. Mein Freund kann diese Tor öffnen. Mein Freund ist von Schiff. Ich komme zurück zum Schiff. Das Schiff bringt mich nach Kopenhagen. Endlich, sage ich. In Kopenhagen steht Laster nach Hamburg. Ich verehre Allah, Herr. Aber ich verehre auch den Westen. Im Westen ich kann frei sein, IHN anzubeten.«

»Du bist mit einem *Laster* nach Hamburg gekommen?«

»War arrangiert.«

»Ein *tschetschenischer* Laster?«

»Erst bringt mein Freund mich zu Straße.«

»Dein Freund aus der Besatzung? Dieser Freund? Der Typ vom Schiff?«

»Nein, Herr. War anderer Freund. War schwer, zu Straße zu kommen. Eine Nacht, wir schlafen in Wiese.« Er sah auf, und in seine ausgemergelten Züge trat momentlang ein Ausdruck reinen Glücks. »So viel Sterne. Gott ist barmherzig. Lob sei Gott.«

Melik, der so viel Aberwitziges erst einmal verdauen mußte, beschämt durch die Inbrunst der Erzählung und zugleich erbittert über ihre vielen Lücken und sein eigenes Unvermögen, sie zu schließen, merkte, wie es ihm in Armen und Fäusten zu kribbeln begann vor lauter Ohnmacht und wie seine Muskeln sich anspannten.

»Und wo hat er dich abgesetzt, dieser Zauberlaster, der da aus dem Nichts aufgetaucht ist? Wo hat er dich abgesetzt?«

Aber Issa hörte nicht mehr zu, wenn er denn überhaupt zugehört hatte. Urplötzlich – schien es zumindest dem braven, wenngleich begriffsstutzigen Melik – brach sich, was immer es war, das sich in ihm angestaut hatte, Bahn. Schwankend kam er auf die Füße und schleppte sich, die Hand vor den Mund gepreßt, zur Tür, kämpfte mit ihr, obwohl sie nicht abgesperrt war, und taumelte die Diele entlang ins Bad. Sekunden später hallte ein Würgen und Stöhnen durchs Haus, wie es Melik seit dem Tod seines Vaters nicht mehr vernommen hatte. Ganz langsam nur ließ es nach, dann hörte man Wasser platschen, die Badezimmertür öffnete und schloß sich, und die Leitersprossen knarzten leise, als Issa sich nach oben stahl. Woraufhin sich tiefes, unheilverkündendes Schweigen herabsenkte, alle Viertelstunde unterbrochen durch das Tschilpen von Leylas elektronischer Vogeluhr.

* * *

Nachmittags um vier kam Leyla mit Einkaufstüten beladen zurück, deutete die Stimmung im Haus sofort richtig und bezichtigte Melik, seine Gastgeberpflichten mit Füßen getreten und Schande über den Namen seines Vaters gebracht zu haben. Dann verschwand auch sie in ihrem Zimmer, wo sie in anschuldigender Abgeschiedenheit ausharrte, bis es Zeit war, das Abendessen zuzubereiten. Bald durchzogen Kochdüfte das Haus, aber Melik blieb auf seinem Bett liegen. Um halb neun schlug sie ihren Messinggong, ein vielgeliebtes Hochzeitsgeschenk, in dessen Klang für Melik immer ein Vorwurf mitschwang. In Momenten wie diesem duldete sie kein Trödeln, wie er gut wußte, deshalb schlurfte er hinunter in die Küche, wich ihrem Blick aber aus.

»Issa, Lieber, kommst du bitte herunter?« rief Leyla, und als die Antwort ausblieb, griff sie nach dem Spazierstock ihres Mannes, klopfte mit seiner Gummikappe an die Decke und sah dabei anklagend zu Melik, der unter ihrem frostigen Starren lostrottete, um zum Speicher hinaufzuklettern.

Issa lag in der Unterhose auf seiner Matratze zusammengerollt, verkrümmt, schweißgebadet. Das Kettchen seiner Mutter hatte er abgenommen und krampfte die verschwitzte Hand darum. Um seinen Hals hing ein angeschmuddelter Lederbeutel, der mit einem Riemen zugebunden war. Seine Augen standen weit offen, doch sie schienen Melik nicht zu sehen. Melik wollte ihn an der Schulter fassen – und fuhr entsetzt zurück. Issas Oberkörper war eine Buckellandschaft aus blauen und orangegelben Striemen. Manche mochten von Peitschenschlägen herrühren, andere eher von Knüppelhieben. An seinen Fußsohlen – denselben Fußsohlen, die die Hamburger Gehsteige entlanggelaufen waren – konnte Melik eiternde Brandwunden ausmachen, große, runde Zigarettenlöcher. Er richtete ihn ein Stück auf, schlang ihm eine Decke um die Mitte, damit er züchtig verhüllt war, und hob ihn dann behutsam hoch, um den teilnahmslosen Körper durch die Falltür in Leylas wartende Arme herabzulassen.

»Legen wir ihn in mein Bett«, flüsterte Melik unter Tränen. »Ich schlafe auf dem Boden. Das macht mir gar nichts. Ich geb ihm auch meine Schwester, damit sie für ihn lächelt«, fügte er hinzu, als ihm die gestohlene Miniatur auf dem Speicher einfiel, und stieg die Leiter wieder hoch, um sie zu holen.

* * *

Issas zerschundener Körper lag in Meliks Bademantel gepackt, seine striemenbedeckten Beine hingen über das Fußende von Meliks Bett, sein glasiger Blick ruhte stier auf Meliks Ruhmesgalerie: den Siegerphotos, den Meistergürteln, den Handschuhen, mit denen er sich den Titel erboxt hatte. Neben ihm auf dem Boden kauerte Melik selbst. Er hatte auf eigene Kosten einen Arzt holen wollen, aber Leyla hatte es ihm verboten. Zu gefährlich. Für Issa, aber für uns auch. Was wird sonst aus unserem Einbürgerungsverfahren? Bis morgen wird das Fieber gesunken sein, und es wird ihm bessergehen.

Aber das Fieber sank nicht.

Dichtverhüllt machte sich Leyla auf den Weg zu einer Moschee auf der anderen Seite der Stadt, in der ein neuer türkischer Arzt seine Gebete verrichten sollte. Sie fuhr sogar ein Stück mit dem Taxi, um ihre vermeintlichen Verfolger irrezuführen. Nach drei Stunden kam sie zurück, wutentbrannt. Der neue junge Arzt war ein Idiot und ein Scharlatan. Er begriff nichts. Es mangelte ihm an den elementarsten Qualifikationen. Ihm fehlte der Sinn für seine religiöse Verantwortung. Es hätte sie nicht gewundert, wenn er gar kein richtiger Arzt war.

Wenigstens war in ihrer Abwesenheit Issas Fieber ein wenig zurückgegangen, so daß sie nun wieder die Krankenschwester zu spielen wagte wie damals, als sie sich noch keinen Arzt leisten konnten oder sich nicht getrauten, einen aufzusuchen. Hätte Issa innere Verletzungen davongetragen, so befand sie, dann hätte er niemals solche Mengen in sich hineinfuttern können, darum konnte sie ihm jetzt ohne Bedenken Aspirin gegen sein nachlassendes Fieber geben und ihm eins ihrer Krankensüppchen kochen, Reiswasser, versetzt mit einem Schuß türkischen Kräutertranks.

Ihr selbst hätte Issa, ob gesund oder tot, nie und nimmer erlaubt, sich an seinem nackten Körper zu schaffen zu machen, darum drückte sie Melik Handtücher, eine Kompresse für Issas Stirn und eine Schüssel voll kaltem Wasser in die Hand, mit dem er ihn stündlich abreiben sollte. Um das zu bewerkstelligen, sah sich der reuegeplagte Melik gezwungen, den Lederbeutel um Issas Hals zu entfernen.

Nur nach langem Zögern (einzig im Interesse seines kranken Gastes, versicherte er sich, und nicht eher, als bis Issa das Gesicht zur Wand gedreht hatte und in einen Halbschlaf verfallen war, in dem er russisches Zeug vor sich hin murmelte) knotete er den Riemen auf und zog die Falten des Beutels auseinander.

Sein erster Fund war ein Bündel verblichener russischer Zeitungsausschnitte, zusammengerollt und mit einem Gummiband umwickelt. Er streifte das Gummi ab und breitete sie auf dem Fußboden aus. Auf allen war ein Offizier in einer Uniform der Roten Armee zu sehen, ein brutal wirkender Mittsechziger mit breiter Stirn und wuchtigen Kinnbacken. Zwei der Ausschnitte waren Todesanzeigen, verziert mit orthodoxen Kreuzen und Regimentsinsignien.

Sein zweiter Fund war ein Packen brandneuer Fünfzigdollarscheine, zehn an der Zahl, in einer Geldklammer. Bei dem Anblick stürmten all seine alten Befürchtungen wieder auf ihn ein. Ein halbverhungerter, bettelarmer, obdachloser, zerschundener Flüchtling mit *fünfhundert druckfrischen US-Dollar* in seinem Beutel? Hatte er sie gestohlen? Gefälscht? Hatte er deshalb im Gefängnis gesessen? War das der Rest der Summe, die er den Schleppern aus Istanbul bezahlt hatte, dem hilfsbereiten Seemann, der ihn versteckt, und dem Fernfahrer, der ihn von Kopenhagen nach Hamburg verfrachtet hatte? Wenn jetzt noch fünfhundert übrig waren, mit wieviel mochte er dann aufgebrochen sein? Womöglich waren seine Arztphantasien ja doch nicht so verfehlt.

Sein dritter Fund war ein abgegriffenes weißes Kuvert, zusammengeknüllt, als hätte jemand es wegwerfen wollen und sich dann eines Besseren besonnen: unfrankiert, unadressiert, die Umschlagklappe aufgerissen. Er strich es glatt und zog einen zerknitterten Brief heraus, eine einzelne maschinengeschriebene Seite in kyrillischer Schrift. Adresse, Datum und der Name des Absenders – oder was er dafür hielt – bildeten in großen schwarzen Druckbuchstaben den Briefkopf. Der unentzifferbare Text war von Hand unterschrieben, ein unleserlicher Krakel in blauer Tinte, gefolgt von einer sechsstelligen Zahl, auch sie handgeschrieben, aber mit größter Sorgfalt, jede Ziffer mehrmals mit Tinte nachgezogen, wie um zu sagen: *Präg sie dir ein.*

Sein letzter Fund war ein kleiner Hohlschlüssel, nicht größer als ein Knöchel an Meliks Boxerhand. Er war maschinengefertigt und mit komplizierten gezahnten Bärten nach drei Seiten versehen: zu klein für eine Gefängnistür, schätzte Melik; zu klein auch für das Tor, das in Göteborg zurück aufs Schiff geführt hatte. Aber genau richtig für Handschellen.

Er packte Issas Habseligkeiten wieder in ihren Beutel und schob ihn ihm unter das schweißdurchtränkte Kopfkissen: mochte er ihn beim Aufwachen finden! Aber am nächsten Morgen waren die Schuldgefühle, die sich seiner bemächtigt hatten, doch zu groß. Seine ganze nächtliche Wache hindurch, vor seinem eigenen Bett am Boden ausgestreckt, hatten ihn nicht nur Bilder von Issas gemarterten Gliedmaßen gequält, sondern auch das Bewußtsein seiner eigenen Unbedarftheit.

Als Kämpfer kannte er sich aus mit Schmerzen, jedenfalls hatte er das immer gedacht. Allein schon die Straßenprügeleien, in die er als Halbwüchsiger verwickelt gewesen war! Bei einem Meisterschaftskampf vor nicht langer Zeit hatte ihn ein Hagel von Schlägen in das gefürchtete rote Dunkel torkeln lassen, aus dem nicht jeder Boxer den Weg zurückfindet. Beim Schwimmen gegen seine deutschen Konkurrenten war er an die äußersten Grenzen seines Ausdauervermögens gestoßen – oder was er bisher dafür gehalten hatte.

Doch verglichen mit Issa war er unerprobt.

Issa ist ein Mann, und ich bin noch ein Junge. Ich habe mir immer einen Bruder gewünscht, und jetzt wird mir einer frei Haus geliefert, und ich habe ihn zurückgewiesen. Er hat gelitten wie ein wahrer Glaubensheld, während ich mich im billigen Glanz des Boxrings gesonnt habe.

* * *

Kurz nach Tagesanbruch gingen die flattrigen Atemzüge, die Melik die ganze Nacht in Sorge gehalten hatten, in ein stetiges Rasseln über. Als er die Kompresse wechselte, stellte er voll Erleichterung fest, daß Issas Stirn nicht mehr glühte. Am Vormittag lagerte er schon wie ein Pascha auf einem goldsamtenen Berg aus Leylas quastengeschmückten Wohnzimmerkissen, Leyla fütterte ihn mit einem kräftigenden Brei, dessen Rezeptur nur sie allein kannte, und das Kettchen von seiner Mutter hing um sein Handgelenk, wo es hingehörte.

Melik, von Scham zerfressen, wartete ab, bis die Tür sich hinter Leyla geschlossen hatte. Dann kniete er mit gesenktem Kopf an Issas Seite nieder.

»Ich habe in deinen Beutel gesehen«, sagte er. »Ich schäme mich zutiefst, daß ich das getan habe. Möge Allah in seiner Barmherzigkeit mir vergeben.«

Issa versank einmal wieder in ein nicht enden wollendes Schweigen, dann legte er Melik die abgezehrte Hand auf die Schulter.

»Niemals gestehen, mein Freund«, riet er ihm schläfrig, indem er seine Hand nahm und sie drückte. »Wenn du gestehst, sie lassen dich nie wieder raus.«

2

Am Freitag darauf, achtzehn Uhr, begab sich das private Bankhaus Brue Frères AG (vormals Glasgow, Rio de Janeiro und Wien, derzeit Hamburg) fürs Wochenende zur Ruhe.

Schlag halb sechs hatte ein muskulöser Hausmeister die Eingangstür des schmucken Stadthauses an der Binnenalster geschlossen. Minuten später hatte die Hauptkassiererin den Tresorraum abgesperrt und die Alarmanlage eingeschaltet, die Bürovorsteherin hatte das letzte ihrer Mädels nach Hause geschickt und noch einmal sämtliche Computer und Papierkörbe überprüft, und die dienstälteste Angestellte der Bank, Frau Ellenberger, hatte die Telefone umgestellt, sich ihre Baskenmütze auf den Kopf gesetzt, ihr Fahrrad von seiner Eisenstange im Hof losgekettet und war von dannen geradelt, um ihre Großnichte vom Tanzkurs abzuholen.

Allerdings nicht, ohne zuvor ihren Arbeitgeber, Mr. Tommy Brue, den einzigen noch lebenden Partner der Bank und Träger ihres ruhmreichen Namens, mit gespielter Strenge zurechtgewiesen zu haben: »Ich muß schon sagen, Mr. Tommy, Sie sind noch schlimmer als wir Deutschen«, erklärte sie in ihrem lupenreinen Englisch, indem sie den Kopf durch den Türspalt seines Büros steckte. »Warum tun Sie sich diese Plackerei an? Der Frühling ist eingezogen! Sehen Sie nicht die Krokusse und die Magnolien blühen? Sie sind jetzt sechzig, vergessen Sie das nicht. Sie sollten heimfahren und mit Mrs. Brue in Ihrem schönen Garten ein Glas Wein trinken! Ansonsten sind Ihre Nerven über kurz oder lang *zwirnsfadenscheinig*«, warnte sie, mehr um ihre Liebe zu Beatrix Potter zur Schau zu stellen als in der Erwartung, ihren Arbeitgeber von seinen Unarten zu kurieren.

Brue hob die rechte Hand zu einem huldvollen päpstlichen Segen.

»Ziehen Sie in Frieden, Frau Elli«, sagte er in gespielter Resignation. »Wenn meine Angestellten nicht bereit sind, während der Woche für *mich* zu arbeiten, muß ich wohl oder übel am Wochenende für *sie* arbeiten. Adieu« – und er warf ihr eine Kußhand zu.

»Auch Ihnen adieu, Mr. Tommy, und grüßen Sie Ihre liebe Frau.«

»Werd ich machen.«

Die Wirklichkeit, das wußten sie beide, sah anders aus. Stille in den Korridoren, kein Telefonklingeln, keine Kunden, die etwas von ihm wollten, seine Frau Mitzi beim Bridgeabend mit ihren Freunden, den von Essens – Brue hatte sein Reich für sich. Er konnte die zu Ende gehende Woche Revue passieren lassen, er konnte die neue einläuten. Er konnte, wenn ihm danach war, mit seiner unsterblichen Seele zu Rate gehen.

* * *

Der unfrühlingshaften Hitze entsprechend war Brue in Hemdsärmeln und Hosenträgern. Das Jackett seines maßgeschneiderten Anzugs hing säuberlich auf einem stummen Diener bei der Tür: *Randall's of Glasgow*, Schneider der Brues in vierter Generation. Der Schreibtisch, an dem Brue saß, war derselbe, den Duncan Brue, Gründer der Bank, mit an Bord genommen hatte, als er 1908 mit nichts als Hoffnung im Herzen und fünfzig Goldsouvereigns in der Tasche von Schottland aus in See gestochen war.

Auch der wuchtige Mahagonibücherschrank, der eine ganze Wand einnahm, war ein altes Familienstück. Hinter seinen verzierten Glastüren standen in langen Reihen die ledergebundenen Meister der Weltliteratur: Dante, Goethe, Plato, Sokrates, Tolstoi, Dickens, Shakespeare und, etwas überraschend, Jack London. Brues Großvater hatte das Trumm mitsamt Inhalt für einen geplatzten Wechsel in Zahlung genommen. Hatte er sich verpflichtet gefühlt, die Bücher zu lesen? Der Überlieferung nach nicht. Er hatte sie zum Inventar seiner Bank gemacht.

Und an der Wand direkt vor Brues Nase hing wie ein goldgerahmtes Warnschild der originale, handgemalte Stammbaum der Familie. Die Wurzeln der uralten Eiche gruben sich tief in die Ufer des silberglänzenden Tay. Ihre Äste reichten nach Osten ins alte Europa und nach Westen hin bis in die Neue Welt. Goldene Eicheln markierten die Städte, wo auswärtige Heiraten das Brue'sche Blut aufgefrischt hatten – und die verfügbaren Reserven der Bank gleich mit.

Und Brue selbst war ein würdiger Sproß dieses noblen Geschlechts, wenn auch sein letzter. Tief im Herzen wußte er selber, daß *Frères*, so die in der Familie gebräuchliche Kurzform, eine Oase überholter Praktiken war. Ein sorgenfreier Lebensabend war ihm sicher, aber eine Zukunft hatte *Frères* nicht. Gut, es gab Brues Tochter Georgie von seiner ersten Frau Sue, aber Georgies letzte bekannte Adresse war ein Aschram bei San Francisco. Das Bankwesen rangierte in ihrer Lebensplanung nicht eben an erster Stelle.

Dabei zählte Brue vom Äußeren her mitnichten zum alten Eisen. Er war gut gebaut und auf zurückhaltende Weise attraktiv, mit einer offenen, sommersprossigen Stirn und dem drahtigen, rotbraunen Haar so vieler Schotten, das er so weit gezähmt hatte, daß es sich immerhin scheiteln ließ. Er strahlte die Selbstsicherheit der Wohlhabenden aus, aber nichts von ihrer Arroganz. Seine Züge, sofern er sie nicht hinter der Maske professioneller Undurchdringlichkeit verbarg, waren einnehmend und trotz seiner Jahrzehnte im Bankgeschäft – oder vielleicht gerade deswegen – erfrischend unverknittert. Wenn Deutsche ihn typisch englisch nannten, stieß er ein herzliches Lachen aus und versprach, die Kränkung mit schottischer Mannhaftigkeit zu ertragen. Einer aussterbenden Art anzugehören erfüllte ihn insgeheim sogar mit einer gewissen Genugtuung: Tommy Brue, Salz der Erde, ein guter Mann in dunklen Zeiten, kein Überflieger, aber dafür mit beiden Füßen auf dem Boden, verheiratet mit einer fabelhaften

Frau, als Tischnachbar heißbegehrt und als Golfpartner zumutbar. Soweit das Bild, das die Welt von ihm hatte; jedenfalls hoffte er das.

* * *

Noch ein letzter Blick auf die Schlußkurse, ein rascher Überschlag ihrer Auswirkungen auf Brue Frères – die übliche Freitagabendschwäche, nichts, worüber man ins Schwitzen geraten mußte –, dann fuhr Brue seinen Computer herunter und wandte sich den Aktenordnern zu, die Frau Ellenberger ihm zur besonderen Beachtung bereitgelegt hatte.

Die ganze Woche jonglierte er sich durch die nahezu undurchschaubaren Komplexitäten der modernen Finanzwelt, in der man als Bankier fast noch größere Chancen hatte, den Mann zu kennen, der das Geld gedruckt hatte, als zu wissen, an wen man es denn nun verlieh. Die Prioritäten bei seinen Freitagsséancen dagegen waren mehr eine Frage der jeweiligen Stimmung als der Notwendigkeit. Wenn Brue sich als Menschenfreund fühlte, konnte er den Abend etwa damit verbringen, einem Kunden kostenlos dessen Wohltätigkeitsfonds umzuschichten; war er aufgekratzt, zog es ihn eher zu Gestüten, Wellnesshotels oder einer Kette von Spielkasinos. Und wenn es die Zeit im Jahr war, in der die Zahlen zurechtgebogen sein wollten (eine Fertigkeit, die ihm beileibe nicht in die Wiege gelegt worden war, sondern die er sich im Schweiße seines Angesichts hatte erarbeiten müssen), legte er Mahler auf, während er über den Prospekten von Maklern, Risikokapitalgesellschaften und konkurrierenden Rentenfonds brütete.

Heute abend jedoch war ihm keine solche Entscheidungsfreiheit vergönnt. Ein geschätzter Kunde war ins Visier der Handelsüberwachung an der Hamburger Börse geraten, und obwohl Brue vom Vorsitzenden der Untersuchungskommission, Haug von Westerheim, versichert worden war, daß es zu keiner Vorladung kommen würde, wollte er sich doch vorsichtshalber mit der jüngsten Wendung der Dinge vertraut machen. Zuvor aber lehnte er sich erst einmal in seinem Sessel zurück und rief sich den erstaunlichen Moment ins Gedächtnis, als der alte Haug gegen sein eigenes ehernes Vertraulichkeitsgebot verstoßen hatte:

In der Marmorpracht des Anglo-German Club strebt ein fürstliches Diner dem Höhepunkt zu. Die Crème de la crème der Hamburger Finanzwelt feiert einen der Ihrigen. Tommy Brue wird heute sechzig, auch wenn er es selber kaum glaubt, denn wie sagte sein Vater Edward Amadeus so gern? *Tommy, mein Sohn, die Mathematik ist der einzige Teil unserer Profession, der nicht lügt.* Die Stimmung ist ausgelassen, das Essen gut, der Wein noch besser, die Reichen sind glücklich, und Haug von Westerheim, ein Mittsiebziger mit einer ausgeprägten Liebe zu England, Reeder, Strippenzieher und anerkannt geistreich, bringt einen Toast auf Brue aus:

»Tommy, alter Freund, wir sind zu dem Schluß gelangt, daß du zuviel Oscar Wilde gelesen haben mußt«, beginnt er auf englisch, indem er sich, Champagnerflöte in der Hand, vor dem Porträt der Queen als junger Frau postiert. »Du machst es wie Dorian Gray, kann das sein? Wir glauben, ja. Wir glauben, du bist bei ihm in die Lehre gegangen. Wir glauben, irgendwo in den Kellergewölben deiner Bank muß das grauenerregende Bildnis von Tommy Brue versteckt sein, das ihn in seinem wahren Alter zeigt. Während du selbst, statt wie deine Queen in Würde zu altern, unter uns sitzt wie ein fünfundzwanzigjähriger Elf, mit genau dem gleichen Lächeln wie vor sieben Jahren, als du aus Wien hier ankamst, um uns unserer sauer verdienten Reichtümer zu berauben.«

Zu anhaltendem Beifall nimmt Westerheim die wohlgeformte Hand von Brues Gattin Mitzi, auf die er (mit ganz besonders galanter Geste, da Mitzi Wienerin ist) einen Kuß appliziert, um sodann den Versammelten mitzuteilen, daß ihre Schönheit im Gegensatz zu der ihres Mannes in der Tat unvergänglich ist. Aufrichtig gerührt erhebt sich Brue, um seinerseits Westerheims Hand zu ergreifen, aber der alte Mann, vom eigenen Triumph fast ebenso berauscht wie vom Wein, drückt ihn an seine Brust und flüstert ihm kehlig ins Ohr: *»Tommy, alter Freund … dieser Kunde von dir … um die Untersuchung kümmern wir uns schon … erst Vertagung aus ver-*

fahrenstechnischen Gründen … und dann versenken wir sie in der Elbe … Happy birthday, Tommy, alter Freund … du bist ein feiner Kerl …«

Brue setzte seine Halbbrille auf und studierte die Anschuldigungen gegen seinen Kunden erneut. Ein anderer Bankier, nahm er an, hätte längst zum Hörer gegriffen, Westerheim für seine diskrete Zusage gedankt und ihn so indirekt beim Wort genommen. Nicht so Brue. Er konnte es nicht über sich bringen, auf ein unbedachtes Versprechen zu pochen, das dem alten Knaben im geburtstäglichen Überschwang entschlüpft war.

Er griff nach einem Stift und kritzelte eine Notiz für Frau Ellenberger: »Bitte gleich Montag morgen beim Sekretariat der Handelsüberwachung nachfragen, ob ein Termin angesetzt ist. Danke! TB.«

So, dachte er. Jetzt kann der gute Westerheim nach Gusto entscheiden, ob er die Anhörung durchzieht oder sie kippt.

Die zweite Pflichtübung des Abends war Mad Marianne, wie Brue sie nannte, wenn auch nur Frau Ellenberger gegenüber. Marianne, Witwe eines wohlhabenden Hamburger Holzhändlers, war die Verkörperung sämtlicher Klischees rund um das Privatbankgeschäft: die langlebigste Seifenoper im Programm von Brue Frères. In der heutigen Folge hat sie sich von einem dreißigjährigen dänischen Pastor zum Glauben erwecken lassen und ist drauf und dran, ihren weltlichen Gütern – oder anders ausgedrückt, einem Dreißigstel der Reserven von Brue Frères – zu entsagen, um sie einer mysteriösen Wohltätigkeitsstiftung unter der seelsorgerischen Kontrolle ihres Bekehrers zu überschreiben.

Die Ergebnisse der Erkundigungen, die Brue in Eigenregie eingeholt hat, liegen nun vor ihm und sind wenig ermutigend. Der Pastor stand kürzlich wegen Betrugs vor Gericht, wurde jedoch freigesprochen, da sich keine Zeugen auftreiben ließen. Er hat außerdem uneheliche Kinder von mehreren Frauen. Aber wie soll der arme Brue seiner enthusiasmierten Kundin diese Nachricht beibringen, ohne ihr Konto zu verlieren? Mad Marianne reagiert auch in den besten Zeiten allergisch auf Hiobsbotschaften, wie er mehr als einmal zu seinem Schaden erfahren mußte. Nur unter äußerstem persönlichem Einsatz – in allen Ehren, versteht sich!, wie Brue hier betonen würde – hat er sie davon abhalten können, ihr Konto irgendeinem engelszüngigen Jüngelchen bei Goldman Sachs anzuvertrauen. Es gibt einen Sohn, der um ein Vermögen gebracht würde, und anfallsweise liebt Marianne diesen Sohn heiß und innig, doch er – noch so ein Dreh! – erholt sich derzeit im Taunus von seinem Entzug. Ein dezenter Ausflug nach Frankfurt könnte die Lösung sein …

Also eine zweite Notiz an die getreue Frau Ellenberger: »Bitte Klinikdirektor kontaktieren und herausbringen, ob der Junge in der Verfassung ist, Besucher (mich!) zu empfangen.«

Abgelenkt durch das Klicken der Telefonanlage neben dem Schreibtisch, warf Brue einen Blick auf die blinkenden Knöpfe. Wenn der eingehende Anruf über seine Privatleitung kam, würde er ihn annehmen. Er kam nicht über die Privatleitung, also wandte er sich dem Halbjahresbericht zu, der, wiewohl grundsolide, ein paar Glanzlichter benötigte. Er hatte sich noch nicht lange damit befaßt, als es in der Telefonanlage erneut klickte.

War das eine neue Nachricht, oder hatten sich die Geräusche von vorhin irgendwie in seinem Gedächtnis eingenistet? Freitag abend um sieben? Auf der offiziellen Leitung? Wahrscheinlich jemand, der sich verwählt hatte. Die Neugier siegte, und er drückte die Abhörtaste. Ein elektronischer Pfeifton ertönte, gefolgt von Frau Ellenbergers höflicher Aufforderung auf deutsch und englisch, der Anrufer möge eine Nachricht hinterlassen oder es während der Geschäftszeiten nochmals versuchen.

Dann eine Frauenstimme, jung, deutsch und rein wie die Stimme eines Chorknaben.

* * *

Das tägliche Brot des Privatbankiers, so predigte Brue seiner geneigten Zuhörerschaft gern nach einem Scotch oder zweien, war nicht, wie man billigerweise erwarten sollte, Geld. Es waren nicht Hausse und Baisse, Hedgefonds und Derivate. Es waren die Pannen. Es war das hartnäckige, ja er wagte sogar zu behaupten, das *permanente* Blubbern gewisser, wenn er es so derb ausdrücken durfte, Exkremente, die das sprichwörtliche Dampfen begannen. Wenn es einem also etwas ausmachte, in einem unaufhörlichen Belagerungszustand zu leben, dann war man als Privatbankier womöglich in der verkehrten Branche – eine Pointe, die ihm übrigens auch bei seiner vorbereiteten Erwiderung auf die Rede des alten Westerheim einige Lacher eingebracht hatte.

Und als Veteran solcher Pannen hatte Brue im Lauf der Jahre zwei verschiedene Taktiken für den Moment entwickelt, in dem die Bombe platzte. Wenn er in einer Vorstandssitzung war, wo sich aller Augen auf ihn richteten, stand er auf, hakte die Daumen in den Hosenbund und begann Runden durchs Zimmer zu drehen, sein Gesicht ein Bild der Gelassenheit.

Unbeobachtet zog er in der Regel Variante Nummer zwei vor: Er erstarrte in der Haltung, in der die schlechte Kunde ihn ereilt hatte, und zupfte mit dem Zeigefinger an seiner Unterlippe. Das tat er auch jetzt, während er die Nachricht ein zweites Mal und dann ein drittes Mal abspielte, angefangen mit dem Pfeifton.

»Guten Abend. Mein Name ist Annabel Richter, ich bin Anwältin und hätte gern schnellstmöglich mit Herrn Tommy Brue persönlich gesprochen. Es geht um einen Mandanten, den ich vertrete.«

Vertrete, aber nicht beim Namen nenne, vermerkt Brue nun schon zum dritten Mal methodisch. Der Ton sehr bestimmt, eher süddeutsch, gebildet und nicht zu Umschweifen aufgelegt.

»Mein Mandant hat mich beauftragt, einem Herrn …«, sie hält inne, als würde sie ihre Aufzeichnungen konsultieren, »einem Herrn Lipizzaner Grüße von ihm zu bestellen. Ich wiederhole: der Name ist *Lipizzaner*. Wie die Pferderasse, Mr. Brue. Diese berühmten Schimmel in der Spanischen Hofreitschule in Wien, wo Ihre Bank ihren letzten Sitz hatte. Ich glaube, Ihre Bank kennt Lipizzaner sehr gut.«

Der Ton geht leicht in die Höhe. Eine sachliche Mitteilung über weiße Pferde, und der Chorknabe gerät in Bedrängnis.

»Mr. Brue, mein Mandant hat sehr wenig Zeit zu seiner Verfügung. Ich möchte am Telefon ungern mehr dazu sagen, wie Sie sicher verstehen. Möglicherweise sind Sie mit seiner Situation sogar besser vertraut als ich, was die Sache beschleunigen sollte. Vielleicht könnten Sie mich ja kurz auf dem Handy zurückrufen, wenn Sie meine Nachricht bekommen, damit wir ein Treffen vereinbaren.«

Dabei könnte sie es bewenden lassen, aber nein. Die Stimme legt an Schärfe zu.

»Es kann ruhig spät am Abend sein. Egal, *wie* spät. Ich habe bei Ihnen gerade noch Licht gesehen, als ich an der Bank vorbeigekommen bin. Vielleicht sind Sie ja auch nicht selbst im Büro, aber jemand anders ist noch da. Wenn das der Fall ist, könnte derjenige meine Nachricht dann bitte in aller Dringlichkeit an Mr. Tommy Brue weiterleiten? Niemand außer Mr. Tommy Brue ist berechtigt, in dieser Angelegenheit zu handeln. Vielen Dank für Ihre Mühe.«

Und vielen Dank für *Ihre* Mühe, Frau Annabel Richter, dachte Brue, und die Unterlippe immer noch zwischen Daumen und Zeigefinger geklemmt, stand er auf und machte ein paar rasche Schritte in Richtung Erkerfenster, als wäre dies der schnellste Fluchtweg.

Allerdings, meine Bank kennt Lipizzaner durchaus, Ma'am, wenn Sie mit *Bank* mich selbst und meine einzige Vertraute Frau Elli meinen und sonst keine Menschenseele. Meine Bank würde gutes Geld dafür zahlen, auch noch die letzten ihrer überlebenden Lipizzaner endlich auf Nimmerwiedersehen davongaloppieren zu sehen, zurück nach Wien, wo sie herstammen. Aber vielleicht wissen Sie das ja ebenfalls.

Ein scheußlicher Gedanke kam ihm. Oder vielleicht hatte er die ganzen sieben Jahre schon in seinem Kopf genistet und wagte sich jetzt erst ans Licht. Ist es *gutes Geld,* hinter dem Sie her sind, Frau Annabel Richter? – Sie und Ihr hochheiliger Mandant, der so wenig Zeit zur Verfügung hat?

Ziehen Sie hier rein zufällig einen Erpressungsversuch ab?

Und deuten Sie, mit Ihrer Chorknabenreinheit und Ihrem

hehren anwaltlichen Gehabe, mir ganz diskret an – Sie und Ihr Komplize, Pardon, Mandant –, daß Lipizzaner die kuriose Eigenschaft besitzen, pechschwarz zur Welt zu kommen und erst mit den Jahren weiß zu werden, weshalb sie ja auch bei einem Bankkonto der exotischeren Sorte Pate stehen durften, das der vortreffliche Edward Amadeus Brue aus der Taufe gehoben hat – Träger des Order of the British Empire, mein geliebter seliger Vater, den ich in jeder sonstigen Hinsicht unverändert als eine Säule professioneller Redlichkeit verehre –, damals, während der goldenen Zeiten in Wien, als er noch jung und unbeschwert war und das Schwarzgeld aus dem zusammenbrechenden Reich des Bösen lastwagenweise durch den sich aufrebbelnden Eisernen Vorhang gekarrt wurde?

* * *

Brue drehte eine langsame Runde durchs Zimmer.

Aber warum in drei Teufels Namen hast du dich darauf eingelassen, mein geliebter Vater?

Warum, wo dein Kapital doch dein guter Name und der gute Name deiner Vorfahren war, ein Kapital, von dem du privat wie öffentlich dein Lebtag gezehrt hast in der besten schottischen Tradition der Vorsicht, Schläue und Verläßlichkeit: warum all das riskieren für einen Haufen Gauner und Spekulanten aus dem Osten, deren einzige Leistung darin bestand, ihr Land seiner Schätze beraubt zu haben zu einem Zeitpunkt, da es ihrer am dringendsten bedurfte?

Warum mußtest du ihnen deine Bank öffnen – deine geliebte Bank, deinen kostbarsten Besitz? *Warum* ihrem Diebesgut Asyl gewähren, mit einem nie dagewesenen Maß an Geheimhaltung und Verschwiegenheit noch dazu?

Warum sämtliche Normen und Vorschriften bis zum Anschlag ausreizen in diesem verzweifelten und – in Brues Wahrnehmung selbst damals schon – tollkühnen Versuch, dich als Wiens erste Adresse für eine Bande russischer Gangster zu etablieren?

Gut, du hast den Kommunismus gehaßt, und der Kommunismus lag in den letzten Zügen. Du mochtest die Beerdigung nicht abwarten. Aber die Schurken, die du so hofiert hast, waren Teil des Regimes!

Keine Namen nötig, Genossen! Überlaßt uns einfach für fünf Jahre eure Beute, und wir geben euch eine Nummer dafür! Und wenn ihr das nächste Mal vorbeischaut, werden eure Lipizzaner kraftstrotzende, blütenweiße Kapitalanlagen sein! Wir machen es wie die Schweizer, nur daß wir Briten sind und deshalb besser!

Aber das sind wir nicht, dachte Brue melancholisch und blieb stehen, um zum Erkerfenster hinauszuspähen, die Hände hinterm Rücken verschränkt.

Wir sind es nicht, weil große Männer, die im Alter das Augenmaß verlieren, sterben; weil Geld sich neu ansiedelt und Banken auch; und weil seltsame Leute, die sich Bankenaufseher nennen, auf der Bildfläche erscheinen und die Vergangenheit ausmerzen. Nur daß sie sich nie ganz ausmerzen läßt, nicht wahr? Ein paar Worte einer Chorknabenstimme, und mit einem Schlag ist alles wieder da.

* * *

Fünfzehn Meter unter ihm donnerte die gepanzerte Kavallerie der reichsten Stadt Europas nach Hause, um ihre Kinder zu umarmen, zu Abend zu essen, fernzusehen und dann ins Bett zu gehen, allein oder zu zweit. Über das abendrote Wasser glitten Segelboote und kleine Jachten.

Irgendwo da draußen ist sie, dachte er. Sie hat mein Licht gesehen.

Irgendwo da draußen üben sie und ihr sogenannter Mandant ihre Tonleitern und baldowern miteinander aus, wieviel sie mir wohl dafür abknöpfen können, daß sie die Lipizzanerkonten nicht auffliegen lassen.

Möglicherweise sind Sie mit der Situation meines Mandanten sogar besser vertraut als ich.

Und möglicherweise nicht, Frau Annabel Richter. Und ehrlich gesagt würde ich daran lieber nichts ändern, auch wenn ich es jetzt offenbar muß.

Und da Sie mir am Telefon nicht mehr über Ihren Mandanten verraten wollen – eine Zurückhaltung, die ich zu schätzen weiß – und da ich keine übersinnlichen Kräfte besitze und mich darum schwertun werde, ihn aus dem halben Dutzend von Lipizzanern (wenn es überhaupt noch so viele sind) herauszufinden, die nicht längst erschossen oder hinter Gittern sind oder vor lauter Wodka-Saufen vergessen haben, wo sie diese paar überschüssigen Millionen deponiert haben, muß ich, wie sich das bei Erpressung gehört, wohl oder übel auf Ihre Forderung eingehen.

Er wählte ihre Nummer.

»Richter.«

»Hier ist Tommy Brue von Brue Frères. Guten Abend, Frau Richter.«

»Guten Abend, Mr. Brue. Ich würde Sie gern so bald treffen, wie Sie es einrichten können.«

Sprich: jetzt. Etwas weniger melodisch und mit deutlich mehr Schärfe als vorhin, als sie um seine Aufmerksamkeit gebuhlt hatte.

* * *

Zum Hotel Atlantic waren es von der Bank aus zehn Minuten zu Fuß, einen belebten Sandweg entlang, der dem Alsterufer folgte. Auf einem zweiten Weg daneben schnurrten Radfahrer unter Flüchen heimwärts. Ein kalter Wind war aufgekommen, und der Himmel hatte sich blauschwarz verfärbt. Erste lange Regentropfen fielen. Bindfäden sagten sie in Hamburg dazu. Vor sieben Jahren, als Brue neu in der Stadt gewesen war, hätten letzte Reste seiner britischen Gehemmtheit den Weg durch das Gedränge zu einem sehr mühsamen gemacht. Heute pflügte er seine eigene Furche, einen Ellbogen in Bereitschaft, um übergriffige Regenschirme aus dem Feld zu schlagen.

Vor dem Eingang des Atlantic zog ein rotlivrierter Portier den Zylinder vor ihm. In der Hotelhalle glitt Herr Schwarz, der Empfangschef, auf ihn zu und geleitete ihn zu dem Tisch, an dem Brue immer saß, wenn ein Kunde seine Geschäfte lieber außerhalb der Bank besprechen wollte. Er stand ganz am Ende der Halle, zwischen einer Marmorsäule und Ölgemälden von Hanseschiffen, bewacht von dem verdrossen blikkenden Wilhelm II., dessen Konterfei in meerblaue Kacheln gebannt war.

»Ich erwarte eine Dame, mit der ich bisher noch nicht das Vergnügen hatte, Peter«, vertraute Brue dem Empfangschef mit komplizenhaftem Lächeln an. »Eine Frau Richter. Ich hatte den Eindruck, sie ist jung. Sorgen Sie doch bitte dafür, daß sie auch hübsch ist.«

»Ich tue mein Bestes«, versprach Herr Schwarz feierlich, um zwanzig Euro reicher als zuvor.

Unvermittelt mußte Brue an eine schmerzhafte Unterhaltung denken, die er mit seiner Tochter geführt hatte, als Georgie gerade mal neun war. Mummy und Daddy hätten sich immer noch lieb, hatte er ihr erklärt, nur wollten sie nicht mehr zusammenleben. Besser als gute Freunde getrennt leben als immer nur streiten, sagte er ihr, genau wie sein verhaßter Psychiater es ihm geraten hatte. Und besser zwei glückliche Zuhause als ein unglückliches. Und Georgie könne Mummy und Daddy so oft sehen, wie sie wolle, nur eben nicht zusammen wie bisher. Aber Georgie hatte nur Augen für ihr neues Hündchen.

»Wenn ein Schilling das einzige wäre, was du auf der ganzen Welt hättest, was würdest du dann damit machen?« wollte sie plötzlich wissen und kratzte nachdenklich den Bauch des Welpen.

»Ihn investieren, Schätzchen, was sonst? Was würdest *du* denn machen?«

»Ihn wem als Trinkgeld geben«, erwiderte sie.

Irritiert weniger von Georgies Antwort als von sich selbst, versuchte Brue dahinterzukommen, warum er sich ausgerechnet jetzt mit dieser Geschichte kasteite. Muß an der Ähnlichkeit der Stimmen liegen, entschied er, den Blick auf die Drehtür gerichtet. Wird sie verkabelt sein? Wird ihr »Mandant«, wenn sie ihn denn mitbringt, verkabelt sein? Nun, es wird ihnen nichts nützen.

Er rief sich das letzte Mal ins Gedächtnis, als er einer Erpresserin gegenübergesessen hatte: ein anderes Hotel, eine andere Frau, Engländerin, aber wohnhaft in Wien. Auf Drängen eines Kunden, der sich mit seinem Problem keinem anderen anvertrauen mochte, hatte sich Brue in einem der separaten Wintergärten des Café Sacher mit ihr zum Tee getroffen. Sie war eine stattliche Bordellwirtin in Witwentracht. Ihr Mädchen hieß Sophie.

»Sie ist eine von meinen Besten, die Sophie, deshalb ist mir die Sache natürlich sehr peinlich«, hatte sie ihm erklärt, die Krempe ihres schwarzen Strohhuts tief ins Gesicht gezogen. »Nur will sie damit partout zur Zeitung gehen, verstehen Sie? Ich habe ihr gesagt, sie soll es bleibenlassen, aber sie will nicht hören, sie ist ja so jung. Er geht ziemlich zur Sache, Ihr Freund, das kann schon mal unschön werden. Tja, niemand liest gern Geschichten über sich, nicht wahr? Nicht in der Zeitung. Und schon gar nicht, wenn er Geschäftsführer eines großen Unternehmens ist. Da kann so etwas schon weh tun.«

Aber Brue hatte den Rat des Wiener Polizeipräsidenten eingeholt, der ebenfalls Kunde bei Frères war. Und so stimmte er demütig einem Schweigegeld von astronomischer Höhe zu, während die Zivilfahnder der Wiener Polizei die Unterhaltung vom Nebentisch aus mitschnitten.

Diesmal jedoch stand ihm kein Polizeipräsident zur Seite, und das anvisierte Opfer war nicht einer seiner Kunden, sondern er selbst.

* * *

In dem weitläufigen Foyer des Atlantic herrschte ähnlich reger Betrieb wie auf der Straße draußen. Von seinem Aussichtsposten beobachtete Brue in scheinbarer Gemütsruhe das Kommen und Gehen. Manche der Gäste trugen Pelze und Federboas, andere die Begräbniskluft des modernen Managers, wieder andere die zerschlissenen Jeans des Millionärs im Pennergewand.

Aus einem Korridor kam eine Prozession von älteren Herren im Smoking und Damen in paillettenbesetzten Abendkleidern geschritten, angeführt von einem Pagen, der ein Wägelchen mit zellophanumhüllten Bouquets vor sich herschob. Jemand Altes und Reiches feiert Geburtstag, dachte Brue und überlegte eine Sekunde, ob es sich womöglich um einen Kunden von ihm handelte und ob Frau Elli ein Fläschchen übersandt hatte. Wahrscheinlich auch nicht älter als ich, sagte er sich tapfer.

Ob andere in ihm einen alten Mann sahen? Im Zweifelsfall ja. Seine erste Frau Sue hatte sich immer darüber beschwert, daß er alt *geboren* sei. Gut, sechzig war kein Alter, es sei denn, man starb vorher. Was hatte Georgie damals zu ihm gesagt, als sie ihre ersten buddhistischen Anwandlungen hatte? »Die Ursache des Todes ist die Geburt.«

Er warf einen Blick auf die goldene Armbanduhr, die er von Edward Amadeus zum einundzwanzigsten Geburtstag bekommen hatte. Noch zwei Minuten, dann ist sie zu spät dran, aber Anwälte und Bankiers verspäten sich nie. Genausowenig, vermutete er, wie Erpresser.

Draußen vor der Glastür fegte ein Windstoß die Straße hinab. Die Livreeschöße des Portiers flatterten wie nutzlose Schwingen, während er von einer Limousine zur anderen hastete. Dann entlud sich der Wolkenbruch, und Autos wie Menschen verschwanden in einem milchigen Nebel. Und aus diesem Nebel trat wie die einzige Überlebende eines Lawinenunglücks eine kleine untersetzte Gestalt in sackartigen Kleidern und einem großen Tuch um Kopf und Hals. Einen bestürzten Moment lang bildete Brue sich ein, ihr hänge ein Kind über der Schulter, aber dann begriff er, daß es ein großer Rucksack war.

Sie stieg die Stufen hinauf, ließ sich von der Drehtür mitnehmen, trat in die Hotelhalle und blieb stehen. Sie blockierte den Eingang, aber wenn sie das überhaupt bemerkte, dann interessierte es sie nicht. Sie nahm die regenverspritzte Brille ab, zog ein Ende des Tuchs aus den Tiefen ihres Anoraks, rieb damit an den Gläsern herum und setzte sie wieder auf. Herr Schwarz sprach sie an, sie antwortete mit einem knappen Nikken. Beide sahen in Brues Richtung. Herr Schwarz wollte sie hinführen, aber sie schüttelte den Kopf. Den Rucksack auf einer Schulter, kam sie zwischen den Tischen hindurch auf ihn zu, ohne einen Blick nach rechts oder links, als wären die anderen Gäste Luft.

Kein Make-up, nicht ein Millimeter nackte Haut vom Kinn abwärts, registrierte Brue, als er aufstand, um sie zu begrüßen. Energische, fließende Bewegungen eines kleinen, leistungsfähigen Körpers unter der unkleidsamen Verpackung. Ein bißchen martialisch, aber so waren die Frauen von heute nun mal. Runde rahmenlose Brillengläser, die das Licht der Kronleuchter einfingen. Blinzelfrequenz gleich null. Kinderhaut. An die dreißig Jahre jünger als ich und einen guten Kopf kleiner, aber Erpresser gibt es in allen Formen und Farben, und sie erlernen ihr Handwerk immer früher. Ein Chorknabengesicht, passend zur Stimme.

Kein Komplize in Sicht. Dunkelblaue Jeans, Springerstiefel. Eine Miniaturschönheit im Tarnanzug. Tough und dabei verletzlich, trotzig gewillt, nicht als Frau erkennbar zu sein, aber nur mit bedingtem Erfolg. Georgie.

»Frau Richter? Es ist mir eine Freude. Ich bin Tommy Brue. Was darf ich Ihnen bestellen?«

Die Hand so klein, daß er seinen Griff instinktiv lockerte.

»Bekommt man hier Wasser?« Drohend sah sie durch die Brillengläser zu ihm hoch.

»Aber selbstverständlich.« Er winkte einen Kellner herbei. »Sind Sie zu Fuß da?«

»Mit dem Rad. Stilles bitte. Ohne Zitrone. Zimmertemperatur.«

* * *

Den Rucksack zu ihren Füßen, saß sie ihm gegenüber, kerzengerade in der Mitte ihres ledernen Throns, die Hände auf den Lehnen aufgestützt, Knie eng zusammen, und betrachtete ihn eingehend: die Hände zuerst, dann seine goldene Uhr und die Schuhe, danach die Augen, die jedoch nur kurz. Sie schien nichts zu entdecken, was sie überraschte. Brue für seinen Teil musterte sie nicht minder forschend, aber verhohlener: die kultivierte Art, wie sie an ihrem Wasser nippte, Ellbogen eng am Körper, Unterarm vor der Brust; ihr Selbstvertrauen in dieser feudalen Umgebung, die zu mißbilligen sie sichtlich entschlossen war; die verkappte Stilsicherheit;

die verleugnete Kinderstube, die sich nicht ganz verleugnen ließ.

Sie hatte das Tuch vom Kopf gewickelt. Darunter kam eine wollene Baskenmütze zum Vorschein. Eine ungebärdige Strähne goldbraunen Haars hing ihr in die Stirn. Sie verbannte sie wieder in ihren Arrest, bevor sie einen Schluck Wasser trank und zu ihrer Musterung zurückkehrte. Ihre Augen, von den Brillengläsern vergrößert, waren graugrün und furchtlos. *Honiggesprenkelt,* ging es ihm durch den Kopf: wo hatte er das gelesen? In einem der Dutzende von Romanen, die sich auf Mitzis Nachttisch stapelten. Ein kleiner, hochangesetzter Busen, betont unbetont.

Brue zog eine Visitenkarte aus einer Innentasche seines blauseiden gefütterten Randall's-Jacketts und reichte sie ihr mit einem höflichen Lächeln über den Tisch.

»Wieso *Frères?*« wollte sie wissen. Keine Ringe, die Fingernägel kurz wie bei einem Kind.

»Das müssen Sie meinen Urgroßvater fragen.«

»War er Franzose?«

»Ich fürchte nein. Er wäre es bloß gern gewesen« – Brue nahm zu seiner Standarderklärung Zuflucht. »Er war Schotte. Viele Schotten fühlen sich Frankreich näher als England.«

»Hatte er Brüder?«

»Nein. Und ich gestehe es lieber gleich: ich auch nicht.«

Sie bückte sich zu ihrem Rucksack, zog einen der Reißverschlüsse auf, dann einen anderen. An ihrem Arm vorbei bemerkte Brue in schneller Folge: Tempotaschentücher, ein Fläschchen Kontaktlinsenflüssigkeit, ein Mobiltelefon, Schlüsselbund, einen Schreibblock, Kreditkarten und einen braunen Ordner, mit Zetteln und Zahlen gespickt wie das Dossier eines Prozeßanwalts. Kassettenrecorder oder Mikrophon konnte er nicht ausmachen, aber bei der heutigen Technologie mußte das nichts heißen. Abgesehen davon, daß sie unter dieser Montur spielend einen fünfundzwanzigpfündigen Sprengstoffgürtel umgeschnallt haben konnte.

Sie streckte ihm eine Karte hin.

FLUCHTHAFEN HAMBURG, las Brue. *Christliche Stiftung zum Schutz von Staatenlosen und Flüchtlingen im Raum*

Norddeutschland. Büro im Osten der Stadt. Telefon- und Faxnummern, E-Mail-Adresse. Konto bei der Commerzbank. Vielleicht konnte er ja am Montag ein Wörtchen mit der Geschäftsleitung reden, wenn nötig. Ihre Kreditwürdigkeit überprüfen. *Annabel Richter, Rechtsberatung.* Die Worte seines Vaters klangen ihm wieder im Ohr: *Trau nie einer schönen Frau, Tommy. Sie sind eine Verbrecherklasse für sich, die beste, die's gibt.*

»Wenn Sie sich den auch anschauen möchten«, sagte sie, wobei sie ihm einen Personalausweis hinschob.

»Ich bitte Sie, warum sollte ich?« protestierte er, obwohl ihm der Gedanke ebenfalls gekommen war.

»Vielleicht bin ich ja nicht die, die ich zu sein behaupte.«

»Ach? Wer sollten Sie denn sonst sein?«

»Einige meiner Klienten werden von Leuten angesprochen, die sich als Anwälte ausgeben, aber keine sind.«

»Wie schockierend. Großer Gott. Was für eine schreckliche Idee, daß mir das einmal passieren könnte. Gut, aber vielleicht ist es mir ja schon passiert, stimmt's? Und ich weiß es nur nicht. Ein Alptraum«, erklärte er in gespielter Unbeschwertheit, aber wenn er gehofft hatte, daß sie auf seinen Ton eingehen würde, wurde er enttäuscht.

Ihr Paßphoto zeigte sie mit offenem Haar, einem älteren Brillenmodell und demselben Gesicht wie jetzt, nur ohne den drohenden Blick. Annabel Richter, geboren in Freiburg im Breisgau, Jahrgang 1977, womit sie so jung war, wie man als deutsche Anwältin nur sein konnte – wenn sie denn Anwältin war. Sie hatte sich in ihrem Stuhl nach hinten sacken lassen wie ein Boxer, der sich zwischen den Runden erholt, und beobachtete ihn über die Länge ihres aufgepolsterten, zugeknöpften, unnahbaren kleinen Körpers hinweg.

»Haben Sie schon mal von uns gehört?«

»Wie bitte?«

»Fluchthafen Hamburg. Haben Sie von unserer Arbeit gehört? Ist sie Ihnen irgendein Begriff?«

»Leider nein.«

Mit einem langsamen Kopfschütteln ließ sie den Blick durch die Hotelhalle wandern. Über die herausgeputzten ältlichen Paare. Über die lärmenden jungen Reichen an der Bar. Den Hauspianisten, der Liebeslieder klimperte, denen keiner zuhörte.

* * *

»Und Ihre Stiftung wird von wem finanziert?« erkundigte sich Brue in seinem sachlichsten Ton.

Sie zuckte die Achseln. »Diversen Kirchen. Der Stadt Hamburg, wenn sie ein paar Tugendpunkte sammeln will. Wir kommen über die Runden.«

»Und wie lange sind Sie schon im Geschäft? – Ihre Organisation, meine ich.«

»Im *Geschäft* sind wir gar nicht. Wir arbeiten unentgeltlich. Fünf Jahre.«

»Und Sie selbst?«

»Zwei. Plus, minus.«

»Vollzeit? Sie sind nicht irgendwo in einer Kanzlei?« – will sagen: Arbeiten Sie schwarz? Verdienen sich ein kleines Zubrot als Erpresserin?

Aber sie war das Verhörtwerden leid.

»Ich habe einen Mandanten, Mr. Brue. Eigentlich wird er von Fluchthafen Hamburg vertreten. Aber vor kurzem hat er mich als Rechtsbeistand für seine Bankangelegenheiten bevollmächtigt und sein Einverständnis gegeben, daß ich mich mit Ihnen in Verbindung setze. Was ich hiermit tue.«

»Sein Einverständnis?« – das in seine Mundwinkel geschraubte Lächeln noch eine Spur breiter.

»Den Auftrag. Wo ist der Unterschied? Wie ich Ihnen am Telefon schon angedeutet hatte, ist die rechtliche Stellung meines Mandanten prekär. Er ist mir gegenüber nur begrenzt offen, genau wie ich *Ihnen* gegenüber nur begrenzt offen sein kann. Nach einer mehrstündigen Unterhaltung mit ihm neige ich zu der Ansicht, daß das wenige, was er mir sagt, die Wahrheit ist. Nicht die ganze Wahrheit, aber immerhin ein kleiner Teil davon – für mich aufbereitet, aber dennoch die Wahrheit. Das ist eine Abwägung, die wir in meiner Organisation treffen müssen. Wir müssen uns mit dem wenigen begnügen, das man uns an die Hand gibt, und damit arbeiten. Wir möchten lieber die Dummen sein als zynisch. Das macht uns aus. Dafür stehen wir«, fügte sie hinzu, trotzig, so als unterstellte sie, Brue sei die umgekehrte Sicht der Dinge lieber.

»Ich verstehe, was Sie sagen wollen«, versicherte er ihr. »Ich respektiere es voll und ganz.« Er spielte auf Zeit. Darin war er gut.

»Unsere Klienten sind keine normalen Klienten in Ihrem Sinne, Mr. Brue.«

»Meinen Sie? Ich bin mir nicht sicher, ob ich je einen normalen Klienten kennengelernt habe« – wieder so ein Scherz, der an ihr abprallte.

»Unsere Klienten sind eher, was Frantz Fanon die Verdammten dieser Erde nannte. Kennen Sie das Buch?«

»Nur vom Titel her, leider.«

»Sie sind praktisch staatenlos. Oft sind sie traumatisiert. Ihre Angst vor uns ist ebenso groß wie ihre Angst vor der Welt, in die sie gekommen sind, und der Welt, die sie hinter sich gelassen haben.«

»Ich verstehe.« Aber er verstand gar nichts.

»Mein Mandant glaubt, zu Recht oder zu Unrecht, daß Sie seine Rettung sind, Mr. Brue. Sie sind der Grund, warum er nach Hamburg gekommen ist. Dank Ihnen wird er in Deutschland bleiben dürfen, eine Aufenthaltserlaubnis bekommen und studieren. Ohne Sie muß er in die Hölle zurück.«

Brue erwog ein »Ach herrje« oder »Wie traurig«, aber ihr unnachgiebiger Blick ließ ihn davon Abstand nehmen.

»Er ist der Meinung, er braucht lediglich *Herrn Lipizzaner* zu erwähnen und Ihnen eine bestimmte Kennummer vorzulegen – für wen oder was, weiß ich nicht und er vielleicht auch nicht, und simsalabim, öffnen sich ihm alle Türen.«

»Darf ich fragen, wie lange er schon hier ist?«

»Ein paar Wochen, mehr oder weniger.«

»Und er hat bis jetzt gebraucht, um Kontakt mit mir aufzunehmen, obwohl ich angeblich der Grund für sein Kommen bin? Das finde ich ein bißchen schwer nachvollziehbar.«

»Er war verängstigt und in sehr schlechter Verfassung, als er hier ankam, er kannte keine Menschenseele. Er ist zum erstenmal im Westen. Er spricht kein Deutsch.«

Er setzte zu einem erneuten »Verstehe« an, schluckte es aber hinunter.

»Außerdem findet er es – aus Gründen, die hier zu weit führen würden – unerträglich, daß er sich überhaupt an Sie wenden muß. Die meiste Zeit erscheint es ihm erstrebenswerter, einfach den Kopf in den Sand zu stecken und zu verhungern. Aber angesichts seiner Situation hier sind Sie dummerweise die einzige Chance, die er hat.«

* * *

Nun war Brue an der Reihe, aber womit? *Wenn du in einem Loch steckst, grab nicht noch tiefer, Tommy, bau nur deine Verteidigung aus.* Sein Vater, wieder einmal.

»Verzeihen Sie, Frau Richter«, begann er in respektvollem Ton, der jedoch in keiner Weise durchklingen ließ, irgend etwas an seinem Verhalten könnte ihrer Verzeihung bedürfen. »Durch wen oder was genau hat Ihr Mandant denn die Information erhalten – den *Eindruck* erhalten, sollte ich wohl besser sagen –, daß meine Bank dieses Wunder für ihn vollbringen kann?«

»Es ist nicht einfach die Bank, Mr. Brue. Es sind Sie persönlich.«

»Ich habe leider keine Ahnung, wie ich mir das vorstellen soll. Wie gesagt, ich würde gern wissen, wo er seine Information herhat.«

»Vielleicht von einem Anwalt. Noch einem von meiner Sorte«, fügte sie selbstironisch hinzu.

Er nahm einen neuen Anlauf. »Und in welcher *Sprache*, wenn ich das fragen darf, haben Sie Ihrem Mandanten diese Auskunft entlockt?«

»Über Herrn Lipizzaner?«

»Über alles. Meinen Namen, um nur ein Beispiel zu nennen.«

Ihr junges Gesicht war hart wie Stein. »Mein Mandant würde sagen, Ihre Frage ist irrelevant.«

»Darf ich fragen, ob seine Anweisungen an Sie über irgendwelche Zwischenträger vermittelt wurden? Einen qualifizierten Dolmetscher etwa? Oder können Sie sich mit ihm direkt verständigen?«

Die Haarsträhne war erneut aus der Baskenmütze entwischt, aber diesmal griff sie danach und wickelte sie sich um den Finger, während sie grimmig im Foyer umhersah. »Russisch«, sagte sie – und mit einem jähen Anflug von Interesse: »Sprechen *Sie* Russisch?«

»Passabel. Eigentlich sogar recht gut«, antwortete er.

Das Bekenntnis schien sie aus der Reserve zu locken, denn sie lächelte und sah ihm zum erstenmal richtig ins Gesicht.

»Wo haben Sie es gelernt?«

»Ich? Ach, in Paris, fürchte ich. Völlig dekadent.«

»*Paris!* Wie denn das?«

»Da hat mich mein Vater hingeschickt. Ich konnte es ihm nicht ausreden. Drei Jahre an der Sorbonne und jede Menge bärtige Exildichter. Und Sie?«

Der Moment der Annäherung war vorbei. Sie kramte in ihrem Rucksack. »Er hat mir eine Nummer gegeben«, sagte sie. »Eine besondere Kennziffer, bei der Herr Lipizzaner gleich Bescheid wissen wird. Und Sie ja vielleicht auch.«

Sie riß eine Seite aus ihrem Block und gab sie ihm. Sechs Zahlen, handgeschrieben, von ihr selbst, nahm er an. Beginnend mit 77, der Kennzahl der Lipizzaner.

»Und, paßt sie?« fragte sie und fixierte ihn streng.

»Wie, paßt sie?«

»Ist die Nummer, die ich Ihnen gerade gegeben habe, eine Nummer, wie sie bei Brue Frères in Gebrauch ist? Oder ist sie das nicht?« – als spräche sie mit einem störrischen Kind.

Brue dachte über die Frage nach – oder vielmehr darüber, wie er sie am besten umging. »Sie nehmen es mit Ihrem Berufsgeheimnis sehr genau, Frau Richter, so wie ich auch«, begann er in angeregtem Ton. »Meine Bank macht die Identität ihrer Kunden nicht publik, sowenig wie die Art der Geschäfte, die sie tätigen. Ich bin sicher, Sie haben dafür Verständnis. Wir geben keine Informationen preis, zu deren Preisgabe wir nicht gesetzlich gezwungen sind. Wenn Sie *Herr*

Lipizzaner sagen, nehme ich das zur Kenntnis. Wenn Sie mir eine Kennziffer nennen, schlage ich sie in unseren Unterlagen nach.« Er hielt inne, damit sie ihre Zustimmung signalisieren konnte, aber auf ihrem Gesicht war nur blanke Opposition zu lesen. »Sie persönlich sind die Anständigkeit selbst, davon bin ich überzeugt«, fuhr er fort. »Selbstredend sind Sie das. Aber Sie wären erstaunt, wie viele Betrüger es auf der Welt gibt.« Er winkte dem Kellner.

»Er ist kein Betrüger, Mr. Brue.«

»Natürlich nicht. Er ist Ihr Mandant.«

Sie standen. Wer zuerst aufgestanden war, wußte er nicht. Wahrscheinlich sie. Er hatte nicht erwartet, daß ihr Treffen so kurz ausfallen würde, und trotz seines inneren Aufruhrs ertappte er sich bei dem Wunsch, es möge länger dauern. »Ich rufe Sie an, wenn ich meine Recherchen abgeschlossen habe. In Ordnung?«

»Wann?«

»Das kommt darauf an. Wenn ich eine Niete ziehe, dann schon sehr bald.«

»Heute noch?«

»Möglich.«

»Gehen Sie jetzt zurück in die Bank?«

»Warum nicht? Wenn es eine Notsituation ist, wie Sie sagen, dann tut man, was man kann. Das versteht sich. Jeder täte das.«

»Er ist am Ertrinken. Sie müssen ihm einfach nur die Hand hinstrecken.«

»Wissen Sie, das ist ein Satz, den ich in meinem Beruf öfter zu hören bekomme.«

Sein Ton weckte ihren Zorn. »Er *vertraut* Ihnen«, sagte sie.

»Wie kann er das, wenn er mich gar nicht kennt?«

»Gut, dann vertraut er Ihnen eben nicht. Aber sein Vater hat Ihnen vertraut. Und Sie sind seine einzige Hoffnung.«

»Nun ja, das Ganze ist reichlich verwirrend. Für uns beide, nehme ich an.«

Sie ließ ihn stehen und marschierte, den Rucksack über der Schulter, zur Drehtür. Auf deren anderer Seite wartete schon der rotlivrierte Portier mit ihrem Fahrrad. Es goß immer noch in Strömen. Sie zog einen Helm aus dem Holzkasten, der an ihren Lenker geschnallt war, setzte ihn auf, klickte den Kinnriemen zu und zog sich eine Regenhose über die Jeans. Und ohne einen Blick oder ein Winken fuhr sie davon.

* * *

Der Tresorraum von Brue Frères lag in einer Art Tiefparterre auf der Rückseite des Gebäudes. Drei mal vier Meter waren die Maße, und seinerzeit hatten sie mit dem Architekten darüber gewitzelt, wie viele säumige Schuldner wohl hineinpassen würden, deshalb hieß er im Haus nur der »Karzer«. Bei anderen Privatbanken mochten Archive und selbst Tresorräume der modernen Technologie zum Opfer gefallen sein: die Gebrüder Brue schleppten ihre Geschichte auf dem Bukkel mit sich, und hier lagen die Überreste – per Geldtransporter aus Wien überführt und zur Ruhe gebettet in diesem weißgetünchten Backsteinmausoleum voll seufzender Luftentfeuchter, vor dem ein Zerberus aus blinkenden Lämpchen und Tasten dem Eintretenden einen Code, einen Daumenabdruck und ein paar beschwichtigende Worte abverlangte. Die Versicherung hatte zusätzlich auf Iriserkennung gedrungen, doch dazu hatte sich Brue partout nicht durchringen können.

Im Innern angelangt, schob er sich durch die Gasse angestaubter Schließfächer bis zu dem Stahlschrank an der Rückwand. Er tippte den Code ein und arbeitete sich dann, den Zettel aus Annabel Richters Notizblock in der Hand, durch die Hängeordner, bis er den richtigen gefunden hatte. Er war von verschossenem Orange und wurde durch gefederte Metallklammern zusammengehalten. Die Leiste an seinem Rücken zeigte das Aktenzeichen an, aber keinen Namen. Im bläßlichen Schein der Deckenlampe blätterte Brue in gleichmäßigem Tempo die Seiten durch, mehr ein Überfliegen als ein Lesen. Eine erneute Suche in den Tiefen des Schranks förderte einen Schuhkarton mit eselsohrigen Karteikarten zutage. Er sah sie durch und zog die Karte heraus, die dieselbe Kennziffer wie die Akte trug.

KARPOW, las er. *Grigorij Borisowitsch, Oberst der Roten Armee. 1982. Gründungsmitglied.*

Dein goldener Jahrgang, dachte er. Mein Schierlingsbecher. Nicht, daß ich je von einem Karpow gehört hätte, aber warum sollte ich auch? Die Lipizzaner standen schließlich in deinem Privatstall.

»Sämtliche Kontobewegungen und Kundenanweisungen dieses Konto betreffend sind vor Einleitung weiterer Schritte umgehend an EAB persönlich zu melden, gezeichnet Edward Amadeus Brue«, las er.

An dich persönlich. Russische Gauner sind Chefsache. Unbedeutendere Gauner – Fondsmanager, Versicherungsmakler, Bankierskollegen – dürfen eine halbe Stunde im Wartezimmer sitzen und sich am Ende mit dem Hauptkassierer begnügen, Gauner aus Rußland dagegen werden auf deine persönliche Anordnung hin sofort zu EAB komplimentiert.

Nicht maschinengetippt. Nicht abgestempelt von Frau Elli, deiner damals noch blutjungen, ergebenen und in höchstem Maße privaten Privatsekretärin, nein, handbeschriftet mit den feinen blauen Schwüngen deines allzeit einsatzbereiten Füllfederhalters und unterschrieben mit deinem Namen in voller Länge, falls ein unkundiger Leser – als hätte es je einen gegeben! – in dem Kürzel nicht sofort Edward Amadeus Brue erkannte, den Bankier, der sich ein Leben lang strikt an die Vorschriften gehalten hatte, nur um zuletzt gegen sie alle zu verstoßen.

Brue verschloß sorgsam den Schrank, dann den Tresorraum und stieg, die Akte unterm Arm, durch das vornehme Treppenhaus wieder hinauf in sein Büro, wo sein Wochenendfrieden zwei Stunden zuvor so brutal gestört worden war. Die über den Schreibtisch verstreuten Akten von Mad Marianne schienen ihm einem anderen Leben zugehörig, die Bedenken der Hamburger Börse unerheblich.

Und immer wieder die Frage: *Warum?*

Du hattest das Geld nicht nötig, geliebter Vater, keiner von uns hatte das. Du hättest einfach bleiben können, was du warst: der reiche, geachtete Doyen der Wiener Finanzwelt, Inbegriff der Seriosität.

Und an dem Abend, als ich in dein Büro gestürmt kam und Frau Ellenberger bat, uns allein zu lassen (Fräulein Ellenberger damals noch, und welch ein bildhübsches Fräulein!), und mit Nachdruck die Tür hinter ihr schloß und uns beiden einen dreifachen Scotch einschenkte und dir sagte, daß ich es leid sei, allenthalben von den Mafia-Frères reden zu hören – was hast du da gemacht?

Dir dein Bankierslächeln in die Mundwinkel geschraubt – zugegeben, die gequälte Variante –, mir auf die Schulter geklopft und gesagt, es gebe Geheimnisse auf dieser Welt, in die man seinen geliebten Sohn besser nicht einweiht.

Deine Worte. Eingewickelt hast du mich. Sogar Fräulein Ellenberger wußte mehr als ich, aber ihr hattest du ja gleich am ersten Tag ihres Noviziats das Schweigegelübde abgenommen.

Und bei allem warst du trotzdem noch der, der zuletzt gelacht hat, nicht wahr? Du warst dem Tode nah, aber auch das war ein Geheimnis, in das ich nicht eingeweiht wurde. Kaum daß es auszusehen begann, als lieferten sich Freund Hein und die Wiener Behörden ein Kopf-an-Kopf-Rennen um deine unsterbliche Seele, gefiel es der vom alten Westerheim so heißgeliebten Queen, dich aus Gründen, in die kein Normalsterblicher je Einblick erhalten wird, stante pede in die Britische Botschaft zu beordern, wo ihr getreuer Botschafter dir mit geziemendem Brimborium den Verdienstorden des Britischen Empire verlieh, eine Ehre, nach der du, wie ich hinterher erfuhr (wenngleich nicht von dir *persönlich*), dein Leben lang gelechzt hattest.

Und bei der Verleihung hast du geweint.

Und ich auch.

Und deine Frau, meine Mutter, hätte genauso geweint, wenn sie dabeigewesen wäre, aber in ihrem Fall hatte Freund Hein das Rennen schon längst gemacht.

Und als du wieder mit ihr vereint warst in der Privatbank der Seligen – was du mit wiedererwachtem taktischem Geschick keine zwei Monate später bewerkstelligtest –, erschien der Umzug nach Hamburg erstrebenswerter denn je.

* * *

Unsere Klienten sind keine normalen Klienten in Ihrem Sinne, Mr. Brue.

Das Kinn in die Hand gestützt, blätterte Brue in der kargen, schmallippigen Akte. Das Register war manipuliert worden, Dokumente entfernt, um die Identität des Kontoinhabers zu verschleiern. Ein Begegnungsprotokoll – das nur bei Lipizzanern geführt wurde – gab zwar Aufschluß über Zeit und Ort der Zusammenkünfte von Schwarzgeldkunden und Schwarzgeldbankier, nicht aber über den Betreff.

Das Kapital des Kontoinhabers war in einem Offshore-Fonds auf den Bahamas angelegt, das Standardvorgehen bei den Lipizzanern.

Der Fonds gehörte einer Stiftung in Liechtenstein.

Der Anteil des Kontoinhabers an der liechtensteinischen Stiftung nahm die Form von Inhaberschuldverschreibungen an, hinterlegt bei Brue Frères.

Der *ausgewiesene Anspruchsberechtigte* erhielt diese Schuldverschreibungen gegen Vorlage der Kennummer, *zweckdienlicher Ausweispapiere* sowie des, wie es keusch genannt wurde, *erforderlichen Zugangsinstruments*.

Für weitere Details siehe die persönliche Akte des Kontoinhabers – nur daß sich diese just an dem Tag, an dem Amadeus Edward Brue, O. B. E., seinem Sohn feierlich die Schlüssel zur Bank überreichte, seltsamerweise in Luft aufgelöst hat.

Mit anderen Worten, keine offizielle Übergabe und mit einiger Sicherheit auch keine sonstigen Formalien: nur ein »Hallo, ich bin's« von dem glücklichen Besitzer der Kennummer, dazu ein Führerschein und das sogenannte Zugangsinstrument, und schon wechselte ein Batzen Aktien stillschweigend von einer dreckigen Pfote in die andere – der Traum eines jeden Geldwäschers.

* * *

»*Nur*«, murmelte Brue laut.

Nur ist im Falle von Grigorij Borisowitsch Karpow, ehemals Oberst der Roten Armee, der *ausgewiesene Anspruchsbe-*

rechtigte (sollte er sich als solcher herausstellen) einer der Verdammten dieser Erde, dem es unerträglich ist, daß er sich überhaupt an mich wenden muß, und der die Hälfte der Zeit lieber verhungern würde. Er ist außerdem am Ertrinken, und ich muß ihm nur die Hand hinstrecken. Er glaubt, ich bin sein Retter, und ohne mich muß er in die Hölle zurück.

Aber was Brue vor sich sah, war Annabels Hand: ringlos, die Nägel kurz wie bei einem Kind.

Auf der Straße war es still geworden. Freitag. Mitzis Bridgeabend.

Brue sah auf seine Uhr. Du liebe Güte, so spät schon! Wie ging das zu? Aber was hieß schon spät? Manchmal spielten sie bis in die frühen Morgenstunden. Er hoffte, daß sie gewann. Das war ihr wichtig. Nicht das Geld, das Gewinnen. Seine Tochter Georgie war das genaue Gegenteil. Ein Softie durch und durch, seine Georgie. Nur bei den Verlierern glücklich. Man konnte sie mit verbundenen Augen in einem Saal voller Jungs aussetzen: Wenn es unter ihnen einen todsicheren Blindgänger gab, jede Wette, daß er schon nach zwei Minuten ihre Telefonnummer hatte!

Und Sie, Annabel Richter von Fluchthafen Hamburg, wohin gehören Sie? Auf die Sieger- oder die Verliererseite? Wenn Sie die Welt retten wollen, vermutlich letzteres. Aber Sie werden mit Glanz und Gloria untergehen, soviel ist sicher. Edward Amadeus wäre Ihnen vom Fleck weg verfallen.

Ohne lange zu überlegen, wählte Brue zum zweitenmal ihre Nummer.

3

Erste Kunde von Issas Anwesenheit erreichte das beengte Quartier der Spezialeinheit Hintergrund im Hamburger Landesamt für Verfassungsschutz spätnachmittags am vierten Tag seiner Wanderungen kreuz und quer durch die Stadt, etwa zu der Zeit, als er zitternd und schwitzend vor Leylas Tür stand und um Einlaß bettelte.

Die »Neuen«, wie sie bei ihren unfreiwilligen Gastgebern nur hießen, waren auf dem Gelände des Landesamtes untergebracht, allerdings nicht im Hauptgebäude, sondern am äußersten Rand des Komplexes, so dicht an der natodrahtbewehrten Umzäunung, daß man aufpassen mußte, sich nicht zu schneiden. Charmelose Behausung des sechzehnköpfigen Teams mit seinem dürftigen Aufgebot an Auswertern, Observationskräften, Abhörern und Fahrern war ein ehemaliger Pferdestall der SS, der sich durch eine kaputte Turmuhr und einen unverbaubaren Blick auf alte Autoreifen und verwilderte Schrebergärten hervortat.

Zu verdanken hatte man diese Einquartierung der neugeschaffenen Koordinierungszentrale in Berlin, die sich die Entrümpelung der zersplitterten und notorisch ineffizienten deutschen Nachrichtendienste auf die Fahnen geschrieben hatte, weshalb man in den »Neuen« den ersten Schritt weg von altbewährten Demarkationslinien und hin zu einer stromlinienförmigen, integrierten Organisation sah. Wenngleich auf dem Papier dem Stadtstaat Hamburg unterstellt und mit keinerlei bundespolizeilichen Befugnissen ausgestattet, war die Einheit weder dem Landesamt Rechenschaft schuldig noch der Bundesbehörde in Köln, sondern ebenjenem nebulösen, allmächtigen Gremium in Berlin, das sie den Verfassungsschützern aufs Auge gedrückt hatte.

Aus was oder wem aber bestand dieses allmächtige Berliner Gremium? Seine bloße Existenz erfüllte die Herzen der eingesessenen deutschen Geheimdienstler mit Furcht. Sicher, offiziell war es nichts weiter als eine Arbeitsgruppe, gebildet aus Spitzenleuten der fraglichen Dienste und betraut mit der Aufgabe, nach einer Serie beinahe-geglückter Terroranschläge auf deutschem Boden die Zusammenarbeit untereinander zu verbessern. Nach einer Reifungsphase von sechs Monaten – so die amtliche Version – sollten ihre Empfehlungen den beiden Machtzentren des deutschen Geheimdienstwesens, Innenministerium und Kanzleramt, zur Beurteilung vorgelegt werden, und damit hatte sich die Sache.

Oder auch nicht. In Wahrheit nämlich war der Auftrag der Zentrale von welterschütternder Bedeutung, bestand er doch in nichts Geringerem als der Schaffung eines völlig neuen Führungssystems, das alle größeren und kleineren Nachrichtendienste unter sich vereinen und, etwas nie Dagewesenes in der bundesdeutschen Bürokratie, einem einzigen Mann unterstellt sein sollte, einem Chefkoordinator ganz neuen Stils, der mit ungeahnten Befugnissen ausgestattet sein würde.

Aber wer würde dieser allgewaltige neue Geheimdienstzar sein? Niemand zweifelte daran, daß er aus den schattenhaften Reihen des Gremiums selbst hervorgehen würde. Aber aus welchem Lager? So ungewiß, wie das politische Gleichgewicht durch das derzeitige Tauziehen in der Regierungskoalition war – in welche Richtung würde er tendieren? Welche Loyalitäten, welchen verborgenen Plan würde er zu seiner Herkulesarbeit mitbringen? Was für Versprechen hatte er zu halten? Und auf wessen Einflüsterungen würde er hören, wenn er seinen neuen Besen schwang?

Würden beispielsweise die geplagten Verfassungsschützer bei der Aufklärung im Inland noch mehr Kompetenzen an das Bundeskriminalamt verlieren? Würde der Bundesnachrichtendienst nach wie vor als einziger zu verdeckten Operationen im Ausland berechtigt sein? Und wenn ja, würde er sich endlich seines Ballasts an Exsoldaten und Quasidiplomaten entledigen, von denen die Außenstellen voll waren? – gute Leute allesamt, wenn es um die Verteidigung deutscher Botschaften in Zeiten des Aufruhrs ging, aber nur bedingt geeignet für die diffizile Aufgabe, ein geheimes Agentennetzwerk aufzuziehen und zu steuern.

Kein Wunder also, daß bei soviel Argwohn und Ängsten, wie sie momentan in der Geheimdienstwelt schwelten, das Klima zwischen den rätselhaften Eindringlingen aus Berlin und ihren widerwilligen Hamburger Wirten bestenfalls frostig war, bis hinein in die kleinsten Details des täglichen Umgangs; kein Wunder auch, daß das Interesse, das Issas Auftauchen auf der einen Hofseite erregte, auf der anderen nicht zwingend auf Gegenliebe stieß. Ohne das scharfe – wie manche meinten, krankhaft scharfe – Auge von Günther Bachmann, dem eigenwilligen Leiter der Truppe, wäre die klammheimliche Einreise des Mannes, der sich Issa nannte, vielleicht völlig unbemerkt geblieben.

* * *

Und dieser Bachmann aus Berlin – was für einer war das?

Wenn es auf dieser Welt Menschen gibt, die von klein auf für die Spionage bestimmt sind, dann gehörte Bachmann zu ihnen. Der polyglotte Sproß einer rassigen Deutsch-Ukrainerin, die von einer exotischen Ehe zur nächsten geflattert war, galt als der einzige Mitarbeiter seines Dienstes, der keine akademische Qualifikation vorweisen konnte außer einem bündigen Rausschmiß aus der Oberschule. Im Alter von dreißig war er bereits zur See gefahren, hatte den Hindukusch durchwandert, in einem kolumbianischen Gefängnis gesessen und einen tausendseitigen unveröffentlichbaren Roman geschrieben.

Doch über dieser Fülle abseitiger Erfahrungen hatte er nach und nach auch zu seiner wahren Heimat und Berufung gefunden, erst als Gelegenheitsspion für diverse deutsche Außenposten, später als inoffizieller Botschaftsangehöriger ohne diplomatischen Rang: in Warschau seiner Polnischkenntnisse wegen, in Aden, Beirut, Bagdad und Mogadischu seiner

Arabischkenntnisse wegen und in Berlin schließlich eines sagenumwitterten Skandals wegen, der ihn zu einer Zwangspause verdonnerte. Über die nähere Natur dieses Skandals gingen die Meinungen auseinander: Übereifer, behaupteten die einen; ein Erpressungsversuch, bei dem er sich überhoben hatte, die anderen; ein Selbstmord, erinnerte ein deutscher Botschafter sich eilfertig.

Fest stand, daß er nach einer Weile, mit einem neuen Decknamen ausgestattet, wieder ausgerückt war nach Beirut, um dort weiterzubetreiben, was er schon immer erfolgreicher als jeder andere betrieben hatte, wenn auch nicht unbedingt regelkonform (aber wann hätten in Beirut je Regeln gegolten?): das Auftun, Anwerben und Führen von Agenten vor Ort, von jeher der Goldstandard echter Informationsbeschaffung. Doch mit der Zeit wurde auch Beirut ein zu heißes Pflaster für ihn, und ein Schreibtisch in Hamburg schien plötzlich vorzuziehen – wenn schon nicht ihm, dann wenigstens seinen Gebietern in Berlin.

Aber Bachmann schob man nicht so leicht aufs Abstellgleis. Diejenigen, die Hamburg als Strafposten bezeichneten, wußten nicht, was sie da sagten. Mit seinen Mitte vierzig war Bachmann ein struppiger, aufbrausender Terrier von einem Mann, breit in den Schultern und nicht selten mit Asche auf dem Revers, zumindest so lange, bis die vortreffliche Erna Frey, seine langjährige Mitarbeiterin und Assistentin, sie ihm abklopfte. Er war ein Getriebener, charismatisch und mitreißend, ein Workaholic mit einem Lächeln, das Berge versetzen konnte. Das volle hellbraune Haar wirkte zu jugendlich für die furchengekerbte Stirn. Wie ein Schauspieler mußte er nur einen Hebel umlegen, und aus Charme und Schmeichelei wurde Drohung. Artigste Komplimente und gröbste Beleidigungen – bei ihm paßten sie in ein und denselben Satz.

»Wir führen ihn an der langen Leine«, sagte er zu Erna Frey, während sie Schulter an Schulter in dem klammen Kabuff der Auswerter standen und ihrem Starhacker Maximilian zusahen, wie er Bild um Bild von Issa auf seine Monitore zauberte. »Wir lassen ihn mit den Leuten reden, mit denen er reden soll, wir lassen ihn da beten, wo er beten soll, und da schlafen, wo er schlafen soll. Keiner darf ihm in die Quere kommen, bevor wir es tun. Schon gar nicht die Saftsäcke von gegenüber.«

* * *

Die erste Sichtung Issas, wenn sie denn so genannt werden konnte, hatte bei niemandem großes Interesse erregt. Ein EU-weiter Fahndungsbefehl, ausgegeben vom Hauptquartier der schwedischen Polizei in Stockholm, setzte alle Mitgliedsstaaten davon in Kenntnis, daß ein illegaler russischer Einwanderer, Name, Photo und Beschreibung anliegend, aus schwedischem Gewahrsam entkommen war, derzeitiger Aufenthaltsort unbekannt. Solche Fahndungsmeldungen kamen bis zu einem halben Dutzend am Tag herein. Beim Lagedienst auf der anderen Hofseite wurden sie ordnungsgemäß vermerkt, heruntergeladen, zu den übrigen Steckbriefen gehängt, die reihenweise die Wände im Aufenthaltsraum schmückten, und ansonsten ignoriert.

Aber Issas Züge mußten sich Maximilians innerem Auge eingebrannt haben, denn im Lauf der nächsten Stunden begann bei den Auswertern die Luft immer mehr zu knistern, und immer mehr Kollegen aus anderen Teilen des Pferdestalls fanden sich ein, um nichts von der Aufregung zu verpassen. Maximilian mit seinen siebenundzwanzig Jahren stotterte zum Gotterbarmen, aber er hatte ein Gedächtnis wie ein zwölfbändiges Lexikon und eine erstaunliche Gabe, scheinbar unwichtige Informationsfetzen zu einem Ganzen zusammenzufügen. Dennoch war es späte Nacht geworden, ehe er sich auf seinem Stuhl zurückfallen ließ und die langen sommersprossigen Finger hinterm Kopf verschränkte.

»*Play it again*, Maximilian«, befahl Bachmann und brach damit das andächtige Schweigen.

Maximilian errötete und klickte erneut auf Wiedergabe:

Issas Fahndungsphoto von der schwedischen Polizei, Vorderansicht, beide Seiten im Profil, mit einem breiten WANTED darüber und seinem Namen in Großbuchstaben wie eine Warnung: KARPOW, ISSA.

Ein fettgedruckter Zehn-Zeilen-Text, der ihn als flüchtigen militanten Muslim beschrieb, vor dreiundzwanzig Jahren geboren in Grosny, Tschetschenien, nachweislich gewalttätig, Vorsicht geboten.

Die Lippen fest zusammengepreßt. Kein Versuch eines unstatthaften Lächelns.

Die Augen schmerzhaft weit aufgerissen nach den Tagen und Nächten in der stinkenden Finsternis des Containers. Das Gesicht unrasiert, ausgemergelt, verzweifelt.

»Woher wissen wir, daß er seinen richtigen Namen angegeben hat?« fragte Bachmann.

»Hat er nicht« – Erna Frey sprang ein, da Maximilian noch mit den Worten rang. »Er hat einen tschetschenischen Namen angegeben, aber seine Freunde aus dem Container haben ihn verpfiffen. ›Das ist Issa Karpow‹, haben sie gesagt. ›Der russische Aristokrat.‹«

»Aristokrat?«

»Steht alles in dem Bericht. Seine Mitinsassen fanden ihn hochnäsig. Irgendwie abgehoben. Wie man in einem Container abgehoben sein kann, ist uns noch unklar.«

Maximilian hatte seine Anlaufschwierigkeiten überwunden. »Die schwedische Polizei geht davon aus, daß er aufs Schiff zurückgekehrt ist und die Besatzung bestochen hat«, brach es in einem enormen Wortschwall aus ihm heraus. »Und Zielhafen des Schiffs war *Kopenhagen*« – das Wort ein veritabler Triumph der Willenskraft über die Natur.

Verschwommene Aufnahmen eines dünnen bärtigen Mannes in langem, dunklem Mantel, Kefije und zickzackgemustertem Scheitelkäppchen, der im Dunkeln von der Ladefläche eines Lasters springt.

Winken von seiten des Fernfahrers.

Kein Winken von seiten des ausgestiegenen Passagiers.

Ein Bahnhofsplatz, unschwer als der des Hamburger Hauptbahnhofs zu erkennen; lange Reihen schmutzigweißer Taxis.

Derselbe dünne Mann liegt ausgestreckt auf einer Bank.

Derselbe dünne Mann setzt sich auf, spricht mit dickem, gestikulierendem Mann, nimmt Pappbecher mit Getränk von ihm an, trinkt.

Als nächstes, zum Vergleich übereinandergeschnitten, Issas Fahndungsphoto und vergrößerte Standphotos des dünnen bärtigen Mannes auf der Bahnhofsbank.

Noch ein Standphoto des dünnen bärtigen Mannes, diesmal zu voller Länge aufgerichtet auf dem Bahnhofsvorplatz.

»Die Schweden haben seine Körpermaße vermerkt«, brachte Maximilian nach mehreren Anläufen hervor. »Er ist groß. Über eins neunzig.«

Neben dem bärtigen Mann, der erst liegt, dann sitzt, erscheint ein virtueller Zollstock. Ein Meter dreiundneunzig, verkündet der Zollstock.

»Wie zum Teufel kommt man darauf, sich die Videoaufzeichnungen vom Hamburger Bahnhof vorzunehmen?« wunderte sich Bachmann. »Jemand zeigt dir ein schwedisches Fahndungsphoto von einem Tschetschenen, der sich nach Dänemark abgesetzt hat, und du knöpfst dir die Penner vor, die am Hamburger Hauptbahnhof abhängen. Ich sollte dich wegen parapsychologischem Getrickse aus dem Verkehr ziehen.«

Maximilian, dunkelrot vor Stolz, reckte überflüssigerweise die Hand, um sich Aufmerksamkeit zu verschaffen, und tippte mit der anderen wieder auf die Maustaste.

Vergrößerung desselben Lasters auf dem Bahnhofsplatz, Seitenansicht, keine Beschriftung.

Vergrößerung desselben Lasters, Rückansicht. Maximilian zoomt das Nummernschild näher heran. Es ist halb mit einem schwarzen Lappen umwickelt. Unter dem Lappen sind ein Teil des EU-Emblems und die ersten beiden Ziffern eines dänischen Kennzeichens auszumachen. Maximilian kämpft mit den Konsonanten und verliert. Seine hübsche Freundin, die Halbaraberin Niki aus der Abhörabteilung, kommt ihm zu Hilfe.

»Die Schweden haben die anderen blinden Passagiere über ihn ausgefragt«, sagt sie, und Maximilian nickt dazu. »Er war unterwegs nach Hamburg. Für ihn mußte es Hamburg sein oder gar nichts. In Hamburg sollte sich für ihn alles fügen.«

»Hat er vielleicht auch gesagt, wie?«

»Nein. Nur geheimnisvoll dreingeschaut und geschwiegen. Seine Mitfahrer dachten, er hat ein Rad ab.«

»Die hatten im Zweifel alle ein Rad ab, als sie endlich aus diesem Container rauskamen. Welche Sprachen spricht er?«

»Russisch.«

»Nur Russisch? Kein Tschetschenisch?«

»Laut den Schweden nicht. Vielleicht haben sie's auch bloß nicht probiert.«

»Aber sein Vorname ist *Issa*. Also eigentlich *Jesus*. Jesus Karpow. Er hat einen russischen Nachnamen und einen muslimischen Vornamen. Wie kommt er dazu, verdammt?«

»Niki hat ihn nicht getauft, Günther-Schatz«, murmelt Erna Frey.

»Und wenn er schon Russe ist, warum hat er dann keinen Vatersnamen?« mault Bachmann. »Was ist mit seinem -witsch passiert? Im Gefängnis vergessen, oder wie?«

Statt auf die Frage einzugehen, lenkte Niki die allgemeine Aufmerksamkeit wieder auf die Verdienste ihres Liebsten. »Maximilian hatte diese absolut geniale Idee, Günther. Der nächste Anlaufhafen des Schiffs war Kopenhagen, der Junge wollte nach Hamburg – also hat er sich einfach bei allen Zügen aus Kopenhagen die Überwachungsbilder von den Bahnsteigen angesehen!«

Bachmann, sparsam mit Lob wie immer, tat so, als hätte er sie nicht gehört. »Und Issa Nix-witsch Karpow war der einzige, der aus diesem dänischen Laster mit dem zugehängten Nummernschild gestiegen ist?«

»Er war allein. Oder, Maximilian? Solo.« Eifriges Nicken seitens Maximilians. »Niemand sonst ist aus dem dänischen Laster ausgestiegen, und der Fahrer blieb im Führerhaus.«

»Und der alte Fettsack, wer ist das?«

»Der alte Fettsack?« Niki geriet kurzfristig aus dem Konzept.

»Dieser Fettsack mit dem Pappbecher. Der auf dem Bahnhofsplatz mit unserem Mann geredet hat. Mit der schwarzen Lotsenmütze auf dem Kopf. Hab nur ich den alten Fettsack gesehen? Garantiert nicht. Der Junge hat dem alten Fettsack ja schließlich *geantwortet*. In welcher Sprache? Russisch? Tschetschenisch? Arabisch? Latein? Altgriechisch? Oder spricht unser Mann Deutsch, und wir wissen es nur nicht?«

Maximilian meldet sich schon wieder. Mit der anderen Hand klickt er auf den Aufnahmen des alten Fettsacks herum, holt ihn näher heran. Er zeigt ihn in Echtzeit, dann in Zeitlupe: ein vierschrötiger Glatzkopf mit soldatischer Haltung und Schaftstiefeln, der feierlich einen Styropor- oder Pappbecher offeriert. Seine Gebärden haben etwas eigentümlich Würdevolles, fast Priesterliches. Und ja, der alte Fettsack und unser Mann wechseln unbestreitbar ein paar Sätze.

»Und jetzt das Handgelenk.«

»Handgelenk?«

»Das von dem Jungen«, blaffte Bachmann. »Die rechte Hand von dem Jungen, Himmelarsch. Mit der er den Kaffee nimmt. Halt direkt drauf!«

Ein zierliches Kettchen, Gold oder Silber. Daran baumelnd ein winziges Buch, aufgeschlagen. »Wo ist Karl? Ich brauche Karl!« Bachmann dreht sich um die eigene Achse, die Hände von sich gestreckt, als hätte man ihn beraubt. Aber Karl steht direkt vor ihm: Karl, der ehemalige Straßenjunge aus Dresden, drei Jugendstrafen, Diplom in Soziologie. Karl mit dem schüchternen, hilfesuchenden Lächeln.

»Fahr gleich mal rüber zum Bahnhof, Karl. Vielleicht hat der alte Fettsack unseren Mann ja doch nicht so zufällig angesprochen. Vielleicht hat er ihm Anweisungen gegeben, vielleicht ist er sogar sein Kontaktmann. Oder er ist nichts weiter als ein einsamer alter Knacker, für den es das Höchste der Gefühle ist, um zwei Uhr morgens am Bahnhof zu stehen und gutaussehende junge Penner mit Kaffee zu beglücken. Fühl den Leuten von der Bahnhofsmission auf den Zahn. Krieg raus, ob sie wissen, wer unserem Mann zu nachtschlafender Zeit zu trinken angeboten hat. Vielleicht ist er ja öfters da. Photos zeig ihnen lieber keine, das verschreckt sie nur. Laß deinen Charme spielen, und halt dich von der Bahnhofspolizei fern. Sieh zu, daß du eine anrührende Geschichte parat hast. Der alte Fettsack ist dein verloren geglaubter Onkel. Oder du schuldest ihm Geld. Hauptsache, du wirbelst keinen Staub auf. Sei diskret, sei unsichtbar, wie du's so gut draufhast. Alles klar?«

»Alles klar.«

Jetzt wendet sich Bachmann an sie alle: Niki, ihre Freundin Laura, ein paar Fahnder, die Karl nach oben gefolgt sind, Maximilian, Erna Frey.

»Also, Leute, ich fasse zusammen. Wir suchen nach einem Mann ohne Vatersnamen und ohne Bezug zur Normalität. Seiner Akte zufolge ist er ein militanter tschetschenischer Russe, ein Gewaltverbrecher, der sich aus dem türkischen Gefängnis freikauft (was hat er da drin überhaupt gemacht?), der die schwedische Hafenpolizei abhängt, der sich die Weiterfahrt auf dem Schiff erkauft, aus dem sie ihn gerade rausgezogen haben, der sich in Kopenhagen an den Kontrollen vorbeimogelt, einen Laster nach Hamburg chartert, einen Becher voll Was-auch-immer von einem alten Fettsack annimmt, mit dem er sich in weiß der Geier welcher Sprache unterhält, und ein Goldarmband mit dem Koran dran trägt. So ein Mann verdient unseren größten Respekt. Amen?«

Womit er in sein Büro zurückstampft, wie stets auf dem Fuße gefolgt von Erna Frey.

* * *

Waren sie miteinander verheiratet?

Gegensätzlicher als sie hätten zwei Menschen nicht sein können, also vielleicht ja. Während Bachmann körperliche Ertüchtigung jeglicher Art verabscheute, rauchte, fluchte, Whisky soff und für nichts Geduld aufbrachte mit Ausnahme der Arbeit, war Erna Frey groß, durchtrainiert und asketisch, mit praktischem Kurzhaarschnitt und einem energischen Gang. Ihre Eltern hatten sie nicht nur mit dem altjüngferlichsten aller Namen geschlagen, sie hatten sie auch auf eine elitäre Hamburger Klosterschule geschickt, aus der sie vollgepumpt mit deutschen Tugenden hervorgegangen war: Treu und Redlichkeit, Pünktlichkeit, Keuschheit, nichts fehlte, bis ihr beißender Humor und ihre gesunde Skepsis ein für allemal mit diesem Spuk aufräumten. Eine andere Frau hätte ihren antiquierten Vornamen vielleicht gegen ein flotteres Modell eingetauscht. Nicht so Erna. Bei Tennisturnieren schnitt und schmetterte sie sich zum Sieg über Gegner beiderlei Geschlechts. Bei Bergtouren ließ sie selbst junge Männer alt aussehen. Ihre größte Leidenschaft jedoch war das Einhandsegeln, und alle wußten, daß sie jeden Cent für ein Boot zurücklegte, mit dem sie die Welt umsegeln wollte.

Bei der Arbeit allerdings war dieses ungleiche Paar Mann und Frau, die alles miteinander teilten: Zimmer, Telefon, Akten, Computer, ihre Gerüche, ihre Unarten. Wenn Bachmann sich verbotenerweise eine seiner widerwärtigen russischen Zigaretten ansteckte, hustete Erna Frey demonstrativ und riß die Fenster auf. Aber weiter ging ihr Protest nicht. Bachmann konnte paffen, bis das Zimmer stank wie eine Räucherkammer, und sie sagte keinen Ton. Schliefen sie miteinander? Wollte man den Gerüchten trauen, hatten sie es mit dem Sex versucht und ihn zum Katastrophengebiet erklärt. Wenn sie aber Nachtschichten einlegten, hatten sie keinerlei Hemmungen, sich zusammen in dem engen Kämmerchen am Ende des Korridors schlafen zu legen.

Und als sich die neugebildete Spezialeinheit erstmals auf dem eilends umfunktionierten Heuboden versammelt hatte, der ab jetzt ihr Zuhause sein sollte, um dort mit Bachmanns badischem Lieblingswein und Erna Freys Wildschweinbraten mit Preiselbeeren begrüßt zu werden, hatten die zwei so liebevoll miteinander gewirkt, so bis ins Kleinste aufeinander eingespielt, daß es ihre Gäste nicht überrascht hätte, wenn sie Händchen gehalten hätten – bis zu dem Moment, hieß das, als Bachmann das Wort ergriff, um seine frisch ausgehobenen Truppen darüber ins Bild zu setzen, worin ihre Mission denn nun bestand. Seine Ansprache, zotig und messianisch zu gleichen Teilen, war bald Geschichtsunterricht der unorthodoxeren Art, bald Schlachtgesang. Sie ging in die Annalen ein als die Bachmann-Kantate und lautete wie folgt:

* * *

»Der elfte September hat nicht nur einen Ground Zero hinterlassen, sondern gleich zwei«, verkündete er ihnen, und im Reden durchmaß er mit schnellen Schritten den Heuboden, so daß er bald vom Geländer aus zu ihnen sprach, bald von der Rückwand aus, um im nächsten Moment unter den Dachbalken direkt vor ihnen aufzutauchen, ein vierschrötiger Flaschengeist, der jedes seiner Worte mit einem Fausthieb untermalte. »Der eine Ground Zero war in New York. Der andere Ground Zero, von dem man nicht annähernd so viel hört, war hier in Hamburg.«

Er deutete mit dem Ellbogen zum Fenster.

»Dieser Hof da draußen lag unter dreißig Metern Schutt begraben, alles Papier. Und unsere Herren Obertrottel von BND und Verfassungsschutz stocherten darin herum, um herauszufinden, wie zum Teufel sie die Sache dermaßen hatten versieben können. Genies aus der ganzen westlichen Welt kamen angeflogen, um kluge Ratschläge zu erteilen und sich selbst reinzuwaschen. Illusterste Verfassungsschützer aus Köln (Gott schütze uns vor unseren Beschützern)« – Gelächter, das er ignorierte –, »Top-Spione vom Bundesnachrichtendienst, die allwissenden Damen und Herren vom Parlamentarischen Kontrollgremium, Amerikaner von mehr Agenturen, als man je für möglich halten sollte – bei der letzten Zählung immerhin sechzehn! –, alle traten sie sich auf die Zehen, um vor jeder Türe zu kehren außer vor ihrer eigenen. Ganz ehrlich: so viele Klugscheißer haben in diesen Wochen damals ihren Senf dazugegeben, daß sich die armen Schweine, die den Laden schmeißen und die Scheiße wegräumen mußten, nur noch wünschten, sie hätten ihnen schon ein bißchen früher unter die Arme gegriffen. Dann hätte es nämlich keinen Mohammed Atta gegeben, und keine geifernde Pressemeute hätte ihnen ans Bein gepißt.«

Er drehte eine Runde durch den Heuboden, Ellbogen ausgestellt, Fäuste geballt.

»Hamburg hatte es verbockt. Alle anderen hatten es genauso verbockt, aber Hamburg bezog die Prügel.« Kurze Clownseinlage, bei der er beide Seiten einer imaginären Pressekonferenz spielte: »*Sagen Sie doch bitte: Wie viele arabischsprechende Kräfte haben Sie derzeit in Hamburg im Einsatz?*« quäkte er und hopste dann ein Stück nach links. »Hm, da müßte ich nachrechnen – ich *meine*, anderthalb.« Hopser nach rechts. »*Wen genau haben Sie denn bitte abgehört und be-*

schattet in den Monaten, die der Katastrophe vorausgingen?« Erneuter Hopser. »Tja, werte Kollegin von der Presse, was hatten wir da alles … ein paar Herren aus China, die im Verdacht standen, unsere Industriegeheimnisse stehlen zu wollen … halbwüchsige Neonazis, die jüdische Grabsteine mit Hakenkreuzen verschandelt haben … die nächste Generation der RAF … ach ja, und achtundzwanzig vergreiste Exkommunisten, die die gute alte DDR zurückhaben wollen.«

Er entschwand den Blicken, um am hinteren Ende des Heubodens wieder aufzutauchen: ein Büßer.

»Hamburg ist eine schuldige Stadt«, erklärte er düster. »Sei es bewußt, sei es unbewußt. Vielleicht hat Hamburg die Flugzeugentführer ja sogar *angelockt*. Haben sie uns ausgewählt? Oder wir sie? Was für Signale sendet Hamburg an den islamistischen, antizionistischen Nullachtfünfzehn-Terroristen aus, der es dem Westen so richtig zeigen will? Jahrhunderte des Antisemitismus? Treffer. Konzentrationslager gleich um die Ecke? Alles da. Gut, Hitler ist nicht in Blankenese zur Welt gekommen. Aber das kann purer Zufall sein. Die Baader-Meinhof-Bande? Ulrike Meinhof stammt hier aus der Gegend und war stolze Wahlhamburgerin. In arabischen Lagern ausgebildet! So dicke mit den Fanatikern dort, daß sie sogar zum Flugzeugentführen mitdurfte! Noch so ein Signal. Zu viele Araber lieben Deutschland aus den falschen Gründen. Unsere Selbstmordpiloten ja vielleicht auch. Wir haben sie nicht gefragt. Und jetzt ist es zu spät dafür.«

Er ließ das Schweigen eine Weile andauern, dann schien er die Depression abzuschütteln.

»Jetzt aber die *gute* Nachricht über Hamburg«, fuhr er energisch fort. »Wir sind ein Seefahrervolk. Wir sind ein weltoffener, linksliberaler, quicklebendiger Stadtstaat. Wir sind Eins-a-Geschäftsleute mit einem Eins-a-Hafen und einem Eins-a-Riecher für Profit. Unsere Ausländer sind keine Fremden für uns. Wir sind kein pupsiges kleines Provinznest, wo Ausländer wie Außerirdische wirken. Bei uns sind sie Teil der Landschaft. Im Lauf der Jahrhunderte haben Millionen von Mohammed Attas unser Bier getrunken, unsere Nutten gevögelt und sind zurückgekehrt auf ihre Schiffe. Und wir haben sie nicht begrüßt oder ihnen zum Abschied gewinkt oder sie gefragt, was sie hier machen, weil sie für uns eine Selbstverständlichkeit waren. Wir sind Deutschland, aber wir sind auch etwas Eigenes. Wir sind *besser* als Deutschland. Wir sind Hamburg, aber zugleich sind wir New York. Wir haben vielleicht keine Zwillingstürme. Aber die hat New York jetzt ja auch nicht mehr. Trotzdem, wir sind *attraktiv*. Wir haben das richtige *Odeur* für die falschen Leute.«

Wieder eine Pause, während der er das eben Gesagte abwog. »Wobei ich mindestens soviel Verantwortung bei unserer neuentdeckten, arschkriecherischen Multikulti-Toleranz sehe. Eine schuldbeladene Stadt, die die Sünden der Vergangenheit wiedergutzumachen versucht, indem sie eine sagenhafte, unerschöpfliche Toleranz gegenüber allen und allem zur Schau trägt – das ist schließlich auch ein Signal. Es ist praktisch eine Einladung, herzukommen und die Probe aufs Exempel zu machen.«

Womit er bei seinem Lieblingsthema angelangt war, dem Thema, auf das sie alle warteten, der Mission, um derentwillen sie aus Berlin oder München abgezogen und in eine halbzerfallene SS-Stallung in Hamburg beordert worden waren. Er wetterte gegen die himmelschreiende Unfähigkeit der westlichen Nachrichtendienste – und allen voran der deutschen Nachrichtendienste –, auch nur eine einzige brauchbare Quelle für den Kampf gegen den Islamismus zu erschließen.

»Meint ihr, nach dem elften September wäre alles anders geworden?« fragte er voller Wut – Wut auf sie? auf sich selbst? »Meint ihr, diese Kostprobe globalen Terrors hätte unsere sauberen Geheimdienstler so aufgerüttelt, daß sie sich auf der Stelle ihre Palästinensertücher umgebunden hätten und aufgebrochen wären, um sich in den Suqs von Aden und Mogadischu und Kairo und Bagdad und Kandahar ein paar Auskünfte darüber zu kaufen, wo und wann die nächste Bombe hochgeht und wer aufs Knöpfchen drückt? Gut, wer kennt nicht den blöden Spruch: Einen Araber kannst du nicht kaufen, nur mieten? Wir konnten nicht mal einen *mieten*, verdammt! Mit ein paar rühmlichen Ausnahmen, mit denen ich euch hier nicht langweilen will, waren die Quellen, die wir damals hatten, ein Griff ins Klo. Und daran hat sich bis jetzt nichts geändert.

Klar, wir hatten jede Menge wackere deutsche Journalisten und Geschäftsleute und Entwicklungshelfer auf unserer Gehaltsliste stehen. Ein paar waren sogar *keine* Deutschen und fanden es prima, uns gegen ein steuerfreies zweites Einkommen ihren Schrott andrehen zu können. Aber so was sind keine echten Quellen. Keine käuflichen, desillusionierten radikalen Imame, keine islamistischen Jugendlichen mit einer Hand schon am Sprengstoffgürtel. Es sind nicht bin Ladens Schläfer oder seine Talentschnüffler oder seine Kuriere oder seine Quartiermeister oder Zahlmeister, nicht mal um fünfzig Ecken. Es sind einfach nur nette Essensgäste.«

Er wartete, bis das Gekicher abgeklungen war.

»Und als uns aufging, was wir in Wahrheit brauchten, da konnten wir es nicht finden.«

Wir, vermerkten sie bei sich. *Wir* in Beirut. *Wir* in Mogadischu und Aden. Der Bachmannsche Pluralis majestatis. Bachmann hatte Quellen gefunden, echte Quellen, ergiebige Quellen, jeder im Nachrichtendienst wußte das. Gekauft oder gemietet, wer fragte danach? Aber vielleicht hatte er sie auch wieder verloren. Oder er mußte sie aus Sicherheitsgründen verleugnen.

»Wir dachten, wir könnten sie auf unsere Seite locken. Wir dachten, unsere netten Gesichter und dicken Brieftaschen wären Anreiz genug. Diese vielen Nächte, die wir auf stockfinsteren Parkplätzen auf irgendwelche hochkarätigen Überläufer gewartet haben, die zu uns auf den Rücksitz schlüpfen und einen Deal mit uns machen sollten. Es kam kein einziger. Dieser ganze Funkverkehr, den wir abgehört haben, um ihre Codes zu knacken. Sie hatten keine Codes. Wieso nicht? Weil wir uns nicht mehr im Kalten Krieg befanden. Weil wir stattdessen gegen Ableger einer Nation kämpften, die Islam heißt und die eine Bevölkerung von anderthalb Milliarden und eine entsprechend passive Infrastruktur hat. Wir dachten, wir könnten einfach weitermachen wie zuvor, und wir lagen grandios daneben.«

Sein Zorn legte sich etwas, er gönnte sich eine Abschweifung. »Hört zu. Ich war dabei«, vertraute er ihnen an. »Bevor ich auf die Araber angesetzt wurde, habe ich mit den Sowjets Spielchen gespielt. Ich habe Leute gekauft und verkauft. Ich habe Agenten umgedreht und noch mal umgedreht, bis ich fast selber einen Drehwurm hatte. Aber dafür hat mir keiner den Kopf abgesägt. Keiner hat meine Frau und meine Kinder in die Luft gesprengt, während sie in Bali am Strand lagen oder in Madrid oder London im Zug saßen und zur Schule fuhren. Die Spielregeln haben sich geändert seit damals. Nur sind *wir* blöderweise immer noch die alten«, schloß er abrupt und stiefelte davon in einen anderen Teil des Heubodens, um einen neuerlichen Taktwechsel anzukündigen.

»Und selbst *nach* dem elften September war unser geliebtes Vaterland – pardon, unsere *Heimat* – immun, sie mußte es ja sein«, erklärte er mit bitterem Auflachen. »Wir Deutschen konnten überall hingehen, nackt! Nach wie vor! Wer sollte *uns* schon ein Haar krümmen, wir waren doch so wunderbar deutsch und immun! Gut, wir hatten ein paar islamistische Terroristen bei uns beherbergt, und drei davon waren losgezogen zum Sturm auf World Trade Center und Pentagon. Na und? Nur das war ja ihre Mission gewesen, und die hatten sie erfüllt. Sie hatten einen Schlag gegen das Herz des großen Satans persönlich geführt und waren dabei selbst draufgegangen. Wir waren ihre *Startrampe* gewesen, Himmelherrgott, nicht ihr *Ziel*! Warum uns Sorgen machen? Also haben wir Kerzen für die armen Amerikaner angezündet. Und für die armen Amerikaner *gebetet*. Und ihnen jede Menge *Solidarität* bewiesen, die uns keinen Pfennig gekostet hat. Aber wie wir alle wissen, gab es bei uns einen Haufen Arschlöcher, denen es ganz recht war, daß die Festung Amerika endlich mal einen Denkzettel verpaßt bekam – und ein paar von diesen Arschlöchern saßen in Berlin ziemlich weit oben und tun es noch. Und als der Irakkrieg kam und wir tugendhaften Deutschen uns raushielten, machte uns das nur noch immuner. In Madrid gab es Anschläge. In Ordnung. Und in London gab es Anschläge. Geschenkt. Aber nicht in Berlin, nicht in München, nicht in Hamburg. *Wir* waren ja immun!«

Er hatte sich in einer Ecke postiert und sprach in verschwörerischem Ton schräg zu ihnen herüber.

»Aber die Sache hatte zwei klitzekleine Haken, meine Lieben. Haken Nummer eins war die Tatsache, daß wir den Amerikanern Militärstützpunkte vom Feinsten zur Verfügung gestellt haben, weil wir nämlich Abkommen mit ihnen hatten, noch aus der Zeit, als sie hier die Siegermacht waren. Wißt ihr noch das prächtige schwarze Transparent, das unsere verehrte Regierung ans Brandenburger Tor gehängt hat? Wir trauern! Our deepest sympathy! Das hing da nicht zufällig. Haken Nummer zwei war unsere unbeirrbare, uneingeschränkte, schuldbewußte Unterstützung für den Staat Israel. Wir haben Israel gegen die Ägypter unterstützt, gegen die Syrer, die Palästinenser. Wir haben es gegen die Hamas unterstützt und gegen die Hisbollah. Und als Israel den Libanon in Schutt und Asche gebombt hat, da haben wir Deutschen gehorsam unser schuldzerfressenes Gewissen erforscht und nur davon geredet, wie das tapfere kleine Israel verteidigt werden könnte. Und wir haben unsere tapferen Jungs in Uniform in den Libanon geschickt, um genau das zu tun – und uns damit keine Freunde unter den Libanesen und sonstigen Arabern gemacht, die nämlich fanden, daß wir uns als Beschützer eines randalierenden Rüpels aufspielen, der schon den Segen und die Rückendeckung nicht nur von Bush und Blair hatte, sondern auch von etlichen anderen mutigen Staatsoberhäuptern, die aus Gründen der Bescheidenheit lieber ungenannt bleiben wollten.

Und als nächstes tauchten in unserer Deutschen Bahn ein paar libanesische Bomben auf, die, wenn sie hochgegangen wären, London und Madrid wie eine bloße Generalprobe hätten aussehen lassen. Danach mußten selbst unsere Politiker zugeben, daß es seinen Preis hat, wenn man den Amerikanern öffentlich den Stinkefinger zeigt und ihnen privat in den Arsch kriecht. Plötzlich waren die deutschen Städte potentielle Anschlagsziele. Und das sind sie nach wie vor.«

Er ließ den Blick wandern, musterte ihre Gesichter eins nach dem anderen. Maximilians Hand hatte sich in die Höhe gereckt, um einen Einwand anzumelden. Nikis neben ihm desgleichen. Noch andere folgten. Das gefiel ihm, und er lächelte breit.

»Schon gut. Spart euch die Puste. Ihr wollt sagen, daß die Kofferbomber mit ihren Planungen zu einem Zeitpunkt begonnen hatten, als sie von den neuesten Zerstörungen im Libanon noch gar nichts wissen konnten, hab ich recht?«

Die Hände sanken wieder herab. Er hatte recht.

»Sie hatten sich über ein paar sehr schlechte dänische Mohammed-Karikaturen geärgert, die einige deutsche Zeitungen abdruckten, weil sie glaubten, damit Rückgrat zu zeigen und der Freiheit zu dienen. Gebongt?«

Gebongt.

»Aber liege ich deshalb falsch? Überhaupt nicht! *Was* in ihrem Oberstübchen den Auslöser betätigt hat, ist letztlich scheißegal. Entscheidend ist doch, daß die Bedrohung, mit der wir es hier zu tun haben, nicht zwischen individueller und kollektiver Schuld unterscheidet. Sie sagt nicht: ›*Du* bist gut und *ich* bin gut, und Erna da drüben ist schlecht.‹ Sie sagt: ›Wir sind ein einziger Haufen von Ungläubigen, Gotteslästerern, Mördern und Hurenböcken, also zur Hölle mit uns allen.‹ Für diese Jungs – und alle ihre Gesinnungsgenossen, die wir so gern kennenlernen möchten – steht der Westen gegen den Islam, und dazwischen gibt es nichts.«

Und ohne weitere Umschweife kam er auf den Punkt.

»Die Quellen, nach denen wir frischgekürten Parias hier in Hamburg Ausschau halten, müssen von uns aus dem Boden gestampft werden. Sie wissen nicht, daß es sie gibt, ehe wir es ihnen nicht sagen. Sie kommen nicht zu uns. Wir finden sie. Wir bleiben bescheiden. Wir bleiben vor Ort. Wir sind für die Details zuständig, nicht für die große Vision. Wir haben kein festes Ziel, auf das wir sie ansetzen. Wir suchen uns einen Mann, wir bauen ihn auf, wir loten sein Potential aus und führen ihn so weit, wie er mitgeht. Oder sie. Wir arbeiten mit den Menschen, mit denen sich außer uns keiner abgibt. Den knubbligen kleinen Kaftanträgern in den Moscheen, die nur drei Wörter Deutsch können. Wir stellen uns gut mit ihnen, und mit ihren Freunden genauso. Wir halten nach dem stillen Neuankömmling Ausschau, dem unsichtbaren Nomaden auf der Durchreise nach irgendwo, der von Haus zu Haus und von Moschee zu Moschee weitergereicht wird.

Wir durchforsten die totgesagten Akten von Herrn Arni Mohr und seinen tüchtigen Helfern drüben auf der anderen Hofseite, wir nehmen uns alte Fälle neu vor, die mit einem Paukenschlag begonnen haben und dann eingeschlafen sind, weil der Kandidat kalte Füße bekommen hat oder weil er in eine andere Stadt umgesiedelt wurde, wo die zuständige Außenstelle entweder zu dämlich war, um ihn richtig anzupacken, oder gar nicht erst den Ehrgeiz dazu hatte. Wir ignorieren die Proteste unserer Gastgeber und spüren diese ehemaligen Kandidaten auf. Wir fühlen ihnen noch mal auf den Zahn. Wir machen das Wetter.«

Eine letzte Mahnung gab er ihnen noch mit, auch sie geziemend subversiv.

»Und vergeßt nicht, wir sind illegal. Wie illegal genau, kann ich euch nicht sagen, dazu müßte ich Jurist sein wie so viele unserer werten Kollegen. Aber nach allem, was ich höre, dürfen wir uns nicht mal den Hintern abwischen, ohne vorher die schriftliche Zustimmung des Bundesverfassungsgerichts, des Heiligen Stuhls, der Zentrale in Berlin und unserer lieben Freunde vom BKA einzuholen, die keinen blassen Schimmer von Spionage haben, aber dafür sämtliche Befugnisse, die man uns Geheimdienstlern zu Recht vorenthält, damit wir nicht aus Versehen zur Gestapo mutieren. Und jetzt an die Arbeit. Ich brauch was zu trinken.«

* * *

Die Kneipe hieß Hampelmann und lag in einer kopfsteingepflasterten Gasse nahe dem Bahnhofsplatz. Über ihrem spärlich beleuchteten Eingang baumelte ein schmiedeeiserner Hampelmann mit Zipfelmütze, und zu ihren Gästen zählte heute, wie offenbar in den meisten Nächten, jener Gentleman, der bei Günther Bachmanns Truppe bisher der alte Fettsack geheißen hatte.

Der unspektakuläre Nachname dieses Herrn, wie sie mittlerweile wußten, war Müller, aber die anderen Stammtrinker im Hampelmann kannten ihn nur als den Admiral. Er hatte als U-Boot-Matrose in Hitlers Kriegsmarine im Eismeer gedient, was ihm zehn Jahre in russischer Kriegsgefangenschaft eingetragen hatte. Karl, der geläuterte Dresdner Straßenjunge, war ihm auf die Spur gekommen und hielt nun, nachdem er per Handy seinen Namen und Aufenthaltsort durchgegeben hatte, von einem der Nebentische stumme Wacht über ihn. Dem stotternden Maximilian war es binnen Minuten gelungen, aus den Tiefen seines Computers Geburtsdatum, Lebenslauf sowie die Polizeiakte des Mannes herbeizuhexen. Und jetzt tappte Bachmann höchstselbst die verrauchte Backsteintreppe zur Kellerbar hinunter. Währenddessen schlüpfte Karl der Straßenjunge an ihm vorbei nach oben, hinaus in die Nacht. Es war drei Uhr morgens.

Im ersten Moment konnte Bachmann nur die Gäste ausmachen, die in unmittelbarer Nähe des Lichtscheins vom Eingang saßen. Dann erkannte er, daß auf jedem der Tische eine elektrische Kerze stand, und nach und nach sah er auch Gesichter darum. Zwei hagere Männer in schwarzem Anzug und Krawatte spielten Schach. Eine einsame Frau an der Bar wollte einen Drink von ihm spendiert bekommen. Ein andermal, danke, erwiderte Bachmann. In einer Nische spielten vier Jungen, alle nackt bis zur Taille, Billard; zwei Mädchen sahen ihnen mit leerem Blick dabei zu. Eine zweite Nische war mit ausgestopften Füchsen, silbernen Schilden und Miniaturflaggen vollgestellt, auf denen gekreuzte Flinten prangten. Und in einer dritten, umrahmt von Kriegsschiffen in verstaubten Vitrinen, Seemannsknoten, zerschlissenen Mützenbändern und fleckigen Photographien von jugendfrohen U-Boot-Matrosen, saßen drei sehr alte Männer um einen runden Tisch, der groß genug für zwölf gewesen wäre. Zwei waren gebrechliche Greislein, was dem dritten, der mit seiner glänzend-prallen Glatze und dem mächtigen Brustkorb und Bauch stattlicher war als seine beiden Gefährten zusammengenommen, ein Mehr an Autorität hätte verleihen müssen. Aber Autorität, das sah man auf den ersten Blick, war des Admirals Sache nicht. Seine riesigen reglosen Hände lagen vor ihm auf dem Tisch, leicht gekrümmt, als versuchten sie die Erinnerungen, von denen er heimgesucht wurde, zu greifen. Die kleinen Augen, die sich tief in seinen faltenlosen Schädel zurückgezogen hatten, schienen nach innen zu blicken.

Mit einem wortlosen Nicken, das alle drei Männer einbezog, setzte sich Bachmann neben den Admiral und holte aus seiner Gesäßtasche ein schwarzes Mäppchen hervor, das sein Photo und die Adresse einer halboffiziellen – und gänzlich fiktiven – Vermißtenstelle mit Sitz in Kiel zeigte. Es war eine von mehreren Identitäten, mit denen er bei Bedarf operierte.

»Wir suchen nach diesem armen russischen Jungen, den Sie neulich nachts am Bahnhof getroffen haben«, sagte er. »So ein ganz Würdevoller mit Scheitelkäppchen. Jung und groß und hungrig. Erinnern Sie sich?«

Der Admiral erwachte so weit aus seinem Brüten, daß er seinen riesigen Kopf drehte und Bachmann musterte. Der Rest seines Körpers blieb starr.

»Wer ist *wir*?« wollte er schließlich wissen, nachdem er Bachmanns bescheidene Lederjacke in Augenschein genommen hatte, das Hemd, die Krawatte und die bieder-besorgte Miene, die – fast schon legitimerweise – sein Handwerkszeug war.

»Der Junge ist in keiner guten Verfassung«, erklärte Bachmann. »Wir fürchten, er könnte sich was antun. Sich oder vielleicht auch anderen. Unsere Streetworker sind in großer Sorge um ihn. Sie wollen ihn finden, ehe etwas passiert. So jung er ist, er hat es schwer gehabt im Leben. Wie Sie«, fügte er hinzu.

Der Admiral schien ihn nicht zu hören.

»Sind Sie 'n Lude?« fragte er.

Bachmann schüttelte den Kopf.

»Bulle?«

»Wenn ich ihn finde, bevor die Bullen ihn finden, tue ich ihm einen Riesengefallen damit«, sagte er unter dem unverwandten Blick des Admirals. »Und Ihnen würde ich auch einen Gefallen tun«, fuhr er fort. »Hundert Euro in bar für alles, was Sie mir über den Jungen sagen können. Ich rück Ihnen auch garantiert nicht noch mal auf die Pelle.«

Der Admiral hob eine seiner Pranken und zog sie sich

nachdenklich über den Mund, worauf er sich, ohne seine stummen Tischgenossen eines Blickes zu würdigen, zu seiner vollen Größe aufrichtete und voranschritt in die nächste Nische, die leer war und fast völlig im Dunkeln lag.

* * *

Der Admiral aß manierlich, mit einem hohen Verschleiß an Papierservietten, damit die Finger schön sauber blieben, und reichlich Tabasco aus einem Fläschchen, das er in der Jackentasche bei sich trug. Bachmann hatte eine Flasche Wodka bestellt. Der Admiral erweiterte die Bestellung um Brot, saure Gurken, Wurst, Matjes und eine Platte Tilsiter.

»Die haben mich geholt«, sagte er schließlich.

»Wer?«

»Die von der Bahnhofsmission. Da kennt den Admiral jeder.«

»Wo waren Sie?«

»In der Mission natürlich.«

»Haben Sie schon geschlafen?«

Der Admiral schmunzelte leicht, als wäre Schlafen etwas, womit andere Menschen sich aufhielten. »Ich kann Russisch. Eine Wasserratte aus dem Hamburger Hafen, aber Russisch kann ich besser als Deutsch. Wie kommt das, hm?«

»Sibirien«, riet Bachmann, und der enorme Schädel wippte zustimmend.

»Die in der Mission können kein Russisch. Aber der Admiral schon.« Er genehmigte sich einen gewaltigen Zug Wodka. »Doktor will er werden.«

»Der Junge?«

»Hier in Hamburg. Will die Menschheit retten. Vor wem? Vor der Menschheit, was sonst? Ein Tatar. Sagt er jedenfalls. Ein *Muselmann*. Von Allah selbst nach Hamburg geschickt, damit er studiert und die Menschheit rettet.«

»Irgendwelche Gründe, warum Allah gerade ihn ausgesucht hat?«

»Sühne für die armen Teufel, die sein Vater abgeschlachtet hat.«

»Hat er gesagt, was für arme Teufel das waren?«

»Die Russen bringen alles um, mein Freund. Priester, Kinder, Frauen, das ganze verfluchte Universum.«

»Waren das auch Muslime, die er umgebracht hat?«

»Hat er nichts von gesagt.«

»Und hat er erwähnt, was sein Vater von Beruf war? Wie er es überhaupt schaffen konnte, diese ganzen armen Teufel um die Ecke zu bringen?«

Der Admiral nahm noch einen Schluck Wodka. Dann noch einen. Dann schenkte er sich nach. »Wo die reichen Hamburger Bankiers ihre Büros haben, das hat er gefragt.«

So unerhört konnte eine Auskunft nicht sein, daß sich Bachmann, der alte Hase, Überraschung anmerken ließ. »Was haben Sie ihm gesagt?«

»Gelacht hab ich. Das kann ich. ›Zu was brauchst du einen Bankier? Hast du 'nen Scheck, den du einlösen mußt? Vielleicht kann ich dir ja helfen.‹«

Bachmann zeigte sich belustigt. »Und wie hat er reagiert?«

»›Scheck? Was ist Scheck?‹ Dann wollte er wissen, ob sie in ihrer Bank wohnen oder auch eigene Häuser haben.«

»Und Sie haben geantwortet?«

»›Hör zu‹, hab ich ihm gesagt. ›Du bist ein höflicher Junge, und Allah will, daß du ein Doktor wirst. Also schmink dir die blöden Fragen von wegen Bankiers ab. Komm lieber mit in unsere Flohkiste, da kannst du in 'nem richtigen Bett pennen und ein paar von den anderen werten Herren kennenlernen, die partout die Welt retten wollen.‹«

»Und ist er mitgekommen?«

»Fünfzig Dollar hat er mir in die Hand gedrückt. Ein halbverhungerter Tatarenjunge mit 'nem Dachschaden, und gibt 'nem alten Penner einen nagelneuen Fuffi für 'nen lausigen Becher Suppe.«

Worauf er auch Bachmanns Geld einkassierte, seine Taschen mit allem vollstopfte, was auf dem Tisch noch herumstand, einschließlich der Wodkaflasche, und zurückkehrte in das Offizierskasino in der Nachbarnische.

* * *

Auf diese Begegnung hin beglückte Bachmann seine Umgebung mit einer mehrtägigen Schweigephase, die zu unterbrechen Erna Frey sich hütete. Selbst die Nachricht, daß die Dänen den Fahrer des Lasters wegen Menschenschmuggels festgenommen hatten, verfehlte zunächst ihre Wirkung auf ihn.

»Sein Chauffeur?« wiederholte er. »Der Fernfahrer, der ihn am Bahnhof abgesetzt hat? *Der* Chauffeur?«

»Ja, *der* Chauffeur«, gab Erna zurück. »Und zwar schon vor zwei Stunden. Ich hab's dir weitergeleitet, aber du warst zu beschäftigt. Kopenhagen an die Zentrale, Zentrale an uns. Ziemlich aufschlußreich.«

»Ein Däne?«

»Richtig.«

»Dänischer Abstammung?«

»Richtig.«

»Aber zum Islam konvertiert?«

»Nichts dergleichen. Warum liest du nicht zur Abwechslung mal deine Mails? Er ist der evangelische Sohn eines evangelischen Vaters. Seine einzige Sünde besteht darin, einen Bruder zu haben, der im organisierten Verbrechen tätig ist.«

Damit hatte sie ihn am Haken.

»Vor zwei Wochen hat der böse Bruder den guten Bruder angerufen und ihm von einem reichen jungen Mann erzählt, der seinen Paß verloren hat und der demnächst mit einem gewissen Frachtschiff aus Istanbul in Kopenhagen ankommen würde.«

»Reich?« hakte Bachmann sofort nach. »Wie, reich?«

»Der Preis waren fünftausend Dollar im voraus, damit er ihn aus dem Hafen schleust, und noch mal fünftausend bei sicherer Ankunft in Hamburg.«

»Zahlbar durch wen?«

»Den jungen Mann.«

»Persönlich, bei sicherer Ankunft? Aus eigener Tasche? Fünftausend?«

»Anscheinend ja. Der gute Bruder war pleite, deshalb war er dumm genug, den Job anzunehmen. Er weiß weder, wie sein Passagier hieß, noch versteht er Russisch.«

»Wo ist der böse Bruder?«

»Auch in Haft. Wo sonst. Sie halten die beiden getrennt.«

»Was sagt er?«

»Er schlottert vor Angst und will lieber im Knast bleiben, als binnen einer Woche von der Russenmafia umgebracht zu werden.«

»Von der normalen Russenmafia oder von russischen Muslimen?«

»Wenn wir dem bösen Bruder glauben dürfen, dann ist sein Kontaktmann in Moskau ein hochangesehener, reinrassiger russischer Gangster, der ausschließlich in der obersten Liga der organisierten Kriminalität spielt. Er hält nichts von Muslimen gleich welcher Couleur und würde die ganze Bagage am liebsten in der Wolga ertränken. Der Deal mit dem Bruder unseres Fahrers war eine Gefälligkeit für einen Freund. Wer dieser Freund ist oder war, hatte einen unbedeutenden dänischen Gauner natürlich nicht zu interessieren.«

Sie lehnte sich zurück und wartete mit gesenktem Blick, daß Bachmann in die Gänge kam.

»Was sagt die Zentrale dazu?« fragte er.

»Die sind völlig aus dem Häuschen. Sie haben sich auf einen Imam eingeschossen, der derzeit in Moskau lebt und dubiosen islamischen Wohltätigkeitseinrichtungen Gelder zuschanzt. Die Russen wissen von seinen Aktivitäten. Er weiß, daß sie davon wissen. Warum sie ihn trotzdem weitermachen lassen, begreift keiner. In der Zentrale sind sie überzeugt, daß der Imam der geheimnisvolle Freund des Mafiabosses ist. Nicht, daß er ansonsten in der Reputation stünde, russisch-tschetschenischen Exhäftlingen die Flucht zu finanzieren, damit sie in Hamburg Medizin studieren können. Ach ja, und seinen Mantel hat er ihm geschenkt.«

»Wer?«

»Der gute Bruder, der unseren Jungen nach Hamburg gebracht hat. Er wollte nicht, daß er sich im eisigen Norden den Tod holt. Also hat er ihm seinen Mantel gegeben, damit er es wärmer hat. Einen langen schwarzen Mantel. Und ich hab noch einen Leckerbissen für dich.«

»Nämlich?«

»Igor auf der anderen Hofseite hat eine hochgeheime Quelle am Busen der russisch-orthodoxen Gemeinde in Köln.«

»Und?«

»Igors verwegenem Informanten zufolge haben weltferne orthodoxe Nonnen in einer Stadt unweit von Hamburg kürzlich einem jungen russischen Muslim Obdach gewährt, der sehr hungrig und ein klein bißchen verrückt war.«

»Und reich?«

»Von seinen finanziellen Verhältnissen war nicht die Rede.«

»Aber höflich?«

»Sehr. Igor trifft seinen Informanten heute abend unter dem Siegel der Verschwiegenheit, um die Bezahlung für den Rest der Geschichte auszuhandeln.«

»Igor ist ein Arschloch, und seine Geschichten sind ein Haufen Scheiße«, erklärte Bachmann, schob die Papiere auf seinem Schreibtisch zusammen und stopfte sie in eine alte, zerschrammte Aktenmappe, die kein Dieb freiwillig angerührt hätte.

»Wo willst du hin?« erkundigte sich Erna Frey.

»Über den Hof.«

»Und wozu?«

»Um unseren wackeren Verfassungsschützern zu verklickern, daß das hier unser Fall ist. Und daß sie uns die Polizei vom Hals halten sollen. Damit die für den unwahrscheinlichen Fall, daß sie ihn allen Ernstes aufspürt, gütigst *nicht* zugreift und einen kleinen Weltkrieg vom Zaun bricht, sondern sich außer Sicht hält und statt dessen uns Bescheid sagt. Ich will, daß der Junge haargenau das tut, wozu er hergekommen ist, und zwar solange es irgend geht.«

»Du hast deine Schlüssel vergessen«, sagte Erna Frey.

4

Wenn Sie schon mit dem Taxi kommen, fahren Sie wenigstens nicht bis vors Lokal.

Ähnlich kompromißlos waren Annabel Richters Direktiven bezüglich Brues Kleidung ausgefallen. *Anzug ist für meinen Mandanten gleichbedeutend mit Geheimpolizei. Je legerer, desto besser.* Das Beste, womit er dienen konnte, waren graue Flanellhosen, das Sportjackett von Randall's of Glasgow, das er im Golfclub trug, und sein Aquascutum-Trenchcoat für den Fall, daß ein neuerlicher Wolkenbruch niederging. Zum weiteren Zeichen seines guten Willens war er ohne Krawatte unterwegs.

Eine milchige Dunkelheit hatte sich über die Stadt gesenkt. Nach dem Guß von vorhin war der Himmel nun wieder klar. Von der Binnenalster wehte eine kühle Brise herüber, als er ins Taxi stieg und dem Fahrer Annabels Wegbeschreibung wiederholte. Abgesetzt in einer unvertrauten, ärmlichen Gegend, fühlte er sich im ersten Moment verloren, doch dann erspähte er das versprochene Straßenschild. Vor einem türkischen Lebensmittelladen leuchtete das Obst in grellem Rot und Grün. Das weiße Licht des Döner-Lokals gleich daneben fiel quer über die Straße. Drinnen saß an einem Ecktisch mit purpurroter Tischdecke Annabel Richter, vor sich eine Flasche stilles Mineralwasser und eine beiseite geschobene Schüssel mit einem braungezuckerten Brei, der Brue ungut an den Sagoauflauf aus Internatstagen erinnerte.

An einem Nebentisch vier alte Männer, die Domino spielten. An einem anderen ein nervös flirtendes junges Pärchen, er im guten Anzug, sie im Kleid. Annabels Anorak hing über ihrer Stuhllehne. Sie trug einen weiten Pullover und dieselbe hochgeschlossene Bluse wie zuvor. Auf dem Tisch lag ein Handy, der Rucksack stand zu ihren Füßen. Als er ihr gegenüber Platz nahm, stieg ihm aus ihren Haaren ein warmer Duft entgegen.

»Prüfung bestanden?« fragte er.

Sie ließ den Blick über das Sportjackett und die Flanellhose wandern. »Was haben Sie in Ihrem Archiv gefunden?«

»Daß der Sachverhalt nach einer eingehenderen Prüfung verlangt.«

»Mehr haben Sie mir nicht zu erzählen?«

»Zum gegenwärtigen Zeitpunkt leider nicht.«

»Dann will ich Ihnen kurz ein paar Dinge erzählen, die Sie noch nicht wissen.«

»Davon gibt es sicher mehr als genug.«

»Punkt eins: Er ist Muslim. Gläubiger Muslim. Deshalb tut er sich schwer mit einem weiblichen Rechtsbeistand.«

»Was es für Sie vermutlich auch nicht einfacher macht.«

»Er möchte, daß ich ein Kopftuch trage, also trage ich eins. Er möchte, daß ich seine Traditionen respektiere, also respektiere ich sie. Er benutzt seinen muslimischen Namen, Issa. Wie ich Ihnen schon sagte, spricht er Russisch und mit den Leuten, die ihn bei sich aufgenommen haben, ein gebrochenes Türkisch.«

»Darf man fragen, was das für Leute sind?«

»Eine türkische Witwe mit ihrem Sohn. Ihr Mann wurde von Fluchthafen betreut. Wir hätten ihm fast die Staatsbürgerschaft erkämpft, aber dann ist er gestorben. Jetzt bewirbt sich der Sohn darum, für die Familie. Das heißt, es geht wieder ganz von vorn los, und zwar für jedes Familienmitglied einzeln. Deshalb hat er es auch mit der Angst bekommen und uns angerufen. Sie mögen Issa von Herzen gern, aber sie wollen ihn loswerden. Sie machen sich Sorgen, daß man sie ausweist, weil sie einem illegalen Einwanderer Unterschlupf gewährt haben. Sie lassen sich diese Angst nicht ausreden, und vielleicht ja sogar zu Recht. Sie wollen außerdem in die Türkei fliegen, zur Hochzeit der Tochter beziehungsweise Schwester, und sie möchten ihn auf gar keinen Fall allein zurücklassen. Die beiden kennen Ihren Namen nicht. Issa kennt ihn, aber er behält ihn für sich. Sie sind jemand, der in der Lage ist, Issa zu helfen, mehr nicht. Können Sie sich mit dieser Beschreibung anfreunden?«

»Ich glaube schon.«

»Sie glauben es nur?«

»Ich kann mich damit anfreunden.«

»Außerdem mußte ich ihnen versprechen, daß Sie ihre Namen nicht an die Behörden weitergeben.«

»Warum in aller Welt sollte ich das tun?«

Ohne seine dienstbereit ausgestreckte Hand zu beachten, kämpfte sie sich in ihren Anorak und hängte sich den Rucksack über die Schulter. Auf dem Weg zur Tür bemerkte Brue einen hünenhaften jungen Mann, der den Gehsteig auf und ab patrouillierte. Sie folgten ihm in respektvollem Abstand und bogen in eine Seitenstraße. Mit wachsender Entfernung schien auch der Junge immer größer zu werden. Vor einer Apotheke ließ er einen prüfenden Blick über die geparkten Autos, die Fenster der Häuser und zwei nicht mehr ganz junge Frauen wandern, die die Auslage eines Schmuckgeschäfts betrachteten. Auf der einen Seite des Schaufensters war ein Brautmodengeschäft, in dem ein Traumpaar mit einem Wachsblumenstrauß posierte, auf der anderen eine dicklackierte Haustür mit beleuchtetem Klingelknopf.

Bevor sie die Straße überquerten, blieb Annabel stehen, nahm den Rucksack halb herunter, holte ihr Tuch heraus, band es sich um den Kopf und verknotete die beiden Zipfel sorgsam unter dem Kinn. Im Schein der Laterne sah sie plötzlich angespannt und älter aus, als sie war.

Der Riese von eben schloß die Haustür auf, winkte sie herein und streckte ihnen seine Pranke hin. Brue schlug ein, ohne sich vorzustellen. Die Mutter, Leyla, eine mollige kleine Person, hatte sich für den Besuch feingemacht: Kopftuch, Pumps, schwarzes Kostüm mit Halskragen. Sie starrte Brue mit großen Augen an und gab ihm dann die Hand, wobei sie unruhig zu ihrem Sohn hinübersah. Und Brue, der Leyla ins Wohnzimmer folgte, konnte spüren, daß in diesem Haus die Angst regierte.

* * *

Die Tapete war braunrot, die Polstergarnitur goldfarben. Über den Sessellehnen lagen gehäkelte Schondeckchen. Im Glasfuß einer Tischlampe drehten sich Plasmaklumpen, rissen zäh auseinander und verschmolzen wieder. Leyla hatte Brue den Präsidententhron zugedacht. Der Sessel meines verstorbenen Mannes, erklärte sie und zupfte nervös an ihrem Kopftuch. Dreißig Jahre lang hat mein Mann in keinem anderen gesessen, sagte sie. Der Sessel war prunkvoll, häßlich und atemberaubend unbequem. Brue bewunderte ihn, wie es sich gehörte. Er hatte ein ähnliches Stück in seinem Büro stehen, einen Sessel noch von seinem Großvater, auf dem man saß wie ein Affe auf dem Schleifstein. Er überlegte, ob er eine Bemerkung darüber machen sollte, unterließ es aber lieber. Ich bin jemand, der in der Lage ist, Issa zu helfen. Mehr nicht. Auf Leylas bestem Porzellan lockten in Sirup getränkte Baklava-Dreiecke und ein aufgeschnittener Zitronencremekuchen. Brue nahm ein Stück von dem Kuchen und ein Glas Apfeltee an.

»Köstlich«, lobte er, nachdem er den Kuchen probiert hatte, aber niemand schien ihn zu hören.

Die Frauen – die eine schön, die andere pummelig, beide todernst – saßen nebeneinander auf dem Veloursofa. Melik lehnte mit dem Rücken an der Tür. Issa kommt gleich runter, sagte er mit einem Blick zur Decke und lauschte. Issa macht sich fertig. Issa ist nervös. Vielleicht betet er noch. Er kommt schon.

»Gerade, daß die Polizisten abgewartet haben, bis Frau Richter aus der Tür war«, machte Leyla, an Brue gewandt, unvermittelt einem Ärger Luft, der offenbar schon eine Weile in ihr gärte. »Ich hab sie runtergebracht, ich hab das Geschirr in die Küche geräumt, und fünf Minuten später geht schon die Klingel. Ich hab mir ihre Ausweise zeigen lassen und mir ihre Namen aufgeschrieben, so wie mein Mann früher auch immer. Zivilbeamte. Ich hab alles richtig gemacht, oder, Melik?«

Sie drückte Brue einen Schreibblock in die Hand. Ein Polizeimeister und ein Polizeihauptmeister samt dazugehörigen Namen. Weil er nicht wußte, was er damit anfangen sollte, stand er verlegen auf und zeigte den Block Annabel, die ihn der neben ihr sitzenden Leyla zurückgab.

»Sie haben gewartet, bis meine Mutter allein zu Hause war«, sagte Melik von der Tür her. »Ich war mit meinem Schwimmteam auf einem Wettkampf. Zweihundertmeterstaffel.«

Brue nickte, ernst und verständnisvoll. Er hatte schon lange an keiner Besprechung mehr teilgenommen, bei der er nicht den Vorsitz führte.

»Ein Alter und ein Junger«, nahm Leyla ihre Klage wieder auf. »Issa, Gott sei Dank dafür, war auf dem Speicher. Als es geklingelt hat, hat er die Leiter raufgezogen und die Falltür zugemacht. Seitdem hat er sich unten nicht mehr blicken lassen. Er sagt, sie kommen wieder. Sie tun so, als ob sie weggehen, und dann kommen sie wieder, und man wird abgeschoben.«

»Sie machen nur ihre Arbeit«, sagte Annabel. »Sie besuchen Haushalte in der ganzen türkischen Gemeinde. Das müssen sie als Kontaktbereichsbeamte.«

»Erst sollte es wegen Meliks islamischem Sportverein sein, dann wegen der Hochzeit von meiner Tochter nächsten Monat in der Türkei. Ob wir uns sicher sind, daß wir hinterher wieder nach Deutschland einreisen dürfen. ›Natürlich sind wir uns sicher!‹ hab ich gesagt. ›Nicht, wenn Sie Ihre Aufenthaltserlaubnis aus humanitären Gründen bekommen haben‹, haben sie gesagt. ›Das war vor zwanzig Jahren!‹ hab ich ihnen gesagt.«

»Leyla, Sie sorgen sich völlig unnötig«, sagte Annabel streng. »Es ist eine Maßnahme zur Vertrauensbildung, um die vielen anständigen Muslime von den wenigen schwarzen Schafen zu trennen. Mehr steckt nicht dahinter. Beruhigen Sie sich.«

Klang die Chorknabenstimme einen Hauch zu bestimmt? Brue hatte ganz den Eindruck.

»Soll ich Ihnen was Komisches erzählen?« fragte Melik Brue mit gar nicht amüsierter Miene. »Sie wollen ihm helfen, darum ist es wohl besser, wenn Sie es wissen. Er ist anders als alle anderen Muslime, die ich kenne. Kann schon sein, er ist ein Gläubiger, aber er *denkt* nicht wie ein Muslim, er *benimmt* sich nicht wie ein Muslim.«

Seine Mutter fuhr ihn auf türkisch an, ohne Erfolg.

»Als er schwach war – ja? –, als er in meinem Bett lag, damit er wieder gesund wird, ja?, hab ich ihm Verse aus dem Koran vorgelesen. Aus dem Koran meines Vaters. Auf türkisch. Dann wollte er selber drin lesen. Auf türkisch. Dafür, daß er die heiligen Worte erkennt, reicht sein Türkisch, hat er gesagt. Also geh ich zu dem Tisch, wo er liegt – aufgeschlagen, okay? –, ich sage *Bismillah*, wie ich es von meinem Vater gelernt habe – ich beug mich darüber, als ob ich ihn küssen will, aber ich tu's nicht wirklich, das hat mir mein Vater auch beigebracht, ich berühr ihn bloß mit der Stirn, und dann leg ich ihn in seine Hände. ›Bitte sehr, Issa‹, sag ich zu ihm. ›Der Koran meines Vaters. Normalerweise soll man nicht im Bett darin lesen, aber vielleicht macht es nichts, weil du krank bist.‹ Und wo liegt das Buch, wie ich eine Stunde später wieder ins Zimmer komme? *Auf dem Fußboden*. Der Koran meines Vaters liegt auf dem Boden. So was würde einem anständigen Muslim nie einfallen, und meinem Vater gleich dreimal nicht. Also denk ich: na schön. Ich reg mich nicht auf. Er ist krank, und das Buch ist ihm aus der Hand gefallen, weil er einen Schwächeanfall hatte. Ich verzeihe ihm. Es gehört sich, großmütig zu sein. Aber wie ich ihn zusammengeschissen hab, hat er sich runtergebeugt und ihn einfach aufgehoben, mit *einer Hand*, nicht mit beiden –, und er hat ihn mir gegeben, als wär's bloß ein …« Er kam nicht sofort auf einen passenden Vergleich. »Als wär's bloß irgendein Buch in einem Laden! Wer tut so was? Keiner! Ganz egal, ob er Tschetschene, Türke, Araber oder sonstwas ist. Verstehen Sie mich nicht falsch, er ist mein Bruder, ja? Ich liebe den Mann. Er ist ein echter Held. Aber auf dem Fußboden. Mit einer Hand. Ohne Gebet. Ohne *alles*.«

Leyla hatte genug gehört.

»Was fällt dir ein, deinen Bruder schlechtzumachen, Melik?« fauchte sie ihn an, auf deutsch, damit ihr Publikum auch etwas davon hatte. »Einer wie du, der die ganze Nacht in seinem Zimmer unanständige deutsche Rap-Musik spielt! Was meinst du, was dein Vater *dazu* gesagt hätte?«

Aus der Diele kamen Geräusche. Brue hörte, wie jemand vorsichtig eine wacklige Leiter herunterkletterte.

»*Und* er hat das Photo von meiner Schwester mit zu sich raufgenommen«, sagte Melik. »Ohne zu fragen. Wenn ich die Generation von meinem Vater wäre, müßte ich ihn dafür wahrscheinlich umbringen oder so. Er ist mein Bruder, aber er ist ganz schön durchgeknallt.«

Annabel Richters Chorknabenstimme übernahm das Kommando.

»Sie haben Ihren Backtag versäumt, Leyla«, sagte sie mit einem vielsagenden Blick in Richtung der Milchglastür, die die Küche vom Wohnzimmer trennte.

»Daran sind die Männer schuld.«

»Dann schlage ich vor, Sie backen jetzt noch«, sagte Annabel ruhig. »Damit die Nachbarn merken, daß Sie nichts zu verbergen haben.« Sie wandte sich Melik zu, der neben dem Fenster Posten bezogen hatte. »Gut, daß Sie aufpassen. Bitte halten Sie weiter Ausschau. Wenn es klingelt, lassen Sie niemanden rein, ganz egal, wer es ist. Sagen Sie, es geht nicht, Sie haben ein Gespräch mit einem Sponsor. Okay?«

»Okay.«

»Und wenn es wieder die Polizei ist, sollen sie entweder ein andermal wiederkommen, oder sie sprechen mit mir.«

»Und ein echter Tschetschene ist er auch nicht. Er tut bloß so«, sagte Melik.

* * *

Die Tür ging auf, und über die Schwelle trat zögernd eine Gestalt, die genauso groß war wie Melik, aber nur halb so breit. Brue erhob sich, das Bankierslächeln gehißt, die Bankiershand ausgestreckt. Aus den Augenwinkeln sah er, daß

Annabel ebenfalls aufgestanden war, sich aber nicht von der Stelle rührte.

»Issa, das ist der Herr, den Sie sprechen wollten«, sagte Annabel in tadellosem Russisch. »Ich habe mich vergewissert, daß er der ist, als der er sich ausgibt. Auf Ihren Wunsch hin hat er sich heute abend herbemüht, und er hat niemandem von diesem Treffen erzählt. Er spricht Russisch und muß Ihnen ein paar wichtige Fragen stellen. Wir sind ihm alle sehr dankbar, und ich bin überzeugt, Sie werden in Ihrem eigenen Interesse, aber auch um Meliks und Leylas willen, nach besten Kräften mit ihm kooperieren. Ich werde zuhören und Ihre Belange vertreten, wenn es mir erforderlich erscheint.«

Issa stand mit hängenden Armen in der Mitte von Leylas goldenem Teppich und wartete auf einen Befehl. Als keiner kam, hob er den Kopf, legte die rechte Hand aufs Herz und faßte Brue bewundernd ins Auge.

»Ergebensten Dank, mein Herr«, murmelte er, ohne den Anflug eines Lächelns ganz unterdrücken zu können. »Es ist mir eine große Ehre. Wie man mir versichert, sind Sie ein guter Mensch. Man sieht es an Ihren noblen Zügen und an Ihrer erlesenen Kleidung. Und eine schöne Limousine besitzen Sie sicherlich auch?«

»Na ja, einen Mercedes.«

Aus Gründen der Höflichkeit oder des Selbstschutzes hatte Issa seinen schwarzen Mantel angezogen und sich die Tasche aus Kamelleder umgehängt. Er war frisch rasiert. Nach zwei Wochen unter Leylas mütterlicher Obhut hatten seine eingefallenen Wangen sich gerundet und verliehen ihm für Brues Empfinden etwas engelhaft Unwirkliches: *Dieser zarte Seraph will gefoltert worden sein?* Einen Moment lang mißtraute Brue ihm zutiefst. Das strahlende Lächeln, die blumiggestelzte Sprache, die aufgesetzte Gefaßtheit, all das gehörte zum klassischen Repertoire des Betrügers. Doch sobald sie sich an Leylas Tisch gegenübersaßen, bemerkte Brue den Schweißfilm auf Issas Stirn, und als er den Blick tiefer wandern ließ, sah er seine Hände auf der Tischplatte, Handgelenk an Handgelenk wie in Erwartung von Handschellen. Er sah das dünne Armband mit dem goldenen Koran daran, wie ein

Talisman, der ihn beschützen sollte. Und er wußte, daß er ein versehrtes Kind vor sich hatte.

Doch er ließ sich nicht von seinen Gefühlen hinreißen. Sollte er sich einem anderen unterlegen fühlen, nur weil dieser andere gefoltert worden war? Sollte er sich aus demselben Grund eines Urteils enthalten? Hier ging es ums Prinzip.

»Ja, also dann, seien Sie gegrüßt«, begann er lebhaft in seinem akkuraten Russisch, das eine verblüffende Ähnlichkeit mit dem von Issa aufwies. »Wie man mir sagt, haben wir nicht viel Zeit. Fassen wir uns kurz, bleiben wir bei der Sache. Ich darf Sie Issa nennen?«

»Gewiß, mein Herr« – wieder dieses Lächeln, gefolgt von einem raschen Blick hinüber zu Melik an seinem Fenster und einem scheuen vorbei an Annabel, die sich in die hinterste Ecke umgesetzt hatte, einen Aktenordner auf den züchtig weggedrehten Knien.

»Und Sie nennen mich gar nichts«, sagte Brue. »So war es abgemacht, wenn ich das richtig verstehe? Ja?«

»Gewiß«, wiederholte Issa beflissen. »Ich bin mit sämtlichen Ihrer Wünsche einverstanden. Sie erlauben mir, eine Erklärung abzugeben? Bitte?«

»Selbstverständlich.«

»Sie ist nicht lang!«

»Bitte sehr.«

»Ich möchte nur Medizin studieren, sonst nichts. Ich möchte ein geordnetes Leben führen und der Menschheit dienen, zum Ruhme Allahs.«

»Prächtig, prächtig, darauf kommen wir sicher noch zurück«, sagte Brue, und um gleich die Geschäftsmäßigkeit ihres Treffens zu unterstreichen, nahm er aus einer Innentasche seines Jacketts einen Notizblock mit Lederrücken und aus der anderen einen goldenen Füllhalter. »Aber lassen Sie uns doch vorab ein paar grundlegende Fakten festhalten, wenn es Ihnen recht ist. Angefangen bei Ihrem vollständigen Namen.«

Aber Issas Gedanken gingen ganz offenbar andere Wege.

»Mein Herr!«

»Ja, Issa.«

»Sie haben das Werk des großen französischen Denkers Jean-Paul Sartre gelesen?«

»Da müßte ich lügen, fürchte ich.«

»Wie Sartre habe auch ich Heimweh nach der Zukunft. Und wenn ich eine Zukunft habe, werde ich keine Vergangenheit mehr haben. Ich werde nur Gott haben und meine Zukunft.«

Brue fühlte Annabels Blick auf sich ruhen. Sehen konnte er sie nicht, aber ihren Blick spürte er trotzdem – oder bildete es sich zumindest ein.

»Wie dem auch sei, heute muß es uns um die Gegenwart gehen«, erwiderte er geschmeidig. »Wären Sie also so gut, mir Ihren vollständigen Namen zu nennen?«

»Salim«, antwortete Issa nach einer Sekunde der Unschlüssigkeit.

»Und weiter?«

»Mahmoud.«

»Issa Salim Mahmoud?«

»Jawohl.«

»Und sind das Ihre gesetzlichen Namen, oder haben Sie sie sich selbst ausgesucht?«

»Gott hat sie ausgesucht.«

»Gewiß.« Brue schmunzelte, teils um die Atmosphäre ein wenig aufzulockern, teils um seine Überlegenheit zu betonen. »Dann möchte ich Sie Folgendes fragen. Wir sprechen russisch. Sie sind Russe. Bevor Gott Ihre heutigen Namen ausgesucht hat, hatten Sie da einen *russischen* Namen? Und einen dazugehörigen russischen Vatersnamen? Welche Namen würde man beispielsweise auf Ihrer Geburtsurkunde finden?«

Nachdem er sich mit gesenkten Lidern bei Annabel Rat geholt hatte, schob Issa eine knochendürre Hand in seinen Mantel und tiefer bis in sein Hemd und brachte einen spekkigen Ziegenlederbeutel zum Vorschein. Diesem entnahm er zwei verblaßte Zeitungsausschnitte, die er Brue über den Tisch reichte.

»Karpow«, sinnierte Brue laut, als er sie gelesen hatte. »Und bei Karpow handelt es sich um wen? Ist Karpow Ihr Familienname? Warum geben Sie mir diese Artikel?«

»Das ist irrelevant. Bitte. Ich kann nicht«, murmelte Issa und schüttelte den naßgeschwitzten Kopf.

»Aber für mich ist es leider doch relevant«, sagte Brue so freundlich wie gerade noch möglich, ohne das Heft aus der Hand zu geben. »Ich fürchte, es ist sogar sehr relevant. Wollen Sie mir sagen, daß Oberst Grigorij Borisowitsch Karpow ein Angehöriger von Ihnen ist beziehungsweise war? Verstehe ich Sie da recht?« Er wandte sich Annabel zu, an die er im stillen die ganze Zeit über das Wort gerichtet hatte. »Es ist wirklich schwierig, Frau Richter«, beschwerte er sich auf deutsch, steif zunächst und dann instinktiv in einem einlenkenderen Tonfall. »Wenn Ihr Mandant einen Anspruch geltend machen will, muß er mir sagen, wie er heißt, oder er muß auf seinen Anspruch verzichten. Er kann nicht hü und gleichzeitig hott rufen.«

Es kam zu einem Augenblick der Verwirrung, als Leyla in der Küche jammernd die Stimme erhob und Melik sie auf türkisch beschwichtigte.

»Issa«, sagte Annabel, nachdem wieder Ruhe eingekehrt war. »Als Ihre Anwältin bin ich der Meinung, daß Sie versuchen sollten, die Frage dieses Herrn zu beantworten, auch wenn es Ihnen schwerfällt.«

»Mein Herr. Gott ist groß, und ich möchte nur ein geordnetes Leben führen«, wiederholte Issa mit erstickter Stimme.

»Leider muß ich trotzdem auf einer Antwort beharren.«

»Es ist logisch betrachtet wahr, daß Karpow mein Vater ist«, bekannte Issa schließlich mit einem freudlosen Lächeln. »Er hat alles getan, was die Natur verlangt, um diesen Titel zu erwerben, davon bin ich überzeugt. Aber ich war nie Karpows Sohn. Ich bin auch jetzt nicht Karpows Sohn. So Gott will, werde ich in meinem ganzen Leben niemals Oberst Grigorij Borisowitsch Karpows Sohn sein.«

»Aber Oberst Karpow ist doch anscheinend tot«, stellte Brue mit unnötiger Brutalität fest und deutete auf die Zeitungsausschnitte, die zwischen ihnen auf dem Tisch lagen.

»Er ist tot, mein Herr, und so Gott will, ist er in der Hölle, wo er hoffentlich auf ewig bleiben wird.«

»Und bevor er gestorben ist – oder sagen wir lieber, zu der

Zeit, als Sie geboren wurden –, welchen Vornamen hat er Ihnen zusätzlich zu Ihrem Vatersnamen gegeben, der ja vermutlich *Grigorijewitsch* lauten dürfte?«

Issa ließ den Kopf hin und her baumeln.

»Er suchte den reinsten Namen für mich aus«, sagte er dann, und er hob den Blick und lächelte Brue vielsagend an.

»In welcher Hinsicht rein?«

»Von allen russischen Namen auf der Welt den russischsten. Ich war sein Iwan. Sein lieber kleiner Iwan aus Tschetschenien.«

Da es nicht seine Art war, Salz in offene Wunden zu streuen, beschloß Brue einen Themenwechsel.

* * *

»Wenn ich es richtig verstehe, sind Sie aus der *Türkei* nach Deutschland gekommen? Auf informellen Wegen, wenn wir es einmal so ausdrücken wollen?« Brue hatte den munteren Plauderton angeschlagen, mit dem er auf einer Cocktailparty Smalltalk betrieb. Entgegen Annabels Anweisungen war Leyla aus der Küche zurückgekommen.

»Ich war in der Türkei im Gefängnis, mein Herr.« Er hatte sein Goldkettchen abgenommen und nestelte beim Sprechen nervös daran herum.

»Und für wie lange, wenn ich fragen darf?«

»Exakt einhundertelfeinhalb Tage. Der Aufenthalt in einem türkischen Gefängnis bietet jeden Anreiz, die Arithmetik der Zeit zu studieren«, rief Issa mit einem harschen, unheimlichen Lachen. »Und vor der Türkei war ich in Rußland im Gefängnis! Genauer gesagt in drei Gefängnissen, und zwar über einen Zeitraum von insgesamt achthundertvierzehn Tagen und sieben Stunden. Wenn Sie es wünschen, liste ich Ihnen meine Gefängnisse gern nach Qualität gestaffelt auf«, redete er sich in Fahrt, die Stimme schwärmerisch erhoben. »Ich bin ein Gefängnis-Connaisseur, müssen Sie wissen! Eine der Anstalten war so beliebt, daß man sie in drei Teile aufteilen mußte. O ja! In dem einen Teil haben wir geschlafen, in einem anderen wurden wir gefoltert, und im dritten befand sich das Krankenhaus, in dem wir wiederhergestellt wurden. Die Folter war effizient, und nach der Folter schläft man gut, aber das Krankenhaus ließ zu wünschen übrig. Das ist ein Problem unseres modernen russischen Staates, wenn Sie mich fragen. Die Pfleger trugen versiert Sorge für den Schlafentzug, aber an anderen medizinischen Fertigkeiten mangelte es ihnen spürbar. Erlauben Sie mir eine Bemerkung, mein Herr. Um ein guter Folterer zu sein, braucht man vor allen Dingen Einfühlungsvermögen. Ohne ein mitfühlendes Naturell wird man den Gipfel seiner Kunst nie erklimmen. Ich habe nur ein, zwei Folterer getroffen, die es bis in die Meisterklasse geschafft haben.«

Brue wartete ab, ob noch mehr käme, aber Issa, die dunkel lodernden Augen weit aufgerissen, wartete seinerseits auf Brue. Und abermals war es wider Erwarten Leyla, die die Situation rettete. Sie sah Issas Aufgewühltheit, auch wenn sie den Grund nicht kannte, und lief eilig zurück in die Küche, um mit einem Glas Sirup wiederzukommen, das sie vor ihn auf den Tisch stellte, wobei sie zuerst Brue und dann Annabel mit einem vorwurfsvollen Blick bedachte.

»Und darf man fragen, warum Sie überhaupt ins Gefängnis gekommen sind?« nahm Brue den Faden wieder auf.

»Aber ja, mein Herr! Bitte fragen Sie! Fragen Sie nur!« rief Issa mit der ganzen Todesverachtung eines Aufklärers auf dem Schafott. »Tschetschene zu sein ist Verbrechen genug, das versichere ich Ihnen. Wir Tschetschenen werden zutiefst schuldig geboren. Schon in der Zarenzeit waren unsere Nasen verbrecherisch platt, unser Haar und unsere Haut verboten dunkel. Das ist ein ständiger Verstoß gegen die öffentliche Ordnung, mein Herr!«

»Aber Ihre Nase ist nicht platt, wenn ich das sagen darf.«

»Zu meinem Leidwesen, mein Herr.«

»Auf jeden Fall haben Sie es irgendwie bis in die Türkei geschafft, und aus der Türkei sind Sie geflohen«, sagte Brue beruhigend. »Und dann haben Sie sich bis nach Hamburg durchgeschlagen. Das war keine schlechte Leistung.«

»Es war Allahs Wille.«

»Aber ich vermute, auch Sie haben Ihren Teil dazu beigetragen.«

»Für den, der Geld hat, ist alles möglich. Das wissen Sie sicher besser als ich.«

»Aha, aber wessen Geld?« hakte Brue, der bei dem Thema Morgenluft witterte, schelmisch nach. »Wer steckte hinter dem Geld, mit dem Sie Ihre vielen genialen Fluchten bezahlt haben?«

»Ich würde sagen« – antwortete Issa nach einem längeren Gewissenskampf, als dessen Ergebnis Brue sich schon wieder auf das nächste »Allah« gefaßt machte –, »ich würde sagen, daß er höchstwahrscheinlich Anatolij heißt.«

»Anatolij?« wiederholte Brue, nachdem er dem Namen eine Weile nachgelauscht hatte und irgendwo in ferner Vergangenheit ein Echo zu hören meinte.

»Anatolij ist korrekt, mein Herr. Anatolij ist der Mann, der alles bezahlt. Ganz besonders Fluchten. Sie kennen diesen Mann, mein Herr?« unterbrach er sich. »Er ist ein Freund von Ihnen?«

»Leider nein.«

»Für Anatolij ist Geld der Sinn allen Lebens. Und auch des Todes, würde ich sagen.«

Bevor Brue dem nachgehen konnte, meldete sich Melik von seinem Posten am Fenster zu Wort.

»Sie sind immer noch da«, knurrte er auf deutsch, während er durch den Vorhangspalt lugte. »Diese beiden alten Frauen. Sie interessieren sich nicht mehr für den Schmuck. Die eine liest jetzt die Aushänge in der Apotheke, die andere steht in einem Hauseingang und telefoniert. Für Nutten sind sie zu häßlich, sogar für welche von hier.«

»Das sind nur zwei ganz normale Frauen«, entgegnete Annabel streng. Sie trat ans Fenster und schaute nach draußen, während Leyla die Hände vors Gesicht schlug und betend die Augen schloß. »Sie sehen Gespenster, Melik.«

Aber ihre Worte verfehlten ihre Wirkung auf Issa, der den Sinn von Meliks Rede sofort begriffen hatte und aufgesprungen war, die Satteltasche vor der Brust.

»Was sehen Sie?« fragte er Annabel schrill und durchbohrte sie dabei mit anklagenden Blicken. »Ist es wieder Ihr KGB?«

»Es ist niemand, Issa. Sollte es Probleme geben, passen wir schon auf Sie auf. Dafür sind wir schließlich hier.«

Und wieder schien es Brue, daß die Chorknabenstimme eine Spur zu nonchalant klang.

* * *

»Also, dieser Anatolij«, fuhr Brue zielstrebig fort, als die Ruhe einigermaßen wiederhergestellt und Leyla von Annabel in die Küche beordert worden war, um frischen Apfeltee zu brühen. »Das hört sich ja ganz so an, als ob er ein recht guter Freund von Ihnen wäre.«

»Mein Herr, wir dürfen in der Tat sagen, daß dieser Anatolij Gefangenen ein guter Freund ist, keine Frage«, stimmte Issa eilfertig zu. »Leider ist er zufälligerweise auch gut Freund mit Vergewaltigern, Mördern, Gangstern und Kreuzrittern. Anatolij hat ein weites Herz, wenn es um Freundschaften geht, muß man sagen«, fuhr er fort und wischte sich mit dem Handrücken den Schweiß ab, mit einem Grinsen, das sich nur als schaurig bezeichnen ließ.

»War er auch ein guter Freund von Oberst Karpow?«

»Ich würde sagen, daß Anatolij der beste Freund ist, den ein Mörder und Vergewaltiger nur haben kann. Karpow zuliebe hat er mich an den besten Moskauer Schulen untergebracht, sogar da, wo ich aus disziplinarischen Gründen abgelehnt worden war.«

»Und Ihre Flucht aus dem Gefängnis hat Anatolij auch bezahlt. Warum hat er das wohl getan, frage ich mich. War er Ihnen aus irgendeinem Grund zu Dank verpflichtet?«

»Karpow hat bezahlt.«

»Verzeihen Sie. Sie sagten doch gerade, Anatolij hat bezahlt.«

»Verzeihen Sie *mir*, mein Herr! Bitte verzeihen Sie dieses Mißverständnis! Sie tun recht daran, mich zu tadeln. Ich hoffe, das wird nicht in meiner Akte auftauchen«, schwadronierte er weiter, und diesmal bezog er auch Annabel in seinen Appell mit ein. »*Karpow* hat bezahlt. Das ist die unumstößliche Wahrheit. Das Geld stammt von den goldenen Halsketten und Armbändern der tschetschenischen Toten, so und nicht anders ist es. Aber es war Anatolij, der die Gefängnisdirektoren und Wärter bestochen hat. Es war Anatolij, der mir das Empfehlungsschreiben für Ihre werte Person gegeben hat. Anatolij ist ein weiser und pragmatischer Berater, der sich bestens darauf versteht, mit korrupten Gefängnisbeamten Geschäfte zu machen, ohne ihre Redlichkeit anzuzweifeln.«

»Ein Empfehlungsschreiben?« wiederholte Brue. »Mir hat niemand ein solches Schreiben gezeigt.« Er sah Annabel an, aber sie konnte genauso ausdruckslos dreinschauen wie er. Mindestens.

»Es ist ein Mafia-Brief, mein Herr. Verfaßt vom Mafia-Anwalt Anatolij, betreffend den Tod des Mörders und Vergewaltigers Grigorij Borisowitsch Karpow, ehemals Oberst der Roten Armee.«

»An wen?«

»An mich, mein Herr.«

»Haben Sie ihn bei sich?«

»Ich trage ihn stets am Herzen.« Er legte das Armband wieder an, kramte aus den Tiefen des schwarzen Mantels erneut den Lederbeutel hervor und reichte Brue ein zerknittertes Schreiben. Ein gedruckter Briefkopf in kyrillischer Schrift nannte Namen und Adresse einer Anwaltskanzlei in Moskau. Der auf russisch verfaßte Text war mit der Maschine geschrieben und begann mit den Worten »Mein lieber Issa«. Er beklagte den traurigen Verlust von Issas Vater, der im Kreise seiner geliebten Waffenbrüder einem Schlaganfall erlegen sei. Man habe ihn mit militärischen Ehren bestattet. Kein Wort über einen Karpow, dafür die Namen »Tommy Brue« und »Brue Frères« in Fettschrift sowie das Wort LIPIZZANER, darunter, handschriftlich hinzugefügt, eine Zahlenfolge. Unterzeichnet Anatolij, kein Nachname.

»Und was genau sollen meine Bank und ich für Sie tun können? Was hat dieser Herr Anatolij Ihnen erzählt?«

Hinter der Milchglastür klapperte Leyla laut mit Tassen und Untertassen.

»Daß Sie mich beschützen, mein Herr. Daß Sie mich unter Ihre Fittiche nehmen, wie Anatolij. Daß Sie ein guter und mächtiger Mann sind, ein Oligarch Ihrer schönen Stadt. Daß Sie mich an Ihrer Universität für ein Medizinstudium einschreiben. Daß ich mit Hilfe Ihrer großartigen Bank Arzt werden kann, um Gott und der Menschheit zu dienen, und daß ich ein geordnetes Leben führen werde, dank dem heiligen Eid, den Ihr verehrter Herr Vater dem Verbrecher und Mörder Karpow gegeben hat und der bei seinem Tode auf den Sohn übergegangen ist. Und Sie sind doch der Sohn Ihres Vaters?«

Brue schmunzelte weltmännisch. »Anders als Sie bin ich tatsächlich der Sohn meines Vaters«, räumte er ein und erntete damit wieder so ein übertriebenes Strahlen von Issa, dessen gehetzter Blick gleich darauf für einen Moment zu Annabel hinüberhuschte, als hinge sein ganzes Wohl und Wehe von ihr ab.

»Ihr Vater hat diesem Oberst Karpow viele schöne Versprechungen gemacht, mein Herr!« Die Worte brachen aus Issa heraus, und in seiner Angst und Aufregung sprang er abermals auf. Unter heftigem Grimassieren holte er Atem, um dann den schnarrenden, autokratischen Ton von Brues imaginärem Vater anzuschlagen: ›Grigorij, mein Freund! Wenn dein kleiner Iwan zu mir kommt – was, wie ich hoffe, erst in vielen Jahren der Fall sein wird –, wird ihn meine Bank wie ihr eigen Fleisch und Blut behandeln‹«, rief er, und er reckte die Schwurhand und krallte mit den Fingerspitzen seinen heiligen Eid in die Luft. »›Falls ich dann nicht mehr auf Erden wandle, wird mein Sohn Tommy deinem Iwan die Ehre erweisen, das gelobe ich dir. Ich gebe dir mein höchstfeierliches Versprechen, Grigorij, mein Freund, und das Versprechen des Herrn Lipizzaner.‹« Sein Höhenflug kam trudelnd zum Ende. »So, mein Herr, lauteten die Worte Ihres verehrten Herrn Vaters, wie sie mir der Mafia-Anwalt Anatolij überliefert hat, der aus einer perversen Liebe zu meinem Vater in all meinem Unglück mein Retter war«, endete er mit brechender Stimme, keuchend.

In der gespannten Stille, die nun folgte, fühlte sich Melik dazu berufen, seinem Herzen Luft zu machen:

»Passen Sie bloß auf«, sagte er ruppig zu Brue. »Wenn Sie

ihn triezen, kriegt er 'nen Koller.« Und für den Fall, daß es an dieser Warnung noch etwas zu deuten gab: »Packen Sie ihn nicht zu hart an, okay? Er ist mein Bruder.«

* * *

Als Brue schließlich wieder das Wort ergriff, richtete er es nicht an Issa, sondern an Annabel, in wohlüberlegter Beiläufigkeit und auf deutsch.

»Und haben wir dieses feierliche Versprechen irgendwo in schriftlicher Form vorliegen, Frau Richter, oder wissen wir nur vom Hörensagen davon, aus den Einlassungen Ihres Mandanten über Herrn Anatolij?«

»Das einzige, was wir schriftlich haben, sind der Name Ihrer Bank und eine Kennummer«, antwortete sie bündig.

Brue setzte eine nachdenkliche Miene auf. »Lassen Sie mich Ihnen mein kleines Problem erklären, Issa«, sagte er auf russisch, wozu er aus den vielen Stimmen, die in seinem Kopf durcheinandertönten, die des vernünftigen Mannes auswählte, der eins und eins zusammenzählt. »Wir haben einen Anatolij, der Ihrer Aussage zufolge der Anwalt Ihres Vaters ist oder war. Wir haben einen Oberst Karpow, der Ihrer Aussage zufolge Ihr leiblicher Vater ist, auch wenn Sie ihn ansonsten verleugnen. Aber einen haben wir nicht, und das sind *Sie*, nicht wahr? Sie haben keine Papiere, und Sie haben, aus welchem Grund auch immer, laut Ihren eigenen Angaben ein längeres Vorstrafenregister, was auf einen Bankier nicht gerade einen vertrauenswürdigen Eindruck macht.«

»Ich bin Muslim, mein Herr!« protestierte Issa mit erregter Stimme und einem erneuten hilfesuchenden Blick zu Annabel. »Ich bin ein tschetschenischer Schwarzarsch! Wozu brauche ich einen Grund, um ins Gefängnis zu wandern?«

»Aber Sie müssen mich *überzeugen*«, fuhr Brue unerbittlich fort, ohne sich um Meliks finsteres Gesicht zu kümmern. »Ich muß wissen, wie Sie in den Besitz vertraulicher Informationen über einen hochgeschätzten Kunden meiner Bank gekommen sind. Ich muß, wenn Sie gestatten, Ihren familiären Hintergrund noch etwas genauer ausleuchten, und ich würde gern dort anfangen, wo auf dieser Welt alle guten und schlechten Dinge ihren Anfang nehmen: bei Ihrer Mutter.« Es war grausam von ihm, das wußte er, und es war ihm ganz recht so. Meliks Warnung hin oder her, Issas groteske Imitation von Edward Amadeus ekelte ihn immer noch an. »Wer ist sie, Ihre werte Mutter, beziehungsweise wer war sie? Haben Sie Geschwister, lebende oder verstorbene?«

Zuerst sagte Issa kein Wort. Den spindeldürren Körper über den Tisch gestreckt, die Ellbogen aufgestützt, so daß ihm das Goldkettchen, das er inzwischen wieder angelegt hatte, den mageren Unterarm herabrutschte, den Kopf in den hochgestellten Mantelkragen geduckt, hielt er sich mit seinen langen Händen schützend die Stirn. Dann hob er jäh das Gesicht, und aus den Zügen des Kindes wurden die eines erwachsenen Mannes:

»Meine Mutter ist tot, mein Herr. Ganz und gar tot. Meine Mutter starb viele Tode. Sie starb an dem Tag, an dem Karpows Truppen sie aus ihrem Dorf entführten und in die Kaserne verschleppten, wo Karpow sie schändete. Sie war fünfzehn Jahre alt. Sie starb an dem Tag, an dem die Dorfältesten entschieden, daß sie an ihrer Schändung mitschuldig sei, und einen ihrer Brüder hinter ihr her schickten, um sie nach der Tradition unseres Volkes zu töten. Sie starb an jedem Tag, den sie mich unter ihrem Herzen trug, denn sie wußte, sobald sie mich zur Welt gebracht hätte, würde sie ebendiese Welt verlassen müssen und ihr Kind würde in ein Militärwaisenhaus für die Kinder geschändeter tschetschenischer Mütter gesteckt. Mit ihrem Tod behielt sie recht, nicht aber mit den Handlungen des Mannes, der ihn zu verantworten hatte. Als Karpows Regiment nach Moskau zurückgerufen wurde, beschloß er, den Jungen als Trophäe mitzunehmen.«

»Sie waren zu dem Zeitpunkt wie alt?«

»Mein Herr, der Junge war sieben Jahre alt. Alt genug, um die Wälder, Berge und Flüsse Tschetscheniens gesehen zu haben. Alt genug, um dorthin zurückzukehren, so oft Gott es zuließ. Mein Herr, ich möchte noch eine weitere Erklärung abgeben.«

»Bitte sehr.«

»Sie sind ein gütiger und bedeutender Mann. Sie sind ein englischer Ehrenmann, kein russischer Barbar. Die Tschetschenen haben einst davon geträumt, eine englische Königin zu bekommen, die sie vor dem russischen Tyrannen beschützen sollte. Ich werde Ihren Schutz annehmen, wie es Karpow von Ihrem verehrten Vater zugesagt wurde, und im Namen Gottes danke ich Ihnen von Herzen. Aber das Geld, von dem wir sprechen, ist Karpows Geld, darum muß ich es, so leid es mir tut, ablehnen. Nicht einen Euro, nicht einen Dollar, nicht einen Rubel, nicht ein englisches Pfund, bitte. Es ist das Geld imperialistischer Räuber und Ungläubiger und Kreuzritter. Es ist Geld, das sich durch Wucher vermehrt hat, was gegen unser göttliches Gesetz verstößt. Es ist Geld, das mir die schwierige Reise hierher ermöglicht hat, aber mehr werde ich davon nicht anrühren. Beschaffen Sie mir nur gütigst einen deutschen Paß und eine Aufenthaltsgenehmigung und einen Ort, wo ich Medizin studieren und in Demut beten kann. Um mehr bitte ich nicht. Ich danke Ihnen.«

Sein Oberkörper sackte auf die Tischplatte, und unter heftigem Schluchzen vergrub er den Kopf in den verschränkten Armen. Leyla kam aus der Küche gerannt, um ihn zu trösten. Melik baute sich vor Brue auf, wie um Issa vor weiteren Attacken zu schützen. Auch Annabel war aufgestanden, wagte es aber aus Gründen der Schicklichkeit nicht, sich ihrem Mandanten zu nähern.

»Und ich danke Ihnen, Issa«, antwortete Brue nach einem längeren Schweigen. »Frau Richter, könnte ich Sie wohl bitte einen Moment unter vier Augen sprechen?«

* * *

Sie standen sich gegenüber, einen halben Meter voneinander entfernt neben einem Punchingball in Meliks Zimmer: ein Blickeduell trotz dreißig Zentimetern Größenunterschied. Ihre honiggesprenkelten Augen hinter den Brillengläsern begegneten den seinen mit stählerner Härte. Sie atmete langsam und bewußt gleichmäßig, genau wie er selbst. Mit einer

Hand band sie sich das Tuch vom Kopf und entblößte ihr Gesicht, als wollte sie ihn herausfordern, den ersten Schlag zu führen. Aber sie besaß Georgies Furchtlosigkeit und ihre eigene unanfechtbare Schönheit, und im Grunde ahnte er schon, daß er verloren war.

»Wieviel wußten Sie davon?« fragte er barsch, mit einer Stimme, die er selbst kaum wiedererkannte.

»Das geht nur meinen Mandanten etwas an.«

»Er macht einen Anspruch geltend, und er macht keinen Anspruch geltend. Was erwarten Sie von mir? Er will das Geld nicht, aber er will meinen Schutz.«

»Richtig.«

»Schutz ist *nicht* mein Metier. Ich bin eine Bank. Aufenthaltsgenehmigungen sind *nicht* mein Metier. Deutsche Pässe oder Studienplätze für Medizin sind *nicht* mein Metier!« Er gestikulierte, was bei ihm so gut wie nie vorkam. Bei jedem *nicht* schlug er sich mit der rechten Faust in die linke Hand.

»Für meinen Mandanten sind Sie eine hohe Amtsperson«, gab sie zurück. »Ihnen gehört eine Bank, also gehört Ihnen die Stadt. Ihr Vater und sein Vater waren Ganoven, Spießgesellen. Das macht Sie und ihn zu Blutsbrüdern. Natürlich werden Sie ihn beschützen.«

»Mein Vater war *kein* Ganove!« Er nahm sich zusammen. »Schön, Sie sind emotional beteiligt. Und ich anscheinend auch. Was ja nur natürlich ist. Ihr Mandant ist ein tragischer Fall, und Sie sind …«

»Nur eine Frau?«

»Eine Anwältin, die sich ihrer Verantwortung für ihren Mandanten bewußt ist.«

»Eine Verantwortung, die Sie genauso tragen, Mr. Brue.«

Unter anderen Umständen hätte Brue das energisch abgestritten, aber er ließ es auf sich beruhen. »Der Mann wurde gefoltert, und er könnte dabei psychischen Schaden genommen haben«, sagte er. »Leider bedeutet das nicht automatisch, daß er auch die Wahrheit sagt. Woher soll ich wissen, daß er sich nicht den Besitz und die Identität eines Mitgefangenen angeeignet hat, um sich auf das Geburtsrecht eines anderen zu berufen und einen falschen Anspruch geltend zu machen – was ist daran so lustig?«

Sie lächelte, aber es war ein auftrumpfendes Lächeln. »Sie haben gerade zugegeben, daß es sein Geburtsrecht ist.«

»Ich habe nichts dergleichen zugegeben!« erwiderte Brue erbost. »Ich habe das genaue Gegenteil gesagt. Daß es eben unter Umständen *nicht* sein Geburtsrecht ist! Und selbst *wenn* es sein Geburtsrecht ist, er aber keinen Anspruch anmeldet – wo ist da der Unterschied?«

»Der Unterschied ist folgender, Mr. Brue: Ohne Ihre Scheißbank wäre mein Mandant nicht hier.«

Einen Augenblick lang ruhten die Waffen, während jeder für sich Annabels verblüffende Wortwahl prüfte. Brue versuchte Aggression an den Tag zu legen, aber vergeblich. Im Gegenteil, es kam ihm immer mehr so vor, als ob er auf ihre Seite überlief.

* * *

»Frau Richter.«

»Mr. Brue.«

»Ohne zwingende Beweise weigere ich mich, einzuräumen, daß meine Bank – mein Vater – russischen Ganoven seine freundschaftliche Hilfe hat angedeihen lassen.«

»Und was *würden* Sie einräumen?«

»Zuerst muß Ihr Mandant seinen Anspruch anmelden.«

»Das wird er nicht. Von dem Geld, das Anatolij ihm gegeben hat, sind noch fünfhundert Dollar übrig; die rührt er nicht an. Er will sie zum Abschied Leyla schenken.«

»Wenn er seinen Anspruch nicht anmeldet, habe ich keine Handhabe, und die ganze Situation ist sowieso – akademisch. Weniger als akademisch. Nichtig.«

Sehr lange brauchte sie über seine Antwort nicht nachzudenken. »Na gut. Nehmen wir also an, er macht seinen Anspruch geltend. Was dann?«

Er merkte, daß sie ihn auf dem falschen Fuß erwischen wollte, und zögerte. »Nun, zuallererst bräuchte ich selbstredend ein Minimum an hinlänglichen Belegen.«

»Was wäre das Minimum?«

Brue extrapolierte. Er verschanzte sich hinter den Vorschriften, zu deren Umgehung die Lipizzaner angelegt worden waren. Heute ist heute, nicht gestern, beruhigte er sich. Ich bin ich, und ich bin sechzig, ich bin nicht Edward Amadeus in der Blüte seiner senilen Jahre.

»Ein Identitätsnachweis, selbstredend, angefangen bei seiner Geburtsurkunde.«

»Wo würden Sie die herbekommen?«

»Angenommen, er wäre nicht imstande, sie selbst beizubringen, würde ich die Russische Botschaft in Berlin um Hilfe ersuchen.«

»Und dann?«

»Würde ich einen Nachweis für den Tod seines Vaters benötigen und einen Einblick in dessen Testament, zusammen mit einer notariellen Beglaubigung seines Anwalts, selbstredend.«

Sie schwieg.

»Sie können kaum von mir erwarten, daß ich mich auf ein paar zerfledderte Zeitungsausschnitte und einen dubiosen Brief verlasse.«

Sie schwieg noch immer.

»Das wäre das normale Procedere«, fuhr er tapfer fort, obwohl ihm vollauf bewußt war, daß das normale Procedere in diesem Fall nicht in Frage kam. »Sobald die notwendigen Belege beigebracht wären, würde ich Ihnen empfehlen, sich mit Ihrem Mandanten an ein deutsches Gericht zu wenden und eine Testamentsbestätigung oder einen Gerichtsbeschluß zu erwirken. Mein Institut unterliegt der hiesigen Bankenaufsicht. Ich bin verpflichtet, mich an die Gesetze des Landes Hamburg und der Bundesrepublik Deutschland zu halten.«

Wieder ein zermürbendes Schweigen, während sie ihn mit ihrem unverwandten Blick musterte.

»Das wären also die Vorschriften. Ja?« fragte sie.

»Einige davon.«

»Und wenn Sie ein Auge zudrücken würden? Angenommen, ein smarter russischer Manager im Tausenddollaranzug käme erster Klasse mit dem Flieger aus Moskau, um seinen Anteil abzukassieren – ›Hi, Mr. Tommy. Ich bin's, der Filius vom alten Karpow. Ihr Dad und meiner haben so einiges weggesoffen zusammen. Wo sind meine Moneten?‹ Was würden Sie dann machen?«

»Das gleiche wie jetzt auch«, erwiderte er, mit Nachdruck, aber ohne Überzeugung.

* * *

Jetzt war Annabel Richter die Geschlagene und Tommy Brue der Sieger. Die Kampfbereitschaft schwand aus ihren Zügen. Sie atmete langsam durch.

»Na gut. Helfen Sie mir. Ich weiß nicht weiter. Sagen Sie mir, was ich machen soll.«

»Das Übliche, denke ich doch. Sie liefern sich auf Gnade oder Ungnade den deutschen Behörden aus und normalisieren seinen Aufenthaltsstatus. Je eher, desto besser, wenn Sie mich fragen.«

»Normalisieren, und wie? Er ist jung, jünger als ich. Angenommen, sie normalisieren seinen Status nicht? Wie viele seiner besten Jahre soll er noch aus sich herausprügeln lassen?«

»Das ist nun einmal Ihre Welt. Zum Glück ist es nicht meine.«

»Es ist meine *und* Ihre Welt«, fauchte sie, und die Röte schoß ihr ins Gesicht. »Sie möchten es nur nicht wahrhaben. Wollen Sie den Clou der Geschichte hören? Eher nicht, tippe ich mal, aber ich erzähle es Ihnen trotzdem. Sie sagen, ich soll mich mit ihm an ein Gericht wenden. Eine Testamentsbestätigung erwirken. Sobald ich das versuche, ist er mit größter Wahrscheinlichkeit ein toter Mann. Verstehen Sie? Ein toter Mann! Er ist über Schweden eingereist. Schweden, Dänemark, Hamburg. Obwohl sein Schiff Schweden eigentlich gar nicht anlaufen sollte. Pech gehabt. Die Schweden haben ihn verhaftet. Nach der Haft und dem Container war er so durch den Wind, daß sie dachten, er könnte sich nicht allein auf den Beinen halten. Aber er ist ihnen abgehauen. Das Geld hat geholfen. Wobei er sich darüber bedeckt hält. Bevor er abgehauen ist, haben die Schweden ihn photographiert und ihm die Fingerabdrücke abgenommen. Was das bedeutet, wissen Sie?«

»Noch nicht.«

Sie hatte sich wieder im Griff, wenn auch mit Mühe. »Es bedeutet, daß seine Fingerabdrücke und sein Photo auf jeder Polizeiwebsite zu finden sind. Es bedeutet, daß die Deutschen in Übereinstimmung mit dem Dubliner Abkommen von 1990, das Sie zweifellos in- und auswendig kennen, keine andere Wahl haben, als ihn postwendend nach Schweden zurückzuverfrachten. Keine Rechtsmittel, kein ordentliches Gerichtsverfahren. Er ist ein entflohener Sträfling, der illegal nach Schweden eingereist ist, polizeilich gesucht in Rußland und der Türkei, aktenkundig als islamistischer Aktivist. Abgeschoben wird er von den Schweden, nicht von den Deutschen.«

»Aber bei den Schweden geht es doch vergleichsweise human zu, soweit ich weiß?«

»Ja. Tut es. Ganz besonders, wenn es sich um illegale Einwanderer handelt. Und für die Schweden ist er ein illegaler Einwanderer und flüchtiger Terrorist, basta. Wenn die Türken ihn zurückhaben wollen, damit er seine Reststrafe verbüßt – plus ein paar Jahre extra, weil er sich aus dem Gefängnis freigekauft hat –, dann werden die Schweden ihn an die Türken ausliefern und sich einen Dreck um ihn scheren. Gut, es gibt eine Chance von eins zu tausend, daß irgendein schwedischer Heiliger einschreitet, aber ich gebe nicht viel auf Heilige. Wenn die Türken sich an ihm ausgetobt haben, reichen sie ihn weiter an die Russen, damit die ebenfalls ihr Mütchen an ihm kühlen können. Kann natürlich auch sein, daß die Türken keine Lust mehr auf ihn haben, dann schicken ihn die Schweden direkt nach Rußland. So oder so, er wandert wieder ins Gefängnis, er wird wieder gefoltert. Sie haben ihn gesehen. Was meinen Sie, wieviel er noch aushält? Hören Sie mir überhaupt zu? Ich kann es Ihnen nicht ansehen. Ich kann Ihre Miene nicht deuten.«

Er konnte es selber nicht. Er wußte nicht, was für eine Miene angemessen gewesen wäre oder was für Gefühle er hätte hineinlegen sollen.

»Aber es gibt doch sicher hinreichende Gründe für ein einfaches Gnadengesuch«, wandte er lahm ein, als sie nicht aufhörte, ihn anzustarren.

»Letztes Jahr hatte ich einen Mandanten, der Magomed hieß. Ein dreiundzwanzigjähriger Tschetschene, der von den Russen gefoltert worden war. Nichts Persönliches, nichts wissenschaftlich Ausgeklügeltes, bloß jede Menge Prügel. Aber er war ein sanftes Kerlchen, ein bißchen verrückt, wie Issa. Die Prügel bekamen ihm nicht. Vielleicht hatte er eine Tracht zuviel eingesteckt. Wir haben einen Asylantrag gestellt, alles auf die humanitäre Karte gesetzt. Magomed ist gern in den Tierpark gegangen. Weil ich mir Sorgen um ihn gemacht habe, hat Fluchthafen tief in die Tasche gegriffen und einen Topanwalt engagiert. Der fand, wir hätten die Duldung aus humanitären Gründen so gut wie sicher, und hat ansonsten Däumchen gedreht. Theoretisch ist es in Deutschland streng gesetzlich geregelt, wohin ein Mensch nicht abgeschoben werden darf. Während wir auf das Urteil warteten, wollten wir noch einen Ausflug in den Tierpark machen. Magomed hatte nicht Issas Hintergrund. Er war kein Militanter, kein mutmaßlicher Islamist. Er stand nicht auf der Fahndungsliste von Interpol. Um fünf Uhr morgens haben sie ihn aus seinem Bett im Wohnheim gezerrt und ihn in eine Maschine nach Sankt Petersburg gesteckt. Sie mußten ihn knebeln. Seine Schreie waren das letzte, was wir von ihm gehört haben.« Wieder stieg ihr eine Röte ins Gesicht, die er sich nicht ganz erklären konnte, und sie holte Luft.

»Während meines Jurastudiums haben wir oft darüber diskutiert, was wichtiger ist, das Gesetz oder das Leben«, sagte sie. »Das ist eine traurige Wahrheit unserer deutschen Geschichte: Gesetze, die das Leben nicht schützen, sondern sich daran vergehen. Die Juden haben das zu spüren bekommen. Die moderne amerikanische Spielart erlaubt Folter und staatlich angeordnete Entführungen. Und es ist ansteckend. Ihr Land ist dagegen genausowenig immun wie meines. Das ist nicht das Gesetz, dem *ich* diene. Ich diene Issa Karpow. Er ist mein Mandant. Wenn Sie das in Verlegenheit bringt, tut es mir nicht leid.«

Aber sie selbst schien es verlegen zu machen, denn ihre Wangen glühten inzwischen richtiggehend.

»Inwieweit ist sich Ihr Mandant seiner Situation bewußt?« fragte Brue nach einer längeren Pause.

»Als seine Anwältin mußte ich sie ihm erklären, und das habe ich getan.«

»Wie hat er reagiert?«

»Was für uns eine schlechte Nachricht ist, muß für ihn nicht unbedingt auch eine sein. Er hat aufmerksam zugehört, aber er ist fest davon überzeugt, daß Sie schon eine Lösung finden werden. Das Haus wird übrigens beobachtet, falls Ihnen das entgangen sein sollte. Diese Polizeibeamten mit ihrem Höflichkeitsbesuch bei Leyla vorhin – von wegen Vertrauensbildung!«

»Ich dachte, Sie kennen sie.«

»Jeder bei Fluchthafen kennt sie. Es sind Schnüffler.«

Um sich ihrem Blick zu entziehen und Bedenkzeit zu gewinnen, drehte Brue eine seiner Runden durchs Zimmer.

»Ich habe eine Frage an Ihren Mandanten«, sagte er dann und wandte sich wieder zu ihr um. »Vielleicht können Sie sie mir beantworten. In den Bestimmungen, die das Konto seines angeblichen Vaters betreffen, wird ein sogenanntes *Instrument* erwähnt. Ein solches Instrument wäre unerläßlich, um einen Anspruch geltend zu machen.«

»Handelt es sich um einen Schlüssel?«

»Möglich.«

»Einen kleinen, mit drei Bärten?«

»Denkbar.«

»Ich werde ihn fragen«, sagte sie.

Lächelte sie? Brue wollte es scheinen, als wäre zwischen ihnen ein konspirativer Funke übergesprungen. Er hoffte es.

»Natürlich nur, wenn er seinen Anspruch geltend macht«, fügte er ernst hinzu. »Nur, wenn man ihn dazu überreden kann. Ansonsten stehen wir wieder am Anfang.«

»Ist es viel Geld?«

»Falls er seinen Anspruch geltend macht und falls er damit Erfolg hat, wird er Sie zweifellos darüber informieren, um welche Summe es sich handelt«, antwortete er steif.

Doch unvermittelt ging entweder seine Gutherzigkeit mit ihm durch, oder er vergaß ganz einfach für einen Augenblick, daß er ein in der Wolle gefärbter knallharter Geschäftsmann war. Ihn überkam das unheimliche Gefühl, daß ein anderer von ihm Besitz ergriffen hatte und aus ihm sprach – ein echter Mensch, der spontane mitmenschliche Regungen begrüßte, statt sie als Gefahr für ein korrektes Finanzgebaren zu sehen:

»Aber wenn ich bis dahin als Privatperson irgend etwas tun kann – um zu helfen, meine ich, solange es sich halbwegs im Rahmen hält –, würde ich das sehr gern tun. Ganz im Ernst. Es wäre mir eine Ehre.«

* * *

Sie betrachtete ihn so regungslos, daß er sich fast nicht mehr sicher war, ob er tatsächlich etwas gesagt hatte.

»Wie, helfen?« fragte sie dann.

Jetzt gab es kein Zurück mehr: auch nicht schlimm, denn er preschte bereits weiter vor. »Solange es sich im Rahmen hält, auf jede mir mögliche Weise. Das würde ich ganz Ihnen überlassen. In jeder Hinsicht. Immer angenommen, ihm ist zu glauben. Das müßte ich dann, selbstredend.«

»Das müssen wir beide«, sagte sie ungeduldig. »Ich versuche herauszubekommen, was Sie meinen, wenn Sie sagen, daß Sie gern helfen möchten.«

Brue hätte es selbst gern gewußt. Immerhin sah sie ihn nicht mehr vorwurfsvoll an, sondern so, als ob er etwas Nützliches von sich gegeben hätte, etwas, was sie auf einen Gedanken brachte.

»Ich meinte vermutlich Geld«, antwortete er peinlich berührt.

»Könnten Sie ihm zum Beispiel etwas leihen, als ersten Abschlag auf das, was er zu erwarten hat?«

Kurz meldete sich der Bankier in ihm zurück. »Aus Mitteln der Bank? Nein. Nicht, solange seine Anwartschaft nicht nachgewiesen ist und er seinen Anspruch nicht geltend gemacht hat. Das wäre ausgeschlossen.«

»Wie haben Sie es dann gemeint?«

»Hat Ihre Organisation denn keine Mittel für solche Eventualitäten?«

»Die Mittel von Fluchthafen reichen gerade aus, um die Fahrt direkt ins Abschiebezentrum zu bezahlen.«

Brue wollte noch nicht aufgeben. »Und wenn er wirklich krank ist? Wenn er sich auf Krankheitsgründe beruft? Einen schwerkranken Mann wird ja wohl niemand abschieben.«

»Wenn er sich auf Krankheitsgründe beruft – was die Hälfte der Asylbewerber tut, was wir in Magomeds Fall getan haben – und die Ärzte ihm die Reiseunfähigkeit bescheinigen, wird er in ein Krankenhaus gebracht, wo er unter Bewachung steht, bis er wieder reisefähig ist und abgeschoben werden kann. Ich frage Sie noch einmal: Was für Geld haben Sie gemeint?«

»Nun, die Summe würde sich wohl am tatsächlichen Bedarf orientieren«, sagte Brue der Bankier. »Wenn Sie mir einen Anhaltspunkt geben könnten, was Sie damit vorhaben ...«

»Nein. Das fällt unter mein Berufsgeheimnis.«

»Natürlich. Unbedingt. Gar keine Frage. Aber wenn es Ihnen um eine, nun ja, relativ bescheidene Summe geht, als Überbrückungshilfe ...«

»So bescheiden nun auch wieder nicht ...«

»... dann käme das Geld unter den gegebenen Umständen aus meinem Privatvermögen. Bestimmt für Ihren Mandanten. Über Sie, aber zu seiner Verwendung.«

»Brauchen Sie eine Sicherheit?«

»Um Gottes willen, nein!« Warum war er so schockiert? »Ein formloses Privatdarlehen, das man zu gegebener Zeit gern wieder zurückerstattet bekäme – oder aber auch nicht. Je nachdem, was für eine Summe Ihnen vorschwebt, selbstredend. Aber nein. Keine Sicherheiten verlangt oder benötigt.«

Er hatte es gesagt. Und nachdem er es gesagt hatte, wußte er, daß er es glaubte und bereit wäre, es nochmals zu sagen, und wenn nötig auch ein drittes Mal.

Jetzt war sie diejenige, die unsicher wurde. »Es könnte – nun ja – ziemlich viel sein.«

»Gut, da ist die Frage natürlich, wieviel viel *ist*«, konnte er sich nicht verkneifen zu erwidern, mit dem Bankierslächeln, das besagte, daß das, was für einen anderen nach viel klang, für jemanden wie ihn noch lange nicht viel sein mußte.

»Wenn er es doch nicht braucht, gebe ich es Ihnen wieder zurück. Das müssen Sie mir glauben.«

»Daran hege ich keinen Zweifel. An welchen Betrag hatten Sie denn nun gedacht?«

Was rechnete sie da? Wieviel sie ihm abknöpfen konnte oder wieviel sie für das, was sie im Sinn hatte, benötigte? Und wie lange hatte sie es bereits im Sinn? Schon seit sie in diesem Zimmer waren oder erst seit er sie auf die Idee gebracht hatte?

»Für das, was ich mit ihm vorhabe – wenn ich ihn dazu überreden kann –, braucht er mindestens ... *dreißigtausend Euro.*« Sie stieß die Summe hastig hervor, als ob sie dadurch kleiner würde.

Brue schwirrte der Kopf, aber nicht vor Schreck. Sie ist keine zwielichtige Unternehmerin. Sie ist keine schlechte Schuldnerin, kein fauler Kredit und auch keine geniale Verliererin mit einem verrückten Einfall. Der verrückte Einfall kam von mir, oder besser gesagt: Der Einfall kam von mir, und er war nicht verrückt.

»Bis wann benötigen Sie es?« rutschte es ihm heraus – noch so eine Standardfrage.

»Sehr bald. Spätestens in ein, zwei Tagen. Es könnte plötzlich alles ganz schnell gehen. Dann müßte ich das Geld gleich zur Verfügung haben.«

»Und heute ist Freitag. Dann erledigen wir es doch am besten sofort. Nicht, daß noch etwas dazwischenkommt. Und weil Sie mir ja sowieso alles zurückgeben, was Sie nicht brauchen, legen wir zur Sicherheit lieber noch ein paar Euro drauf« – als ob sie gemeinsam etwas aufbauen wollten, aber genauso fühlte es sich in seinem entrückten Zustand für ihn an.

Wie immer hatte Brue sein Scheckheft zur Hand, ausgegeben von einer großen Clearingbank. Aber wo um alles in der Welt steckte sein Füllhalter? Vergeblich klopfte er seine Taschen ab – bis ihm einfiel, daß er ihn bei seinem Notizbuch im Wohnzimmer liegenlassen hatte. Sie gab ihm ihren und sah zu, wie er auf Annabel Richter einen Scheck über fünfzigtausend Euro ausstellte, datiert auf den heutigen Freitag. Auf einer Visitenkarte, von denen er in seinem Sportjackett ein halbes Dutzend bei sich trug, schrieb er ihr seine Handynummer auf und fügte – wennschon, dennschon! – auch gleich noch seine Durchwahl in der Bank hinzu.

»Dann höre ich von Ihnen, ja?« murmelte er befangen, als er merkte, daß sie ihn immer noch anstarrte. »Tommy ist übrigens der Name.«

Im Wohnzimmer hatte Issa sich mittlerweile überreden lassen, den Kopf an den Sofarücken zu lehnen, und Leyla kühlte ihm mit einem nassen Umschlag die Stirn. Brue sammelte seinen goldenen Füllhalter wieder ein.

»Besser, Sie kommen nicht mehr zu uns«, knurrte Melik, als er Brue zur Tür brachte. »Besser, Sie vergessen, wo wir wohnen. Wir kennen Sie nicht, Sie kennen uns nicht. Abgemacht?«

»Abgemacht«, sagte Brue.

* * *

»Die von Essens mogeln«, verkündete Mitzi, während sie ihre Saphirohrringe abnahm und sich im Frisierspiegel betrachtete, ihrerseits betrachtet von Brue, der schon im Bett lag. Mit ihren fünfzig Jahren ging sie dank bester Wartung und der Dienste eines angesagten Schönheitschirurgen noch immer als hinreißende Neununddreißigjährige durch – beinahe zumindest.

»Mit allen Tricks spielen die«, fuhr sie fort und unterzog ihre Halssehnen einer kritischen Prüfung. »Gefummel im Gesicht, Gefummel an den Karten, Kopfkratzen, Gähnen, Spiegel. Und dieses nuttige kleine Hausmädel von ihnen schiebt die Drinks rum und lurt dabei, wenn sie nicht grade dem Bernhard schöntut.«

Es war zwei Uhr morgens. Manchmal sprachen sie Deutsch, manchmal Englisch und aus Spaß auch schon einmal einen

Mischmasch. Heute war Deutsch an der Reihe: beziehungsweise Mitzis weiche Wiener Mundart.

»Ihr habt also verloren«, riet Brue.

»Und stinken tut's bei denen auch noch«, fügte sie hinzu, ohne ihn zu beachten. »Kein Wunder, wo das Haus doch direkt auf der Kanalisation steht. Der Bernhard hätte den König nicht ausspielen dürfen. Immer ist er gleich so panisch. Wenn er nicht den Kopf verloren hätte, hätten wir den Rubber gewinnen können. Höchste Zeit, daß er erwachsen wird.«

Bernhard, ihr fester Partner, und vermutlich nicht nur beim Bridge. Aber was sollte man machen? Das Leben war nun mal kein Spaziergang. Der alte Westerheim hatte den Nagel auf den Kopf getroffen, als er sie die beste First Lady in Hamburg nannte.

»Hast du wieder lang arbeiten müssen, Tommy?« rief sie aus dem Badezimmer.

»Ziemlich lang.«

»Du Armer.«

Eines Tages, dachte er, wirst du wirklich von mir wissen wollen, wo ich gewesen bin und was ich getrieben habe. Nur daß dieser Tag nie kommen wird. Du wirst mich nichts fragen, was du nicht selbst gefragt werden willst. Kluges Mädchen. Meilenweit klüger als ich. Mit deinem Verstand würdest du die Bank in ein, zwei Jahren wieder auf Kurs bringen.

»Du klingst angespannt«, sagte sie vorwurfsvoll, als sie im Nachthemd aus dem Bad kam. »Kein bisserl nach Freitagabend. Überdreht und gschaftig. Hast du deine Schlaftablette genommen?«

»Ja, aber sie wirkt nicht.«

»Hast du getrunken?«

»Ein paar Scotch.«

»Hast du Sorgen?«

»Natürlich nicht. Alles bestens.«

»Gut. Vielleicht will der Mensch ja ab sechzig nur noch wach sein.«

»Vielleicht.«

Sie schaltete das Licht aus.

»Und morgen zum Mittagessen lädt uns der Bernhard nach Sylt ein. Er hat zwei freie Plätze in seiner Maschine. Hast du Lust?«

»Hört sich gut an.«

* * *

Ja, Mitzi, ich bin überdreht und »gschaftig«. Nein, ich klinge nicht nach Freitagabend. Ich habe gerade die besten fünfzigtausend Euro meines Lebens weggegeben und muß erst noch dahinterkommen, warum. Um Zeit für ihn herauszuschlagen? Was hat sie mit ihm vor? Mietet sie ihm eine Suite im Atlantic?

Heute nacht bin ich den ganzen Weg zu Fuß nach Hause gegangen. Kein Taxi, keine Limousine. Um fünfzigtausend Euro leichter – und erleichtert. Ist mir jemand gefolgt? Nicht daß ich wüßte. Spätestens nach meiner Odyssee durch Eppendorf nicht mehr.

Ich bin durch schnurgerade Straßen marschiert, die alle gleich aussahen, und mein Kopf mochte mir den Weg nicht weisen. Aber nicht, weil ich Angst hatte. Nicht, weil ich meine Verfolger abschütteln wollte, falls es denn welche gab. Sondern weil mein Kompaß verrückt gespielt hat.

Heute nacht bin ich dreimal an derselben Kreuzung gelandet, und wenn ich jetzt dort stünde, wüßte ich wieder nicht, welche Richtung die richtige ist.

Was sehe ich, wenn ich auf mein ereignisloses Leben zurückblicke? Flucht. Ob es Ärger mit einer Frau war, Ärger mit der Bank, Ärger mit Georgie: wenn die Bombe hochging, hatte der gute alte Tommy längst das Weite gesucht. Das war nicht ich, das waren zwei andere Männer, ich war gar nicht da, und überhaupt haben die anderen angefangen: da habt ihr ihn, den guten alten Tommy.

Annabel dagegen – wenn ich dich so nennen darf –, du bist das genaue Gegenteil, hab ich recht? Du packst den Stier bei den Hörnern. Du gehst aufs Ganze – und auch deshalb denke ich vermutlich *Annabel, Annabel,* wo ich doch eigentlich denken müßte: *Edward Amadeus,* du verrückter, toter, geliebter Mann, in was für eine Bredouille hast du mich da gebracht!

Aber ich bin nicht in der Bredouille. Ich bin ein zufriedener Investor. Ich habe mich nicht *frei*gekauft, ich habe mich *ein*gekauft. Die fünfzigtausend waren meine Eintrittskarte. Ich bin dein Kompagnon, was auch immer du im Schilde führst. Tommy ist übrigens der Name.

* * *

Und du, Annabel? Mit wem redest du? – jetzt, in dieser Minute? Wer ist für dich da, wenn dir das Wasser bis zum Hals steht?

Einer von Georgies langmähnigen, großmäuligen Radikalen, der keine fünfzigtausend hat und keine Manieren?

Oder ein älterer, reicherer Mann von Welt, der es in deiner eigenen Gewichtsklasse mit dir aufnehmen kann und dich, wenn nötig, auf den Boden zurückholt?

Väter, dachte er, während die Tablette langsam zu wirken begann. Meiner und Issas. Spießgesellen, die in den Sonnenuntergang reiten, auf pechschwarzen Lipizzanern, die partout nicht weiß werden wollen.

Und *dein* Vater, was ist der für einer? Einer wie ich? Abgelehnt und beschimpft – und zu Recht? Geliebt nur, wenn überhaupt, aus einer Entfernung von achttausend Meilen? Aber er ist trotzdem ein Teil von dir, das spüre ich. Ich spüre es in deinem Selbstbewußtsein, in diesem Hauch von Snobismus, den du nicht loswirst, auch wenn du die Verdammten dieser Erde rettest.

Issa, dachte er. Ihr Findelkind. Ihr gefolterter Herzensknabe. Ihr tschetschenischer Schwarzarsch, der nur ein halber Tschetschene ist, aber unbedingt ein ganzer sein will, und mich mit Ironie überschüttet wie die bärtigen russischen Emigranten damals am Montparnasse, jeder einzelne von ihnen ein Genie.

Issa ist derjenige, der nachts durch Eppendorf irren sollte, nicht ich.

5

Günther Bachmann war zuerst verärgert, dann alarmiert, am Sonntagmittag zu Herrn Arnold Mohr zitiert zu werden, dem fülligen Chef der Hamburger Verfassungsschützer, der doch als der vorbildliche Christ, der er war, um diese Zeit eigentlich mit seinen Lieben in der ersten Reihe einer der besten Kirchen der Stadt hätte sitzen müssen. Bachmann hatte die ganze Nacht das Hintergrundmaterial über tschetschenische Dschihadisten durchgeackert, das ihm Erna Frey noch herausgesucht hatte, ehe sie in einem raren Anfall von Extravaganz zu einer Stippvisite in Hannover aufgebrochen war, wo ihre Nichte Hochzeit feierte. Nach der Lektüre hatte er mit einem kleinen Besuch in Kopenhagen geliebäugelt, auf ein paar Bierchen mit seinen Kumpels vom dänischen Geheimdienst – und, wenn sie ihn ließen, ein paar Worte mit dem guten Bruder Fernfahrer, der Issa nach Hamburg geschmuggelt und ihm seinen Mantel vermacht hatte. Er hatte sogar schon seinen Kontaktmann da oben angerufen: Kein Problem, Günther, wir schicken dir einen Wagen zum Flughafen.

Statt dessen stapfte er nun nervös in seinem Büro im Pferdestall auf und ab, während Erna Frey, noch im Hochzeitsstaat, adrett an ihrem Schreibtisch saß und an der monatlichen Kostenabrechnung für Berlin tüftelte.

»Keller ist da«, informierte sie ihn, ohne den Kopf zu heben.

»*Keller*? Was für ein Keller?« gab Bachmann gereizt zurück. »Hans Keller aus Moskau? Paul Keller aus Amman?«

»Unser oberster Verfassungsschützer, Dr. Otto Keller aus Köln, vor einer Stunde gelandet. Guck mal aus dem Fenster, dann kannst du seinen Hubschrauber bewundern, der uns den ganzen Parkplatz zustellt.«

Bachmann tat wie ihm geheißen und gab einen angewiderten Laut von sich. »Und was will Onkel Otto diesmal von uns? Sind wir bei Rot über die Ampel gefahren? Haben wir seine Mutter verwanzt?«

»Die Besprechung ist streng geheim, operativ und furchtbar dringend«, antwortete Erna Frey, die ruhig weiterarbeitete. »Mehr konnte ich aus denen von gegenüber nicht rauskitzeln.«

Bachmann wurde es flau im Magen. »Heißt das, sie haben meinen Großen gefunden?«

»Falls du mit deinem Großen Issa Karpow meinst, geht das Gerücht um, daß sie ganz dicht an ihm dran sind.«

Bachmann faßte sich an die Stirn. »Sie haben ihn doch nicht etwa festgenommen? Arni hat mir geschworen, daß die Polizei nicht ohne Rücksprache mit uns zugreift. *Dein Fall, Günther. Dein Fall, alter Freund, aber wir sprechen uns ab.* Das war der Deal.« Ein noch üblerer Gedanke kam ihm: »Sag nicht, die Polizei hat ihn verhaftet, nur um Arni zu zeigen, wer hier der Boß ist!«

Erna Frey blieb die Ruhe selbst. »Mein Deep Throat – eine miserable Tennisspielerin aus Arnis extrem inkompetenter Spionageabwehrabteilung – versichert mir, daß der Verfassungsschutz dicht an ihm dran ist. Darin erschöpft sich der Inhalt ihrer Nachricht aber auch schon. Sie wird mir nie verzeihen, daß ich sie seinerzeit in zwei glatten Sätzen sechs – null geschlagen habe, deshalb rächt sie sich mit Kantinenklatsch. Von dem sie mir dann sagt, ich darf ihn dir auf keinen Fall weitersagen, was ich natürlich prompt tue.« Unter Bachmanns forschendem Blick wandte sie sich wieder ihren Berechnungen zu.

»Warum so biestig heute morgen?« fragte er. »Das ist doch sonst meine Aufgabe.«

»Ich hasse Hochzeiten. Eine Hochzeit ist etwas Widernatürliches und Herabsetzendes. Jedesmal, wenn ich an einer teilnehme, sehe ich eine gute Frau, die auf den Hund gekommen ist.«

»Und was ist mit dem armen Tropf von einem Bräutigam?«

»Für mich *ist* der arme Tropf von einem Bräutigam der Hund, auf den sie gekommen ist. Keller will, daß bei dem Treffen nur die Bosse anwesend sind. Du, Mohr, Keller.«

»Keiner von der Polizei?«

»Nicht daß ich wüßte.«

Beruhigt sah Bachmann noch einmal auf den Hof hinaus. »Also zwei gegen einen. Die Verfassungsschützer in ihrer schimmernden Rüstung gegen ein exkommuniziertes schwarzes Schaf.«

»Immerhin kämpft ihr ja alle gegen denselben Feind«, konterte Erna Frey spitz. »Einander.«

Ihr Zynismus schockierte ihn; er war dem seinen so ähnlich.

»Und du kommst mit«, entgegnete er.

»So eine Schnapsidee. Ich kann Keller nicht ausstehen. Keller kann mich nicht ausstehen. Ich wäre nur lästig, und den Mund halten kann ich auch nicht.«

Aber unter seinem unbeeindruckten Blick fuhr sie bereits den Computer herunter.

* * *

Bachmann hatte allen Grund zur Sorge. Aus Berlin kamen Gerüchte en masse, manche abenteuerlich, andere erschreckend plausibel. Soviel jedenfalls stand fest: die alten Grenzen zwischen den rivalisierenden Diensten schwanden tatsächlich, und in der Koordinierungszentrale, die als Beratergremium der fähigsten Köpfe konzipiert worden war, herrschte erbitterte Uneinigkeit. Die Dauerfehde zwischen denen, die die Bürgerrechte unter allen Umständen verteidigen wollten, und denen, die entschlossen waren, sie im Namen der nationalen Sicherheit zu beschneiden, drohte zu eskalieren.

In der linken Ecke – falls denn solche antiquierten Unterscheidungen überhaupt noch galten – waltete der weltgewandte Michael Axelrod vom Bundesnachrichtendienst, passionierter Europäer, Arabist und – mit Vorbehalten – Bachmanns Mentor; während in der rechten Ecke der erzkonservative Dieter Burgdorf aus dem Innenministerium regierte, Axelrods Rivale im Wettrennen um den Posten des Geheimdienstzaren, wenn erst das Fundament für die Neustrukturierung gelegt war: Burgdorf, der bekennende Freund der Neokonservativen in Washington und in der deutschen Geheimdienstlandschaft lautstärkster Verfechter einer besseren Vernetzung mit den amerikanischen Diensten.

Ein ungleicheres Paar schien kaum denkbar, doch ausgerechnet diese beiden sollten sich für die nächsten drei Monate die Macht gleichberechtigt teilen und sich zum Konsens verpflichten. Und so entzweit wie die beiden Generäle waren auch die von ihnen befehligten Truppen, die sich in einem ständigen Gerangel um echte oder eingebildete Vorteile befanden. Burgdorf kam aus dem Innenministerium, Mohr und Keller arbeiteten für den Inlandsgeheimdienst, also war es logischerweise der feiste und schamlos ehrgeizige Burgdorf, um dessen Gunst sie buhlten; wohingegen der lässig-elegante, aber etwas ältere Axelrod vom Auslandsgeheimdienst kam, weshalb Bachmann, sein Protegé und Kollege, ebenso logisch als sein getreuer Vasall galt. Aber wer hätte sagen wollen, was überhaupt noch logisch war, nachdem die Grenzen zwischen den beiden Diensten immer mehr verschwammen, nachdem das Bundeskriminalamt munter mitmischte und die Berliner Kraftfelder noch nicht endgültig abgesteckt waren?

Die Worte, mit denen Bachmann die Sachlage beschrieben hätte, wären etwas weniger gewählt ausgefallen, als er nun mit Erna Frey über den Hof ging und Arni Mohr sie beide mit wippender Schulbubentolle empfing, die fleischigen Hände ausgestreckt, den flinken Blick jedoch an ihnen vorbei auf die Tür gerichtet für den Fall, daß ihnen noch jemand Wichtigeres folgte:

»Günther, alter Freund! Danke, daß du deinen kostbaren Sonntag für mich opferst. Frau Frey, was für eine nette Überraschung! Und so schick heute! Ich lasse Ihnen gleich noch einen Satz Unterlagen kopieren« – die Stimme aus Sicherheitsgründen gesenkt –, »die Sie uns nach unserer kleinen Besprechung bitte wieder aushändigen. Die Dokumente sind durchnumeriert. Nichts darf das Gebäude verlassen. Nein, nein, nach dir, Günther, ich bitte dich! Ich bin doch hier der Hausherr!«

* * *

Dr. Otto Keller saß, über einen Aktenkarton gebeugt, allein an dem großen Mahagoni-Konferenztisch und ging mit seinen langen weißen Fingern penibel die darin befindlichen Papiere durch. Als die drei hereinkamen, hob er den Kopf, nahm wortlos die ungebetene Erna Frey in ihrem Festtagsgewand zur Kenntnis und las weiter. Ein zweiter Karton stand vor dem Stuhl, der für Bachmann bestimmt war. Auf dem Deckel prangte in schwarzen Lettern das Codewort FELIX, womit klar war, daß, Absprache hin oder her, Issa Karpow inzwischen Mohrs Baby war – von Mohr getauft und bei der Gelegenheit auch gleich noch als allerstrengstens geheim eingestuft. Durch eine Seitentür huschte eine Frau in schwarzem Rock mit einem dritten Karton für Erna Frey herein und gleich wieder hinaus. Schulter an Schulter machten sich Bachmann und Erna Frey unter der Aufsicht von Mohr und Keller an ihre Hausaufgaben.

DRINGENDES ERSUCHEN

den international zur Fahndung ausgeschriebenen Islamisten FELIX und seine Kontaktpersonen einer sofortigen und umfassenden Überprüfung durch die Sicherheitsbehörden auf Landes- und Bundesebene zu unterziehen und gegebenenfalls ein staatsanwaltliches Ermittlungsverfahren einzuleiten. Mohr.

Bericht Nr. 1

Vorgelegt von [Name gelöscht], Ermittler des Hamburger Landesamtes für Verfassungsschutz:

Bei der Quelle handelt es sich um einen türkischen Arzt, der seit kurzem in Hamburg lebt und in einer Gemeinschaftspraxis mit muslimischem Patientenstamm tätig ist. Kurz nach der Ankunft in Deutschland erklärte sich die Quelle gegenüber genanntem Agenten bereit, für das Landesamt zu spionieren. Motivation: Gutstellung mit den Landesbehörden. Bezahlung: erfolgsabhängig.

Aussage der Quelle:

»Am vergangenen Freitag besuchte ich zum Mittagsgebet die Othman-Moschee, die Ihnen für ihre gemäßigte Haltung gut bekannt ist. Beim Verlassen der Moschee wurde ich von einer mir unbekannten Türkin angesprochen. Sie bat mich um ein vertrauliches Gespräch in einer dringenden Angelegenheit, wollte aber weder in meiner Praxis noch auf der Straße mit mir reden. Sie war etwa Mitte fünfzig, stämmig, mit grauem Kopftuch, vermutlich blond, labil.

Im Zwischengeschoß der Moschee gibt es ein Büro, in das sich Imame und auswärtige Würdenträger zurückziehen können. Es war leer. Kaum waren wir dort eingetreten, begann sie wortreich, aber nach meiner Meinung nicht wahrheitsgemäß auf mich einzureden. Der Sprache nach war sie bäuerlicher Herkunft, aus dem Nordosten der Türkei. Ich würde sagen, daß ihre Schilderung sachliche Widersprüche enthielt. Außerdem weinte sie viel, ich vermute, um mein Mitleid zu erregen. Ich hatte den Eindruck, daß sie eine listige Frau ist, die genau weiß, was sie will.

Ihre Geschichte, die ich nicht glaube, war folgende: Sie lebe legal in Hamburg, sei aber nicht eingebürgert. Bei ihr wohne zur Zeit ein Neffe, ein frommer Muslim wie sie selbst. Er sei ein nervöser junger Mann, gerade dreiundzwanzig geworden, der an hysterischen Anfällen, hohem Fieber und Erbrechen leide und unter schwerer seelischer Belastung stehe. Viele seiner Probleme rührten aus seiner Jugend her, in der er von der Polizei oft als Unruhestifter verprügelt worden sei; auch sei er in einer Spezialklinik für Delinquenten eingesperrt und dort mißhandelt worden. Trotz der erheblichen Mengen an Nahrung, die er zu jeder Tages- und Nachtzeit verzehre, sei er ausgemergelt und hochgradig angespannt;

er laufe nachts in seinem Zimmer auf und ab und führe Selbstgespräche. Während seiner nervösen Erregungszustände komme es bei ihm zu Wutausbrüchen und Drohgebärden, aber sie habe keine Angst vor ihm, da ihr Sohn Boxchampion im Schwergewicht sei. Bei einer körperlichen Auseinandersetzung sei ihr Sohn noch nie besiegt worden. Trotzdem wäre sie mir dankbar, wenn ich ihm ein Beruhigungsmittel verschreiben würde, damit er schlafen und sein seelisches Gleichgewicht wiederfinden könne. Er sei ein guter Junge, der eines Tages Arzt werden wolle, wie ich.

Ich schlug ihr vor, den Jungen zu mir in die Praxis zu bringen, aber sie sagte, er würde nicht mitkommen: er sei zu krank, außerdem würde sie ihn nie dazu überreden können, und überhaupt wäre es für alle Beteiligten zu gefährlich, und sie würde es nicht erlauben. Diese drei unterschiedlichen Ausflüchte schienen mir nicht miteinander vereinbar und bestätigten mich in meiner Überzeugung, daß sie log.

Auf meine Frage, was daran denn gefährlich sei, wurde sie noch aufgeregter. Ihr Neffe habe keinerlei Papiere, sagte sie, wobei sie ihn inzwischen nicht mehr als ihren Neffen, sondern als ihren Gast bezeichnete. Er könne sich nicht auf die Straße wagen, ohne eine Verhaftung zu riskieren, und dann würde ihr und ihrem Sohn die Abschiebung drohen, denn jetzt sei ja auch ihr verstorbener Mann nicht mehr da, um die Polizei zu bestechen. Ich hatte den Eindruck, sie konnte sich gar nicht mehr bremsen.

Meinen Vorschlag, einen Hausbesuch bei ihr zu machen, lehnte sie mit der Begründung ab, für jemanden in meiner Position sei dies zu gefährlich. Außerdem wolle sie sich nicht in Gefahr bringen, indem sie mir ihre Adresse gebe.

Als ich sie fragte, wo die Eltern des Jungen seien, antwortete sie, soweit sie ihn verstehen könne, seien sie tot. Erst habe der Vater die Mutter getötet, dann sich selber erschossen. Daher rührten die Seelenqualen des Jungen. Als ich sie fragte, wie es komme, daß sie Schwierigkeiten habe, ihren Neffen zu verstehen, antwortete sie, daß er in seinem Wahn nur russisch spreche. Dann nahm sie zweihundert Euro aus ihrer Handtasche und wollte dafür ein Rezept von mir. Als ich mich weigerte, das Geld anzunehmen und das Rezept auszustellen, stieß sie einen ärgerlichen Ruf aus und lief die Treppe hinunter.

Ich habe mich in der Moschee erkundigt. Niemand scheint diese seltsame Frau zu kennen. Als Befürworter der Integration und Gegner jeglicher terroristischen Akte erachte ich es als meine Pflicht, den Behörden dieses Vorkommnis zu melden, da ich den Verdacht hege, daß die Frau einem unerwünschten und möglicherweise radikalen Individuum Unterschlupf gewährt.«

»Soweit zufrieden, Günther?« fragte Mohr, der ihn mit seinen Schweinsäuglein gespannt beobachtete. »Soweit alles klar?«

»Ist das die vollständige Aussage?« fragte Bachmann.

»Die gekürzte. Die vollständige ist länger.«

»Kann ich sie sehen?«

»Quellenschutz, Günther. Quellenschutz.«

Dr. Otto Keller schien nicht zuzuhören. Vielleicht meinte er, er dürfe nicht. Wie so viele seiner Art war er von der Ausbildung wie von der Weltanschauung her Jurist. Seine Menschenführung bestand weniger darin, seine Mitarbeiter zu motivieren, als darin, ihnen mit dem Gesetzbuch zu drohen, der einzigen Waffe, die er kannte.

Bericht Nr. 2

Auszug aus einem Bericht von [Name gelöscht], Mitarbeiter des BKA, erstellt auf Bitten des Landesamtes für Verfassungsschutz:

»Festgestellt werden sollte die Identität eines legal in Hamburg lebenden türkischen Schwergewichtsboxers, der nicht eingebürgert ist, dessen Vater verstorben ist und auf dessen Mutter die Beschreibung der Quelle paßt. Nachforschungen ergaben, daß es sich bei dem Gesuchten möglicherweise um Melik Oktay, 20, handelt, bekannt als Big Melik. Melik Oktay ist amtierender Boxmeister im Schwergewicht sowie Kapitän der Fußballmannschaft Türkische Tiger.

Im Muslimischen Sportcenter Altona ausgehängte Lichtbilder zeigen Big Melik mit einem schwarzen Trauerflor an der Boxerhose. Melik Oktay ist der Sohn der legal in Deutschland lebenden türkischen Staatsbürger Gül und Leyla Oktay. Gül Oktay verstarb 2007 und wurde nach islamischem Ritus auf dem muslimischen Friedhof Hamburg-Bergedorf beigesetzt. Melik und seine verwitwete Mutter bewohnen nach wie vor das familieneigene Reihenhaus in Hamburg, Heidering 26.«

Anhang

Auszug aus der Akte OKTAY, Melik, geboren 1987 in Hamburg.

Alter – 13 Jahre. Mutmaßlicher Anführer einer Bande nichtdeutscher Jugendlicher, die sich die Dschingis Kids nennen. Verwicklung in gewalttätige Auseinandersetzungen mit fremdenfeindlichen Gleichaltrigen. Wegen Strafunmündigkeit zwei Ermahnungen.

Alter – 14 Jahre. Befürwortet während einer Unterrichtsdiskussion die Vertreibung amerikanischer Truppen aus allen muslimischen Ländern, auch aus der Türkei und Saudi-Arabien.

Alter – 15 Jahre. Läßt sich einen Bart wachsen und beginnt, sich islamisch zu kleiden.

Alter – 16 Jahre. Islamischer U-18-Meister im Boxen und Schwimmen. Wahl zum Vorsitzenden seines muslimischen Sportvereins. Rasiert sich wieder, kehrt zu westlicher Kleidung zurück. Schließt sich als Schlagzeuger einer muslimischen Rock-Band an.

Moschee-Besuche: Engerer Kontakt zu dem sunnitischen Imam der Abu-Bakr-Moschee in der Viereckstraße. Nach dessen Abschiebung nach Syrien und der Schließung der Moschee im Dezember 2003, soweit bekannt, kein weiteres Festhalten an radikalislamischen Überzeugungen.

»Die tauchen ab«, erklärte Mohr, als Bachmann den Bericht weglegte und nach dem nächsten greifen wollte.

»Wer taucht ab?« fragte Bachmann ehrlich verwirrt.

»Wie die Kommunisten früher. Da gibt's ein Kadertreffen, sie werden indoktriniert, sie werden Fanatiker. Sie tauchen ab und tun so, als ob sie keine Fanatiker mehr wären. Sie sind *Schläfer*«, sagte er, als hätte er den Begriff eben erst erfunden. »Dieser Sportverein – und das haben wir von einem hundertprozentig zuverlässigen Informanten, der den Club als Mitglied infiltriert hat und uns mit Material beliefert, erstklassiges Material, nichts Aufgebauschtes – der Sportverein, wo dieser Oktay so bewundert wird, ist nach Ansicht meines Informanten eine *Tarnorganisation*. Sie boxen, sie ringen, sie trainieren, sie halten sich fit und reden über Mädchen. Und in der größeren Gruppe kompromittieren sie sich wohlweislich nicht mit fanatischen Aussagen, weil ihnen völlig klar ist, daß irgendeiner von uns zuhört. Aber im geheimen – wenn sie zu zweit oder zu dritt sind, wenn sie beim Kaffee sitzen oder bei Oktay zu Hause – sind sie Islamisten. Militante. Und hin und wieder – das haben wir von demselben hervorragenden Informanten – macht sich der eine oder andere von ihnen, ein *ausgewähltes* Mitglied der Gruppe, heimlich davon. Und wohin geht er? Nach Afghanistan! Nach Pakistan! In die Madrasas. In die Ausbildungslager! Und wenn er wieder zurückkommt – ist er ausgebildet. Ausgebildet, aber ein Schläfer. Lesen Sie den Rest, Frau Frey. Bilden Sie sich kein Urteil, bevor Sie nicht zu Ende gelesen haben. Wir müssen objektiv bleiben. Wir dürfen nicht voreingenommen sein.«

»Waren wir uns nicht einig, daß es *mein* Fall ist, Arni?« fragte Bachmann.

»Ist es ja, Günther. Unbedingt! Dein Fall! Deshalb bist du hier. Aber nur weil es dein Fall ist, müssen wir uns noch lange nicht Augen und Ohren zuhalten. Wir sehen zu, wir hören zu – aber wir mischen uns nicht ein. Wir agieren parallel zu dir. Wir kommen dir nicht ins Gehege und du uns nicht. Wir teilen unsere Informationen. Dieser Melik Oktay fliegt bald in die Türkei zu einer *Hochzeit* – theoretisch. Mit seiner Mutter, ganz klar. Wir haben das natürlich überprüft. Eine solche Hochzeit wird stattfinden. Die seiner Schwester. Keine Frage. Aber *nach* der Hochzeit – oder davor – setzt er sich ab. Wohin? Denn verschwinden wird er auf jeden Fall, auch wenn es vielleicht nur für ein paar Tage ist. Und die Mutter, was macht die? Sucht sich noch mehr junge Burschen, die sie um sich scharen kann – möglicherweise. Schon gut. Du hast ja recht. Das sind bloße Indizien. Bloße Hypothesen. Aber wir werden dafür bezahlt, daß wir hypothetisch denken. Also denken wir hypothetisch. Hypothetisch und objektiv. Ohne Vorurteile.«

Bericht Nr. 3

Operation FELIX. Bericht der Observationseinheit des Hamburger Landesamtes für Verfassungsschutz

Bachmann hatte die Wut hinter sich gelassen und einen Zustand operativer Ruhe erreicht. Ob es ihm gefiel oder nicht: Informationen waren Informationen. Sie waren unter Mißachtung ihrer Vereinbarung beschafft und ihm so spät vorgelegt worden, daß er nicht mehr darauf reagieren konnte. Aber zu seiner Zeit hatte er sich in genügend Fällen ähnliches geleistet. Hier gab es etwas zu holen, und er wollte es haben.

Mögliches Sichtungsdatum: vor siebzehn Tagen: Ein Mann, auf den die Beschreibung von FELIX zutrifft, lungert vor der größten Hamburger Moschee herum. Bilder der Überwachungskamera uneindeutig. Zielperson beobachtet Gläubige, die die Moschee betreten und verlassen. Zielperson entscheidet sich für Ehepaar mittleren Alters, das auf dem Weg zu seinem Auto ist, und folgt ihm in zehn Metern Abstand. Als ZP auf Farsi gefragt wird, was sie will, dreht sie sich um und flüchtet. Das Ehepaar hat FELIX inzwischen anhand eines Fahndungsphotos identifiziert.

Anmerkung des Ermittlers: Falsche Moschee? Moschee ist schiitisch. Ist FELIX Sunnit?

Anmerkung des Sachbearbeiters: Quellen berichten von einer ähnlichen Person, die später am selben Tag vor zwei weiteren Moscheen gesichtet wurde, beide sunnitisch. Quellen können FELIX nicht eindeutig identifizieren.

»Wen zum Teufel sucht der Junge?« sagte Bachmann leise zu Erna Frey, die ihn inzwischen um mehrere Seiten abgehängt hatte. Keine Antwort.

Bericht Nr. 3 (Fortsetzung)

Melik Oktay arbeitet aushilfsweise in der Gemüsehandlung eines Cousins, außerdem als Teilzeitkraft in der Kerzenfabrik seines Onkels. Informellen Nachforschungen zufolge kam es in den vergangenen zwei Wochen verstärkt zu beruflichen Fehlzeiten. Dafür angegebene Gründe lauteten:

Er sei erkältet.

Er müsse für einen Boxkampf trainieren.

Er habe einen unerwarteten Hausgast, dem er Respekt erweisen müsse.

Seine Mutter habe Depressionen.

Leyla Oktay soll laut Aussagen von Nachbarn in der gleichen Zeit ein erregbares Verhalten an den Tag gelegt und angedeutet haben, Allah habe ihr ein wertvolles Geschenk gemacht, ohne aber zu erklären, worum es sich dabei handle. Sie kaufe in großem Stil Lebensmittel ein, lasse aber niemanden in ihr Haus, da sie angeblich einen kranken Verwandten pflegen müsse. Sie wird als politisch naiv beschrieben, aber dabei als »verschlossen«, »undurchschaubar« sowie von einer ihrer Nachbarinnen als »radikal, manipulativ und erfüllt von unterschwelligen antiwestlichen Ressentiments«.

»Und jetzt sieh dir an, was passiert ist«, drängte Mohr Bachmann.

Bachmann mußte die neue Sachlage erst einmal verarbeiten. Mohr hatte das Haus der Oktays observieren lassen, rund um die Uhr, ohne ein Wort zu ihm. Mohr hatte der Hamburger Polizei nahegelegt, der Familie einen »vertrauensbildenden« Besuch abzustatten, um nach Möglichkeit den mysteriösen Hausgast zu Gesicht zu bekommen. Mohr hatte gegen sämtliche guten Geheimdienstsitten verstoßen, aber andererseits hatte er von seinem Raubzug fette Beute mitgebracht.

Operation Felix
Bericht Nr. 4, Freitag, 18. April, abends

Gegen 20.40 Uhr verließ Melik Oktay das Haus Heidering 26 ... Um 21.10 kehrte Oktay zurück, gefolgt in 15 Metern Abstand von einer kleinen blonden Frau, ca. 25, die einen großen Rucksack unbekannten Inhalts trug – na logisch war der Inhalt unbekannt, dachte Bachmann. Begleitet wurde sie von einem kräftig gebauten Mann zwischen 55 und 65, dunkelhaarig, eventuell deutschstämmig, eventuell Türke oder hellhäutiger Araber. Kurz bevor Oktay ihnen die Haustür aufschloß, verhüllte die blonde Frau auf muslimische Art ihren Kopf. Dann überquerte sie zusammen mit dem älteren Mann die Straße. Beide wurden von Leyla Oktay, der Mutter, begrüßt, die ein gutes Kleid trug.

»Irgendwelche Photos?« knurrte Bachmann.

»Sie waren nicht darauf vorbereitet, Günther! Wie denn auch? Es war ein *Zufallstreffer*! Zwei müde Frauen, ihre zweite Schicht, zu Fuß, es ist nach neun Uhr, es ist dunkel. Woher sollten sie wissen, daß das ihr großer Abend wird?«

»Also keine Photos.«

Bachmann las weiter:

Fünf Minuten nach Mitternacht verließ der kräftig gebaute Mann ohne Begleitung das Haus Heidering 26 und entfernte sich.

»Habt ihr rausgekriegt, wo er hinwollte?« erkundigte sich Bachmann und warf schon mal einen Blick auf die nächste Seite.

»Der Typ war ein Profi, Günther, ein Spitzenmann!« erklärte Mohr aufgeregt. »Hielt sich die ganze Zeit in kleinen Gassen, ist den gleichen Weg ein paarmal wieder zurückgegangen; wie folgt man so einem nachts um eins durch menschenleere Straßen? Wir hatten sechs Wagen im Einsatz. Es hätten genausogut zwanzig sein können. Er hat sie alle abgeschüttelt!« rief er stolz. »Außerdem wollten wir ihn nicht aufscheuchen, verstehst du? Bei einem Profi, der weiß, wie eine Beschattung aussieht, muß man behutsam vorgehen. Taktvoll.«

Bericht Nr. 4 (Fortsetzung)

02.30 Uhr. Heftiger Wortwechsel im ersten Stock des Hauses Heidering 26. Am lautesten die Stimme von Leyla Oktay. Der exakte Wortlaut war akustisch nicht zu verstehen. Bei den gesprochenen Sprachen handelte es sich um Türkisch, Deutsch und eine weitere, mutmaßlich slawische Sprache. Unbekannte Frauenstimme schaltete sich zeitweilig ein, möglicherweise dolmetschend.

»Das wollen sie gehört haben?« fragte Bachmann, während er weiterlas.

»Ein neues Team in einem Transporter«, sagte Mohr zufrieden. »Von mir persönlich hinbeordert. Für Richtmikros hat die Zeit nicht gereicht, aber soweit haben sie alles mitbekommen.«

Um 04.00 Uhr verließ oben beschriebene unbekannte junge Frau das Haus, wie zuvor mit Kopftuch und Rucksack. Begleitet wurde sie von einem Mann, den unsere Agenten zum erstenmal sahen, Beschreibung wie folgt: fast zwei Meter groß, Scheitelkäppchen, langer dunkler Mantel, Anfang 20, weit ausschreitend, fahrige Bewegungen, hellfarbige Tasche über der Schulter. Haustür wurde hinter ihnen von Melik Oktay geschlossen. Das Paar entfernte sich zügigen Schrittes und verschwand in einer Seitenstraße.

»Ihr habt sie also verloren«, resümierte Bachmann.

»Nur vorübergehend, Günther! Nur für etwa eine Stunde. Aber wir konnten uns den Ablauf schnell zusammenpuzzeln. Sie sind ein Stück marschiert, dann mit der U-Bahn gefahren, dann ein Stück mit dem Taxi, dann wieder zu Fuß. Typisches Profiverhalten. Genau wie der kräftige Kerl vorher.«

»Und ihre Telefone?«

»Umblättern, Günther. Da ist alles für dich aufgelistet. Handys links, Festnetz rechts. Melik Oktay an Annabel Richter. Annabel Richter an Melik Oktay. Insgesamt neun Anrufe. Annabel Richter an Thomas Brue. Thomas Brue an Annabel Richter. Drei Anrufe, alle am selben Tag. Der Tag war Freitag. Momentan haben wir allerdings nur die getätigten Anrufe, nicht die Gespräche. Möglicherweise können wir von den Gesprächen im nachhinein noch ein paar retten. Wenn Dr. Keller grünes Licht gibt, fragen wir morgen mal bei den Kollegen von der technischen Aufklärung an. Alles strikt im legalen Rahmen, versteht sich. Aber was war in den Taschen, frage ich mich. Was war in den Taschen, Frau Frey? Was haben die beiden Verdächtigen aus dem sicheren Haus der Oktays abgeholt, wohin haben sie es mitten in der Nacht gebracht und zu welchem Zweck?«

»Richter?« fragte Bachmann und sah von den Berichten auf.

»Eine russischsprechende Anwältin, Günther. Aus bestem Hause. Arbeitet für Fluchthafen, eine Hamburger Stiftung. Ein bißchen links angehaucht, aber nicht weiter tragisch. Gutmenschen eben. Unterstützen Asylbewerber und illegale Einwanderer, erstreiten ihnen eine Aufenthaltserlaubnis, helfen ihnen bei Anträgen. Et cetera pp.«

Das *pp.* machte den abschätzigen Unterton erst perfekt.

»Und Brue?«

»Bankier. Brite. Wohnsitz in Hamburg.«

»Bankier welcher Art?«

»Privat. Für die Crème de la crème. Reeder. Große Tonnagen.«

»Irgendeine Ahnung, was er da wollte?«

»Ein absolutes Rätsel, Günther. Vielleicht können wir ihn das bald selber fragen – Dr. Kellers Zustimmung immer vorausgesetzt. Seine Bank hatte in *Wien* ein paar Probleme«, fügte er hinzu. »Scheint ein etwas zwielichtiger Charakter zu sein. Bist du bereit?«

»Wofür?«

Den Zeigefinger erhoben wie ein Impresario, bat Mohr um

Ruhe, während er in einem Aktenkoffer kramte und einen braunen Umschlag zutage förderte, dem er einige ausgedruckte Seiten entnahm. Bachmann sah verstohlen zu Keller hinüber: keinerlei Regung. Erna Frey hatte ihre Mappe zugeklappt und sich zurückgelehnt, den Blick finster zu Boden gerichtet.

»Liebesgrüße aus Moskau«, verkündete Mohr, während er die Seiten vor sich ausbreitete. »Frisch aus unserer Übersetzungsabteilung. Sie gestatten, Frau Frey?«

»Ich gestatte, Herr Mohr.«

Er begann zu lesen:

»›2003 nahmen Organe des russischen Sicherheitsdienstes Ermittlungen gegen militante Banditen auf, die verdächtigt wurden, in der Region um Naltschik, die Hauptstadt der Russischen Republik Kabardino-Balkarien, grundlos bewaffnete Angriffe auf Ordnungskräfte durchgeführt zu haben‹«, intonierte Mohr mit bedeutungsschwerer Stimme. Er blickte in die Runde, um sich ihrer Aufmerksamkeit zu versichern.

»›Als Anführer der kriminellen Gruppe, die sich durchweg aus dschihadistischen Dissidenten aus dem benachbarten Tschetschenien zusammensetzte, wurde ein gewisser Dombitow identifiziert, Vorsteher einer örtlichen Moschee und bekannt für die Verbreitung *extrem radikalen Gedankenguts*. Im Speicher von Dombitows Handy fanden sich Name und Telefonnummer‹« – Pause – »›der Zielperson *FELIX*‹« – vielsagende Betonung –, »›zusammen mit den Namen und Telefonnummern anderer *krimineller Mitglieder* der Bande. Bei der Befragung gestand Dombitow, daß alle Namen auf seinem Handy den Mitgliedern einer militanten salafitischen Gruppierung gehörten, die sich der Verübung von Gewaltakten verschrieben hat, und zwar mit Hilfe von‹« – triumphierende Pause – »›selbstgebauten Sprengsätzen von minderer Qualität, aber hoher Effektivität.‹«

Erna Frey hob leicht den Kopf. »Sie wurden gefoltert«, meldete sie mit betont sachlicher Stimme. »Wir haben mit Amnesty gesprochen. Wir sind uns nicht zu schade, auch frei zugängliche Quellen zu konsultieren, Herr Mohr. Laut Augenzeugenberichten, die Amnesty vorliegen, wurden sie geschlagen und mit Elektroden traktiert. Zuerst haben sie Dombitow gefoltert und danach alle, deren Namen er genannt hatte, also alle, die seine Moschee besucht haben. Gegen keinen einzigen lag auch nur der Hauch eines konkreten Beweises vor.«

Mohr war sichtlich verärgert. »Sie kennen den Bericht schon, Frau Frey?«

»Ja, Herr Mohr.«

»Sie haben sich über meine Autorität hinweggesetzt und sich direkt an meine Übersetzer gewandt, Frau Frey?«

»Unser Auswerter hat gestern nacht den russischen Polizeibericht heruntergeladen, Herr Mohr.«

»Sie sprechen Russisch?«

»Ja. Herr Bachmann ebenso.«

Mohr hatte sich wieder gefangen. »Dann kennen Sie ja die Akte dieses FELIX.«

Gereizt meldete sich Dr. Keller zu Wort. »Wollen Sie nicht einfach zu Ende lesen, bitte?«

Mohr fuhr fort, und Bachmann tippte Erna Frey warnend mit dem Fuß an. Aber sie zog ihren Fuß weg, und er wußte, daß sie gar nicht daran dachte, sich zurückzuhalten.

»›Die aufrührerischen Ansichten und terroristischen Aktivitäten des FELIX wurden von seinen Komplizen bestätigt, die ihn als einen *schlechten Hirten* beschrieben‹«, las Mohr verbissen weiter. »›Daraufhin wurde der Kriminelle FELIX für vierzehn Monate in ein Untersuchungsgefängnis verbracht, unter dem Vorwurf zweier Angriffe auf die Station der örtlichen Verkehrspolizei sowie der Aufwieglung seiner muslimischen Glaubensbrüder zu terroristischen Straftaten. Er bekannte sich in allen Anklagepunkten für schuldig.‹«

»Unter Zwang«, sagte Erna Frey mit grollender Stimme.

»Wollen Sie behaupten, das sei alles einfach erfunden, Frau Frey?« fragte Mohr zornig. »Ist Ihnen nicht bewußt, daß wir auf dem Gebiet der Verbrechens- und Terrorismusbekämpfung ganz hervorragend mit den russischen Behörden zusammenarbeiten?«

Als keine Antwort kam, las er weiter.

»›2005 wurde der Kriminelle FELIX, nun mit gefälschten

Personaldokumenten auf den Namen Nogerow ausgestattet, von Beamten des Sicherheitsdienstes im Zusammenhang mit der Sabotage einer Gaspipeline in der Umgebung von Bugulma in der Russischen Republik Tatarstan festgenommen. Durch das sofortige Handeln der Organe vor Ort konnte eine Gruppe asozialer Dissidenten aufgespürt werden, die unter verwahrlosten Bedingungen in einer abgelegenen Scheune in Tatortnähe hausten.‹«

»Die Pipeline war alt und morsch, wie alle Pipelines in Rußland«, erklärte Erna Frey in einem Ton geradezu übermenschlicher Geduld. »Der Leiter des örtlichen Kraftwerks war Alkoholiker und hatte die Polizei bestochen, damit sie den Zwischenfall als Sabotage einstuft. Die Polizei kassierte die nächstbeste Gruppe muslimischer Aussteiger, die sie finden konnte, und zwang sie, FELIX als Rädelsführer zu denunzieren. Laut Human Rights Watch versteckten die Polizisten unter den Bodenbrettern der Scheune Sprengstoff, entdeckten ihn, trieben die Gruppe zusammen, folterten alle der Reihe nach und ließen die anderen zuschauen. Länger als zwei Tage hat keiner durchgehalten. Sie haben FELIX gefragt, ob er glaubt, daß er einen neuen Rekord aufstellen kann. Er hat es versucht, aber nicht geschafft.«

Bachmann hoffte inständig, sie würde es dabei bewenden lassen, aber ihr gerechter Zorn kannte kein Halten mehr:

»Die Scheune war nicht mal in der Nähe des Explosionsorts, sondern vierzig Kilometer davon entfernt, Herr Mohr. Und die jungen Leute hatten weder Fahrräder noch Geld für eine Busfahrkarte, geschweige denn ein Auto. Es war Ramadan. Als die Polizei kam, haben sie mit selbstgebastelten Schlägern Hockey gespielt, um sich die Zeit zu vertreiben, Herr Mohr.«

* * *

Jetzt übernahm Dr. Otto Keller aus Köln die Gesprächsleitung.

»Dann zweifeln Sie diesen Bericht an, Bachmann?«

»Ja und nein.«

»Inwiefern ja?«

»Andere Leute werden ihn nicht auf die gleiche Weise anzweifeln, wenn überhaupt.«

»Was für Leute?«

»Leute, die entschlossen sind, ihm Glauben zu schenken.«

»Und einen Mittelweg gibt es für Sie nicht? Sie räumen nicht die Möglichkeit ein, daß die Vorwürfe gegen FELIX *teilweise* berechtigt sind? Daß er zum Beispiel, wie hier behauptet wird, ein *Dschihadi* sein könnte?«

»Wenn wir ihn benutzen wollen, wäre das um so besser für uns.«

»Und ein eingefleischter Gotteskrieger würde so mir nichts, dir nichts mit uns zusammenarbeiten, denken Sie das, Bachmann? Auf dem Gebiet waren wir bisher noch nicht sehr erfolgreich.«

»Ich meine, er *müßte* nicht unbedingt mit uns zusammenarbeiten«, antwortete Bachmann gepreßt. »Vielleicht wäre es sogar besser, wenn nicht. Wenn er statt dessen seinen eigenen Weg ginge, aber mit unserer Hilfe.«

»Das ist doch reine Spekulation.«

»So, wie sich FELIX uns bisher darstellt, ergibt nichts an ihm einen Sinn. Sie haben unseren Bericht über den sogenannten Admiral vorliegen, der ihm am Bahnhof geholfen hat. Sie haben den Bericht über den Fernfahrer. FELIX' Flucht muß ein Vermögen gekostet haben, aber er schläft auf der Straße. Er ist ein Tschetschene, aber kein echter Tschetschene. Wenn er einer wäre, würde er versuchen, andere Tschetschenen ausfindig zu machen. Er ist Muslim, kann aber nicht zwischen einer sunnitischen und einer schiitischen Moschee unterscheiden. An ein und demselben Abend bekommt er Besuch von einer Bürgerrechtsanwältin und einem britischen Bankier. Er wollte unbedingt nach Hamburg. Warum? Er hat eine Mission. Welche?«

Mohr klinkte sich ein. »Eine Mission! Jawohl! Die Mission, zu einer Terroristin und ihrem Sohn Kontakt aufzunehmen, um hier in Hamburg eine dschihadistische Schläferzelle aufzubauen! Er ist ein flüchtiger Terrorist, er schlüpft bei einem türkischen Schläger unter, der unter den Einfluß eines islamistischen Aufwieglers geraten war, sich aber jetzt seinen Bart abrasiert hat und auf westlich macht, er stiehlt sich tiefnachts mit einer deutschen Anwältin aus dem Haus, mit einer Tasche, in der sich weiß Gott was befindet, und einen solchen Mann wollen Sie benutzen, *ohne daß er es merkt*?«

Die Entscheidung, die Keller mit trockener Stimme von seinem Thron herab fällte, hatte die Härte eines Todesurteils:

»Kein verantwortungsbewußter Nachrichtendienstler kann sich zugunsten eines vagen operativen Ziels über eine klare, akute Gefahr hinwegsetzen. Ich bin der Auffassung, daß eine Fahndung mit anschließenden medienwirksamen Festnahmen auf islamistische Sympathisanten abschreckend wirken und das Vertrauen in die Sicherheitskräfte stärken wird. Manche Fälle verlangen nach einem konkreten Abschluß. Dies ist so einer. Deshalb schlage ich vor, Sie legen die Pläne, zu denen Sie sich verstiegen haben, vorläufig ad acta und wir übergeben die Sache zur weiteren Strafverfolgung dem BKA.«

»Das heißt, Sie wollen *Festnahmen*?«

»Ich will das, was die Gesetzeslage erfordert.«

Und das, was dir ein paar Fleißkärtchen bei deinem stockrechten Freund Burgdorf von der Zentrale einbringt, dachte Bachmann bitter. Hauptsache, du kannst als der Superspion hinter dem schwerfälligen BKA glänzen. Und ich stehe als der Gelackmeierte da.

Doch ausnahmsweise schaffte er es, seine Zunge im Zaum zu halten.

* * *

Seite an Seite gingen Erna Frey und Bachmann zurück zu ihrem Pferdestall. Im Büro angelangt, warf Bachmann seine Jacke auf die Armlehne des Sofas und rief über die verschlüsselte Leitung Michael Axelrod in der Zentrale an.

»Schieb ruhig alles auf mich«, sagte Erna Frey, den Kopf in die Hände gestützt.

Doch zu ihrer Überraschung klang Axelrod nicht halb so beunruhigt, wie er hätte klingen müssen.

»Habt ihr schon was gegessen?« fragte er auf gewohnt lässige Art, nachdem er sich angehört hatte, was Bachmann zu sagen hatte. »Dann holt ihr euch jetzt eine Bulette und bleibt, wo ihr seid.«

Sie warteten auf den Start von Kellers Hubschrauber, aber er startete nicht, was sie nur noch mehr deprimierte. Sie hatten keinen Appetit auf Buletten. Als das verschlüsselte Telefon endlich läutete, war es vier Uhr nachmittags geworden.

»Ihr habt zehn Tage«, sagte Axelrod. »Wenn ihr bis dahin keine schlagenden Argumente liefern könnt, kriegen die ihre Festnahme. So läuft das hier bei uns. Zehn Tage, keine elf. Also haltet euch ran.«

6

Ich tue es für Magomed, sagte sie sich, während sie versuchte, Klarheit in ihr Gedankenchaos zu bringen.

Ich tue es für Issa.

Ich tue es, weil ich das Leben über das Gesetz stelle.

Ich tue es für mich.

Ich tue es, weil ich von Brue, dem Bankier, das nötige Geld bekommen habe und durch das Geld auf die Idee gekommen bin. Nein, völlig falsch! Die Idee war längst da, ehe Brue mit seinem Geld kam. Das Geld war nur das Zünglein an der Waage. Sobald ich Issas Geschichte gehört hatte, wußte ich, daß ich hier im Rahmen des Systems nicht weiterkomme, daß sein Leben das eine unrettbare Leben ist, das ich retten muß, daß ich mich nicht als Anwältin, sondern als Ärztin zu sehen habe und mich fragen muß: Was für eine Pflicht habe ich gegenüber diesem versehrten Menschen, was für eine deutsche Anwältin bin ich, wenn ich ihn in der juristischen Gosse verbluten lasse wie Magomed?

Solange ich so denke, wird mich der Mut nicht verlassen.

* * *

Der Morgen graute. Am rosafarbenen Stadthimmel zeichneten sich düsterblaue Wolkenschlieren ab. Annabel ging voraus, Issa in seinem langen schwarzen Mantel, entgegen muslimischer Gepflogenheit, einen Meter hinter ihr: zwei ewige Flüchtlinge, so schien es ihr, er mit der Satteltasche, sie mit dem Rucksack, im Ohr noch immer die herzzerreißende Abschiedsszene in Leylas Haus.

Denn Leyla, den stummen Melik neben sich, versteht plötzlich die Welt nicht mehr. Warum muß Issa gehen? Sie heult zum Steinerweichen. Sie hat ja keine Ahnung gehabt! Warum hat ihr keiner etwas gesagt? Wohin in Gottes Namen will Annabel ihn mitten in der Nacht bringen? Zu Freunden? Was für *Freunden*? Hätte sie das gewußt, hätte sie ihm doch Proviant hergerichtet! Issa ist ihr Sohn, ihr Geschenk von Allah, ihr Haus ist sein Haus, er darf für immer bleiben!

Fünfhundert Dollar? Keinen Cent will sie davon annehmen! Sie hat es nicht für Geld getan, sondern für Allah und aus Liebe zu Issa. Und wo in Allahs Namen kommt eine solche Summe überhaupt her? Von dem reichen Russen, der hier gewesen ist? Abgesehen davon, daß man Fünfzigdollarscheine heutzutage sowieso nicht loswird. Die sind doch alle gefälscht! Und wenn Issa ihr Geld geben will, wieso hat er es dann zwei Wochen lang gehortet, statt es offen auf den Tisch zu legen wie ein Mann?

Worauf sich Melik, dessen Tränen mittlerweile auch fließen, seinerseits bemüßigt fühlt, Issa um Verzeihung zu bitten, ihn seiner ewigen Freundschaft zu versichern und ihm zum Beweis ebendieser Freundschaft den kostbaren Azan-Pager zu verehren, den er von seinem geliebten Onkel geschenkt bekommen hat: das ultimative Gerät für den Muslim von heute, das elektronisch die Gebetszeiten anzeigt.

»Nimm ihn, lieber Bruder. Er gehört dir, trag ihn immer bei dir. Er ist idiotensicher. Damit wirst du nie mehr ein Gebet verpassen.«

Und während er ihm vorführte, wie das Ding funktionierte – denn Technik war Issas Sache nicht –, stand Annabel an Meliks Platz neben dem Fenster und beobachtete den Lieferwagen für Tiefkühlkost, der drei Häuser weiter parkte und aus dem noch immer niemand ausgestiegen war. Weshalb sie sich, als sie schließlich auf die Straße traten, dann auch weder nach links noch nach rechts wandte, sondern Issa, vom Wagen aus deutlich zu erkennen, aufs Geratewohl über die Straße und in eine enge Gasse lenkte, die, wie es der Zufall wollte, in eine breite Parallelstraße mit Durchgangsverkehr und einer Bushaltestelle mündete. Auf den ersten Metern war Issa starr vor Angst, und Annabel mußte ihn am Ärmel mitziehen – nur am Ärmel, bloß nicht am Arm, nicht einmal durch den Stoff.

»Wissen Sie, wohin wir gehen, Annabel?«

»Natürlich.«

Aber wir müssen vorsichtig sein. Wir nehmen nicht den direkten Weg. Bis zur nächsten U-Bahn-Haltestelle sind es zehn Minuten zu Fuß.

»Während der Fahrt reden wir nicht miteinander, Issa. Wenn Sie angesprochen werden, zeigen Sie auf Ihren Mund und schütteln den Kopf.« Und als sie die Willfährigkeit sah, mit der er sich fügte, dachte sie: Ich bin auch nur einer von Anatolijs Mafiosi. Ein Fluchthelfer.

In der U-Bahn drängten sich die ausländischen Büroreinigungskräfte. Issa stellte sich gehorsam zwischen sie, den Kopf wie sie gesenkt, während Annabel in die schwarze Scheibe starrte und sein Spiegelbild beobachtete. Wir gehören nicht zusammen. Wir sind nur zwei Leute, die zufällig im selben Zug fahren, hier und im richtigen Leben. Was besser keiner von uns vergessen sollte. Bei jeder Haltestelle linste er zu ihr herüber, aber sie ignorierte ihn bis zur vierten. Vor dem U-Bahn-Aufgang wartete eine Reihe von Taxis. Annabel steuerte das vorderste an, stieg hinten ein und ließ die Tür offen. Doch zu ihrem Schrecken war er plötzlich verschwunden – nur um im nächsten Moment auf dem Beifahrersitz wieder aufzutauchen, vermutlich, um jeglichem Körperkontakt mit ihr vorzubeugen. Er hatte sich das Scheitelkäppchen in die Stirn geschoben. Was in dem Kopf unter dem Käppchen vorging, darüber konnte sie nur mutmaßen. Fünfhundert Meter vor ihrer Straße ließ sie den Fahrer an einer Kreuzung anhalten, und sie legten das letzte Stück wieder zu Fuß zurück. Noch ist es nicht zu spät, dachte sie, als die Brücke in Sicht kam und der Mut sie wieder verlassen wollte. Noch könnte ich einfach mit ihm über die Brücke gehen, ihn auf der Polizeiwache abliefern, mir den Dank der gesetzestreuen Bürger sichern und den Rest meiner Tage mit der Schande leben.

* * *

Annabels Mutter war Verfassungsrichterin, ihr Vater pensionierter Jurist im deutschen diplomatischen Dienst. Ihre Schwester Heidi war mit einem Generalstaatsanwalt verheiratet. Nur ihr geliebter älterer Bruder Hugo hatte es geschafft, aus der juristischen Spur auszuscheren, und Medizin studiert. Mittlerweile war er Facharzt für Psychiatrie, ein brillanter Kopf und ein Eigenbrötler, der es für sich in Anspruch nahm, der letzte waschechte Freudianer der Welt zu sein.

Daß sich Annabel, die Rebellin der Familie, der Juristerei nicht hatte entziehen können, stellte sie bis heute vor ein Rätsel. War sie ihren Eltern zuliebe Anwältin geworden? Das ganz bestimmt nicht. Vielleicht hatte sie geglaubt, wenn sie den gleichen Beruf wählte wie sie, könnte sie ihnen in ihrer eigenen Sprache begreiflich machen, wie anders sie war. Oder sie hatte gehofft, den Reichen und Sorglosen das Recht aus der Hand zu winden und es den Menschen zu bringen, die es am nötigsten brauchten. Falls ja, so hatten ihr die neunzehn Monate bei Fluchthafen gezeigt, wie sehr sie sich getäuscht hatte.

Während sie die erbärmlichen Scheinverhandlungen absaß, während sie mit zusammengebissenen Zähnen zuhörte, wie kleine Bürokraten, deren gesammelte Auslandserfahrung sich auf zwei Wochen Ibiza beschränkte, die Schreckensgeschichten ihrer Mandanten in der Luft zerpflückten: während all dieser Zeit mußte etwas in ihr gewußt haben, daß eines Tages der Moment – der Mandant – kommen würde, für den sie sämtliche beruflichen und juristischen Prinzipien, die sie sich jemals widerstrebend zu eigen gemacht hatte, über Bord zu werfen bereit war.

Und der Tag war gekommen, der Mandant war da: Issa.

Nur, daß es vor Issa noch Magomed gegeben hatte, und Magomed war es, der dumme, vertrauensselige, mißhandelte, nicht besonders wahrheitsliebende Magomed, der sie gelehrt hatte: nie wieder.

Nie wieder die überstürzte Fahrt im Morgengrauen zum Flughafen, wo die Maschine nach Sankt Petersburg schon mit offener Tür auf der Startbahn wartete; nie wieder ein Mandant, der als verschnürtes Bündel die Flugzeugtreppe hinaufgeschoben wurde; nie wieder Hände – oder bildete sie sich die Hände nur ein, diese gefesselten Hände, die ihr ein letztes Mal durch das Kabinenfenster zuwinkten?

Darum sage ihr keiner, ihre Entscheidung für Issa sei spontan gefallen, aus einer plötzlichen Eingebung heraus. Die Entscheidung stand seit jenem Tag am Hamburger Flughafen, als Magomeds Schinderkarren in den tiefhängenden Wolken verschwunden war. Seit ihrem ersten Zusammentreffen mit Issa letzte Woche, als sie in Leylas Haus seine Geschichte aus ihm herausgeholt hatte, wußte sie: Er ist der, auf den ich seit Magomed gewartet habe.

* * *

Den Leitlinien des Familienforums folgend, hatte sie sich zunächst methodisch die Fakten vor Augen geführt:

Seitdem er den Fuß auf schwedischen Boden gesetzt hat, ist Issa nicht mehr zu retten.

Ihm steht kein Rechtsweg offen, der ihm mehr als den Hauch einer Chance auf Asyl bietet.

Die armen, mutigen Leute, die ihm Unterschlupf gewähren, bringen sich selbst in Gefahr. Er kann hier nicht bleiben.

Danach hatte sie sich die praktischen Probleme vorgenommen: Wie soll und kann die Volljuristin Annabel Richter mit Studium in Tübingen und Berlin unter den gegebenen Umständen ihre heilige Pflicht gegenüber ihrem Mandanten erfüllen?

Wie soll sie besagten Mandanten verstecken, unterbringen und ernähren – nachdem ein weiterer Leitsatz des Familienforums besagt, daß nur wenig tun zu können keine Entschuldigung dafür ist, gar nichts zu tun?

Als Anwalt muß man kein Eisberg sein, Annabel, predigte ihr Vater immer: ausgerechnet er! *Nur ist es unsere Aufgabe, uns unserer Gefühle bewußt zu werden und sie zu kontrollieren.*

Ja, lieber Vater. Aber hast du schon einmal bedacht, daß du sie zerstörst, indem du sie kontrollierst? Wie oft können wir »es tut mir leid« sagen, bevor es uns nicht mehr leid tut?

Und was – mit Verlaub – meinst du genau mit kontrollieren? Meinst du damit, die richtigen *juristischen* Gründe zu finden, um das Falsche zu tun? Ist das nicht genau das, was unsere begnadeten deutschen Anwälte praktiziert haben, die ganzen zwölf Jahre des großen historischen Vakuums der Nazizeit hindurch, von dem bei unseren Beratungen im Familienforum aus irgendeinem Grund so selten die Rede ist? Tja, von heute an kontrolliere *ich* meine Gefühle.

Wie hast du mich immer gewarnt, wenn ich mich wieder einmal an dir versündigt hatte? Ich kann tun und lassen, was ich will, solange ich bereit bin, den Preis dafür zu bezahlen? Nun, liebster Vater, ich bin bereit. Ich werde den Preis bezahlen. Selbst wenn das heißt, daß ich dafür meine schöne, aber kurze Karriere opfern muß.

Denn wie es das gütige Schicksal wollte (falls man an derlei überhaupt glauben mochte), nannte sie momentan zwei Wohnungen ihr eigen: eine, aus der sie lieber heute als morgen ausgezogen wäre, und ein Schmuckstück am Hafen, das sie vor sechs Wochen vom letzten Geld ihrer geliebten Großmutter gekauft hatte und das noch mitten in der Renovierung steckte. Und als wäre das nicht genug, hatte ihr das Schicksal – oder Schuldgefühle oder unversehens aufwallendes Mitleid; es näher auszuloten fehlte ihr die Zeit – auch noch Geld in die Hände gespielt. Brues Geld. Und so mußte sie sich nicht mehr mit einem Notfallplan begnügen, einem kurzfristigen Plan von beschränkter Durchführbarkeit, nein, dank Brues großzügiger Spende konnte ein längerfristiger Plan in Kraft treten: einer, der ihr die Zeit verschaffte, nach Lösungen zu suchen, einer, der, wenn sie ihn mit Hugos Hilfe klug in die Tat umsetzte, Issa nicht nur vor der Entdeckung durch seine Verfolger bewahren, sondern ihn auch auf den Weg der Genesung bringen würde.

»Dann höre ich von Ihnen, ja?« hatte Brue gesagt, als ob auch er, wie Issa, von ihr gerettet werden wollte.

Wovor? Emotionaler Leere? War Brue ebenfalls ein Ertrinkender, dem sie nur die Hand hinzustrecken brauchte?

* * *

Sie waren vor ihrem Haus angekommen. Als sie sich umdrehte, sah sie, daß Issa sich ins Dunkel einer Linde duckte, die Satteltasche in die Falten seines schwarzen Mantels gerafft.

»Was ist los?«

»Ihr KGB«, murmelte er.

»Wo?«

»Sie sind uns vom Taxi aus gefolgt. Erst in einem großen Auto, dann in einem kleinen. Ein Mann, eine Frau.«

»Das waren einfach zwei Autos, die zufällig vorbeigefahren sind.«

»Die Autos hatten Funkgeräte.«

»Das sind keine Funkgeräte, sondern Radios. In Deutschland haben alle Autos ein Radio. Manche haben sogar Telefon. Bitte, Issa. Und nicht so laut. Wir wollen doch nicht die ganze Nachbarschaft aufwecken.«

Nachdem sie forschend die Straße auf und ab geblickt hatte, ohne etwas Ungewöhnliches zu entdecken, stieg sie die Eingangsstufen hinauf, schloß die Haustür auf und winkte ihn mit einem Kopfnicken hinein, aber er scheute zur Seite und bestand darauf, ihr im üblichen Abstand zu folgen.

Sie hatte die Wohnung überstürzt verlassen. Das Doppelbett war nicht gemacht, das Kopfkissen zerknüllt, der Schlafanzug achtlos darübergeworfen. In der linken Hälfte des Kleiderschranks hingen ihre Sachen, in der rechten die von Karsten. Obwohl sie ihn schon vor drei Monaten vor die Tür gesetzt hatte, hatte er sich bis heute nicht getraut, sein Zeug zu holen. Oder wollte er sich damit sein Rückkehrrecht sichern? Er konnte sie mal! Eine teure Wildlederjacke, eine Designer-Jeans, drei Hemden, ein Paar weiche Lederslipper. Sie warf alles aufs Bett.

»Gehört das Ihrem Ehemann, Annabel?« erkundigte sich Issa von der Tür her.

»Nein.«

»Wem dann, bitte?«

»Die Sachen haben einem Mann gehört, mit dem ich eine Beziehung hatte.«

»Ist er tot, Annabel?«

»Wir haben uns getrennt.« Langsam bereute sie es, daß sie ihm angeboten hatte, sie beim Vornamen zu nennen, auch wenn alle ihre Mandanten von ihr nur den Vornamen wußten.

»Warum haben Sie sich getrennt, Annabel?«

»Weil wir nicht zueinander gepaßt haben.«

»Warum haben Sie nicht zueinander gepaßt? Haben Sie sich nicht geliebt? Vielleicht waren Sie zu streng mit ihm, Annabel. Das ist möglich. Sie können sehr streng sein. Das habe ich schon bemerkt.«

Im ersten Moment wußte sie nicht, ob sie laut lachen oder ihn zurechtstutzen sollte. Aber als sie ihn irritiert ansah, las sie in seinen Augen Verwirrung, vermischt mit Angst, und sie machte sich klar, daß es in der Welt, aus der er geflohen war, so etwas wie Privatsphäre nicht gab. Gleichzeitig kam ihr ein weiterer Gedanke, der sie zugleich beschämte und beunruhigte: daß sie die erste Frau war, mit der er nach Jahren der Gefangenschaft allein war, und daß sie mitten in der Nacht in ihrem Schlafzimmer standen.

»Würden Sie mir bitte die Tasche herunterheben, Issa?«

Während sie einen großen Schritt zurückwich, um Issa Platz zu machen, überlegte sie, daß es vielleicht schlauer gewesen wäre, das Handy in die Anoraktasche zu stecken – aber wen hätte sie im Ernstfall schon anrufen wollen?

Er hob Karstens Reisetasche, die als Staubfänger auf dem Kleiderschrank lag, herunter und stellte sie aufs Bett. Sie stopfte die Sachen hinein und holte ihren zusammengerollten Schlafsack aus dem Schrank in der Diele.

»War er auch Anwalt, wie Sie, Annabel? Der Mann, mit dem Sie eine Beziehung hatten?«

»Es spielt keine Rolle, was er war. Es geht Sie nichts an, und es ist aus und vorbei.«

Inzwischen war sie diejenige, der ein etwas größerer Abstand ganz recht gewesen wäre. In der Küche war er ihr zu groß und zu präsent, sosehr er sich auch bemühte, ihr nicht im Weg herumzustehen. Sie legte eine Mülltüte auf den Tisch und hielt ihm barsch die Lebensmittel hin, damit er sie absegnete: Vollkornbrot, Issa? Ja, Annabel. Grüner Tee? Käse? Probiotischer Joghurt aus dem schrägen Bioladen, wo sie

Stammkundin war, obwohl sie mit dem Rad zehn Minuten bis dahin brauchte und der Supermarkt gleich um die Ecke war. Ja, Annabel, ja zu allem.

»Fleisch kann ich Ihnen leider keins mitgeben. Ich esse kein Fleisch.«

Aber was sie eigentlich sagen wollte, war: Hier läuft nichts. Außer daß ich für dich Kopf und Kragen riskiere. Ich bin deine Anwältin, sonst nichts. Mir geht es ums Prinzip, nicht um dich.

Sie schleppten das Gepäck zur Kreuzung, wo Annabel ein Taxi anhielt und ein Fahrtziel in der Nähe des Hafens nannte. Den Rest der Strecke legten sie auch diesmal zu Fuß zurück.

* * *

Zu ihrer neuen Wohnung ging es acht wackelige Treppen hinauf. Sie war im obersten Stockwerk eines alten Hafenspeichers, laut seinem Eigentümer das einzige Gebäude, das die Briten, als sie den Rest von Hamburg in Schutt und Asche legten, netterweise verschont und der Nachwelt erhalten hatten. Der schiffsförmige Loft, vierzehn Meter lang und sechs Meter breit, hatte eiserne Sparren und ein großes Bogenfenster mit Blick auf den Hafen. Unter der einen Dachschräge war ein Bad eingebaut, unter der anderen die Küche. Bei der Besichtigung hatte sich die Hälfte der Hamburger Nachwuchsschickeria dort getummelt, aber der Eigentümer hatte einen Narren an ihr gefressen, und da er, anders als ihr jetziger Vermieter, schwul war, blieben ihr auch die Annäherungsversuche erspart.

Noch am selben Abend wurde das Wunder wahr: der Loft gehörte ihr, und ein Karsten-freies Leben konnte beginnen. Die Wohnung war ihr Hätschelkind. Sechs Wochen ging sie nun schon in den Einzelheiten des Umbaus auf, in den Maurer-, Maler- und Elektroarbeiten, dem Austausch der morschen Dielenbretter, und abends, wenn sie wieder einmal eine empörende Anhörung oder einen verlorenen Kampf gegen die Behörden hinter sich hatte, machte sie mit dem Rad den Abstecher hierher, nur um sich, die Ellbogen auf die Fensterbank gestützt, den Sonnenuntergang anzusehen und auf das Gestöber der streitenden Möwen und die tobenden Kinder auf dem Spielplatz hinunterzublicken und auf das elegante Hin und Her der Kräne, Frachter und Fähren, die so miteinander umgingen, wie die Menschen miteinander umgehen sollten, respektvoll und ohne zu kollidieren.

Und obwohl sie wußte, daß dies eine ungebührlich rosige Sicht der Dinge war, gratulierte sie sich zu dem Dasein, das sie von nun an führen würde, dem einer Frau, die mit ihrer Arbeit verheiratet war und deren Familie die Kollegen von Fluchthafen waren, Lisa, Maria, André, Max, Horst und die furchtlose Ursula, ihre Chefin – Männer und Frauen, die sich, wie sie selbst, dem Kampf für das Gute verschrieben hatten, dem Kampf für all jene, die durch die Wechselfälle des Lebens zur Ausschußware deklariert worden waren.

Anders ausgedrückt: Wenn sie am Ende eines harten Tages nach Hause kam, ausgepumpt und so leer wie die Wohnung, die sie erwartete, wußte sie, daß ihre eigene Gesellschaft die einzige war, auf die sie sich am Abend freuen konnte. Aber sogar nichts war besser als Karsten.

* * *

Sie brauchten lange für den Aufstieg. Annabel, die vorausging, stellte auf jeder Etage die Mülltüte mit dem Proviant ab und überzeugte sich, daß der mit Reisetasche und Schlafsack beladene Issa noch mitkam. Sie hätte ihm gern etwas abgenommen, aber sooft sie Anstalten dazu machte, scheuchte er sie wütend weg, obwohl er nach zwei Treppen aussah wie ein altes, dürres Kind und nach der dritten so laut keuchte, daß es im ganzen Treppenhaus widerhallte.

Der Lärm, den sie machten, behagte ihr gar nicht, bis ihr einfiel, daß heute Samstag und sie die einzige Bewohnerin war. Auf allen anderen Etagen waren schicke Büros von Modeschöpfern, Möbeldesignern und Feinkostfirmen untergebracht: Welten, die sie ein für allemal hinter sich gelassen hatte.

Issa war auf der Hälfte der letzten Treppe stehengeblieben und blickte ins Leere, sein Gesicht starr vor Unverständnis und Angst. Die Tür zu ihrem Loft war aus altem gehämmertem Eisen und hatte schwere Riegel. Das riesige Vorhängeschloß hätte die Bastille vor der Erstürmung bewahren können. Sie lief zu ihm hinunter, erwischte diesmal statt des Ärmels den Arm und fühlte ihn zurückzucken.

»Wir sperren Sie nicht ein, Issa«, sagte sie. »Wir wollen nur sicherstellen, daß Sie nicht wieder verhaftet werden.«

»Von Ihrem KGB?«

»Von wem auch immer. Machen Sie einfach, was ich Ihnen sage.«

Stocksteif stand er da und schüttelte nur ganz langsam den Kopf, doch dann senkte er ihn, mit einer Geste der Unterwerfung, die grauenhaft anzusehen war, und folgte ihr Schritt um Schritt die letzten Stufen hinauf, so mühsam, als ob seine Füße aneinandergekettet wären. Oben blieb er wieder stehen, den Kopf noch immer gesenkt und die Füße geschlossen, und wartete darauf, daß sie die Tür aufsperrte. Aber ihre Intuition verbot es ihr.

»Issa?«

Keine Reaktion. Sie streckte die rechte Hand so aus, daß er sie sehen mußte, legte den Schlüssel hinein und hielt ihn ihm hin, wie sie als Kind ihrem Pferd seine Möhren hingehalten hatte.

»Hier. Schließen Sie selber auf. Ich bin nicht Ihre Gefängniswärterin. Nehmen Sie den Schlüssel und sperren Sie die Tür für uns auf. Bitte.«

Eine nicht enden wollende Weile starrte er auf ihre offene Hand und auf den rostigen Schlüssel darin. Aber entweder war der Gedanke, ihn ihr abzunehmen, zuviel für ihn, oder er hatte Angst, ihre nackte Haut zu berühren, denn mit einer jähen Bewegung drehte er erst den Kopf und dann den ganzen Oberkörper von ihr weg. Doch so leicht ließ Annabel sich nicht zurückweisen.

»Soll *ich* aufschließen?« fragte sie. »Ich muß das wissen. Bitte, Issa. Wollen Sie, daß ich diese Tür aufsperre? Habe ich Ihre Erlaubnis? Antworten Sie mir. Bitte, Issa. Sie sind mein

Mandant. Sie müssen mir Anweisungen geben. Issa, solange Sie mich nicht anweisen, diese Tür aufzuschließen, werden wir hier stehen, bis wir durchgefroren und todmüde sind. Haben Sie verstanden, Issa? Wo ist Ihr Armband?«

Er hatte es in der Hand.

»Ziehen Sie es wieder an. Sie sind hier nicht in Gefahr.«

Er legte das Kettchen wieder an.

»Und jetzt sagen Sie mir, daß ich aufsperren soll.«

»Aufsperren.«

»Sagen Sie es lauter. Sperren Sie bitte die Tür auf, Annabel.«

»Sperren Sie bitte die Tür auf.«

»Annabel.«

»Annabel.«

»Dann sehen Sie mir jetzt bitte dabei zu, wie ich auf Ihren Wunsch die Tür aufschließe. So. Fertig. Ich gehe zuerst hinein, Sie folgen mir. Kein bißchen wie im Gefängnis. Nein, die Tür lassen Sie bitte auf. Wir machen sie erst zu, wenn es nötig ist.«

* * *

Sie war seit drei Tagen nicht mehr hier gewesen. Ein rascher Blick in die Runde verriet ihr, daß die Handwerker weiter vorangekommen waren, als sie befürchtet hatte. Die Maurerarbeiten waren fast abgeschlossen, die Fliesen, die sie bestellt hatte, standen ordentlich aufgestapelt, die alte Badewanne, die ihre Mutter in Stuttgart aufgestöbert hatte, war eingebaut, die Messingarmatur, die Annabel auf dem Flohmarkt gekauft hatte, installiert. Sogar die Wasseranschlüsse funktionierten anscheinend wieder, sonst hätten die Handwerker wohl kaum ihre Kaffeetassen in der Spüle stehenlassen. Das neue Telefon mitsamt Verpackung stand mitten auf dem Fußboden und wartete nur darauf, angeschlossen zu werden.

Issa hatte das Bogenfenster entdeckt. Mit dem Rücken zu ihr sah er reglos ins Morgengrau hinaus. Er schien um einen halben Meter gewachsen zu sein.

»Es ist nur für ein, zwei Tage, bis ich etwas anderes organisiert habe«, rief sie ihm leichthin quer durch den Raum zu. »Hier sind Sie sicher. Ich bringe Ihnen Bücher und etwas zu essen, und ich komme Sie jeden Tag besuchen.«

»Ich darf nicht wegfliegen?« fragte er, ohne den Blick vom Himmel zu wenden.

»Leider nicht. Und rausgehen dürfen Sie auch nicht. Erst, wenn wir Sie wieder umquartieren.«

»Sie und Mr. Tommy?«

»Ich und Mr. Tommy.«

»Kommt er mich auch besuchen?«

»Er studiert seine Akten. Das ist seine Aufgabe. Ich bin kein Bankier, und Sie auch nicht. Man kann nicht alle Probleme auf einmal lösen. Wir müssen schrittweise vorgehen.«

»Mr. Tommy ist ein wichtiger Herr. Wenn ich meine Approbation habe, lade ich ihn zur Verleihung der Urkunde ein. Er hat ein gutes Herz und spricht Russisch wie ein Romanow. Wo hat er so zu sprechen gelernt?«

»Soviel ich weiß, in Paris.«

»Haben Sie Ihr Russisch auch von dort, Annabel?«

Wenigstens ging es diesmal nicht um Karsten.

»Ich habe mein Russisch aus Moskau«, sagte sie. Sie machte einen Schritt auf ihn zu, dann noch einen. Er schwitzte nicht mehr. Seine Stimme war wieder ruhig.

»Sie sind in Moskau zur Schule gegangen, Annabel? Wie außerordentlich interessant! Ich bin auch in Moskau zur Schule gegangen. Wenn auch natürlich nicht lange. Welche Schule, bitte? Welche Nummer? Vielleicht kenne ich die Schule. Gab es dort auch tschetschenische Schüler?« – sichtlich beglückt, eine Verbindung zwischen seiner Welt und ihrer herstellen zu können. Vielleicht waren sie in seiner Phantasie ja schon alte Schulkameraden.

»Sie hatte keine Nummer.«

»Warum nicht, Annabel?«

»Es war nicht diese Art Schule.«

»Was für eine Art von Schule hat keine Nummer? War es eine KGB-Schule?«

»Nein, ganz bestimmt nicht! Es war eine Privatschule.« Und groggy, wie sie plötzlich war, erzählte sie ihm den Rest auch noch. »Es war eine Privatschule für die Kinder ausländischer Bediensteter, die in Moskau leben. Deshalb habe ich sie besucht.«

»Ihr Vater war ein ausländischer Bediensteter, der in Moskau gelebt hat? Was für eine Art von Bediensteter, Annabel?«

Sie versuchte es herunterzuspielen. »Ich habe damals zufällig bei der Familie eines ausländischen Bediensteten gewohnt. Deshalb durfte ich auf die Privatschule gehen, und da habe ich Russisch gelernt.«

Und das ist mehr, als ich dir eigentlich erzählen wollte, denn nicht einmal du wirst aus mir herauskitzeln, was bei Fluchthafen kein Mensch weiß: daß nämlich mein Vater Diplomat in Moskau war.

Ein Piepton schreckte sie auf, aber es war nicht ihr Handy. Hatten sie eine Alarmanlage ausgelöst, irgendeine clevere Vorrichtung, die sich die Handwerker ausgedacht hatten? Nervös blickte sie sich danach um. Aber es war der Pager, den Issa von Melik bekommen hatte und der ihn zum ersten Gebet des Tages rief.

Trotzdem blieb er am Fenster stehen. Warum? Hielt er nach seinen KGB-Verfolgern Ausschau? Nein. Er bestimmte im Licht der fahlen Morgensonne die Richtung nach Mekka, bevor er sich mit seinem bleistiftdünnen Körper auf den nackten Dielenboden kniete.

»Sie verlassen bitte den Raum, Annabel.«

* * *

Während sie in der Küche wartete, schaffte sie ein bißchen Platz und packte die Mülltüte aus. Sie setzte sich auf einen Hocker, stützte sich, die geballte Faust an der Wange, mit dem Ellbogen auf den Tapeziertisch und starrte geistesabwesend ins Leere. Vor ihrem inneren Auge erschien, wie so oft, wenn sie müde war, die Sammlung kleinformatiger flämischer Meister, die die Wohnzimmerwände der elterlichen Villa in einem Vorort von Freiburg zierten.

»Die hat dein Großvater in München auf einer Auktion ersteigert«, hatte ihre Mutter geantwortet, als Annabel, eine

Einzelkämpferin von vierzehn Jahren, ihren Feldzug zur Erforschung der Herkunft der Gemälde begonnen hatte. »So, wie dein Vater auch seine Ikonen am liebsten sammelt.«

»Für wieviel?«

»Nach heutigen Maßstäben wären sie vermutlich eine ganze Menge wert. Aber damals … ein Butterbrot.«

»Wann hat er sie ersteigert?« bohrte sie nach. »Von wem? Wem haben die Bilder gehört, bevor Großvater sie für ein Butterbrot auf einer Auktion in München ersteigert hat?«

»Warum fragst du nicht deinen Vater, Schatz?« schlug ihre Mutter vor, mit einer Stimme, die der mißtrauischen Annabel allzu honigsüß in den Ohren klang. »Es ist schließlich sein Vater, nicht meiner.«

Doch als Annabel ihn fragte, stand statt ihres Vaters plötzlich ein Fremder vor ihr. »Diese Zeiten sind ein für allemal vorbei«, beschied er sie, in einem amtlichen Ton, den er ihr gegenüber noch nie angeschlagen hatte. »Dein Großvater hatte einen Riecher für Kunstwerke, er hat den gängigen Preis bezahlt. Außerdem können es genausogut Fälschungen sein. Und jetzt ist das Thema erledigt, ja?«

Und es war erledigt gewesen. Bei keinem der vielen Familienforen seither – sei es aus Liebe, aus Angst oder aus Gründen der verhaßten Familiendisziplin, gegen die sie sich so leidenschaftlich auflehnte – hatte sie mehr daran zu rühren gewagt. Dabei sahen sich ihre Eltern als Radikale! Sie waren Revoluzzer, oder gewesene Revoluzzer: Achtundsechziger, die während der Studentenproteste auf den Barrikaden gestanden und Transparente mit der Aufschrift »Amis raus« geschwenkt hatten. »Ihr jungen Leute von heute wißt doch gar nicht, was echter Protest ist!« hatten sie lachend zu ihr gesagt, wenn sie den Bogen mal wieder überspannt hatte.

Annabel zog ein Notizbuch aus ihrem Rucksack, und im Schein des Oberlichts machte sie sich eine Liste der Dinge, die als nächstes zu erledigen waren. Für ihre Listen war sie in der Familie genauso berühmt wie für ihre Kompromißlosigkeit. Eben noch eine Chaotin, die ihr ganzes unorganisiertes Leben im Rucksack herumschleppte wie eine Schnekke ihr Haus, im nächsten Moment die übergenaue Deutsche, die über die Listen, die sie sich machen mußte, Listen führte.

> Seife
> Handtücher
> Essen
> Süßigkeiten
> Frische Milch
> Klopapier
> Medizinische Fachzeitschriften auf russisch:
> wo herkriegen?
> Kassettenrecorder mitnehmen.
> Nur Klassik, keinen Schund.

Und ich werde mir keinen verdammten iPod zulegen. Nein. Ich werde nicht dem Konsumterror erliegen.

Auf die Gefahr hin, daß Issa noch betete, stahl sie sich vorsichtig wieder in den Hauptraum. Er war leer. Sie lief zum Fenster. Es war zu, keine Scherben. Sie fuhr herum und sah, das Licht im Rücken, zurück ins Zimmer.

Er stand zwei Meter über ihr auf einer Leiter. Wie ein Standbild aus Sowjetzeiten hielt er in der einen Hand eine große Schere und in der anderen ein Papierflugzeug, das er aus der Rolle Makulaturpapier ausgeschnitten hatte, die unter der Leiter auf dem Boden lag.

»Eines Tages werde ich ein großer Flugzeugingenieur sein wie Tupolew«, verkündete er, ohne zu ihr hinunterzublicken.

»Kein Arzt?« rief Annabel nach oben, als ob er ein Selbstmörder wäre, der bei Laune gehalten werden mußte.

»Arzt auch. Und vielleicht, wenn ich die Zeit habe, Rechtsanwalt. Ich möchte die fünf Vortrefflichkeiten erlernen. Sie kennen die fünf Vortrefflichkeiten? Wenn nicht, sind Sie nicht kultiviert. Ich habe bereits gute Grundkenntnisse in Musik, Literatur und Physik. Wenn Sie vielleicht zum Islam konvertieren, werde ich Sie heiraten und mich Ihrer Bildung annehmen. Das wäre für uns beide eine gute Lösung. Aber Sie dürfen nicht streng sein. Schauen Sie, Annabel.«

Er verlagerte seinen langen Körper so weit nach vorne, daß es den Gesetzen der Schwerkraft hohnsprach, und legte seinen Papierflieger behutsam in die stehende Luft.

* * *

Er ist bloß ein Mandant, sonst nichts, sagte sie sich ärgerlich, als sie die Tür hinter sich zuzog und das betagte Vorhängeschloß zuschnappen ließ.

Zugegeben, ein Mandant, der einer besonderen Behandlung bedarf. Einer unorthodoxen Behandlung. Einer illegalen Behandlung. Aber trotzdem ein Mandant. Und bald bekommt er auch noch die ärztliche Betreuung, die er braucht.

Er ist ein Fall. Ein Fall mit einer Akte. Und ein Patient, gut, das auch. Er ist ein geschädigtes und traumatisiertes Kind, das keine Kindheit hatte, und ich bin seine Anwältin und sein Kindermädchen und seine einzige Verbindung zur Welt.

Er ist ein Kind, aber er weiß mehr über Schmerzen und Gefangenschaft und die Abgründe des Lebens, als ich jemals wissen werde. Er ist arrogant und hilflos, und die meiste Zeit hat das, was er sagt, nichts mit dem zu tun, was er denkt.

Er will nett zu mir sein, aber er weiß nicht, wie. Er sagt die richtigen Worte, aber er ist der falsche Mann dafür:

Heirate mich, Annabel. Sieh dir meinen Papierflieger an, Annabel. Konvertiere zum Islam, Annabel. Sei nicht so streng, Annabel. Ich will Rechtsanwalt, Arzt und ein großer Flugzeugingenieur werden und was mir sonst noch einfällt, bevor sie mich nach Schweden zurückverfrachten, um mich in den Gulag zu deportieren, Annabel. Sie verlassen bitte den Raum, Annabel.

Am Hafen war die Dämmerung dem frühen Morgen gewichen. Sie ging auf dem erhöhten Fußgängerweg neben der Kaimauer. Während ihre neue Wohnung langsam Gestalt annahm, hatte sie hier in den letzten Wochen die Geschäfte ausgekundschaftet, in denen sie einkaufen, die Fischimbisse, in denen sie sich mit ihren Freunden treffen würde, und sich die Routen überlegt, auf denen sie zur Arbeit fahren wollte: den einen Tag die gesamte Strecke mit dem Rad, den nächsten Tag mit dem Rad auf die Fähre, bei der dritten Anlegestelle aussteigen und den Rest radeln. Aber heute morgen konnte sie an nichts denken als an Issas Antwort, als sie ihm sagte, daß sie ihn wieder einschließen müsse.

»Wenn ich schlafe, erwartet mich so oder so das Gefängnis, Annabel.«

* * *

Wieder in ihrer alten Wohnung, ging sie mit der Akribie zu Werke, mit der ihre Familie sie immer aufzog. Sie hatte Angst gehabt und es nicht wahrhaben wollen. Jetzt konnte sie ihren Sieg über die Angst feiern.

Zuerst gönnte sie sich eine wohlverdiente Dusche und wusch sich die Haare. Die tiefe Erschöpfung, die sie vor einer Stunde gefühlt hatte, war verflogen, und sie steckte voller Tatendrang.

Nachdem sie geduscht hatte, zog sie sich für eine größere Tour an – knielange Radlerhosen, Turnschuhe, eine leichte Bluse für einen heißen Tag und darüber die Sherpa-Weste – und schnappte sich Helm und Handschuhe vom Bambustischchen neben der Tür. Von körperlicher Betätigung konnte sie nie genug bekommen. Ohne Sport, davon war sie überzeugt, würde sie innerhalb einer Woche aus dem Leim gehen.

Als nächstes schickte sie eine dringende Rundmail an ihre Handwerker und Lieferanten: Tut mir sehr leid, liebe Leute, aber bis auf weiteres müssen alle Arbeiten in der Wohnung eingestellt werden. Es gibt unerwartete Probleme mit dem Kaufvertrag, die sich in den nächsten Tagen klären werden. Für eventuelle Verdienstausfälle komme ich natürlich auf. Mit bestem Gruß, Annabel Richter. Und auf die Einkaufsliste, die neben ihr lag, kam noch NEUES VORHÄNGESCHLOSS, weil nicht jeder seine E-Mails vom Wochenende liest, bevor er am Montag zur Arbeit geht.

Ihr Handy klingelte. Acht Uhr. Schlag acht Uhr an jedem Samstagmorgen, Feiertage inbegriffen, rief Frau Doktor Richter ihre Tochter Annabel an. Sonntags telefonierte sie mit Annabels Schwester Heidi, weil Heidi die Ältere war. Die Familienethik sah nicht vor, daß die Töchter an einem Samstag oder Sonntag – geschweige denn an irgendeinem anderen Morgen – vielleicht ausschlafen oder Sex haben wollten.

Zuerst Mutters Rede zur Lage der Nation. Annabel schmunzelte jetzt schon.

»Das ist jetzt wahrscheinlich sträflich indiskret von mir, aber Heidi glaubt, sie ist wieder schwanger, am Dienstag weiß sie es sicher. Bis dahin ist das Thema tabu, Annabel. Du verstehst?«

»Natürlich, Mutter, und ich freue mich für dich. Schon der vierte Enkel, dabei bist du doch selbst noch ein Kind!«

»Sobald es amtlich ist, darfst du ihr natürlich gratulieren.«

Annabel verzichtete darauf, ihr zu sagen, daß Heidi außer sich war und sich nur auf inständiges Bitten ihres Mannes gegen eine Abtreibung entschieden hatte.

»Und dein Bruder Hugo hat eine Stelle für Humanpsychologie an einer Lehrklinik in Köln angeboten bekommen, aber er ist sich nicht sicher, ob sie da echte Freudianer sind, deshalb könnte es sein, daß er ablehnt. Manchmal ist er einfach nicht zu begreifen.«

»Köln müßte ihm eigentlich gefallen«, sagte Annabel, ohne hinzuzufügen, daß sie im Durchschnitt dreimal die Woche mit Hugo telefonierte und deshalb bestens über seine Pläne informiert war: nämlich in Berlin zu bleiben, bis sich seine heiße Liebesaffäre mit einer zehn Jahre älteren verheirateten Frau entweder totlief oder ihm um die Ohren flog – oder, wie Annabel ihn kannte, beides.

»Und dein Vater wird bei einer Juristentagung in Turin als Hauptredner auftreten. Was bei ihm natürlich heißt, daß er jetzt schon an der Rede sitzt und ich bis September kein Wort mehr aus ihm herausbekommen werde. Hast du dich wieder mit Karsten versöhnt?«

»Wir arbeiten noch daran.«

»Gut.«

Eine kurze Pause.

»Wie waren deine Tests, Mutter?« fragte Annabel.

»Idiotisch wie immer, Herzchen. Wenn mir jemand sagt, daß das Ergebnis negativ ist, bin ich deprimiert, weil ich eine geborene Optimistin bin. Ich muß immer erst um die Ecke denken.«

»Und waren sie negativ?«

»Es gab ein positives Stimmchen, aber die vielen negativen haben es sofort übertönt.«

»Welches war positiv?«

»Die dumme Leber.«

»Hast du es Papa gesagt?«

»Er ist ein Mann, Schatz. Entweder sagt er mir, ich soll noch ein Gläschen trinken, oder er glaubt, daß ich sterbe. So, und jetzt schwing dich auf dein Rad.«

* * *

Und nun zu ihrem Generalplan.

Hugos Leben war, wie immer, ein Balanceakt. Der Ehemann seiner Herzensdame war zwar geschäftlich viel unterwegs, hatte aber die taktlose Angewohnheit, an den Wochenenden nach Hause zu kommen. Folglich schob Hugo samstags und sonntags nachts im Krankenhaus Bereitschaftsdienst und betreute tagsüber seine Patienten. Es kam deshalb darauf an, ihn nach acht Uhr zu erwischen, wenn seine Nachtschicht beendet war, und vor zehn, wenn er mit der Visite begann. Jetzt war es zwanzig nach acht, die ideale Uhrzeit.

Aus Sicherheitsgründen brauchte sie ein öffentliches Telefon und zur Beruhigung ihrer Nerven einen Ort, den sie kannte. Sie entschied sich für das Café im Hirschpark in Blankenese, eine ehemalige Jagdhütte, fünfzehn stramme Fahrradminuten von ihrer Wohnung entfernt. Sie brauchte zwölfeinhalb und mußte sich erst einmal einen Kräutertee bestellen und eine Weile in ihre Tasse starren, bis sie zu Atem kam. Im Gang zu den Toiletten stand eine altmodische englische Telefonzelle. Annabel schwatzte der Frau an der Theke eine Handvoll Münzen ab.

Wie gewöhnlich redeten sie und Hugo halb frotzelnd, halb ernsthaft. Heute frotzelte sie noch mehr als sonst, vielleicht weil die Lage so ernst war.

Ich hab da zur Zeit einen Alptraummandanten, Hugo, begann sie. Hochintelligent, aber ein psychisches Wrack. Spricht nur Russisch.

Er braucht Ruhe und professionelle Betreuung.

Seine persönlichen Lebensumstände sind trostlos, und ich kann am Telefon nicht näher darauf eingehen.

»Du wärst der erste, der finden würde, daß der Mann dringend Hilfe braucht«, sagte sie und hoffte, daß es nicht allzu flehentlich klang. Aber an Hugos weiches Herz zu appellieren war der falsche Weg:

»Tatsächlich? Da wäre ich mir nicht so sicher. Über welche angeblichen Symptome klagt er denn?« fragte er streng, im Medizinerton.

Sie hatte sie sich aufgeschrieben. »Wahnvorstellungen. Eben denkt er noch, die Welt gehört ihm, und im nächsten Augenblick zittert er wie ein Mäuschen.«

»Wie wir alle. Was ist er – Politiker?«

Sie lachte laut, obwohl sie das ungute Gefühl hatte, daß er es nicht als Witz gemeint hatte.

»Unberechenbare Wutausbrüche. Demütige Unterordnung, die von einer Sekunde auf die andere in größtes Selbstvertrauen umschlägt. Sagt dir das was? Ich bin kein Arzt, Hugo. Es ist noch viel schlimmer. Er braucht wirklich Hilfe. Sofort. Dringend. Aber absolut vertraulich. Gibt es keine Kliniken für solche Fälle? Irgendwas muß es doch geben.«

»Seriöse? Nein. Ich kenne keine. Jedenfalls keine, die sich für deine Zwecke eignen würde. Ist er gefährlich?«

»Wieso sollte er gefährlich sein?«

»Deutet bei ihm irgend etwas auf Gewaltbereitschaft hin?«

»Er hört Musik. Er sieht stundenlang aus dem Fenster. Er bastelt Papierflieger. Klingt das für dich gewalttätig?«

»Wie hoch ist das Fenster?«

»Hugo, hör auf!«

»Sieht er dich merkwürdig an? Ich muß es wissen. Das ist eine ernstgemeinte Frage.«

»Er sieht mich überhaupt nicht an. Er schaut weg. Die meiste Zeit schaut er nur weg.« Sie fing sich wieder. »Okay, dann wenigstens etwas halbwegs Seriöses. Wo man ihn aufnimmt, ihn im Auge behält und nicht zu viele Fragen stellt. Wo er durchatmen und ein bißchen zu sich kommen kann.«

Sie redete zuviel.

»Hat er Geld?« wollte Hugo wissen.

»Ja. Jede Menge. Geld spielt keine Rolle.«

»Woher?«

»Von den ganzen reichen Ehefrauen, mit denen er schläft.«

»Schmeißt er wild damit um sich? Kauft er Luxuslimousinen und Perlenketten?«

»Er weiß eigentlich gar nicht, daß er überhaupt Geld hat«, antwortete sie, der Verzweiflung nah. »Aber er hat welches. Es geht ihm gut. Finanziell, meine ich. Das Geld wird für ihn verwaltet. Mensch, Hugo. *Mußt* du es mir so schwer machen?«

»Er spricht nur Russisch?«

»Ja, sag ich doch.«

»Und du pennst mit ihm?«

»Nein!«

»Aber du hast es vor?«

»Kannst du nicht bitte einmal vernünftig sein, Hugo?«

»Ich *bin* vernünftig. Genau deswegen bist du doch sauer.«

»Hör zu, ich muß ihn ... er muß irgendwo unterkommen, und zwar schnell – spätestens in einer Woche oder so –, auch wenn es nicht das Gelbe vom Ei ist. Hauptsache, der Laden taugt einigermaßen was, und die Vertraulichkeit bleibt gewahrt. Nicht mal die Leute von Fluchthafen wissen, daß ich dich anrufe. So vertraulich ist die Sache.«

»Wo bist du?«

»In einer Telefonzelle. Mein Handy streikt.«

»Jetzt ist Wochenende, falls du es noch nicht gemerkt hast.« Sie wartete. »Und am Montag habe ich den ganzen Tag Sitzung. Ruf mich Montagabend an, so gegen neun. Annabel?«

»Ja?«

»Nichts. Ich hör mich um. Und du meldest dich dann.«

7

»Frau Elli«, begann Brue aufgeräumt.

Der Ausflug nach Sylt und das Mittagessen in Bernhards Strandhaus waren verlaufen wie erwartet: die bewährte Mischung aus senilen Reichen und gelangweilter Jugend, Hummer, Champagner und einem Marsch über die Dünen, während dessen Brue wiederholt sein Handy befragt hatte in der – leider vergeblichen – Hoffnung, ihm könnte ein Anruf von Annabel Richter entgangen sein. Am Abend war wegen schlechten Wetters der Flugplatz geschlossen worden, so daß die Brues im Gästehaus nächtigen mußten, wodurch sich Bernhards Frau Hildegard, vom Kokain enthemmt, zu übertriebenen Entschuldigungen dafür bemüßigt gesehen hatte, daß sie Mitzi nicht die Schlafstatt anbieten konnte, die ihren Neigungen vielleicht eher entsprach. Eskalation hatte gedroht, war aber von Brue mit dem üblichen Geschick abgewendet worden. Am Sonntag hatte er dann sehr schlecht Golf gespielt, tausend Euro verloren und zur Strafe mit einem ältlichen Reeder Leberknödel essen und Obstler trinken müssen. Jetzt war es endlich Montag morgen, die Neun-Uhr-Besprechung mit den leitenden Angestellten war beendet, und Brue hatte Frau Ellenberger gebeten, sie möge doch so gut sein und ein Momentchen bleiben, ein Schachzug, den er das ganze Wochenende geplant hatte.

»Es ist nur eine sehr kleine Bitte, mit der ich heute an Sie herantrete, Frau Elli«, hob er in betont gestelztem Englisch an.

»Ob groß oder klein, Mr. Tommy, Sie können über mich verfügen«, antwortete sie im gleichen Stil.

Diese absurden Rituale, vor einem Vierteljahrhundert von Brues Vater in Wien eingeführt und seither vom Sohn übernommen, waren dazu gedacht, die Kontinuität des Hauses Brue Frères zu zelebrieren.

»Wenn ich Ihnen gegenüber den Namen *Karpow* erwähnen würde, Frau Elli – Grigorij Borisowitsch Karpow –, und wenn ich das Wort *Lipizzaner* hinzufügen würde: wie wäre Ihre Reaktion, meinen Sie?«

Der Scherz hatte schon aufgehört, einer zu sein, ehe Brue am Ende seines Satzes ankam.

»Ich glaube, ich wäre traurig, Mr. Tommy«, sagte sie auf deutsch.

»Traurig weshalb? Wegen Wien? Wegen Ihrer kleinen Wohnung in der Operngasse, die Ihre Mutter so geliebt hat?«

»Wegen Ihrem lieben Vater.«

»Vielleicht auch ein bißchen wegen der Dinge, die er in puncto Lipizzaner von Ihnen verlangt hat?«

»Die Lipizzanerkonten waren nicht korrekt«, sagte sie mit niedergeschlagenen Augen.

Es war eine Unterhaltung, die sie vor sieben Jahren hätten führen sollen, aber Brue hielt nichts davon, alte Steine ohne Not umzuwälzen, schon gar nicht, wenn er sich lebhaft vorstellen konnte, was darunter zum Vorschein kommen würde.

»Aber Sie haben sie dennoch – sehr loyal – weiterverwaltet«, sagte er behutsam.

»Nicht *verwaltet,* Mr. Tommy. Ich habe es mir zur Aufgabe gemacht, sowenig wie möglich über ihre Verwaltung zu wissen. Das ist Sache des Fondsmanagers in Liechtenstein. Das ist sein Terrain und sein tägliches Brot, wie ich annehme, was immer man von seiner Gesinnung halten mag. Ich tue lediglich, was ich Ihrem Vater versprochen habe.«

»Und dazu gehörte, wenn ich das richtig sehe, die Verschlankung der Personalakten vergangener und gegenwärtiger Kontoinhaber.«

»Ja.«

»Und das haben Sie auch bei Karpows Akte gemacht?«

»Ja.«

»Und die Papiere in dieser Akte« – er hielt sie hoch – »sind somit alle Papiere, die uns bleiben?«

»Ja.«

»Auf der ganzen Welt. Im Karzer unten, im Keller in Glasgow, hier in Hamburg.«

»Ja«, erwiderte sie mit Nachdruck, nach einem winzigen Zögern, das Brue nicht entging.

»Von diesen Papieren einmal abgesehen, haben Sie auch *persönliche* Erinnerungen an Karpow – noch von damals, aufgrund irgendwelcher Bemerkungen vielleicht, die mein Vater über ihn gemacht oder nicht gemacht hat?«

»Ihr Vater behandelte Karpows Konto mit dem größten …«

»Ja …?«

»*Respekt*, Mr. Tommy«, erklärte sie errötend.

»Aber mein Vater hat doch sicher alle Kunden mit Respekt behandelt?«

»Ihr Vater nannte Karpow einen Mann, dem seine Sünden vergeben werden müssen, sogar im voraus. So nachsichtig war er bei unseren Kunden nicht immer.«

»Hat er gesagt, warum sie ihm vergeben werden müssen?«

»Karpow war ein Sonderfall. Alle Lipizzaner waren Sonderfälle, aber Karpow noch einmal mehr.«

»Und hat er gesagt, was für Sünden das waren, die im voraus vergeben gehörten?«

»Nein.«

»Hat er vielleicht angedeutet, daß ein – wie soll ich sagen? – ein etwas unübersichtliches Liebesleben eine Rolle spielen könnte? Uneheliche Kinder hier und dort, solche Dinge?«

»Im weitesten Sinne angedeutet, ja.«

»Aber nicht konkret angesprochen? Nie beispielsweise einen geliebten illegitimen Sohn erwähnt, der eines Tages bei uns aufkreuzen könnte?«

»Es wurden so viele Eventualitäten in Verbindung mit den Lipizzanern erörtert. Ich kann nicht sagen, daß mir eine gesondert im Gedächtnis geblieben ist.«

»Und *Anatolij*? Warum kommt mir der Name Anatolij bekannt vor? Kann ich das irgendwann mitgehört haben? Anatolij regelt das schon?«

»Es gab einen Anatolij, der eine Art Vermittler war, glaube ich«, antwortete Frau Elli widerwillig.

»Vermittler zwischen …?«

»Zwischen Mr. Edward und Oberst Karpow, wenn Karpow nicht verfügbar war oder nicht verfügbar sein wollte.«

»Als Karpows Rechtsanwalt, meinen Sie?«

»Als« – sie zögerte –, »als sein … nun ja, Anatolijs Dienste gingen über das rein Rechtliche hinaus.«

»Sein *Un*rechtsanwalt also«, scherzte Brue und drehte, als jede Reaktion ausblieb, eine seiner Runden durch den Raum. »Ich will Sie jetzt nicht bemühen, den Karzer aufzuschließen, aber können Sie mir in groben Zügen, einfach Pi mal Daumen, sagen, welchen Prozentsatz des Fonds das Konto von Karpow ausmacht?«

»Jeder Inhaber eines Lipizzanerkontos erhielt Anteile entsprechend der von ihm investierten Summe.«

»Sehr plausibel.«

»Wenn der Kontoinhaber zu irgendeinem Zeitpunkt seine Investition erhöhte, erhöhte sich auch sein Anteil.«

»Das klingt vernünftig.«

»Oberst Karpow war einer der ersten Lipizzaner und der reichste. Ihr Vater hat ihn unser Gründungsmitglied genannt. In vier Jahren wurde seine Investition neunmal erhöht.«

»Von Karpow?«

»Durch Überweisungen auf sein Konto. Ob Karpow die Einzahlungen selbst vornahm oder ob andere sie für ihn durchführten, geht aus den Unterlagen nicht hervor. Die Belege wurden vernichtet, sobald die Gutschrift wirksam war.«

»Von Ihnen?«

»Von Ihrem Vater.«

»Waren irgendwelche Bareinzahlungen dabei? Banknoten in Koffern sozusagen? Ganz klassisch? Damals in Wien?«

»Nicht in meinem Beisein.«

»Und wenn Sie nicht dabei waren?«

»Doch, vereinzelt wurden dem Konto auch Barbeträge gutgeschrieben.«

»Von Karpow selbst eingezahlt?«

»Ich nehme es an.«

»Und auch von Dritten?«

»Möglich.«

»Wie zum Beispiel Anatolij?«

»Die Zeichnungsberechtigten waren nicht verpflichtet, sich auszuweisen. Der Betrag wurde über den Tresen gereicht, die Kontonummer des Empfängers wurde angegeben, und die Quittung wurde auf den Namen ausgestellt, der vom Einzahler genannt worden war.«

Noch eine Runde durch den Raum, während Brue über die Einsatzmöglichkeiten des Passivs nachsann.

»Und können Sie ungefähr sagen, wann die letzte Zahlung auf Karpows Konto eingegangen ist?«

»Wenn ich recht informiert bin, gehen immer noch Zahlungen ein, bis zum heutigen Tag.«

»Buchstäblich bis zum heutigen Tag? Oder bis vor kurzem?«

»Es ist nicht an mir, das zu wissen, Mr. Tommy.«

Und anscheinend nicht an mir, danach zu fragen, dachte Brue. »Und der Wert des liechtensteinischen Fonds belief sich auf wieviel, grob geschätzt, als wir aus Wien weggegangen sind – vor den Ausschüttungen an die Anteilseigner, selbstredend?«

»Als wir aus Wien weggegangen sind, gab es nur noch einen Anteilseigner, Mr. Tommy. Alles Geld in dem Fonds gehörte Oberst Karpow. Von den anderen war keiner mehr übrig.«

»Tatsächlich? Wie das?«

»Darüber bin ich nicht unterrichtet, Mr. Tommy. Soviel ich weiß, wurden die anderen Lipizzaner entweder von Karpow ausbezahlt oder sind aus anderen Gründen ausgeschieden.«

»Oder möglicherweise ausgeschieden *worden*?«

»Das ist alles, was ich dazu sagen kann, Mr. Tommy.«

»Nennen Sie mir einen Schätzwert. Frei nach Gefühl«, drängte Brue.

»Ich kann nicht für unseren Fondsmanager in Liechtenstein sprechen, Mr. Tommy. Das steht mir nicht zu.«

»Es ist so, eine Frau Richter hat bei mir angerufen«, offenbarte Brue im Tonfall eines Mannes, der endlich mit der ganzen Wahrheit herausrückt. »Eine *Anwältin*. Sie haben ihre Nachricht ja wahrscheinlich gehört, als Sie die Ausbeute vom Wochenende durchgegangen sind.«

»Allerdings, Mr. Tommy.«

»Sie hatte ein paar Fragen an mich, zu einem ... einem Mandanten von ihr ..., der anscheinend mit uns zu tun hat. Dringende Fragen.«

»Es klang ganz so, Mr. Tommy.«

Sein Entschluß war gefaßt. Also gut. Sie stellte sich stur. Sie war in diesem gewissen Alter. Und wenn es um die Lipizzaner ging, war sie schon immer schwierig gewesen. Aber er würde sie zu seiner Verbündeten machen, ihr die ganze Geschichte erzählen, sie ins Boot holen. Wenn er Frau Elli nicht ins Vertrauen ziehen konnte, wen dann?

»Frau Elli.«

»Mr. Tommy.«

»Ich fände es höchste Zeit, daß Sie und ich mal wieder einen richtig schönen Schwatz halten, von, na ja, Schuhen, Schiffen, Siegellack ...«

Lächelnd brach er ab, damit sie ihren geliebten Lewis Carroll zu Ende zitieren konnte, aber sie blieb stumm.

»Deshalb schlage ich vor«, fuhr er fort, als käme ihm dieser grandiose Einfall jetzt erst, »Sie holen uns eine große Kanne von Ihrem köstlichen Wiener Kaffee und ein paar selbstgebakkene Osterplätzchen von Ihrer Mutter und dazu zwei Tassen. Ach, und sagen Sie doch der Zentrale, ich bin in einer Besprechung und Sie auch.«

Aber das Tête-à-tête nahm nicht den Verlauf, der Brue vorgeschwebt hatte. Frau Ellenberger kam zwar mit dem Kaffee wieder – obwohl sie dazu länger wegblieb, als ein Mann billigerweise erwarten konnte – und war wie stets die Höflichkeit in Person. Wenn Lächeln am Platze war, lächelte sie. Die Osterplätzchen ihrer Mutter schmeckten unvergleichlich. Doch kaum wagte Brue einen ersten Vorstoß, um ihr noch etwas mehr über Oberst Karpow zu entlocken, stand sie von ihrem Stuhl auf und gab, den Blick starr geradeaus gerichtet wie ein Kind beim Schulkonzert, eine förmliche Erklärung ab.

»Herr Brue, ich bedaure, Ihnen mitteilen zu müssen, daß ich über die Illegalität der Lipizzanerkonten mittlerweile vollständig aufgeklärt bin. Angesichts meiner untergeordneten Stellung zur fraglichen Zeit und angesichts der Versprechen, die ich Ihrem verstorbenen Vater geben mußte, hat man mir nahegelegt, mich Ihnen gegenüber in dieser Sache nicht mehr zu äußern.«

»Gewiß, gewiß«, sagte lebhaft Brue, der selten so in seinem Element war, wie wenn er einen Rückschlag erlitt. »Ganz d'accord, Frau Elli. Akzeptiert. Die Bank dankt Ihnen.«

»Und Mr. Foreman hat angerufen«, bemerkte sie an der Tür, als Brue ihr nacheilte, um ihr das Kaffeetablett abzunehmen.

Warum kehrte sie ihm beim Sprechen den Rücken zu? Warum war ihr Nacken glutrot?

»Schon wieder? Warum das denn?«

»Er wollte Ihre Verabredung heute mittag bestätigen.«

»Er hat sie doch schon am Freitag bestätigt, Himmelherrgott!«

»Er hat sich nach Ihren Essensvorlieben erkundigt. Das La Scala ist auf Fisch spezialisiert, sagt er.«

»Ich weiß, daß es auf Fisch spezialisiert ist. Schließlich esse ich mindestens einmal im Monat dort. Ich weiß zufällig auch, daß sie mittags nicht offen haben.«

»Anscheinend hat Mr. Foreman eine Sonderregelung mit dem Besitzer getroffen. Und er kommt mit seinem Geschäftspartner, einem Mr. Lantern.«

»Seinem Strahl der Erleuchtung«, meinte Brue, mit einer bitteren kleinen Genugtuung über seine Schlagfertigkeit. Aber sie wich ihm immer noch aus, als hätte er den bösen Blick, und er für seinen Teil fragte sich, was für ein Mann dieser Foreman sein mußte, daß Mario seinen zugegebenermaßen winzigen Laden mittags für ihn öffnete, an einem Montag auch noch.

Frau Ellenberger überwand sich endlich dazu, ihm ins Gesicht zu sehen.

»Mr. *Foreman* bringt hervorragende Referenzen mit, Mr. Tommy«, sagte sie mit einer Betonung, die er nicht recht deuten konnte. »Sie haben mich gebeten, Erkundigungen über ihn einzuholen, also habe ich das getan. Mr. Foreman wird von Ihren Londoner Anwälten wärmstens empfohlen und von einer großen Bank in der City ebenfalls. Und er fliegt eigens aus London ein.«

»Mit seinem Strahl der Erleuchtung?«

»Mr. Lantern reist aus Berlin an. Er arbeitet offenbar dort. Ihr Lunch soll ein für beide Seiten unverbindliches Sondierungstreffen sein. Das Projekt, das sie vorstellen wollen, ist sehr groß angelegt und wird eine extensive Machbarkeitsstudie erfordern.«

»Und das weiß ich seit wann?«

»Seit genau einer Woche, Mr. Tommy. Wir haben es letzten Montag besprochen, ziemlich exakt um diese Zeit, danke sehr.«

Und warum *danke sehr*, wenn ich fragen darf? überlegte Brue. »Ist die Welt verrückt geworden, oder bin ich es, Frau Elli?«

»Das hat Ihr Vater auch immer gesagt, Mr. Tommy«, erwiderte Frau Ellenberger steif, und Brues Gedanken kehrten zurück zu Annabel: zu dieser souveränen, lebenssprühenden jungen Frau auf ihrem Fahrrad, die keine gesellschaftlichen Anlässe nötig hatte, um jemand zu sein.

* * *

Entgegen Brues Befürchtungen erwiesen sich die Herren Foreman und Lantern als spritzige Tischgenossen. Als er im *La Scala* ankam, hatten sie Mario bereits dazu bezirzt, sie an Brues Stammplatz am Fenster zu führen und ihnen zu verraten, welcher toskanische Weißwein sein liebster war, damit sie gleich ein Fläschchen für ihn bereithalten konnten. Und da schmiegte es sich auch schon in den Eiskübel, entkorkt, und wartete auf ihn.

Gut, ein bißchen wunderte er sich, wie sie überhaupt auf das La Scala gekommen waren – aber da die meisten Hamburger Banker wußten, daß er gern dort aß, nahm er einfach an, sie wüßten es auch. Oder Foreman hatte Frau Ellenberger um den Finger gewickelt, denn Charme besaß Foreman in rauhen Mengen. Es gibt Menschen, mit denen man sich sofort verbunden fühlt. Foreman hätte Brues Zwillingsbruder sein können, gleich groß wie Brue, gleich alt wie Brue; sogar die gleiche Kopfform hatte er. Er war vornehm, auf diese bodenständige Art, die Brue immer bewunderte, mit fröhlichen Augen und einem so entwaffnenden Lächeln, daß man gar nicht anders konnte als mitlächeln. Und seine vertraulich gesenkte Stimme war die eines Mannes, der es gelernt hat, die Welt so zu nehmen, wie sie ist.

»Tommy Brue! Welche Freude, Sir, welch ausgemachte Freude«, murmelte er, als Brue durch die Tür kam, und erhob sich. »Darf ich Ihnen Ian Lantern vorstellen, meinen Partner und Spießgesellen? Wir dürfen doch Tommy zu Ihnen sagen? Ich muß gestehen, ich bin auch ein Edward, wie Ihr lieber Herr Papa. Kurz Ted allerdings. Das hätte *er* sich ja nie bieten lassen, stimmt's? Für ihn mußte es Edward sein oder gar nichts.«

»Zur größten Not ging auch *Sir*«, konterte Brue zur allseitigen Erheiterung.

Fiel ihm das Besitzergreifende an der Art auf, wie Foreman da auf seinen Vater anspielte? Wenigstens im tiefsten Winkel seines Innern, da, wo Tommy Brue nie aus dem Lot geriet – das hieß, bis zum letzten Freitag nie? Wenn, dann zumindest nicht bewußt. Edward Amadeus, O. B. E., war bereits zu Lebzeiten eine Legende gewesen, und er war es bis heute. Daß Fremde von ihm sprachen, als würden sie ihn kennen, war für Brue nichts Neues, und er nahm es als Kompliment.

Sein erster Eindruck von Lantern war nicht minder positiv. Junge Engländer wie ihn (auch wenn Brues Erfahrungen mit dieser Spezies recht begrenzt waren) traf man heutzutage selten. Er war klein und gepflegt, in einem adretten anthrazitfarbenen Anzug mit abfallenden Schultern und nur einem Knopf am Jackett: ganz der aufstrebende Geschäftsmann jener Tage, als Brue selber einer gewesen war. Sein hellbraunes Haar war militärisch kurz geschoren. Er redete leise und bedächtig, und seine Verbindlichkeit suchte ihresgleichen. Aber wie Foreman strahlte auch er eine Selbstsicherheit aus, die klarstellte, daß er nach niemandes Pfeife tanzte. Und sein Akzent – ein klassenloser Akzent, wie Brue das inzwischen zu nennen gelernt hatte – rief sofort den Demokraten in ihm wach.

»Wirklich fabelhaft von Ihnen, daß Sie an uns denken, Ian«, sagte er herzlich, um die Kluft gleich zu überbrücken. »Wir Privatbankiers fühlen uns ja oft ein bißchen außen vor dieser Tage, wo so viele Große die Muskeln spielen lassen.«

»Es ist mir eine Ehre, Sie kennenzulernen, Tommy, das meine ich ganz ernst«, versicherte Lantern und drückte Brues Hand sportsmännisch ein zweites Mal, als könnte er es nicht über sich bringen, sie loszulassen. »Wir haben so viele Loblieder auf Sie gehört, nicht wahr, Ted? Nicht eine abweichende Meinung.«

»Kein Pieps«, bestätigte Foreman neckisch, worauf sie sich setzten und Mario mit einem riesigen Wolfsbarsch herbeigeeilt kam, von dem er beteuerte, daß er eigens ihnen zu Ehren gefangen worden sei, und den er ihnen, darüber wurden sie sich nach einigem scherzhaften Hin und Her einig, im Salzmantel backen sollte. Und um die Wartezeit zu verkürzen, was eignete sich da besser als ein paar Jakobsmuscheln in Knoblauchsauce?

Brue sei selbstverständlich ihr Gast, versicherten sie.

Kommt gar nicht in Frage, protestierte Brue. Der Bankier bezahlt immer.

Aber er wurde überstimmt. Zumal es ja ihre Idee gewesen war. Also spielte Brue mit: lehnte sich zurück und ließ sich von den Herren Foreman und Lantern verwöhnen, die im Zweifel genauso darauf aus waren, ihn zu schröpfen, wie die meisten seiner Geschäftspartner. Sollten sie es nur versuchen! Wenn sie Raubtiere waren, dann doch immerhin kultivierte Raubtiere, was sich weiß Gott nicht von allen behaupten ließ. Nach einem grauenhaften Wochenende ohne ein Lebenszeichen von Annabel, gefolgt von dem befremdlichen Nichtgespräch mit Frau Elli, waren seine Ansprüche nicht eben hoch.

Und er mochte *Briten*, verdammt. Sein Exil nährte in ihm eine nostalgische Sehnsucht nach dem Land seiner Geburt. Acht trübe Jahre in einem schottischen Internat hatten eine Leere in ihm hinterlassen, die kein noch so feudales Leben im Ausland ausfüllen konnte: sicher mit ein Grund, weshalb er sich auf Anhieb so prächtig mit Foreman verstand, während der kleine Lantern, einem respektvollen Cupido gleich, sein verzücktes Lächeln bald auf den einen richtete, bald auf den anderen.

»Tja, Ian rührt das Zeug nicht an«, erklärte Foreman entschuldigend, als sein Gefährte keine Miene machte, von dem Wein, den Mario ihm eingeschenkt hatte, zu kosten. »Das ist die neue Generation. Nicht wie wir alten Knacker. Prost! Auf uns alte Knacker!«

Und auf Annabel Richter, die es sich herausnimmt, durch meinen Kopf zu radeln, wann immer ihr danach ist.

* * *

Hinterher zermarterte Brue sich das Hirn, worüber sie nur so lange geredet hatten, bevor die Bombe platzte. Sie hatten über gemeinsame Londoner Freunde gesprochen, und vielleicht, aber nicht gewiß, war es Brue so vorgekommen, als würden die gemeinsamen Freunde Foreman besser kennen als Foreman sie. Wenn, dann hatte er wenig darauf gegeben. Networking nannte sich so etwas heutzutage. Daran war nichts Anrüchiges. Irgendwann hatte er angeregt, daß sie allmählich zum geschäftlichen Teil übergehen sollten, auch wenn es seinen Gastgebern damit nicht zu eilen schien. Und er hatte sein Standardsprüchlein über die Integrität und Seriosität von Brue Frères aufgesagt und die obligatorischen Mutmaßungen darüber angestellt, ob die Hypothekenkrise die Wall Street nicht langsam doch aus dem Tritt brachte (Frères hatte sich an dieser Front ja gottlob sehr zurückgehalten!) und ob die steigenden Rohstoffpreise zu einem globalen Run auf die Soft Assets führen würden und ob der Asien-Hype wieder aufflackern würde oder sich erledigt hatte und ob der Boom der chinesischen Wirtschaft zur Folge hatte, daß wir uns unsere billigen Arbeitskräfte in Zukunft anderswo würden suchen müssen – Themen, in denen Brue dank seiner diversen Finanzzeitschriften leidlich versiert war, aber die ihn im Grunde kaltließen, ein Umstand, der es ihm ermöglichte, sich weiteren Spekulationen über Annabel Richter hinzugeben, ohne daß seine Zuhörerschaft darunter leiden mußte.

Und dann war es plötzlich um die Araber gegangen. Welcher der beiden das Gespräch auf sie gebracht hatte, konnte Brue nicht mehr rekonstruieren. War es Ted, der sich zu erinnern glaubte, daß sich Brues Vater als einer der ersten britischen Bankiers nach dem Schlamassel '56 wieder um die verstimmten arabischen Investoren bemüht hatte – oder doch Ian? Egal, einer warf den Ball ins Spiel, der andere kickte ihn weiter. Und ja, es stimmte, räumte Brue vorsichtig ein, ohne freilich Namen zu nennen: ein oder zwei unbedeutendere Mitglieder der saudischen und kuwaitischen Herrscherfamilien besaßen Konten bei Frères, auch wenn Brue selbst, dessen Herz doch mehr für Europa schlug, seines Vaters Begeisterung für diesen Markt nie so ganz hatte teilen können.

»Aber keine Dissonanzen?« erkundigte sich Foreman besorgt. »Kein böses Blut oder dergleichen?«

Lieber Himmel, nein, Gott bewahre, erwiderte Brue. Alles bestens. Ein paar waren gestorben, ein paar waren weggezogen und ein paar geblieben. Nur trugen reiche Araber ihr Geld eben bevorzugt dahin, wo auch andere reiche Araber ihr Geld hintrugen, und ein goldener Schirm dieser Größenordnung überstieg die Kapazitäten von Brue Frères denn doch.

Zu dem Zeitpunkt schien ihnen seine Antwort zu genügen. Dennoch kam es ihm hinterher vor, als hätte die Frage schon eine ganze Weile auf ihrer Liste gestanden und sie hätten sie künstlich in die Unterhaltung eingebaut. Und vielleicht war es dieses unterschwellige Bewußtsein, das ihn dazu veranlaßte, den Spieß, wenn auch verspätet, umzudrehen.

»Nun aber mal zu Ihnen beiden! Sie kennen unseren Ruf, sonst säßen wir jetzt nicht beisammen. Womit können wir Ihnen dienen? Oder wie wir es gern ausdrücken: Was können wir für Sie tun, was die Großen nicht können?« – denn ohne meine Scheißbank wärt ihr ja nicht hier!

Foreman hörte auf zu essen und tupfte sich mit der Serviette die Lippen. Mit hilfesuchendem Blick sah er von einem leeren Tisch zum anderen und dann auf Lantern, der nicht den Eindruck machte, als habe er etwas gehört. Mit seinen tadellos gepflegten Jockey-Händen nahm er einen chirurgischen Eingriff an seinem Wolfsbarsch vor: Haut auf der einen Tellerseite, Gräten auf der anderen und in der Mitte eine kleine, langsam anwachsende Fleischpyramide.

»Würde es Ihnen sehr viel ausmachen, das Ding ein Momentchen abzuschalten?« fragte Foreman gedämpft. »Ich werde ganz kribbelig von dem Anblick.«

Brue begriff, daß Foreman das Handy meinte, das er neben sich liegen hatte, falls wider Erwarten Annabel anrief. Nach ein paar Sekunden der Verwirrung machte er es aus und ließ es in seiner Tasche verschwinden, worauf Foreman sich über den Tisch zu ihm herüberbeugte.

»Jetzt schnallen Sie sich mal kurz an und hören mir zu«, raunte er in weichem Verschwörertonfall. »Wir sind vom britischen Geheimdienst, ja? Spione. Ian hier ist bei der Botschaft in Berlin, ich sitze in London. Unsere Namen sind koscher. Wenn sie Ihnen nicht schmecken, fragen Sie bei Ians Botschafter nach. Mein Gebiet ist Rußland – seit achtundzwanzig Jahren schon, ich darf gar nicht dran denken! Daher kannte ich auch Ihren verehrten Vater Edward Amadeus. Findlay, so hieß ich für ihn damals. Vielleicht hat er mich ja gelegentlich erwähnt?«

»Nein, tut mir leid.«

»Großartig. So war er, der alte Edward Amadeus. Verschwiegen bis zum Schluß. Um gleich auf den Punkt zu kommen, ich bin der Mann, der ihm seinen Verdienstorden verschafft hat.«

* * *

Brue hätte es nur fair von Foreman gefunden, wenn dieser jetzt innegehalten und ihm eine Chance gelassen hätte, wenigstens ein paar der zahllosen Fragen zu stellen, die sich in seinem Hirn jagten, aber eine solche Atempause war ihm nicht vergönnt. Foreman hatte seine Bresche in Brues Verteidigungslinien geschlagen, nun stürmte er vorwärts zu Kampf und Sieg. Zugegeben, er saß längst wieder behaglich zurückgelehnt, Fingerspitzen aneinandergelegt und einen milden, ja seelsorgerlichen Ausdruck auf den wettergegerbten Zügen, jeder Zoll der entspannte Essensgast, der über den Zustand der Welt sinniert. Sein Ton, vertraulich gedämpft, war locker und sonderbar fröhlich. In der Küche lief Musik, irgendwelche verhaltenen Lautenklänge, und Foreman sprach in ihrem Schutz. Er beschwor eine Zeit herauf, die so tot und dahin war wie Brues Vater und sich doch, wie der Geist seines Vaters, nicht zur Ruhe betten ließ: die letzten Jahre des Kalten Kriegs, Tommy, als der sowjetische Ritter in seiner Rüstung dahinsiechte und ganz Rußland nach Verwesung stank.

Er hielt sich nicht mit der größeren Loyalität der Russen auf, die für ihn spioniert hatten, mit ihren Idealen oder ihren hehreren Motiven. Glauben Sie mir, Tommy, damit ein Sowjet von Rang für den Kapitalismus Kopf und Kragen riskiert, mußten Sie ihm das bieten, was den Kapitalismus ausmacht: Kohle, und zwar säckeweise.

Und bei Geld allein durften Sie es nicht bewenden lassen, denn solange er für Sie arbeitete, konnte er es nicht ausgeben, sich nicht großtun damit, es nicht seinen Kindern, seiner Frau, seiner Geliebten zustecken. Wenn er das versuchte, war er ein Vollidiot, der geschnappt gehörte, und meistens wurde er es auch. Das hieß, Sie mußten Ihrem Spion in spe ein Paket anbieten.

Und eine Schlüsselkomponente dieses Pakets war eine solide, flexible Bank im Westen mit möglichst viel Tradition, denn das wissen Sie so gut wie ich, Tommy, der Russe liebt die Tradition. Weitere Schlüsselkomponente war eine wasserdichte Methode, den Erben und Rechtsnachfolgern die sauer verdiente Beute ohne die üblichen Formalitäten zukommen zu lassen: Erbschein, Erbschaftssteuer, vollständige Offenlegung plus die unausbleiblichen Fragen nach der Herkunft des Geldes, na ja, Sie kennen das ja, Tommy.

»Sie sehen, es war Henne und Ei«, fuhr er im gleichen gewinnenden Tonfall fort, während Brue fieberhaft versuchte, seine Gedanken zu ordnen. »Wobei in diesem Fall das Ei zuerst kam. Ein goldenes Ei. Ein höchst aufgeschlossener

Oberst der Roten Armee, der merkte, woher der Wind wehte, hatte beschlossen, seine Vermögenswerte rechtzeitig vor dem großen Crash zu veräußern. Er dachte so, wie ihr Banker denkt. Die Aktien der Sowjet-GmbH fielen, also wollte er seinen Anteil losschlagen, bevor der Markt kollabierte. Und er hatte eine Menge loszuschlagen. Er hatte außerdem ein paar interessante Freunde, die er uns vorstellte. Burschen von genau demselben Schrot und Korn, die ihre eigene Mutter erwürgt hätten, um an harte Devisen zu kommen. Nennen wir ihn Wladimir, einverstanden?« schlug er vor.

Also *ich* nenne ihn Grigorij Borisowitsch Karpow, dachte Brue. Und Annabel genauso. Nach dem anfänglichen Schock hatte eine unerwartete Ruhe Besitz von ihm ergriffen.

»Wladimir war ein Schweinehund, aber er war ein nützlicher Schweinehund, um das Zitat etwas abzuwandeln. Mit allen Wassern gewaschen, käuflich bis dorthinaus, aber *die* Topadresse für Militärgeheimnisse, was in unserer Branche einem Rezept für die ewige Liebe gleichkommt. Er saß in drei Geheimausschüssen, er hatte sowjetischen Sonderkommandos in Afrika, Kuba, Afghanistan und Tschetschenien angehört und mehr krumme Dinger gedreht, als irgendein Mensch sich vorstellen kann. Er kannte sämtliche korrupten Offizierskollegen, er wußte ganz genau, was jeder einzelne auf dem Kerbholz hatte, wie man ihn unter Druck setzen konnte, wie man ihn kaufen konnte. Er hatte in der Roten Armee eine perfekte Mafia aufgezogen, fünf Jahre bevor irgendwer außerhalb Rußlands ahnte, daß es so etwas überhaupt gab. Blut, Öl, Diamanten. Heroin aus Afghanistan, ausgeflogen mit Frachtmaschinen der Roten Armee. Als seine Einheit aufgelöst wurde, steckte Wladimir seine Jungs in Armani-Anzüge, aber ihre Pistolen ließ er ihnen. Wie hätten sie sich sonst gegen die Konkurrenz behaupten sollen?«

Brue reagierte auf die einzige Weise, die ihm einfiel: sagte nichts, sah aufmerksam, aber distanziert drein und fragte sich dabei, warum Foreman ihm all das erzählte, mit solcher Detailfreude auch noch und so innigem Blick, als wären sie drei Verschwörer bei einem Komplott, in das er nur noch nicht eingeweiht war.

»Der Haken bei der Sache war – nicht zum erstenmal in diesem Geschäft und auch nicht zum letztenmal –, daß wir sein Geld nicht nur anlegen und vermehren mußten, um Wladimir bei Laune zu halten, wir mußten es auch für ihn *waschen*.«

Zu Brues Verwunderung – denn ein wenig glaubte er Foreman mittlerweile zu kennen – sah er in diesem Punkt offenbar Rechtfertigung geboten.

»Ich meine, wenn *wir* nicht zugegriffen hätten, dann hätten die Amerikaner es getan und alles versiebt. Und so kam es, daß wir Ihren Herrn Papa beiseite genommen haben. Wladimir mochte Wien. Seine Delegationen hatten ihn ein paarmal dorthin geführt. Er mochte den Wiener Walzer und die Wiener Bordelle und die Wiener Schnitzel. Wo also würde er lieber hinfahren, um von Zeit zu Zeit sein Geld zu besuchen, als ins gute alte Wien? Und Ihr Papa reagierte ganz fabelhaft. Enthusiastisch. Das ist das Kuriose bei diesem Spiel. Je seriöser die Leute nach außen hin wirken, desto flinker kommen sie gerannt, wenn wir Spione pfeifen. Wir brauchten das Thema Lipizzaner nur anzutippen, und sofort war Ihr alter Herr Feuer und Flamme. Wenn es nach ihm gegangen wäre, hätte er seine ganze Bank zu einer unserer Nebenstellen umfunktioniert. So daß wir die leise Hoffnung hegen, Sie reagieren vielleicht ähnlich, wenn wir Ihnen unser kleines Problem schildern, nicht wahr, Ian? Nicht daß Sie gleich eine Nebenstelle einrichten sollen« – herzliches Lachen von beiden Männern –, »das ist nicht nötig, gottlob! Nur, sagen wir, eine kleine Hilfestellung hier und da.«

»Wir zählen auf Sie, Tommy«, sekundierte ihm Lantern mit seinem sachten nordenglischen Akzent und dem allzeit bereiten Lächeln des kleingewachsenen Mannes, der zu gefallen sucht.

Und auch jetzt hätte Foreman anständigerweise eine Auszeit pfeifen können, aber er näherte sich dem Höhepunkt seiner Geschichte und konnte keine Ablenkung gebrauchen. Mario strich mit der Dessertkarte um ihren Tisch. Auch Brue strich um einen Tisch, aber bei ihm war es der Schreibtisch seines Vaters in Wien, wo er wutbebend auf die passende Gelegenheit wartete, seine Schlußsätze in ihrem unvollendeten Streit über die Lipizzanerkonten loszuwerden: *Dann warst du also ein britischer Spion, wie ich jetzt erfahre. Hast Brue Frères verraten und verkauft, nur für einen lumpigen britischen Orden. Ein Jammer, daß du nicht das Format hattest, mir das selber zu sagen.*

* * *

Wladimirs letzter Einsatz war in Tschetschenien, berichtete ihm Foreman. Und wenn Sie alles, was Sie je über dieses Höllenloch gehört haben, zusammenzählen und mal zehn nehmen, Tommy, dann kriegen Sie vielleicht eine Ahnung von den Zuständen da: auf der einen Seite die Russen, die das Land in Grund und Boden ballern, auf der anderen die Tschetschenen, die sich nach Kräften revanchieren.

»Aber für Wladimir und seine Leute war es eine einzige große Party«, erzählte er weiter, immer in dem gleichen bekennerhaften Ton, als hätte die Geschichte jahrelang in ihm verschüttet gelegen und erst Brues Gegenwart lockte sie nun endlich ans Licht. »Bomben werfen, saufen, vergewaltigen, plündern. Sie haben das Öl abgeschöpft und an den Höchstbietenden verkauft. Dann haben sie die Einheimischen für ihre eigenen Vergehen an die Wand gestellt und dafür noch eine Beförderung kassiert.« Jetzt machte Foreman doch eine Pause, wenn auch nur, um einen Richtungswechsel in seiner Geschichte anzudeuten. »Soweit der *Hintergrund*, Tommy. Und vor diesem Hintergrund hat Wladimir plötzlich die Liebe entdeckt. Er hatte Weiber in aller Herren Länder, aber diese ging ihm aus irgendeinem Grund unter die Haut. Eine tschetschenische Schönheit, die er in die Offizierskaserne in Grosny verschleppt hatte und in die er sich dann bis über beide Ohren verliebte. Und sie sich in ihn, jedenfalls redete er sich das ein. Liebe und Wladimir, das paßte nicht so ganz zusammen, nicht in dem Sinn, in dem Sie und ich das Wort verstehen. Aber für Wladimir war es die große Offenbarung. Sagte er mir zumindest. Ziemlich betrunken schon. In Moskau. Während er sich einen wohlverdienten Kurzurlaub von der tschetschenischen Front gönnte.«

Auftritt Foreman als Figur in seiner eigenen Erzählung. Seine Züge waren weich geworden, so weich wie die bekennerhafte Stimme. So daß Brue nicht anders konnte als eintreten in seine fremde Gefühlswelt, und Annabel auf ihrem Fahrrad mußte mit.

»Das sind so die Erlebnisse in unserer Branche, Tommy, da würde man in vorgerücktem Alter seine rechte Hand dafür geben, einmal darüber reden zu dürfen, und nie darf man es. Aber das ist bei Ihnen wahrscheinlich ganz ähnlich …«

Brue erwiderte etwas Abgedroschenes.

»Stellen Sie sich vor, Sie sitzen mit Ihrem Mann in einer schwiemeligen kleinen Wohnung am Stadtrand von Moskau verschanzt. Offiziell sind Sie Botschaftsangehöriger, und Sie haben den ganzen Tag gebraucht, um unerkannt hinzukommen. Sie haben maximal eine Stunde mit ihm, und Sie horchen nach Schritten auf der Treppe. Er schiebt Ihnen einen Mikrofilm über den Tisch, und Sie versuchen ihn gleichzeitig auszuforschen und zu instruieren. ›Warum hat General Soundso das zu dir gesagt? Was ist mit dem Raketenstützpunkt in Soundso? Wie kommst du mit unserem neuen Chiffrierverfahren zurecht?‹ Aber Ihr Mann hört nicht zu. Ihm laufen die Tränen übers Gesicht, und er brennt darauf, Ihnen von diesem wunderbaren Mädchen zu erzählen, das er vergewaltigt hat. Und jetzt, o Jubel, liebt sie ihn und ist schwanger von ihm. Und er ist der glücklichste Mann der Welt. Er hat ja nicht geahnt, daß es so etwas gibt. Also freue ich mich für ihn. Wir trinken auf sie. Auf Jelena oder wie immer sie heißt. Und auf das Kind, möge Gott es segnen. Das ist mein Job, oder war es. Zu fünfzig Prozent Spion, zu hundert Beichtvater. Sieben Monate hab ich noch. Was ich dann mache, weiß der liebe Gott allein. Die privaten Sicherheitsdienste stehen schon Schlange, aber ich schwelge lieber in alten Zeiten«, fügte er vertrauensvoll hinzu, mit einem melancholischen Lächeln, das Brue pflichtschuldig zu erwidern versuchte.

»Tja, das war also Wladimirs große Liebe«, hob Foreman wieder an, fröhlicher jetzt. »Und wie jede große Liebe währte auch sie nicht lang. Sobald der Sohn zur Welt gekommen war, schleuste ihre Familie einen ihrer Brüder aufs Kasernengelände, um sie zu töten. Wladimir war untröstlich, wie man sich vorstellen kann. Als seine Einheit nach Moskau zurückbeordert und aufgelöst wurde, nahm er den Jungen mit. Die amtierende Ehefrau in Moskau war nicht gerade erfreut. Hat Wladimir klipp und klar gesagt, daß sie keinen Tschetschenenbankert aufs Auge gedrückt haben will. Aber Wladimir hat ihn nicht fallenlassen. Er liebte nun mal den Jungen, den ihm die Liebe seines Lebens geboren hatte, und er setzte ihn zum Erben seines Schwarzgeldkontos ein, und nichts auf der Welt konnte daran etwas ändern.«

War die Geschichte damit zu Ende? Foremans Brauen hoben sich, und er zuckte die Achseln, wie um zu sagen: So spielt das Leben eben, was soll man machen?

»Und jetzt?« fragte Brue.

»Und jetzt hat das große Rad der Geschichte seine Umdrehung vollendet, Tommy. Die Vergangenheit ist vergangen, Wladimirs Sohn ist zum Manne herangereift und hat sich aufgemacht, um bei dem Sohn von Edward Amadeus vorstellig zu werden und seinen Anteil zu fordern.«

* * *

Diesmal hatten sie mit Brue kein so leichtes Spiel, wie sie sich offenbar vorgestellt hatten. Er wuchs hinein in seine Rolle, worin immer die Rolle bestand.

»Entschuldigen Sie«, begann er nach einigen Sekunden nüchterner Reflexion, wie sie einem Bankier zukamen. »Ich will ja kein Spielverderber sein, aber ich bin mir ziemlich sicher, wenn ich jetzt zurück in die Bank fahren und mir die Lipizzanerakten vornehmen würde, um nachzusehen, welcher Kunde am ehesten der Beschreibung entspricht, die Sie mir gegeben haben, einschließlich der Vorkehrungen, die er für seine Erben getroffen hat …«

Mehr brauchte er nicht zu sagen. Aus einer der Taschen seines Jacketts brachte Foreman einen weißen Umschlag zum Vorschein, der Brue an die weißen Schächtelchen mit klebriger, in Spitzenpapier gewickelter Hochzeitstorte erinnerte, die Georgie seinerzeit an ferne Freunde verschickt hatte, um ihre kurze Ehe mit einem fünfzigjährigen Künstler namens Millard zu feiern. In dem Umschlag lag ein Kärtchen, auf dem mit Kugelschreiber der Name KARPOW geschrieben stand. Auf der Rückseite stand Lipizzaner.

»Sagt Ihnen das etwas?« fragte Foreman.

»Der Name?«

»Genau. Nicht das Pferd. Der Mann.«

Aber so leicht ließ Brue sich nicht überfahren. Eine störrische Abwehr regte sich in ihm, die durch das Bankgeheimnis allein nicht zu erklären war. Sie war auch nicht durch die gelegentlichen Anwandlungen schottischer Dickschädeligkeit zu erklären, die unverhofft über ihn kamen und für die er jedesmal eilig Abbitte leistete. Sie war mehrsträngig, und im Lauf der Zeit würde er die einzelnen Stränge aufdröseln können, aber auf jeden Fall war irgendwo Annabel Richter mit hineingeflochten, und sie brauchte seinen Schutz, was bedeutete, daß Issa ihn auch brauchte. Vorerst würde er auf die Art reagieren, die seiner Natur am meisten entsprach: Er würde sich einigeln, wie Edward Amadeus das immer genannt hatte. Er würde den Kopf einziehen und seine Stacheln aufstellen. Er würde sowenig preisgeben wie möglich und sie die Pausen selber ausfüllen lassen.

»Da müßte ich meine Hauptkassiererin fragen. Die Lipizzaner sind bei Frères gewissermaßen eine Welt für sich«, sagte er. »So hat mein Vater das gewollt.«

»Wem sagen Sie das!« rief Foreman. »Das sprichwörtliche Grab war die reinste Plaudertasche gegen E. A. Wie ich schon eben zu Ian gesagt habe, bevor Sie hereinkamen.«

»Exakt seine Worte, Tommy«, bestätigte der kleine Lantern mit seinem netten Lächeln.

»Dann wissen Sie wahrscheinlich mehr darüber als ich«, meinte Brue. »Mir sind die Lipizzaner immer sehr fremd geblieben, fürchte ich. Sie sind seit zwei Jahrzehnten ein Pfahl im Fleisch meiner Bank.«

Anders als Foreman lehnte Lantern sich nicht über den Tisch, um sich Brue anzuvertrauen, aber seine nordenglische Stimme verstand es genau wie die von Foreman, die Musik als Deckung zu nutzen.

»Tommy. Verraten Sie uns den Ablauf, ja? Wenn der besagte Junge – oder jemand von ihm Beauftragtes, der über das nötige Paßwort verfügt oder über die nötige Kennzahl – in Ihre Bank käme … ja?«

»Ich höre Ihnen zu.« Und Annabel auch, mit höchster Konzentration.

»Und wenn diese Person einen Anspruch auf ein Lipizzanerkonto anmelden würde – es abräumen würde, beispielsweise, an welchem Punkt würden Sie davon Kenntnis erhalten? Sofort? Ein paar Tage später? Wie würde es funktionieren?«

Brue der Igel ließ sich so viel Zeit mit der Antwort, daß Lantern Zweifel kommen konnten, ob er die Frage begriffen hatte.

»Als erstes, nehme ich doch an, würde er sich einen Termin geben lassen und sein Anliegen vorbringen«, sagte er vorsichtig.

»Und wenn er das täte?«

»Dann würde meine Assistentin, Frau Ellenberger, mir Bescheid sagen, und wenn nichts dagegen spricht, würde ich ihn empfangen. Wenn eine persönliche Verbindung da wäre – ich bin mir nicht sicher, ob das hier der Fall ist, aber nehmen wir es der Einfachheit halber an –, wenn zum Beispiel sein Vater meinen gekannt hätte und er das erwähnen würde, dann würde der Empfang natürlich entsprechend herzlicher ausfallen. Wir von Brue Frères legen großen Wert auf diese Art von Kontinuität.« Dies ließ er ein Weilchen einwirken. »Wenn andererseits *kein* Termin vereinbart wäre und ich in einer Besprechung wäre oder gerade nicht am Platz, dann ist es möglich, wenn auch nicht sehr wahrscheinlich, daß die Transaktion ohne mein Wissen vonstatten gehen würde. Was bedauerlich wäre. Es täte mir leid.«

Nach Brues umwölkter Miene zu schließen, spürte er das Bedauern jetzt schon.

»Die Lipizzaner sind natürlich eine Kategorie für sich«, fuhr er mißbilligend fort. »Und keine allzu erfreuliche, wenn ich ehrlich sein soll. Wenn wir überhaupt an sie denken, dann betrachten wir die Konten, die uns über die Jahre erhalten geblieben sind, wohl am ehesten als ruhend, oder als nachrichtenlos. Keine direkte Korrespondenz mit den Kunden. Alle Dokumente und Konten ausschließlich bei der Bank. Solche Sachen«, sagte er voller Abscheu.

Foreman und Lantern wechselten Blicke, scheinbar unsicher, wer sich als nächster vorwagen sollte und wie weit. Zu Brues Überraschung ergriff wieder Lantern das Wort.

»Wir müssen dringend mit dem Jungen reden, verstehen Sie, Tommy«, erklärte er, seine Stimme noch eine Spur leiser. »Ganz im Privaten, und zwar gleich. Ein inoffizielles Gespräch, sobald er auftaucht. Bevor er mit irgendwem anders redet. Aber es muß sich auf natürlichem Wege ergeben. Das *letzte*, was wir wollen, wäre, daß er denkt, die Leute würden schon Ausschau nach ihm halten oder das Personal wäre auf ihn angesetzt oder irgendwer hätte es in irgendeiner Weise auf ihn abgesehen, in der Bank oder sonstwo. Dann wäre sofort der Ofen aus, stimmt's, Ted?«

»Absolut aus«, bekräftigte Foreman in seiner neuen Funktion als zweite Geige.

»Er kommt rein, er trägt sein Anliegen vor, er wird ganz normal bedient. Er meldet seinen Anspruch an, erledigt seine Geschäfte, und währenddessen verständigen Sie uns. Mehr verlangen wir in diesem Stadium gar nicht«, sagte Lantern.

»Und wie genau verständige ich Sie?«

Foreman wieder, Lanterns frischgebackener Adlatus. »Sie rufen Ian in Berlin an. Gleich als erstes. Noch bevor Sie dem Jungen die Hand schütteln oder er auf einen Kaffee zu Ihnen ins Büro hochgeführt wird. ›Der Junge ist da.‹ Mehr müssen Sie nicht sagen. Um den Rest kümmert sich Ian. Er hat die Leute dazu. Seine Telefone sind immer besetzt.«

»Rund um die Uhr, sieben Tage die Woche«, bestätigte Lantern und reichte Brue seine Karte über den Tisch.

Ein hochherrschaftliches Wappen in Schwarzweiß. Britische Botschaft, Berlin. Ian K. Lantern, Konsularbeamter, Verteidigung & Zusammenarbeit. Eine Batterie von Telefonnummern. Eine davon mit blauem Kugelschreiber unterstrichen und mit Sternchen versehen. Und woher wissen sie, daß mein Büro nicht im Erdgeschoß liegt? Sind sie an meinem Fenster vorbeigeradelt wie Annabel? Er vermied den

Blickkontakt mit den beiden, als er Lanterns Karte in seine Tasche steckte, zu der Karte mit »Karpow« und »Lipizzaner« darauf.

»Das heißt, Ihnen schwebt etwa folgendes Szenario vor«, sagte er. »Verbessern Sie mich, wenn ich falsch liege. Ein nagelneuer Kunde kommt in meine Bank. Er ist der Sohn eines wichtigen Kunden von uns, der inzwischen verstorben ist. Und er erhebt Anspruch auf ... eine sicher beträchtliche Geldsumme. Und statt ihn, wie ich es sonst täte, zu beraten, wie wir diese Summe am besten für ihn verwalten und anlegen können, liefere ich ihn an Sie aus, ohne ihm vorher auch nur ...«

»Falsch, Tommy«, verbesserte Lantern ihn. Das Lächeln blieb unverändert.

»Inwiefern?«

»Nicht *statt*. Zusätzlich. Wir möchten, daß Sie beides tun. Erst uns Bescheid geben, dann weitermachen, als wäre nichts geschehen. Er weiß nicht, daß Sie uns verständigt haben. Alles geht seinen ganz normalen Gang.«

»Ein Betrug also.«

»Wenn Sie es so nennen wollen.«

»Und wie lange soll das gehen?«

»Das müssen Sie schon uns überlassen, Tommy.«

Vielleicht hatte Lantern schroffer geklungen als beabsichtigt, vielleicht kam es Foreman als dem Älteren auch nur so vor, jedenfalls schaltete er sich sicherheitshalber ein.

»Ian muß dieses sehr private, sehr hilfreiche Gespräch mit dem Jungen führen, Tommy, das ist alles. Ihrem neuen Kunden wird kein Haar gekrümmt. Wenn wir Ihnen die ganze Geschichte erzählen dürften, würden Sie selbst sehen, daß wir ihm quasi das Leben retten.«

Er ist am Ertrinken. Sie müssen ihm einfach nur die Hand hinstrecken, hörte er eine Chorknabenstimme sagen.

»Trotzdem geben Sie mir ja wohl recht, daß Sie mir als Bankier da sehr viel zumuten«, beharrte er, während die beiden Männer sich mit Blicken berieten. Diesmal war es Foreman, der den Schwarzen Peter zog.

»Sagen wir einfach, es ist ein unbewältigtes Stück Vergangenheit, das aufgearbeitet werden muß, Tommy. Ist Ihnen damit wohler? Ein paar leidige Kleinigkeiten, die ein gewisser verstorbener Kunde von Ihnen unerledigt gelassen hat.«

»Wenn wir jetzt nicht eingreifen, dann könnten sie aus der Versenkung auftauchen und *uns allen* das Leben verdammt schwermachen, Tommy«, pflichtete Lantern ihm ernsthaft bei. Die leidigen Kleinigkeiten, meinte er offenbar. Die umtriebigen leidigen Kleinigkeiten.

»Uns *allen*?« wiederholte Brue.

Mit einem neuerlichen Blick zu Lantern hinüber zuckte Foreman resigniert die Achseln: nun hatte er sich so weit aus dem Fenster gelehnt, da kam es darauf auch nicht mehr an.

»Ich bin mir nicht sicher, ob ich Ihnen das sagen darf, Tommy. Aber ich sag's Ihnen trotzdem. Es ist drüben in London so ein bißchen die Frage, wie sich diese ganze Sache auf Ihre Bank auswirken könnte, wenn wir jetzt nichts unternehmen, wissen Sie, was ich meine?«

Und Lantern beeilte sich, ein paar beschwichtigende Worte hinterherzuschieben. »Wir tun, was wir nur können, Tommy. Auf höchster Ebene.«

»Höher geht's nicht«, beteuerte Foreman.

»Nur eins noch«, fügte Lantern hinzu, in einem Ton, der möglicherweise eine Warnung enthielt. »Es könnte eventuell sein, daß da ein paar komische Deutsche ihre Nase mit reinstecken. *Sollte* das passieren, dann würden wir Sie auch für diesen Fall bitten, uns *sofort* zu verständigen, damit wir uns darum kümmern können. Was wir natürlich umgehend tun werden. Vorausgesetzt, Sie geben uns die Chance dazu.«

»Wieso denn die *Deutschen*?« wunderte sich Brue und dachte an die eine Deutsche, die ihre Nase schon in der Sache drin hatte – auch wenn sie wohl nicht die Art Deutsche war, vor der sie ihn warnten.

»Vielleicht mögen sie es nicht so gern, wenn britische Banken in ihrem Revier Schwarzgeldkonten verwalten«, schlug Lantern mit einem anmutigen Hochziehen seiner jungen Brauen vor.

Im Taxi sah Brue auf sein Handy und rief dann Frau Ellenberger an. Nein, kein Wort von ihr, Mr. Tommy. Auch nicht auf Ihrer Privatleitung.

* * *

Einen Ort gab es, der Brue kostbar war: aller Öffentlichkeit zugänglich und doch ein Ort nur für ihn, der ihm Zuflucht bot, wenn das Leben ihn zu hart ankam. Es war ein kleines Museum, das dem Werk von Ernst Barlach gewidmet war. Brue war kein Kunstkenner, und der Name Barlach war ihm nur vage ein Begriff gewesen, bis ihm vor zwei Jahren Georgie mit dürrer Stimme quer über den Atlantik hinweg mitgeteilt hatte, daß ihr sechs Tage alter kleiner Junge tot war. Nach dem Auflegen war er auf die Straße hinausgegangen, hatte das erstbeste Taxi herangewinkt und den Fahrer, der schon älter war und dem Namen auf seiner Zulassung nach Kroate, gebeten, ihn irgendwo hinzubringen, wo er für sich sein konnte, ganz egal wo. Eine halbe Stunde später, während deren zwischen ihnen kein weiteres Wort gewechselt worden war, hatten sie vor einem niedrigen Ziegelbau am Rand eines großen Parks angehalten. Einen grauenhaften Moment lang meinte Brue, vor einem Krematorium abgesetzt worden zu sein, aber eine Frau an einem Schalter verkaufte Eintrittskarten, also kaufte er eine und betrat einen glasüberdachten Innenhof, der von niemandem bevölkert war als von mythischen Gestalten aus einer Welt zwischen den Welten.

Eine trug eine Mönchskutte mit wehendem Saum. Eine zweite schien in Depressionen versunken, eine dritte in Brüten oder in Verzweiflung. Wieder eine andere schrie, ob vor Schmerz oder Freude, wußte Brue nicht zu sagen. Unübersehbar aber war jede Gestalt so allein wie Brue selber; jede teilte sich mit, ohne daß jemand ihr zuhörte; jede suchte nach einem Trost, den es für sie nicht gab, was in sich eine Form der Tröstung darstellte.

Barlachs Botschaft an die Welt, so empfand es Brue, war letztlich eine des Mitleidens, tiefen, ratlosen Mitleidens, und so war er denn seit diesem Tag wohl ein dutzendmal hier gewesen, immer zu Zeiten, wenn akute Verzweiflung ihn in ihren Fängen hatte (der *schwarze Hund*, wie Edward Amadeus dazu zu sagen pflegte) oder wenn in der Bank etwas ernsthaft schieflief oder auch damals, als Mitzi ihm mehr oder weniger auf den Kopf zugesagt hatte, daß er als Liebhaber ihren Ansprüchen nicht genügte – nicht, daß er sich etwas Derartiges nicht schon gedacht hatte, aber so offen hätte er es lieber nicht ausgesprochen gehört. Doch nie zuvor war er in einem solchen Zustand verspäteter Wut und Verwirrung hierhergekommen wie heute.

* * *

Ich habe Wort gehalten, sagte er Barlachs Figuren. Ich habe zu ihr gestanden und mich verstellt. Ich habe auf die gleiche Art gelogen, wie sie es mir vorgemacht haben: durch Auslassung. Ihre Lügen enthielten so viele Auslassungen, daß ich, als sie schließlich zum Ende kamen, gar nichts anderes mehr hörte. Die Lügen der Spione: nicht aus Worten bestehend, sondern aus Hohlräumen, definiert durch das Ungesagte.

Issa ist kein Muslim und war auch nie einer, haben sie in den Raum gestellt.

Issa war nie ein tschetschenischer Aktivist. Er war nie irgendeine Art von Aktivist, haben sie in den Raum gestellt.

Issa ist genauso ein durchschnittlicher, stinknormaler Spionssohn wie ich, unterwegs hierher, um sein schmutziges Erbe von mir zu fordern, haben sie in den Raum gestellt.

Und ganz gewißlich ist er nicht gefoltert oder inhaftiert worden und auch nicht aus dem Gefängnis entflohen, Gott bewahre!

Und es besteht nicht die entfernteste Verbindung zu einem mutmaßlichen islamistischen Terroristen, der von den Schweden gesucht wird und auf jeder Polizeiwebsite zur Fahndung ausgeschrieben ist – einschließlich, muß man doch annehmen, der Website des allwissenden britischen Geheimdiensts.

Nichts von alledem! Issas Problem – wenn es denn überhaupt seines ist – hat mit unbewältigter Vergangenheit zu tun. Es hat mit ein paar leidigen Kleinigkeiten zu tun, die unsere Väter unerledigt gelassen haben und die uns eine nicht näher umrissene gemeinsame Schuld aufbürden.

Doch o Glück, wenn ich brav ihre Anweisungen befolge, werden die Herren Foreman und Lantern mit Beistand von höchster Ebene meine Haut retten. Und wenn sie schon einmal dabei sind, retten sie mich auch gleich vor den Deutschen.

* * *

Dennoch war Brue nicht im Unfrieden mit sich, als er Barlach Lebewohl sagte und hinausschlenderte in den sonnigen Park. Er war sich treu geblieben. Ein stummer Schrei, Schmerz und Freude zugleich, stieg in ihm auf, als er sich über die Wahrheit seiner Gefühle klarwurde. Seit ihrer ersten Begegnung im Atlantic – seit Äonen also – war Annabel Richter für ihn ein Korrektiv, ja eigentlich schon eine moralische Instanz. Von diesem Moment an hatte er nichts mehr sehen oder denken können, ohne innerlich auf sie Bezug zu nehmen: Handle ich so richtig, würde Annabel mein Verhalten billigen?

Zunächst hatte er sich als das Opfer einer feindlichen Übernahme empfunden. Dann hatte er über sich gespottet: Brue, ein sechzigjähriger Pubertierender, der mit seinem dahinschwindenden Testosteron nicht klarkam. Zu keiner Zeit war in den Diskussionen, die er mit sich selbst führte, das gefürchtete Wort *Liebe* aufgetaucht, was immer Liebe für ihn heißen mochte. Liebe war Georgie. Der ganze Rest – das Gekeuche, die Ewigkeitsschwüre, das war mehr etwas für andere Männer. Gut, zog man das Machogehabe ab, dann konnten einem Zweifel kommen, ob es tatsächlich etwas für sie war, aber das mußten sie selber wissen. Trotzdem, wenn jemand in dein Leben gefegt kommt, der nur halb so alt ist wie du, und sich zu deinem moralischen Mentor erklärt, dann stehst du stramm und hörst zu, du kannst gar nicht anders. Und wenn dieser Jemand noch dazu die anziehendste und interessanteste Frau und die unerwartetste Liebe ist, die dir jemals begegnen wird, dann erst recht.

Und Sex? Im Grunde hatte er schon bei der Hochzeit mit Mitzi begriffen gehabt, daß er in einer zu hohen Liga spielte.

Er grollte ihr deshalb nicht, und sie ihm auch nicht – oder? Zu einer Stellungnahme gezwungen, hätte er wahrscheinlich gesagt, daß sie ihm ein Leben in dem Stil ermöglichte, der sich für ihn geziemte, und ihm dafür die Rechnung schickte, was nur fair war. Er konnte ihr schlecht einen Vorwurf daraus machen, daß sie Gelüste hatte, die er nicht befriedigte.

Jetzt endlich verstand er, wie es sich mit ihm verhielt. Er hatte seine Bedürfnisse fehlgedeutet. Er hatte im falschen Markt investiert. Es war nicht der Geschlechtsakt, um den es ihm ging. Es war *das hier*. Und nun hatte er *das hier* gefunden, was eine wichtige und einigermaßen überraschende Berichtigung seines Selbstbilds darstellte. Versiegendes Testosteron war nicht der Punkt. Der Punkt war *das hier*, und *das hier* war Annabel.

Und *da*für, mehr noch als aus allen anderen Gründen, hatte er Foreman und Lantern belogen. Sie hatten über seinen Vater geredet, als wäre er ihr Eigentum. Sie hatten den Sohn mit dem Vater unter Druck gesetzt und gemeint, auch er wäre ihr Eigentum. Sie hatten sich zu nahe an das Terrain herangewagt, das ihm und Annabel ganz allein gehörte, und er hatte es gegen sie verteidigt. Und damit hatte er sich wissentlich und gezielt in die Gefahrenzone begeben, die er nun mit ihr teilte. Und durch diesen Schritt war sein Leben aufregend und kostbar geworden, wofür er ihr von ganzem Herzen dankte.

* * *

»Brue Frères ist ja auch am Ende, was man so hört«, bemerkte Mitzi. Es war am Abend desselben Tages. Sie saßen auf der verglasten Veranda und sahen hinaus in den Garten. Brue nippte an einem alten Calvados, dem Geschenk eines französischen Kunden.

»Tatsächlich?« meinte er leichthin. »Das ist mir neu. Von wem hört man das denn, wenn ich fragen darf?«

»Der Bernhard sagt das. Und der hat's von deinem Uralt-Spezl Haug von Westerheim, und der muß es ja schließlich wissen. Stimmt's denn nicht?«

»Nicht direkt. Nicht nach dem, was *ich* höre.«

»Und bist *du* am Ende?«

»Meines Wissens nicht. Wieso?«

»Weil du deine Körpersprache nicht im Griff hast. Grad noch hupfst du herum wie ein Hunderl, und dann bist du plötzlich mit der ganzen Welt über Kreuz. Steckt dahinter eine Frau, Tommy? Eigentlich hab ich gedacht, du hättest uns aufgegeben.«

Selbst nach den Regeln des Spiels, das sie spielten – und doch nicht spielten –, war die Frage ungewöhnlich direkt, und Brue ließ sich ungewöhnlich lange Zeit damit, sie umzudrehen.

»Ein *Mann*, wenn du's genau wissen willst«, erwiderte er, indem er gedanklich Zuflucht zu Issa nahm; woraufhin Mitzi mit wissendem Lächeln zu ihrem Buch zurückkehrte.

8

Von einem Fluchthafen hatte das Gebäude wenig, zumindest nach außen hin nicht. Es war ein schuldbehafteter, heruntergekommener Nazibau, an die Ecke einer Kreuzung gequetscht und bedrängt von grellbunten Zigarettenreklamen. Seine nässenden Mauern waren mit Graffiti bedeckt, tropische Sonnenuntergänge und Obszönitäten im Wechsel. Auf seiner einen Seite duckte sich ein Wellblechcafé, das Asyl, auf der anderen ein afrikanisch-asiatischer Secondhandmarkt. Im Innern freilich herrschten Betriebsamkeit, Effizienz und ein betonter Optimismus.

So auch an diesem sonnigen, frühlingshaften Montagmorgen, an dem Annabel, tapfer um den Anschein der Normalität bemüht, ihr Fahrrad die Stufen zum Vorhof hinaufbugsierte, es dort am selben Fallrohr festschloß wie immer und den Glitzerpfeilen folgte: die geflieste Treppe hoch zum Foyer, wo sie wie üblich klingeln und dann warten mußte, bis Wangaza an der Pforte sie durch die Glastür erspähte und den Summer drückte; vorbei an den unvermeidlichen Reihen von Männern in braunen Anzügen, Frauen im Hijab und schattenäugigen Kindern, die in dem eingeglasten Spielbereich Bauklötze aufeinanderstellten, die Schildkrötenfamilie mit Salatblättern fütterten oder sehnsüchtige Finger durch den Drahtzaun des Kaninchenstalls steckten (und warum waren heute morgen alle so still, oder kam ihr das nur so vor?) – vorbei an ihnen allen in das Großraumbüro, wo Lisa und Maria, die hauseigenen Arabistinnen, schon den ersten Klienten des Tages gegenübersaßen; schnell ein Hallo und ein Lächeln mit beiden gewechselt und weiter in den Korridor der Rechtsabteilung, den die Morgensonne mit ihren Lichtspeeren leuchten ließ wie den Pfad zum Paradies (und warum hatte Ursula so früh am Montag ihre Tür geschlossen und das rote Nicht-stören-Lämpchen darüber eingeschaltet? – Ursula, die sich so viel darauf zugute hielt, daß ihre Tür der ganzen Welt offenstand, und diese Offenheit auch allen anderen predigte?), bis sie endlich ihr Büro erreichte, wo sie den Rucksack abschnallte, ihn zu Boden plumpsen ließ wie die Schuldenlast, zu der er geworden war, sich an ihren Schreibtisch setzte, die Augen schloß und einen Moment lang den Kopf in den Händen vergrub, bevor sie Zuflucht zu ihrem Computer nahm und blicklos auf den Bildschirm starrte.

* * *

In der Stille ihres Büros – der vier Wände, wo ihr Ursula Meliks Anruf durchgestellt und sie erstmals von Meliks Freund gehört hatte, der nur Russisch sprach und so dringend ihre Hilfe brauchte – hielt sie Rückschau auf das Wochenende, als umfaßte es ihr ganzes Leben.

Die Einzelteile trieben immer noch durcheinander. In zwei Tagen und zwei Nächten hatte sie ihn wie oft besucht? – fünfmal? sechsmal? Oder siebenmal, wenn sie seinen Einzug mitrechnete? Danach am Samstagabend wieder. Zweimal am Sonntag. Noch einmal heute morgen bei Sonnenaufgang, als sie ihn beim Beten gestört hatte. Wie oft machte das insgesamt?

Aber wenn sie sich Rechenschaft über die Stunden ablegen wollte, die sie mit ihm verbracht hatte, wenn sie versuchte, Ordnung in ihre Erinnerungen zu bringen – worüber sie beide gesprochen hatten bei ihren streng getrennten Hochseilakten, wann sie gelacht, wann sie sich in ihre verschiedenen Ecken zurückgezogen hatten –, vermischte sich alles, und die Ereignisse begannen durcheinanderzutrudeln.

War das Samstag abend gewesen, als sie auf Annabels Campingkocher die Kartoffel-Zwiebel-Suppe gekocht hatten, im Dunkeln wie Kinder am Lagerfeuer?

»Warum machen wir kein Licht, Annabel? Sind wir in

Tschetschenien und erwarten einen Bombenangriff? Ist es heute illegal, Licht zu machen? In dem Fall ist ganz Hamburg illegal.«

»Ich will nur keine unnötige Aufmerksamkeit erregen.«

»Manchmal erregt Dunkelheit mehr Aufmerksamkeit als Licht«, urteilte er nach ausgedehntem Nachdenken.

Nichts, was für ihn keine Bedeutung hatte: eine Bedeutung aus seiner Welt, nicht aus ihrer. Kein Wort aus seinem Mund, das nicht tiefgründig geklungen hätte, durchdrungen von einem Wissen, das der Verzweiflung abgerungen war.

Und die russischen Zeitungen – hatte sie ihm die am Sonntag morgen vom Bahnhofskiosk mitgebracht oder doch erst am Sonntag nachmittag? Sie wußte nur noch, wie sie zum Bahnhof geradelt war und ein kleines Vermögen für *Ogonyok, Novi mir* und *Kommersant* ausgegeben hatte, und danach für Blumen vom Blumenstand. Zuerst hatte sie an eine Begonie gedacht, um die er sich kümmern konnte, aber bei den Plänen, die sie mit ihm hatte, schienen Schnittblumen schlauer – nur welche? Symbolisierten Rosen für ihn Liebe? Das Risiko konnte sie nicht eingehen. Am Ende nahm sie Tulpen, die aber nicht in ihren Lenkerkasten paßten, weshalb sie sie den ganzen Weg bis zum Hafen in der hochgereckten Hand hielt wie ein Fackelläufer seine Fackel und darüber die Hälfte der Blütenblätter einbüßte.

Und als sie an entgegengesetzten Enden des Lofts gesessen und Tschaikowski gehört hatten und er plötzlich aufgesprungen war und den Kassettenrecorder ausgeschaltet hatte, um dann an seinen Platz auf der großen Kiste unter dem Bogenfenster zurückzukehren und ein tschetschenisches Heldengedicht über Berge, Ströme, Wälder und die unerwiderte Liebe eines edlen tschetschenischen Jägers zu deklamieren, von dem er ihr vereinzelte Passagen ins Russische übersetzte, wenn ihm danach war oder (so ihr Verdacht) weil er zufällig gerade ihren Sinn verstand, die Hand immerzu um sein goldenes Armband gekrampft – war das gestern abend gewesen oder am Samstag?

Und wann hatte er ihr diese Prügelszene geschildert, im zerstreuten Ton tastender Erinnerung: zwei Männer, die ihn von Raum zu Raum schleiften – »die Japaner« nannte er sie beharrlich, aber ob das eine akkurate Angabe ihrer Volkszugehörigkeit oder ihr Gefängnisname war und ob sie ihm die Schläge in Rußland oder der Türkei verabreicht hatten, blieb offen. Ihm ging es nur um die Räume: In diesem Raum haben sie meine Füße geschlagen, in diesem meinen Körper, in diesem haben sie mir die Elektroschocks verpaßt.

Wann immer er es ihr erzählt hatte, zu keinem Zeitpunkt war die Gefahr, sich in ihn zu verlieben, so groß gewesen wie in diesem Moment. Die Intimität seines Bekenntnisses war ihr als ein Akt unfaßlicher Großmut erschienen, und ihr ganzes Sein sprach darauf an: Wir schulden ihm alles, er demütigt sich vor mir, damit ich ihn erkennen und heilen kann – womit soll ich ihm das vergelten? Aber kaum wollte die Antwort sich abzeichnen, da war alles in ihr davor zurückgeschreckt, denn eine solche Antwort drohte das Versprechen auszuhebeln, das sie sich selbst gegeben hatte: sein Leben – und nicht seine Liebe – über das Gesetz zu stellen.

Und lange Zeiträume gab es, in denen er, wie ein Mensch, der viel allein gelebt hat, nur wenig oder auch gar nicht sprach. Aber seine Schweigephasen hatten nichts Bedrückendes. Sie empfand sie als eine Form der Wertschätzung, als einen weiteren Vertrauensbeweis. Und wenn sie endeten, wurde er so redselig, als wären sie alte Freunde, die nach langer Zeit wiedervereint sind, und sie stand ihm in nichts nach, erzählte ihm alles über ihre Schwester Heidi und die drei Kinder und über Hugo, den brillanten Arzt, auf den sie so stolz war – von ihm konnte Issa gar nicht genug hören –, sogar vom Krebs ihrer Mutter sprach sie.

Nur nicht von ihrem Vater, was immer der Grund sein mochte. Lag es an seiner früheren Diplomatenstellung in Moskau? Hemmte der lange Schatten von Oberst Karpow sie? Oder hatte es einfach damit zu tun, daß endlich nicht mehr ihr Vater über ihr Leben bestimmte, sondern sie selbst?

Dennoch, sie war Issas Anwältin, nicht nur seine Hüterin. Nicht nur einmal, ein dutzendmal hatte sie ihn gedrängt, ihn beschworen, ja ihm *befohlen*, in aller Form Anspruch auf sein Erbe zu erheben – vergebens. An das, was sie sich von diesem

Schritt versprach, wagte sie kaum zu denken. Aber wenn sein Erbe so umfangreich war, wie Brue andeutete, wer konnte daran zweifeln, daß sich ihm Türen aller Art auf wundersame Weise öffnen würden? Auch hier bei Fluchthafen munkelte man von Fällen, in denen reiche Araber und Asiaten mit zentnerweise Dreck am Stecken extrem milde angefaßt worden waren, einfach aufgrund ihres satten deutschen Immobilienbesitzes und ihres satten deutschen Bankkontos.

Bring ihn erst in der Klinik unter, sagte sie sich. Wenn er dann ruhiger und bei Kräften ist, geh die Sache gezielt an. Warte ab, was Hugo ausrichtet.

Und Brue? Auf eine realistische und doch intuitive Weise glaubte sie ihn als das erkannt zu haben, was er war: ein einsamer reicher Mann im Herbst seines Lebens, der nach der Würde in der Liebe suchte.

* * *

Ihr Telefon klingelte. Interner Anruf von Ursula.

»Unsere Montagsbesprechung verschiebt sich heute auf vierzehn Uhr, Annabel. Paßt dir das?«

»Kein Problem.«

Sehr wohl ein Problem. Ursulas förmlicher Ton enthielt eine Warnung. Sie hatte jemanden bei sich im Zimmer. Sie sprach für ein Publikum.

»Herr Werner ist hier bei mir.«

»Werner?«

»Vom Verfassungsschutz. Er würde dir gern ein paar Fragen zu einem deiner Klienten stellen.«

»Das kann er nicht. Ich bin Anwältin. Er darf mich nichts fragen, und ich darf ihm nicht antworten. Das müßte er doch eigentlich auch wissen.« Und als Ursula schwieg: »Um welchen Klienten geht es denn?«

Er steht gleich hinter ihr, dachte sie. Er hört jedes Wort mit.

»Herr Werner hat einen Herrn Dinkelmann bei sich, Annabel, ebenfalls vom Verfassungsschutz. Sie kommen in einer sehr ernsten Angelegenheit, sie müssen ganz dringend mit dir über einen ›verheerenden Anschlag auf die öffentliche Sicherheit‹ reden, den es ›zu vereiteln gilt‹.«

Sie zitiert. Sie setzt ihre Formulierungen in Anführungszeichen, extra für mich.

* * *

Herr Werner war ein fleischiger Endzwanziger mit kleinen wäßrigen Augen, aschblonden Augenbrauen und einem teigig-glänzenden Teint. Als Annabel ins Zimmer kam, saß Ursula an ihrem Schreibtisch, und Herr Werner stand hinter ihr, genau wie sie es sich ausgemalt hatte. Den Kopf in den Nacken gelegt, die Lippen überlegen nach unten gebogen, unterzog er Annabel einer ausgedehnten visuellen Leibesvisitation: Gesicht, Busen, Hüften, Beine und wieder das Gesicht. Dann, als alles inspiziert war, machte er einen steifen Schritt auf sie zu, griff nach ihrer Hand und neigte sich mit einer Viertelverbeugung darüber.

»Frau Richter. Werner mein Name. Ich bin einer von denen, die dafür bezahlt werden, daß unsere Bundesbürger friedlich in ihren Betten schlummern können. Unser Gesetz sieht vor, daß meine Behörde Verpflichtungen hat, aber keine Exekutivgewalt. Wir sind Verwaltungsbeamte, keine Polizisten. Das wissen Sie natürlich, Sie sind ja Juristin. Darf ich vorstellen«, fuhr er fort, indem er ihre Hand freigab, »Herr *Dinkelmann* von unserer Koordinierungsabteilung.«

Doch Herr Dinkelmann von unserer Koordinierungsabteilung war zunächst unsichtbar. Er hatte in der Ecke hinter Ursulas Schreibtisch gesessen und mußte sich erst ins Bild schieben: Mitte vierzig, gedrungen, mit hellbraunem Haar und einer entschuldigenden Art, als wäre ihm nur allzu bewußt, daß seine besten Jahre hinter ihm lagen. Er trug ein verknittertes Leinensakko, ein bißchen wie ein Bibliothekar, und eine alte Krawatte mit Schottenkaros.

»*Koordinierung*?« wiederholte Annabel mit einem Seitenblick zu Ursula hin. »Was koordinieren Sie denn, Herr Dinkelmann? Oder dürfen wir das nicht wissen?«

Ursulas Lächeln war bestenfalls lau, das von Herrn Dinkelmann dagegen so kurz wie herzerfrischend: ein Clownsgrinsen, das bis zu den Backenknochen hinaufreichte.

»Frau Richter, ohne mich würde die unkoordinierte Welt augenblicklich in ihre Einzelteile zerfallen«, sagte er vergnügt, wobei auch er ihre Hand eine Spur länger hielt, als es ihr nötig erschien.

* * *

Sie saßen zu viert um den niedrigen Couchtisch: Mutter Ursula mit den blauen Augen, dem kerzengeraden Rücken und dem vorzeitig ergrauten Haarknoten, umringt von ihrer Kinderschar. Ursulas Polstersessel waren so tief, daß sich niemand darin aufspielen konnte. Auf jedem Sessel prangte eins ihrer selbstgestickten Kissen. Beim Sticken kann ich mich so schön abreagieren, hatte sie Annabel einmal bei einem Seelenschwätzchen anvertraut. Auf dem Tisch Kaffee in einer enormen Warmhaltekanne, Milch, Zucker, Tassen und ein eindrucksvolles Aufgebot an Mineralwässern. Ursula ist ein Wasser-Gourmet wie ich. Und auf halber Strecke zwischen Kaffee und Wassertablett ein Hochglanzphoto von Issa, Vorderansicht und beide Seiten im Profil.

Aber nur Annabel sah auf das Photo, wie sie nach und nach merkte. Alle anderen sahen Annabel an: Werner mit einem penetranten Ausdruck profihafter Geriebenheit im Gesicht, Dinkelmann mit seinem Clownsgrinsen und Ursula mit der gewollten Gleichmütigkeit, zu der sie in Krisenmomenten Zuflucht nahm.

»Erkennst du diesen Mann, Annabel?« fragte Ursula. »Als Anwältin bist du nicht verpflichtet, den Herren irgendeine Auskunft zu erteilen, es sei denn, du bist selbst Gegenstand polizeilicher Ermittlungen. Wie du und ich beide wissen.«

»Und wir erst recht, Frau Meyer!« rief Werner vollmundig. »Seit dem ersten Tag unserer Ausbildung! Anwälte sind tabu. Finger weg von ihnen, besonders, wenn es Damen sind!« – eine Zweideutigkeit, die ihm sichtlich auf der Zunge zerging. »Und wir vergessen selbstverständlich auch nicht, daß Sie einer gesetzlichen Geheimhaltungspflicht hinsichtlich Ihres

Mandanten unterliegen, Frau Richter. Wir respektieren das. Voll und ganz, stimmt's, Dinkelmann?«

Das Clownsgrinsen bestätigte es devot: voll und ganz.

»Jeder Versuch unsererseits, Frau Richter zu einem Verstoß gegen ihre Geheimhaltungspflicht zu überreden, wäre absolut gesetzwidrig. Genauso wie jeder Versuch Ihrerseits, Frau Meyer. Selbst Sie dürfen nicht auf sie einwirken. Nicht, wenn sie nicht selbst Gegenstand der Ermittlungen ist, wovon klarerweise keine Rede sein kann. Nicht zum jetzigen Zeitpunkt. Sie ist Anwältin, sie ist Bundesbürgerin – eine staatstreue, wie wir doch annehmen –, sie kommt aus einer bedeutenden Juristenfamilie. So jemand wird nicht Gegenstand von Ermittlungen, es sei denn, es liegen ganz außergewöhnliche Umstände vor. So wollen es der Geist und der Buchstabe unserer Verfassung, und wir sind dazu da, sie zu schützen. Wer wäre also besser darüber im Bilde als wir?«

Er schwieg, endlich. Und wartete, den Blick unverwandt auf Annabel gerichtet. Alle richteten sie den Blick auf Annabel. Das einzige lächelnde Gesicht war das von Dinkelmann.

»Doch, ich erkenne diesen Mann«, gab sie zu, nach einem längeren Schweigen, das ihre anwaltlichen Skrupel signalisieren sollte. »Das ist einer unserer Klienten. Gar nicht lange her« – an Ursula gewandt und nur an sie –, »du hast ihn nicht gesehen, aber du hast ihn an mich weitergereicht, weil er Russisch spricht.« Gelassen griff sie nach dem Photo, tat so, als würde sie es noch einmal genauer betrachten, und legte es wieder hin.

»Wie heißt er, Frau Richter?« rief ihr Werner ins linke Ohr. »Nicht daß wir Sie drängen wollen. Vielleicht gehört sein Name ja zu den Dingen, die Sie für sich behalten müssen. Wenn ja, werden wir natürlich nicht in Sie dringen. Auch wenn wir ja eigentlich einen Anschlag auf die öffentliche Sicherheit zu vereiteln haben. Aber egal.«

»Er heißt Issa Karpow. Sagt er zumindest« – auch dies strikt an Ursulas Adresse. »Er ist halb Russe, halb Tschetschene. Sagt er. Bei manchen Klienten kann man da ja nicht ganz sicher sein.«

»Oh, aber *wir* können sicher sein, Frau Richter!« widersprach Werner mit Emphase. »Issa Karpow ist ein islamistischer russischer Krimineller, der schon mehrfach wegen militanter Aktionen vorbestraft ist. Er ist illegal nach Deutschland eingereist – über die Grenze geschleust durch andere Kriminelle, möglicherweise ebenfalls Islamisten – und ist völlig rechtlos in diesem Land.«

»Aber jeder hat doch Rechte«, wandte Annabel mit sanftem Tadel ein.

»Nicht in seiner Situation, Frau Richter. Nicht in seiner Situation.«

»Aber Herr Karpow hat sich ja eigens an Fluchthafen Hamburg gewandt, um seinen Status zu legalisieren«, beharrte Annabel.

Gekünsteltes Auflachen von Werner. »Also bitte! Hat Ihr Mandant Ihnen nicht erzählt, daß er in Göteborg erst einmal aus der Haft entweichen mußte, um sich nach Deutschland einzuschmuggeln? Und dann in Kopenhagen wieder? Nachdem er zuvor schon aus türkischer und davor aus russischer Haft geflohen war?«

»Was mein Mandant mir erzählt hat, geht nur meinen Mandanten und mich an, davon kann ich ohne seine Zustimmung nichts an Dritte preisgeben, Herr Werner.«

Ursula zeigte ihre undurchdringlichste Miene. Herr Dinkelmann neben ihr fuhr sich mit seinen Stumpenfingern sinnend die Lippen entlang und beobachtete Annabel mit väterlichem Lächeln.

»Frau Richter«, hob Werner erneut an, und jetzt ließ sein Tonfall durchblicken, daß seine Geduld Grenzen hatte, »wir suchen *dringend* nach einem *gewaltbereiten* Islamisten, der sich dem Zugriff der Behörden entzieht. Er ist ein verzweifelter Mann, und er steht im Verdacht, terroristische Verbindungen zu haben. Es ist unsere Aufgabe, die Öffentlichkeit vor ihm zu schützen. Und *Sie* zu schützen, Frau Richter. Sie sind eine alleinstehende, wehrlose Frau. Und eine sehr attraktive, wenn ich das hinzufügen darf. Darum bitten wir Sie, und Frau Meyer hier, daß Sie uns dabei helfen, unserer Pflicht nachzukommen. Wo können wir diesen Mann finden? Und meine zweite Frage – oder die erste, je nachdem: *Wann haben*

Sie ihn zum letzten Mal gesehen? Natürlich nur, wenn Sie darauf antworten *möchten*. Vielleicht stört es Sie ja nicht, daß Sie einen Terroristen decken oder daß Sie einem Anschlag auf die öffentliche Sicherheit Vorschub leisten.«

Annabel wandte den Kopf, um Ursulas Meinung zur Statthaftigkeit der Frage einzuholen, aber schon dieser Aufschub war zuviel für Herrn Werner:

»Ihre Chefin kann Ihnen da auch nicht weiterhelfen, Frau Richter! Ich will ganz offen zu Ihnen sein, und dann entscheiden Sie, wie Sie die Interessen Ihres Mandanten am besten wahren. Niemand übt Druck auf Sie aus. Dafür gibt es Zeugen. *Was haben Sie und Issa Karpow gemacht, nachdem Sie am Samstag morgen um vier mit ihm das Haus von Frau Leyla Oktay verlassen haben?*«

* * *

Sie wußten Bescheid.

Sie wußten einen Teil, aber nicht alles.

Sie kannten die Fassade, aber nicht, was sich dahinter verbarg. Das jedenfalls mußte sie annehmen. Wenn sie mehr als die Fassade kennen würden, dann würde Issa jetzt bereits im Flugzeug nach Sankt Petersburg sitzen und ihr aus dem Kabinenfenster zuwinken wie Magomed.

»Frau Richter. Ich frage Sie noch einmal. Was haben Sie und Issa Karpow gemacht, nachdem Sie das Haus der Oktays verlassen haben?«

»Ich habe ihn begleitet.«

»Zu Fuß?«

»Zu Fuß.«

»Um vier Uhr nachts? Machen Sie das mit allen Ihren Mandanten? Frühmorgens mit ihnen durch die Straßen flanieren? Ist das normales Geschäftsgebaren für eine attraktive junge Anwältin? Sollten Sie das Gefühl haben, die Antwort verstößt gegen Ihre Geheimhaltungspflicht, nehme ich die Frage selbstverständlich zurück. Sie behindern damit unsere Nachforschungen, aber egal. Wir kriegen ihn schon, auch wenn es dann vielleicht zu spät ist.«

»Unsere Gespräche hatten sich hingezogen, was bei Mandanten orientalischer oder asiatischer Herkunft nichts Ungewöhnliches ist«, erwiderte Annabel nach reiflicher Überlegung. »Es herrschten Spannungen bei den Oktays. Herr Karpow wollte ihre Gastfreundschaft nicht überstrapazieren. Er ist ein sehr rücksichtsvoller Mann. Sein prekärer Rechtsstatus beunruhigte sie zunehmend, und dessen war er sich bewußt. Hinzu kommt, daß sie dieser Tage für einen Urlaub in die Türkei fahren wollen.«

Sie richtete ihre Antworten nach wie vor an Ursula statt an Werner. Sie kleidete sie in knappe Sätze, mit einer kurzen Pause nach jedem, falls Ursula ihr Veto einlegen wollte. Ursula blinzelte durch halbgeschlossene Lider sphinxartig ins Leere, während der entspannte Herr Dinkelmann im Sessel neben dem ihren sein wohlwollendes Lächeln beibehielt.

»Beschreiben Sie bitte exakt Ihre Route, Frau Richter. Einschließlich der benutzten Verkehrsmittel. Ich muß Sie warnen, Ihre Situation ist nicht ganz ungefährlich, nicht nur wegen Issa Karpow. Wir sind keine Polizisten, aber wir haben unsere Verantwortung. Fahren Sie bitte fort.«

»Wir sind zu Fuß bis zum Eppendorfer Baum gegangen und dann weiter mit der U-Bahn.«

»Wohin? Erzählen Sie die Geschichte doch bitte im Ganzen, nicht bröckchenweise.«

»Mein Mandant war aufgewühlt, und in der U-Bahn bekam er Beklemmungen. Nach vier Stationen sind wir ins Taxi umgestiegen.«

»Sie sind ins Taxi umgestiegen. Bloß nicht zuviel auf einmal. Warum lassen Sie sich alles so aus der Nase ziehen, Frau Richter? In ein Taxi wohin?«

»Zuerst hatten wir kein Fahrtziel.«

»Ach nein?! Sie haben dem Taxifahrer eine Adresse gegeben: eine Kreuzung einen knappen Kilometer vom amerikanischen Konsulat! Wie können Sie behaupten, Sie hatten kein Fahrtziel, wenn Sie dem Fahrer doch eins genannt haben?«

»Ganz einfach, Herr Werner. Wenn Sie sich für einen Augenblick in die Denkweise vieler unserer Mandanten hineinversetzen könnten, würde Ihnen klarwerden, daß solche

Dinge etwas völlig Alltägliches sind.« Sie war in Hochform. Kein falsches Wort. Kein Schritt daneben. So brillant hätte sie sein sollen, wenn sie im Familienforum Rechtsverdrehen gespielt hatten! »Herr Karpow hatte ein Ziel im Sinn, aber aus Gründen, die er mir nicht näher erläutert hat, wollte er es mir nicht nennen. So eine Kreuzung führt in mehrere Richtungen. Sie kam zufällig auch mir sehr gelegen, weil ich ganz in der Nähe wohne.«

»Aber Sie sind mit dem Taxi nicht direkt zu Ihrer Wohnung gefahren! Warum nicht? Von da hätte er zu Fuß gehen können, und Sie wären heil und sicher zu Hause gewesen. Oder stoßen wir da auf ein weiteres unüberwindliches Hindernis in Ihrer Geschichte?«

»Ich *dachte* überhaupt nicht daran, mit dem Taxi bis nach Hause zu fahren« – dies Werner mitten ins Gesicht.

»Warum nicht?«

»Vielleicht wollte ich ja gar nicht nach Hause.«

»Warum nicht?«

»Vielleicht lege ich keinen gesteigerten Wert darauf, meine Mandanten wissen zu lassen, wo ich wohne. Vielleicht schien es mir wünschenswerter, einen meiner zahlreichen Liebhaber zu besuchen, Herr Werner.« Von denen Sie so liebend gern einer wären, dachte sie.

»Also haben Sie das Taxi weggeschickt.«

»Richtig.«

»Und sind zu Fuß gegangen. Wohin, dürfen wir nicht wissen.«

»So ist es.«

»Und Karpow ist mitgekommen, nehme ich doch an. Er konnte ja eine hübsche Frau wie Sie schlecht morgens um halb fünf allein durch die Straßen laufen lassen. Er ist ein rücksichtsvoller Mann. Kein bißchen gefährlich. Das haben Sie doch gesagt. Stimmt's?«

»Nein.«

»Was, nein?«

»Nein, er ist nicht mitgekommen.«

»Er ist also ebenfalls zu Fuß weitergegangen, aber in eine andere Richtung!«

»Genau. Er ist Richtung Norden gegangen und dann verschwunden. Ich nehme an, er ist in eine Seitenstraße abgebogen. Mir ging es mehr darum, daß er mir nicht folgte, als darum, herauszufinden, wohin er geht.«

»Und danach?«

»Wie meinen Sie das?«

»Sie haben ihn seitdem nicht gesehen? Keinen Kontakt mit ihm gehabt?«

»Nein.«

»Nicht einmal durch Verbindungspersonen?«

»Nein.«

»Aber er hat Ihnen natürlich seine Telefonnummer gegeben. Und seine Adresse. Ein verzweifelter illegaler Einwanderer wird sich doch nicht eine so begabte junge Frau als Fürsprecherin suchen, nur um sie bei erstbester Gelegenheit in die Wüste zu schicken!«

»Er hat mir weder eine Telefonnummer noch eine Adresse gegeben, Herr Werner. Auch das ist in unserem Beruf nichts Ungewöhnliches. Er hat unsere Nummer hier. Ich hoffe natürlich, daß wir noch einmal von ihm hören werden, aber sicher ist das keineswegs« – erneut suchte sie mit einem Blick um Ursulas Zustimmung an, erhielt aber nur ein kaum wahrnehmbares Nicken zur Antwort. »Das liegt in der Natur unserer Arbeit hier bei Fluchthafen. Klienten wenden sich an uns und verschwinden wieder. Sie brauchen Zeit, um sich mit ihren Schicksalsgenossen auszutauschen, um zu beten, von Krankheiten zu genesen oder unterzutauchen. Vielleicht hat Herr Karpow Frau und Familie, die bereits hier sind. Wir erfahren nur selten die ganze Geschichte. Vielleicht hat er Freunde hier, russische Landsleute, tschetschenische Landsleute. Oder er ist bei einer religiösen Gemeinde untergeschlüpft. Wir wissen es nicht. Manchmal kommen sie am nächsten Tag wieder, manchmal erst nach einem halben Jahr, manchmal auch gar nicht.«

* * *

Herr Werner bereitete noch seinen Gegenangriff vor, als sich sein bislang stummer Kollege in das Gespräch einschaltete.

»Und was ist mit diesem anderen Typen, der Freitag nacht mit bei den Türken war?« erkundigte sich Herr Dinkelmann in dem leutseligen Ton eines Mannes, der zu einer fetzigen Party nicht nein sagt. »Großer stattlicher Bursche, gut angezogen. So alt wie ich. Älter sogar. Ist das auch ein Rechtsbeistand von Karpow?«

Annabel mußte an ihren Repetitor in Tübingen denken, an seine Auslassungen über die Kunst des Kreuzverhörs. Unterschätzen Sie nie das Schweigen eines Zeugen, hatte er ihnen gepredigt. Es gibt beredtes Schweigen und schuldbewußtes Schweigen, das Schweigen echter Verblüffung und das Schweigen der Kreativität. Der Trick besteht darin, das Schweigen Ihres Zeugen richtig zu deuten. Aber das Schweigen, das nun gedeutet sein wollte, war Annabels eigenes Schweigen.

»Gehört das mit zu Ihrer Koordination, Herr Dinkelmann?« fragte sie scherzhaft, während sie fieberhaft ihre Gedanken zu sammeln versuchte.

Wieder das Clownsgrinsen, ein U wie aus dem Bilderbuch. »Nicht mit mir flirten, Frau Richter. Ich bin anfällig für so was. Sagen Sie mir nur: Wer war dieser Mann? Sie haben ihn mitgebracht. Er war stundenlang in dem Haus. Dann ist er allein wieder rausgekommen, der Arme. Ist kreuz und quer durch die Stadt gelaufen, als ob er etwas verloren hätte. Wonach hat er gesucht?« Er richtete die Frage an Ursula. »Alle stiefeln sie durch die Gegend in dieser Geschichte. Macht mich völlig fertig.« Dann wieder an Annabel gewandt, in schönster Seelenruhe: »Kommen Sie schon. Sagen Sie mir, wer er ist. Ein Name. Irgendein Name. Denken Sie sich einen aus.«

Aber Annabel hatte das Gesicht ihres Vaters aufgesetzt, das Gesicht, das besagte: Thema erledigt.

»Mein Mandant hat einen potentiellen Wohltäter hier in Hamburg. Dieser Mann hat eine Führungsposition inne, daher wünscht er vorerst anonym zu bleiben. Ich habe ihm zugesagt, daß sein Wunsch von uns respektiert wird.«

»Er wird respektiert, mit dem größten Vergnügen. Hat er gesprochen, dieser anonyme Wohltäter, oder hat er nur dagesessen und zugeguckt?«

»Mit wem gesprochen?«

»Mit Ihrem Jungen. Issa. Mit Ihnen.«

»Er ist nicht mein Junge.«

»Ich frage Sie, ob sich der anonyme Wohltäter Ihres Mandanten an dem Gespräch beteiligt hat. Ich frage Sie nicht nach dem Inhalt des Gesprächs. Ich frage nur: Hat er teilgenommen? Oder ist er taubstumm?«

»Er hat teilgenommen.«

»Dann war es also eine Dreiecksunterhaltung. Sie. Der Wohltäter. Issa. Soviel können Sie mir ja wohl sagen. Damit verstoßen Sie gegen keine Vorschriften. Sie haben beisammengesessen, Sie alle drei, und ein Schwätzchen gehalten. Sie brauchen nur ja oder nein zu antworten.«

»Na gut, dann *ja*« – begleitet von einem Achselzucken.

»Ein freier Meinungsaustausch. Sie hatten Dinge zu besprechen, die Sie hier nicht offenlegen dürfen. Aber Sie haben sie frei und ungehindert besprechen können. Ja?«

»Ich verstehe nicht, worauf Sie hinauswollen.«

»Das müssen Sie auch gar nicht. Antworten Sie einfach auf meine Frage. Haben Sie drei sich locker und ungehindert austauschen können, frei, ohne Hemmnisse?«

»Das ist doch lächerlich.«

»Ja. Sehr sogar. Haben Sie?«

»Ja.«

»Dann spricht er also Russisch, wie Sie.«

»Das habe ich nicht gesagt.«

»Stimmt. Jemand mußte es für Sie sagen. Respekt. Ihr Mandant ist ein Glückspilz.«

Herr Werner unternahm eine letzte Anstrengung, seine Führungsrolle zurückzuerobern.

»Also *dahin* ist Ihr Issa Karpow gegangen, als Sie sich morgens um halb fünf Uhr von ihm verabschiedet haben!« rief er. »Zu diesem *anonymen Wohltäter*! Dem Zahlmeister der Zelle vielleicht! Sie trennen sich an einer Kreuzung in einer wohlhabenden Gegend, und sobald Sie außer Sicht sind, marschiert er zum Haus seines Mäzens. Ist das eine brauchbare Hypothese?«

»Sie ist so brauchbar oder unbrauchbar wie jede andere Hypothese, Herr Werner«, gab Annabel zurück.

Und überraschenderweise war es der so gemütliche wie abgehalfterte Herr Dinkelmann und nicht sein forscher junger Vorgesetzter, der daraufhin erklärte, daß sie Frau Meyer und Frau Richter jetzt lange genug von der Arbeit abgehalten hätten.

* * *

»Annabel?«

Sie waren allein im Zimmer.

»Ja, Ursula.«

»Vielleicht wäre es klüger, wenn du die Besprechung heute nachmittag ausfallen läßt. Ich könnte mir vorstellen, daß du Dringlicheres zu erledigen hast. Gibt es noch irgend etwas, das du mir über unseren verschwundenen Klienten sagen möchtest?«

Es gab nichts.

»Gut. Wir leben in einer Welt der Kompromisse. Ideallösungen sind uns nicht vergönnt, sosehr wir uns das Gegenteil wünschen mögen. Ich glaube, diese Diskussion hatten wir schon mal.«

Allerdings. Über Magomed. Wir können von einer öffentlichen Einrichtung nicht verlangen, daß sie unsere privaten Utopien bedient, hatte Ursula ihr gesagt, als Annabel die anderen Mitarbeiter im Protestzug vor Ursulas Büro geführt hatte.

* * *

Es hatte nichts mit Panik zu tun. Annabel Richter geriet nicht in Panik. Panik kam bei ihr nicht vor. Sie reagierte lediglich auf eine kritische Situation, die außer Kontrolle zu geraten drohte.

Von Fluchthafen aus radelte sie im Rekordtempo zu einer Tankstelle am Stadtrand, mit wiederholten Blicken in die beiden Spiegel an ihrem Lenker für den Fall, daß man ihr folgte. Woran sie einen Verfolger erkennen wollte, wußte sie selbst nicht.

In der Tankstelle wechselte sie einen Schein in Kleingeld um.

Sie wählte Hugos Handynummer und geriet wie erwartet an die Mailbox.

Sie rief die Auskunft an und ließ sich die Nummer seines Krankenhauses geben.

Am Montag hatte er den ganzen Tag Sitzung, hatte er ihr gesagt. Ruf mich Montag abend an. Aber Montag abend war jetzt zu spät. Bei der Sitzung ging es um den Umbau der psychiatrischen Abteilung, fiel ihr wieder ein. Nach hartnäckigen Verhandlungen mit der Frau in der Zentrale wurde sie mit der Assistentin des Geschäftsführers verbunden. Sie sei die Schwester von Dr. Hugo Richter, sagte sie. Es handle sich um eine dringende Familienangelegenheit; ob er wohl ganz kurz ans Telefon kommen könne?

»Das muß jetzt schon ein verdammt guter Grund sein, Anabel.«

»Mein Mandant ist am Durchdrehen, Hugo. Er braucht sofort eine Klinik. Und mit sofort meine ich *jetzt*.«

»Wie spät ist es?«

Hugo, der einzige Arzt der Welt, der nie eine Uhr trug.

»Halb elf. In der Früh.«

»Ich ruf dich in der Mittagspause an. Halb eins. Auf deinem Handy. Oder schwächelt das immer noch?«

Sie hätte gern gesagt: »Nicht auf dem Handy«, aber statt dessen sagte sie: »Danke, Hugo, tausend Dank«. Es funktioniert wieder einwandfrei, schob sie nach.

Vor der Autowerkstatt machten sich zwei Frauen an einem verbeulten gelben VW-Bus zu schaffen. Sie verbot es sich, darüber nachzugrübeln. Herrn Werners VW-Busse waren unter Garantie picobello. Um die Zeit totzuschlagen, fuhr sie zu ihrem Lieblingsbioladen und kaufte die frischen Matjesheringe, die er so mochte, Zartbitterschokolade und ein Stück Emmentaler für ihren hoffentlich letzten Abend in der Wohnung. Und ihre Lieblingssorte stilles Wasser, die jetzt auch seine Lieblingssorte war.

Hugo rief Punkt halb eins an, wie nicht anders zu erwarten bei ihm, ob mit Armbanduhr oder ohne. Sie saß auf einer Parkbank, das Fahrrad an einen Laternenpfahl gelehnt. Er begann in aggressivem Ton, ein gutes Zeichen, wie sie hoffte.

»Und ich soll ihn in diese Klinik *einweisen*, oder wie denkst du dir das? Eine Überweisung ausstellen für jemanden, von dem ich nicht mal den Namen weiß? Vergiß es! Aber egal, du brauchst gar keine fingierte Überweisung«, fuhr er fort, bevor sie etwas erwidern konnte. »Die werden schon ihren hauseigenen Quacksalber haben, der ihm den Puls fühlt und tausend Euro pro Tag diagnostiziert. Ich habe zwei Möglichkeiten für dich. Beidemal Fünf-Sterne-Abzocke.«

Sein erster Vorschlag war Königswinter, was sie aus Gründen der Entfernung verwarf. Der zweite war ideal: ein umgebauter Gutshof in der Nähe von Husum, nur zwei Zugstunden nördlich von Hamburg.

»Laß dir Dr. Fischer geben und klemm dir eine Wäscheklammer auf die Nase. Hier ist die Nummer. Und hör auf, dich zu bedanken. Ich hoffe, er ist es wert.«

»Ist er«, sagte sie und wählte die Nummer.

Dr. Fischer erfaßte die Situation augenblicklich.

Er verstand, daß Annabel für einen engen Freund anrief, und maßte sich nicht an, sich nach der näheren Natur dieser Freundschaft zu erkundigen.

Auch ihren Wunsch nach Diskretion am Telefon verstand er voll und ganz.

Er verstand, daß der namenlose Patient nur Russisch sprach, sah darin aber kein Problem, da etliche seiner erfahrensten Pflegekräfte aus dem Osten stammten, wie er es taktvoll ausdrückte.

Er verstand, daß der Patient zwar in keiner Weise gewalttätig war, aber doch traumatisiert durch eine Reihe unglücklicher Vorfälle, über die sich besser von Angesicht zu Angesicht sprechen ließ.

Er teilte ihre Vermutung, daß absolute Ruhe, reichliche Mahlzeiten und begleitete Spaziergänge ein probates Mittel sein könnten, die Heilung herbeizuführen. Wobei solche Entscheidungen selbstredend von einer eingehenden Anamnese abhingen.

Er verstand, daß Eile geboten war, und schlug ein unverbindliches Vorgespräch zwischen Patient, Betreuerin und Arzt vor.

Aber ja, morgen nachmittag passe ihm ausgezeichnet, ob vier Uhr genehm sei? Dann sagen wir doch, Punkt vier.

Nur ein paar Kleinigkeiten noch. Ob der Patient reisefähig sei oder ob er vielleicht Hilfe benötige? Ausgebildete Kräfte sowie ein geeignetes Transportmittel stünden gegen eine Zusatzgebühr zur Verfügung.

Und er hatte vollstes Verständnis dafür, daß Annabel sich gern eine ungefähre Vorstellung von den Tagessätzen der Klinik machen wollte, die auch ohne Extrazuschläge astronomisch waren. Doch Brue sei Dank: Ja, sagte sie, ihr kranker Freund sei in der glücklichen Lage, eine stattliche Vorauszahlung leisten zu können.

Bis morgen um vier also, Frau Richter, dann werden wir die Formalitäten hoffentlich rasch geregelt haben. Und wie lautet gleich wieder Ihr voller Name? Ihre Adresse? Und Ihre Tätigkeit, bitte? Und das hier ist doch Ihre reguläre Nummer, nicht wahr?

* * *

Sie hatte ihm das Schachspiel ihrer Großmutter mitgebracht, ein Kleinod. Sie wünschte, sie hätte schon eher an Schach gedacht. Für ihn war es ein Bewegungssport. Wenn er am Zug war, saß er reglos auf dem Platz, an dem er, so vermutete sie, in ihrer Abwesenheit den ganzen Tag saß: auf dem Sims des ziegelgemauerten Bogenfensters, die langen Beine unters Kinn gewinkelt und die spinnendünnen Philosophenhände um die Knie geschlungen. Dann stieß seine Hand herab, machte den Zug, und in der nächsten Sekunde war er aufgesprungen und hüpfte und tänzelte bis ans andere Ende des Lofts, wo er seine Flieger losschickte und zu den Klängen Tschaikowskis Pirouetten drehte, während sie über dem Gegenzug brütete. Musik, so hatte er ihr versichert, verstieß nicht gegen die Vorschriften des Islam, solange sie nicht die Gebete störte. Manchmal klangen ihr seine religiösen Verlautbarungen mehr nach Allgemeinplätzen als nach echter Überzeugung.

»Ab morgen will ich Sie woanders unterbringen, Issa«, eröffnete sie ihm in einem dieser Momente der Leichtigkeit. »Wo Sie es bequemer haben und wo Sie ordentlich betreut werden. Gute Ärzte, gutes Essen, all solch dekadenter westlicher Luxus.«

Die Musik war verstummt, das Scharren seiner Schritte ebenfalls.

»Um mich zu verstecken, Annabel?«

»Für kurze Zeit, ja.«

»Werden Sie auch dort sein?« Seine Hand tastete schon wieder nach dem Goldkettchen.

»Ich komme Sie besuchen. Oft. Ich bringe Sie hin, und ich besuche Sie, sooft ich kann. Es ist nicht sehr weit weg. Zwei Stunden mit dem Zug« – ganz beiläufig, wie geplant.

»Werden Leyla und Melik mich besuchen?«

»Wohl eher nicht. Erst wieder, wenn Sie legal hier sind.«

»Ist das ein Gefängnis, dieser Ort, an dem Sie mich verstekken wollen, Annabel?«

»Nein, es ist *kein* Gefängnis!« Sie mußte sich beherrschen. »Es ist ein Ort, wo Sie ausruhen können. Eine Art« – sie hatte das Wort vermeiden wollen, aber nun sagte sie es doch –, »es ist eine Spezialklinik, wo Sie wieder zu Kräften kommen können, während wir auf Mr. Brue warten.«

»*Spezial*klinik?«

»Eine Privatklinik. Sündhaft teuer, aber das kommt daher, daß sie so gut ist. Darum müssen wir uns auch noch mal über das Geld unterhalten, das Mr. Brue für Sie verwaltet. Mr. Brue hat uns netterweise einen Betrag vorgestreckt, damit wir Sie dort unterbringen können. Auch deshalb ist es dringend nötig, daß Sie Ihr Erbe antreten. Damit Sie Mr. Brue sein Geld zurückzahlen können.«

»Eine *KGB*-Klinik?«

»Issa, hier gibt es keinen KGB!«

Sie verfluchte sich für ihre Unbedachtheit. Klinik klang noch schlimmer als Gefängnis für ihn.

Zeit für seine Gebete. Sie zog sich in die Küche zurück. Als sie sich wieder herauswagte, hockte er an seinem gewohnten Platz auf dem Fenstersims.

»Hat Ihre Mutter Sie singen gelehrt, Annabel?« fragte er in gedankenvollem Ton.

»Sie hat mich mit in die Kirche genommen, als ich klein war. Aber mich das Singen gelehrt, nein. Niemand hat mich so richtig das Singen gelehrt. Aber ich glaube auch nicht, daß jemand das könnte. Selbst die größten Lehrer nicht.«

»Mir genügt es, wenn ich Sie sprechen höre. Ist Ihre Mutter katholisch, Annabel?«

»Evangelisch. Eine Christin, aber keine Katholikin.«

»Sind Sie auch evangelisch, Annabel?«

»Ich bin evangelisch erzogen worden.«

»Beten Sie zu Jesus, Annabel?«

»Nicht mehr.«

»Zu dem einen Gott?«

Sie ertrug es nicht mehr. »Issa, hören Sie mir zu.«

»Ich höre Ihnen doch zu, Annabel.«

»Das Problem geht nicht weg, nur weil wir es totschweigen. Es ist eine gute Klinik. In dieser guten Klinik sind Sie in Sicherheit. Damit Sie dort bleiben können, *müssen* wir Ihr Geld haben. Und dafür müssen Sie unbedingt Ihr Erbe antreten. Das sage ich Ihnen als Ihre Anwältin. Wenn Sie es nicht antreten, können Sie nicht Medizin studieren, weder hier noch irgendwo sonst auf der Welt. Sie können *gar* nichts aus Ihrem Leben machen!«

»Darüber entscheidet Gott. Es wird SEIN Wille sein.«

»Nein! Es ist Ihr Wille. Sie können beten, soviel Sie wollen, die Entscheidung müssen Sie selbst treffen.«

Konnte nichts ihn umstimmen? Anscheinend nicht.

»Sie sind eine Frau, Annabel. Sie denken nicht rational. Mr. Tommy Brue liebt sein Geld. Wenn ich ihm sage, daß er es behalten darf, wird er mir dankbar sein und mir weiterhin helfen. Wenn ich ihm das Geld wegnehme, wird er mir nicht mehr helfen wollen, er wird böse auf mich sein. Das ist die Logik seiner Position. Mir kommt diese Logik ebenfalls entgegen, weil das Geld schmutzig ist und ich es ablehne, mir die Hände damit zu beflecken. Oder möchten Sie das Geld für sich selber haben?«

»Reden Sie kein albernes Zeug!«

»Dann haben wir keine Verwendung dafür. Sie wollen es ebensowenig wie ich. Sie sind noch nicht bereit, die Gegenwart Gottes in Ihrem Leben zu akzeptieren, aber Sie denken moralisch. Das verheißt Gutes für unsere Beziehung. Auf diesem Einvernehmen werden wir aufbauen.«

Entmutigt vergrub sie das Gesicht in den Händen, aber die Geste schien ihn nicht weiter zu interessieren.

»Schicken Sie mich freundlichst nicht in diese Klinik, Annabel. Ich möchte lieber in Ihrer Wohnung bleiben. Wenn Sie zum Islam konvertiert sind, wollen wir zusammen hier wohnen. Sagen Sie das auch Mr. Brue. Und nun verlassen Sie mich, ehe Sie zu einer Provokation für mich werden. Es ist besser, wir geben uns nicht die Hand. Möge Gott mit Ihnen sein, Annabel.«

* * *

Sie hatte ihr Fahrrad im Hauseingang abgestellt. Pelzige Hafenlichter leuchteten durch die Abenddämmerung, und sie mußte mehrmals blinzeln, bevor sie scharf wurden. Der Radweg verlief auf der anderen Straßenseite, also reihte sie sich zwischen die Fußgänger ein, die an der Ampel warteten. Jemand sagte ihren Namen, und einen Moment lang war sie unsicher, ob die Stimme nicht aus ihrem Kopf kam, aber das konnte nicht sein, denn es war eine Frauenstimme, während die Stimme in ihrem Kopf die von Issa war, und als sie sich zwang, näher hinzuhören, schien es ihr, als sei von ihrer Schwester die Rede.

»Annabel! Du meine Güte! Wie geht es dir? Wie geht's Heidi? Stimmt es, daß sie schon wieder schwanger ist?«

Eine grobschlächtige Frau etwa in ihrem Alter. Grüne Kordsamtjacke, Jeans. Die Haare kurz, das Gesicht ungeschminkt, breites Lächeln. Annabel, deren Gedanken nur mühsam in die Realität zurückfanden, durchforstete ihr Gedächtnis nach einem Anhaltspunkt: Freiburg? Schule? Skiurlaub in Österreich? Der Fitnessclub?

»Ach, mir geht's gut«, sagte sie. »Heidi auch. Gehst du einkaufen?«

Die Ampel schaltete auf Grün. Zusammen überquerten sie die Straße, Annabels Fahrrad zwischen sich.

»Hallo, Annabel! Wie kommst du denn hierher? Wohnst du nicht mehr in Winterhude?«

Auf Annabels linker Seite, der ohne Rad, war plötzlich noch eine Frau. Drall, mit rosigen Backen und einem bunten Tuch um den Kopf. Sie hatten den Bordstein erreicht, und um sie herum war niemand mehr. Eine kräftige Hand schloß sich um Annabels Handgelenk am Lenker. Eine zweite Hand packte ihren linken Arm und bog ihn ihr, mit einer Geste, die fast als freundschaftlich durchgehen mochte, auf den Rücken. Mit dem Schmerz kehrte messerscharf die Erinnerung an die beiden Frauen zurück, die sie heute morgen an der Tankstelle bemerkt hatte.

»Sie steigen bitte unauffällig ins Auto«, erklärte die zweite Frau, ihre Lippen dicht an Annabels Ohr. »Sie setzen sich nach hinten in die Mitte, ohne Mätzchen. Alles ganz ruhig und normal. Um Ihr Rad kümmert sich meine Kollegin.«

Die Seitentür des zerbeulten gelben VW-Busses stand offen. Vorne saßen der Fahrer und noch ein anderer Mann und sahen stur geradeaus. Den Arm fest um Annabels Schulter gelegt, bugsierte die Frau sie auf die Rückbank. Hinter sich hörte Annabel ihr Fahrrad klappern, gefolgt von einem Plumps. In dem Durcheinander war ihr gar nicht bewußt gewesen, daß sie sich auch ihres Rucksacks bemächtigt hatten. Die beiden Frauen nahmen in aller Ruhe rechts und links von ihr Platz, griffen jede nach einer ihrer Hände, schlossen eine Handschelle darum und drückten sie tief in die Polster, so daß sie halb darauf saßen.

»Was machen Sie mit ihm?« flüsterte sie. »Er ist eingesperrt! Wer bringt ihm zu essen, wenn ich nicht da bin?«

Ein schwarzer Saab fuhr vor ihnen an. Der VW-Bus folgte in engem Abstand. Niemand schien es eilig zu haben.

9

Stell deine Fakten klar und nüchtern zusammen.

Du bist Juristin.

Du magst eine hilflose Frau sein, die es vor Wut fast zerreißt, aber du wirst dich von deinem kühlen Kopf leiten lassen, nicht von deinen Emotionen.

Dieser klackende Eisenlift, in dem du fährst, befördert dich aufwärts, nicht abwärts. Das sagt dir ein Gefühl im Magen, das nichts zu tun hat mit deinen übrigen Empfindungen, mit der Übelkeit, dem diffusen Schmerz des Ausgeliefertseins.

Du wirst demnach in ein oberes Stockwerk verfrachtet, keinen Keller, wofür du verhalten dankbar bist.

Dieser Lift hält unterwegs nicht an. Er hat keine Knöpfe, keinen Spiegel, kein Sichtfenster. Er riecht nach Diesel und nach Äckern. Es ist ein Viehlift. Er riecht wie der Sportplatz deiner Schule im Herbst. Erörtern Sie.

Wer in diesem Lift fährt, tut das nicht aus freien Stücken. Du stehst zwischen zwei Frauen, die dich entführt haben, indem sie so taten, als wärt ihr Freundinnen. Zu ihnen stieß etwas später eine dritte Frau, die sich nicht als deine Freundin geriert hat. Keine von ihnen hat sich dir vorgestellt. Keine hat in deiner Hörweite irgendeinen Namen benutzt außer deinem eigenen.

Niemand, nicht einmal Issa, kann dir schildern, was für ein Gefühl das ist, der Freiheit beraubt zu werden, aber allmählich geht es dir auf.

Du bist eine Juristin, der allmählich ein Licht aufgeht.

* * *

Mit dem schwarzen Saab als Vorhut waren sie in gemessener Prozession an Kirchtürmen und Werften vorbeigerollt, hatten brav an roten Ampeln angehalten, beim Abbiegen korrekt den Blinker gesetzt, waren ohne Hast durch Alleen mit behaglich erleuchteten Villen gefahren, dann durch eine Industriebrache, über Streifen von Eisenzacken, die sich vor ihnen flach auf den Boden klappten, hatten bei einem von Natodrahtrollen flankierten Wachhaus gebremst, aber nicht angehalten, und den rot-weißen Schlagbaum vor dem Saab in die Höhe gehen sehen. Ein flutlichtbestrahlter Asphalthof empfing sie: auf der einen Seite parkende Autos und stumpfäugige Bürogebäude, auf der anderen ein alter Pferdestall, der ein entfernter Verwandter der Ställe auf ihrem Familiengut bei Freiburg zu sein schien.

Aber der VW-Bus blieb nicht stehen. In langsamem Tempo – verstohlen, wie es Annabel vorkam – fuhr er auf der dunkleren Hofseite weiter, bis er nur wenige Meter vor dem Pferdestall anhielt. Ihre Bewacherinnen machten Annabels Hände von den Eisenringen zwischen den Polstern los, drängten sie hinaus auf die Asphaltfläche und zu einer gerade nur mannshohen Stalltür. Eine dritte, jüngere Frau mit Sommersprossen und einem Jungenhaarschnitt wartete schon auf sie. Sie standen in einer Sattelkammer ohne Sättel. An den Wänden Eisenhaken und Sattelstöcke. Ein alter Tränkeimer mit einer aufgemalten Regimentsnummer. Eine niedrige Polsterbank, darauf eine zusammengefaltete Decke. Eine Waschschüssel wie im Krankenhaus. Seife. Handtücher. Gummihandschuhe.

Jede der Frauen bewachte ein Drittel von ihr. Die Augen der Sommersprossigen hatten die gleiche Farbe wie die von Annabel. Vielleicht fiel es deshalb ihr zu, das Wort an sie zu richten. Sie schwäbelte leicht – womöglich ein weiterer Grund. Es gibt zwei Möglichkeiten, Annabel, erklärte sie ihr. Wir folgen dem Standardvorgehen für Terrorismussympathisanten. Entweder Sie fügen sich friedlich, oder wir müssen Sie in Gewahrsam nehmen. Was ist Ihnen lieber?

Ich bin Anwältin.

Fügen Sie sich oder nicht?

Also fügte sie sich. Und betete im stillen die Liste nutzloser Ratschläge herunter, die sie ihren Mandanten vor der Verhandlung noch rasch mit auf den Weg zu geben pflegte: *Bleiben Sie bei der Wahrheit … verlieren Sie nicht die Beherrschung … fangen Sie nicht an zu weinen … werden Sie nicht laut und versuchen Sie nicht zu flirten … die wollen Sie nicht hassen oder lieben, sie wollen Sie nicht bemitleiden … sie wollen ihre Arbeit tun, ihr Gehalt kassieren und heimgehen.*

* * *

Die Lifttür öffnete sich auf einen kleinen weißen Raum nicht unähnlich der Kammer, in die man ihre Großmutter gelegt hatte, als sie tot war. Aber an dem kahlen Holztisch, auf dem ihre Großmutter hätte aufgebahrt sein sollen, saß der Mann, der heute morgen Herr Dinkelmann geheißen hatte, und paffte eine Zigarette: russisch, das erkannte sie sofort am Geruch. Die gleichen Zigaretten hatte sich ihr Vater in Moskau gern nach einem guten Essen angesteckt.

Und neben Herrn Dinkelmann eine große drahtige Frau mit ergrauendem Haar und braunen Augen, die zwar kein bißchen so aussah wie Annabels Mutter, aber die gleiche durchdringende Intelligenz ausstrahlte wie sie.

Und vor ihnen auf dem Tisch ausgebreitet der Inhalt ihres Rucksacks, wie Beweisstücke vor Gericht, nur ohne die Plastiktütchen und Aufkleber. Und auf der ihr zugewandten Tischseite ein einzelner Stuhl für Annabel, die Angeklagte. Da stand sie, vor der Richterbank, während hinter ihr der Lift rumpelnd und rasselnd seine Abwärtsfahrt antrat.

»Mein richtiger Name ist *Bachmann*«, sagte Dinkelmann in einem Ton, als habe sie ihm widersprochen. »*Günther Bachmann*, falls Sie uns anzeigen wollen. Und das ist Frau Frey. *Erna Frey*. Sie segelt. Spioniert und segelt. Ich spioniere, aber ich segle nicht. Nehmen Sie doch Platz.«

Annabel ging zum Tisch und setzte sich.

»Möchten Sie Ihren Einspruch vielleicht gleich einlegen, damit wir das abhaken können?« fragte Bachmann, Zigarette im Mund. »Auf Ihrem Sonderstatus als Anwältin herumreiten, diesem ganzen Mist? Auf Ihren sagenhaften Privilegien und Ihrer Schweigepflicht? Darauf, daß ein Wort von Ihnen reicht, und ich fliege in hohem Bogen raus? Daß ich gegen sämtliche existierenden und nicht existierenden Vorschriften verstoßen habe, womit Sie völlig recht hätten? Daß ich die heiligsten Werte unserer Verfassung mit Füßen trete? Wollen Sie mir diesen ganzen Müll um die Ohren hauen, oder können wir es uns einfach dazudenken? Und wo wir gerade dabei sind, wann haben Sie Ihr nächstes Date mit dem gesuchten Terroristen Issa Karpow, den Sie in Ihrer Wohnung versteckt halten?«

»Er ist kein Terrorist, Sie sind einer. Ich will sofort einen Anwalt sprechen.«

»Ihre Mutter, die große Frau Richterin Richter?«

»Einen Anwalt, der mich vertreten kann.«

»Dann vielleicht Ihren ruhmreichen Vater? Oder Ihren Schwager in Dresden? Ich meine, Sie könnten mir *dermaßen* die Hölle heiß machen. Ein paar Anrufe, und die ganze Justiz fällt über mich her. Die Frage ist – wollen Sie das? Blödsinn. Natürlich nicht. Sie wollen Ihren Jungen retten. Nur darum geht es Ihnen. Das sieht ein Blinder mit Krückstock.«

Dem fügte Erna Frey ihre eigene, ausgewogenere Auslegung hinzu.

»Ich fürchte, Sie haben die Wahl zwischen uns und gar niemandem, Frau Richter. Es gibt einen Haufen von Leuten nicht sehr weit von hier, die nichts lieber täten, als Issa mit einem gewaltigen Polizeiaufgebot festzunehmen und die Lorbeeren dafür einzuheimsen. Und die Polizei könnte es gar nicht erwarten, all die Personen einzubuchten, die dann als Issas Komplizen dastünden. Leyla, Melik, Herrn Brue, nehme ich doch stark an, sogar Ihren Bruder Hugo. Es würde ihnen phantastische Schlagzeilen einbringen, ganz egal, was am Ende herauskommt. Und denken Sie an Fluchthafen Hamburg! Was würden die Geldgeber der armen Frau Meyer sagen? Ganz zu schweigen von Ihnen selbst. Dem *Gegenstand der Ermittlungen,* um eines der Unwörter zu benutzen, an denen Herr Werner solche Freude hat. Mißbrauch Ihres Anwaltsstatus. Wissentliche Deckung eines gesuchten Terroristen.

Irreführung der Behörden et cetera. Ihre Karriere am Ende mit – wie alt wären Sie? – sagen wir, vierzig, wenn Sie Ihre Haftstrafe abgesessen haben?«

»Es ist mir egal, was Sie mit mir machen.«

»Aber um Sie geht es ja nicht, oder, Frau Richter? Es geht um Issa.«

Bachmann, dessen Aufmerksamkeitsspanne offensichtlich begrenzt war, hatte das Interesse an der Unterhaltung verloren und ging die Gegenstände aus Annabels Rucksack durch: ihr ringgebundenes Notizbuch, Terminkalender, Führerschein, Personalausweis, das Tuch – das er demonstrativ an die Nase hob, wie um es auf das Parfum hin zu untersuchen, das sie nicht trug. Aber am meisten schien ihn Tommy Brues Scheck zu fesseln; immer wieder hielt er ihn ins Licht, inspizierte Vorder- und Rückseite, betrachtete die Zahlen, die Handschrift und schüttelte in gespielter Verwunderung den Kopf.

»Warum haben Sie den nicht eingelöst?« wollte er wissen.

»Ich wollte noch warten.«

»Worauf? Auf Dr. Fischer von der Klinik?«

»Ja.«

»Lang hätte es ja nicht gereicht, oder? Fünfzigtausend? Nicht in *dem* Laden.«

»Lange genug.«

»Wofür?«

Annabel zuckte hilflos die Achseln. »Um es zu versuchen. Einfach nur, um es zu versuchen.«

»Hat Brue durchblicken lassen, daß bei ihm noch mehr zu holen sein könnte?«

Annabel wollte etwas erwidern, entschied sich aber abrupt um. »Ich muß wissen, warum Sie glauben, Sie beide wären anders«, sagte sie herausfordernd, an Erna Frey gewandt.

»Als wer, Frau Richter?«

»Als diese Leute, die ihn von der Polizei festnehmen lassen und ihn nach Rußland oder in die Türkei abschieben wollen.«

Bachmann antwortete für sie beide, wobei er erneut Brues Scheck zur Hand nahm und ihn studierte, als enthielte er die Lösung aller Rätsel.

»Glauben Sie mir, wir *sind* anders«, knurrte er. »Hundert Pro. Aber Ihre Frage ist ja eigentlich, was wir mit Ihrem Jungen vorhaben.« Er legte den Scheck vor sich auf den Tisch, wandte aber den Blick nicht davon. »Ich bin mir nicht sicher, daß wir das wissen, Annabel. Ich bin mir sogar ziemlich sicher, daß wir es *nicht* wissen. Wir machen das Wetter, bilden wir uns gern ein. Wir lassen den Dingen ihren Lauf. Wir warten so lange ab, wie es nur geht. Und wir schauen, was Allah für uns bereithält«, fügte er hinzu, indem er mit dem Finger mehrmals auf den Scheck tippte. »Und wenn Allah liefert – dann ist Ihr Junge vielleicht schon bald ein freier Mann, der im Westen lebt und sich seine kühnsten Hoffnungen und Träume erfüllen kann. Und wenn nicht, wenn Allah *nicht* liefert oder *Sie* nicht liefern, tja, dann heißt's tschüs, Issa, ab mit dir dahin, wo du hergekommen bist. Es sei denn, die Amerikaner geben ein Gebot auf ihn ab. Und dann weiß hier niemand mehr, wo er ist. Er selber im Zweifel auch nicht.«

»Wir möchten das tun, was für ihn das Beste ist, Frau Richter«, sagte Erna Frey in einem solchen Brustton der Überzeugung, daß Annabel ihr einen Moment lang fast glauben wollte. »Günther sieht das auch so, er drückt es nur nicht so gut aus. Wir halten Issa nicht für einen schlechten Menschen. So ein Urteil würden wir niemals über ihn fällen. Und wir wissen, daß er ein bißchen schrullig ist, ich meine, wer ist das nicht? Trotzdem denken wir, daß er uns dabei helfen könnte, ein paar sehr schlechten Menschen das Handwerk zu legen.«

Annabel versuchte zu lachen. »Als Spion, oder wie? Issa? Sie müssen verrückt sein! Sie sind mindestens so krank wie er!«

»Scheißegal als was«, erklärte Bachmann gereizt. »In dem Stück, das wir hier aufführen, sind die Rollen noch nicht geschrieben. Ihre inbegriffen. Fest steht nur: wenn Sie mitspielen und die Sache so läuft, wie sie soll, retten wir zusammen hundertmal mehr Unschuldigen das Leben als Sie mit Ihrer Karnickelfütterei in Ihrem verdammten Fluchthafen!«

Und er griff wieder nach dem Scheck und stand ungeduldig vom Tisch auf. »Und deshalb will ich jetzt endlich wissen: was zum Teufel treibt einen russischsprechenden, mäßig erfolgreichen britischen Bankier mit ehemaligem Geschäftssitz in Wien dazu, seinen Freitagabend zu opfern, um Herrn Issa Karpow seine Aufwartung zu machen? Wollen wir irgendwo Menschenwürdigeres hingehen, oder bleiben Sie lieber hier am Tisch hocken und schmollen?«

Doch Erna Frey fand sanftere Worte: »Wir werden Ihnen nicht die ganze Wahrheit sagen, Frau Richter, das dürfen wir nicht. Aber wir sagen Ihnen nichts, was nicht wahr ist.«

* * *

Mitternacht war lange vorüber, und sie hatte noch nicht geweint.

Sie hatte ihnen alles erzählt, was sie wußte, mutmaßte, ahnte, erriet, jeden winzigsten Rest, aber geweint hatte sie nicht, ja sich nicht einmal beschwert. Wie kam es, daß sie so schnell die Seiten gewechselt hatte? Was war mit der Rebellin in ihr passiert – mit ihrem Widerspruchsgeist und ihrer vielgerühmten Schlagfertigkeit, die ihr im Familienforum so gute Dienste geleistet hatten? Warum hatte sie nicht ein Lügennetz gesponnen wie am Morgen für Herrn Werner? War das schon das Stockholm-Syndrom? Sie mußte an ein Pony denken, das sie einmal gehabt hatte, Moritz. Moritz war ein Outlaw. Niemand konnte ihn zähmen, niemand konnte ihn zureiten. In ganz Baden gab es keine Familie, die bereit war, ihn zu nehmen – bis Annabel von ihm hörte und ihren Eltern ihre Macht demonstrierte, indem sie bei ihren Klassenkameraden Geld sammelte und ihn auf eigene Faust kaufte. Als Moritz kam, trat er den Stallknecht, keilte so lange aus, bis die Tür seiner Box nachgab, und brach in die Koppel ein. Aber als Annabel sich ihm am nächsten Morgen reichlich verzagt näherte, trabte er zu ihr hin, senkte den Kopf, damit sie ihm das Halfter überstreifen konnte, und war von da an lammfromm. Er hatte die Nase voll vom Aufmüpfigsein und brauchte jemanden, der das Heft in die Hand nahm.

War es bei ihr nun das gleiche? Hatte sie das Handtuch geworfen und gesagt, verdammt, dann macht doch mit mir, was ihr wollt – so wie sie es schon zu manchen Männern gesagt hatte, wenn die dumpfe Unbeirrtheit ihrer Avancen sie in blindwütige Unterwerfung getrieben hatte?

Nein. Der Teufel steckte in der Logik, davon war sie überzeugt; in der gewollten Unparteilichkeit, mit der die Juristin in ihr einen Schritt zurücktrat und erkannte, daß sie nicht den Hauch eines Arguments ins Feld führen konnte, weder für die Sache ihres Mandanten noch für ihre eigene, obwohl ihre eigene Sache das letzte war, worum es ihr ging. Die ausgekochte Anwältin in ihr war es – von dieser Gewißheit mochte sie nicht abrücken –, die ihr sagte, daß ihre einzige Chance darin bestand, sich der Gnade des Gerichts auszuliefern: sprich, der ihrer Häscher.

Ja, sie war mit den Nerven am Ende. Wie denn auch nicht? Und ja, die Anstrengung, mutterseelenallein mit der Bürde eines so ungeheuren Geheimnisses fertig werden zu müssen, hatte ihre Kräfte bis aufs äußerste strapaziert. Und natürlich war es eine Erleichterung, geradezu eine Wohltat, wieder zum Kind werden zu dürfen und die großen Lebensentscheidungen Menschen zu überlassen, die älter und weiser waren als sie, Annabel. Aber selbst wenn sie all diese Faktoren in die Waagschale warf, das versicherte sie sich wieder und wieder, war es immer noch die Anwaltslogik, die sie dazu bewogen hatte, sich alles von der Seele zu reden.

Sie hatte von Brue und von Herrn Lipizzaner erzählt, von dem Schlüssel und Anatolijs Brief, von Issa und Magomed und wieder von Brue: wie er aussah, wie er sprach, seine Reaktion in dieser Situation und in jener, im Hotel Atlantic, in dem Döner-Lokal, von dem sie weitergegangen waren zu den Oktays. Und wie war das gleich wieder mit seinem Studium in Paris? Und diese Riesensumme, die er ihr plötzlich gegeben hatte: *warum?* Hat er gehofft, damit kann er Sie rumkriegen? – letztere Frage von Erna Frey, nicht von Bachmann. Er war zu anfällig, was hübsche Frauen betraf.

Doch dies war kein Geständnis, das man ihr mit Finten, Drohungen oder Versprechungen abpreßte. Nein, dies war ein hemmungsloses Sichgehenlassen: ein kathartisches Hervorsprudeln von Wissen und Emotionen, die sich zu lange in ihr angestaut hatten, ein Niederreißen sämtlicher Schutzwälle, die sie in ihrem Innern errichtet hatte: gegen Issa, Hugo, Ursula, gegen die Klempner und Maler und Elektriker und allen voran gegen sich selbst.

Und sie hatten ja recht: ihr blieb keine Wahl. Wie Moritz war sie erschöpft vom vielen Aufbegehren. Wenn Issa gerettet werden sollte, brauchte sie Freunde und nicht Feinde – ob sie nun wahrhaftig anders als die anderen waren oder nur so taten als ob.

Ein schmaler Korridor führte zu einem winzigen Schlafraum. Das Doppelbett war frisch bezogen. Annabel, so müde, daß sie im Stehen hätte einschlafen können, sah umher, während Erna Frey ihr zeigte, wie die Dusche funktionierte, und mit mißbilligendem Zungenschnalzen schmutzige Handtücher wegraffte und aus einer Schublade frische holte.

»Wo schlafen denn Sie beide?« fragte Annabel, ohne recht zu wissen, warum sie das kümmern sollte.

»Machen Sie sich wegen uns keine Sorgen, Kindchen. Schlafen Sie sich einfach aus. Sie haben einen harten Tag hinter sich, und morgen wird ganz genauso hart.«

Wenn ich schlafe, erwartet mich so oder so das Gefängnis, Annabel.

* * *

Tommy Brue war nicht im Gefängnis, allerdings schlief er auch nicht.

Um vier Uhr morgens hatte er sich aus dem Ehebett gestohlen und war barfuß hinuntergeschlichen ins Arbeitszimmer, wo sein Adreßbuch lag. Unter Georgie waren sechs Nummern eingetragen. Fünf waren durchgestrichen. Neben der sechsten hatte er »Handy K.« vermerkt. Das K stand für Kevin, die letzte Nummer, die er von ihr hatte. Drei Monate war es her, daß er sie zum letztenmal gewählt hatte, und noch weit länger, seit er es das letzte Mal an Kevin vorbeigeschafft hatte. Aber diesmal stimmte etwas ganz und gar nicht mit ihr, er wußte es. Und das hatte nichts mit »Vorahnungen« zu tun, nichts mit »Panik«. Es war die Angst eines Vaters um sein Kind, nicht mehr, aber auch nicht weniger.

Er tippte die Nummer von Kevins Handy in sein eigenes ein, damit an dem Apparat neben Mitzis Bett kein verräterisches Lämpchen aufleuchtete, schloß die Augen und wartete auf die schlaffe, gedehnte Stimme, die ihm gleich mitteilen würde, sorry, Tommy, aber Georgie hat momentan keinen Bock, mit Ihnen zu reden, doch, ihr geht's gut, ihr geht's super, sie ist bloß gerade nicht so drauf, irgendwie. Aber diesmal würde er sich nicht abwimmeln lassen. Er würde auf seinen Vaterrechten bestehen, nicht daß er welche besaß. Ein Schwall von Rockmusik bestärkte ihn noch in seinem Vorsatz. Desgleichen Kevins Stimme von der Mailbox, die ihm sagte, yeah, wenn's unbedingt sein muß, sprecht mir was drauf, aber mit Abhören haben wir's hier nicht so, also legt lieber auf, Leute, und probiert's später noch mal – bis die Ansage ihrerseits von einer Frauenstimme unterbrochen wurde.

»Georgie?«

»Wer ist da?«

»Bist du das, Georgie?«

»Klar bin ich's, Dad. Kennst du meine Stimme nicht mehr?«

»Ich wußte bloß nicht, daß du an Kevins Handy gehst. Ich hab nicht damit gerechnet. Wie geht es dir, Georgie? Ist alles in Ordnung bei dir?«

»Mir geht's prima. Ist irgendwas passiert? Du klingst furchtbar. Was macht die neue Mrs. Brue? Gott, wie spät ist es eigentlich bei euch? Dad?«

Er hielt das Telefon ein Stück von sich weg, während er die Fassung zurückzugewinnen versuchte. Die neue Mrs. Brue, acht Jahre neu. Nie Mitzi.

»Nein, es ist nichts passiert, Georgie. Alles bestens. Sie schläft. Ich habe mir nur aus irgendeinem Grund plötzlich fürchterliche Sorgen um dich gemacht. Aber dir geht's gut. Dir geht's mehr als gut, das höre ich. Ich bin letzte Woche sechzig geworden. Georgie?«

Provozieren Sie sie nicht, hatte sein verhaßter Psychiater in Wien immer gesagt. Wenn sie in Schweigen abtaucht, warten Sie, bis sie von sich aus zurückkommt.

»Du hast aber grade echt komisch geklungen, Dad«, beschwerte sie sich, als würden sie täglich miteinander telefonieren. »Ich dachte, du wärst Kevin, der aus dem Supermarkt anruft, aber du warst du. Das hat mich echt umgehauen.«

»Ich wußte gar nicht, daß ihr Supermärkte benutzt. Was kauft er denn?«

»Den ganzen Laden. Er ist übergeschnappt. Ich meine, ein Vierzigjähriger, der seit zehn Jahren von nichts als Pinienkernen lebt und für den das Kinderkriegen bis jetzt immer der absolute Super-GAU war! Und plötzlich gibt es für ihn nur noch Wickelunterlagen, Strampelanzüge mit Hasenohren, rüschenbesetzte Wiegen, Kinderwägen mit eingebauter Sonnenblende! Warst du auch so, als Mum schwanger geworden ist? Und ich bin dann diejenige, die ihm sagen darf, Mann, wir sind pleite, du mußt den ganzen Krempel zurückbringen!«

»Georgie?«

»Ja?«

»Das ist ja wunderbar. Das ist phantastisch. Ich hatte keine Ahnung!«

»Ich bis vor ungefähr fünf Minuten auch nicht.«

»Wann ist es denn soweit? – falls du es mir sagen möchtest.«

»Erst in fünfzig Jahren oder so. Der Hammer, oder? Und Kevin führt sich jetzt schon auf wie ein schwangerer Vater. Er will mich sogar heiraten, jetzt wo sein Buch angenommen worden ist.«

»Sein Buch? Ich wußte gar nicht, daß er eins schreibt.«

»Es ist ein Ratgeber. Bewußtsein, Ernährung und Meditation.«

»Phantastisch!«

»Und herzlichen Glückwunsch nachträglich, okay? Komm uns mal besuchen. Ich hab dich lieb, Dad. Es wird übrigens ein Mädchen. Sagt Kevin.«

»Kann ich euch Geld schicken. Euch ein bißchen unter die Arme greifen? Für das Baby? Kleiner Zuschuß zur Rüschenwiege?« Er war drauf und dran, fünfzigtausend Euro vorzuschlagen, aber er riß sich am Riemen und wartete, bis sie von sich aus zurückkam.

»Bißchen später vielleicht. Ich rede mit Kevin und ruf dich

dann an. Zuschuß zur Rüschenwiege ist wahrscheinlich okay. Bloß eben nicht die Geld-statt-Liebe-Tour. Sagst du mir noch mal deine Nummer?«

Zum neunzehnten oder neunzigsten Mal in den letzten zehn Jahren diktierte Brue ihr seine Nummern: Handy, daheim, die Durchwahl in der Bank. Hatte sie sie aufgeschrieben? Diesmal vielleicht ja.

Er schenkte sich einen Scotch ein. Wunderbare, unglaubliche Neuigkeiten. Zu schön, um wahr zu sein.

Schade nur, daß Annabel ihm nicht auch noch bestätigen konnte, daß es ihr gutging. Denn es war die Sorge um Annabel, nicht um Georgie, das begriff er nachträglich, die ihn mit Herzklopfen aus dem Schlaf hatte schrecken und nach unten schleichen lassen.

Sein verhaßter Wiener Psychiater hätte es vermutlich einen Fall von irregeleiteter Paranoia genannt.

* * *

Dieses Treppenhaus ist die reinste Zumutung.

Hier eine Wohnung zu kaufen: eine Idiotie!

Überall diese gemeingefährlichen kleinen Nischen und Spitzkehren und Halbabsätze: ich könnte mir das Genick brechen.

Dieser Rucksack wiegt eine Tonne. Was haben wir da bloß alles reingepackt?

Die Riemen schneiden in meine Schultern wie Drähte.

Noch eine Treppe, dann bin ich da.

Sie hatte geschlafen. Nach zwei Nächten am Stück, die sie in ihrer Wohnung hellwach an die Decke gestarrt hatte, plötzlich ein tiefer, traumloser Kinderschlaf.

»Issa wird hochzufrieden mit Ihnen sein«, hatte ihr Erna Frey versichert, die sie mit einer Tasse Kaffee geweckt und sich zu ihr auf die Bettkante gesetzt hatte. »Sie bringen ihm genau die Nachricht, auf die er gehofft hat. *Plus* ein fürstliches Frühstück.«

Und das gleiche hatte sie noch einmal in den Rückspiegel gesagt, während Annabel hinten im Laderaum kauerte, neben sich ihr Fahrrad, mit dem sie gleich das letzte Stück Straße zum Hafen hinuntersausen würde. »Denken Sie daran: Sie tun nichts im mindesten Betrügerisches oder Unehrliches. Sie bringen ihm Hoffnung, und er vertraut Ihnen. Ich habe den Joghurt ganz zuoberst eingepackt. Ihre Schlüssel sind in Ihrer rechten Anoraktasche. Sind Sie startklar? Dann ab mit Ihnen.«

Das neue Vorhängeschloß sprang auf, die Eisentür gab erst dem Druck beider Hände nach, aus dem Radio drang leise Musik, Brahms, dachte sie. Sie blieb auf der Schwelle stehen, beschwert von Angst und Scham und einer abgrundtiefen Traurigkeit über das, was sie gleich tun würde. Er lag unter dem Bogenfenster ausgestreckt, auf dem Stück Boden, das er sich zum Bett erkoren hatte, von Kopf bis Fuß in eine braune Decke gehüllt, so daß von seinem langen Körper nichts hervorsah als das Scheitelkäppchen am einen Ende und Karstens Designersocken am anderen. Neben seinem Lager hatte er sorgsam alles bereitgelegt, was ihn in sein nächstes Gefängnis begleiten sollte: die Satteltasche, der kleingefaltete schwarze Mantel, Karstens Slipper und Designerjeans. Hieß das, daß er bis auf Socken und Käppchen nackt war? Sie schloß die Tür hinter sich, blieb aber stehen, so daß die ganze Länge des Lofts zwischen ihnen war.

»Wir wollen bitte sofort in die Klinik aufbrechen, Annabel«, verkündete Issa unter der Decke hervor. »Hat Mr. Brue einen bewaffneten Wachmann und einen übelriechenden grauen Bus mit vergitterten Fenstern geschickt?«

»Kein Bus, kein bewaffneter Wachmann, tut mir leid«, rief sie munter zurück. »Und auch keine Klinik. Sie fahren jetzt doch nirgendwohin« – sie rettete sich in die Küche –, »und ich dachte, das feiern wir mit einem exotischen Frühstück. Kommen Sie einfach rüber, wenn Sie aufgestanden sind. Vielleicht wollen Sie ja noch beten?«

Schweigen. Bestrumpfte Sohlen tappten über die Dielen. Sie hockte sich vor den Kühlschrank, öffnete ihn, stellte den Rucksack daneben.

»Keine Klinik, Annabel?«

»Keine Klinik«, bestätigte sie. Das Sohlentappen war verstummt.

»Gestern sagen Sie mir, ich muß in eine Klinik, Annabel. Heute muß ich plötzlich in keine Klinik mehr. Warum?«

Wo war er? Sie wagte nicht, sich umzudrehen. »Es war doch kein so guter Plan, wie wir dachten«, sagte sie laut. »Zuviel Papierkram. Zu viele Formulare zum Ausfüllen, zu viele unbequeme Fragen« – Erna Freys Idee. »Wir haben uns einfach gesagt, daß Sie hier besser aufgehoben sind.«

»*Wir?*«

»Mr. Brue. Ich.«

Schieben Sie ruhig Brue vor, hatte ihr Bachmann geraten. Wenn er für Issa ein höheres Wesen ist, soll er das bleiben.

»Ich verstehe Ihre Motivation nicht, Annabel.«

»Wir haben unsere Meinung geändert, das ist alles. Ich bin Ihre Anwältin, er ist Ihr Bankier. Wir sind die Optionen durchgegangen und zu dem Schluß gekommen, daß Sie am besten hier in der Wohnung aufgehoben sind, wo Sie ohnehin am liebsten sein wollen.«

Sie nahm ihren Mut zusammen und wandte sich um. Er füllte den Türrahmen aus, ein schwarzäugiger Mönch in brauner Kutte, der sie nicht aus den Augen ließ, während sie aus dem Rucksack all seine Leibspeisen holte, die Erna Frey so liebevoll hineingepackt hatte: eine Sechserpackung Fruchtjoghurt, ofenwarme Mohnbrötchen, Butter, griechischen Honig, Sour Cream, Emmentaler.

»Ist Mr. Brue in Trübsinn verfallen, weil er der Klinik so viel Geld zahlen sollte, Annabel? Ist das der Grund, warum er seine Meinung geändert hat?«

»Ich habe Ihnen den Grund genannt. Ihre eigene Sicherheit.«

»Sie lügen mich an, Annabel.«

Sie sprang auf und drehte sich zu ihm. Nur ein Meter trennte sie voneinander. Zu jeder anderen Zeit hätte sie den unsichtbaren Sperrgürtel zwischen ihnen respektiert, aber diesmal hielt sie die Stellung.

»Ich lüge Sie *nicht* an, Issa. Der Plan ist abgeändert worden, zu Ihrem eigenen Besten.«

»Ihre Augen sind blutunterlaufen, Annabel. Haben Sie Alkohol getrunken?«

»Nein, natürlich nicht.«

»Wieso natürlich, Annabel?«

»Weil ich nie Alkohol trinke.«

»Kennen Sie ihn sehr gut, diesen Mr. Tommy Brue, bitte?«

»Was reden Sie da?«

»Haben Sie mit Mr. Brue Alkohol getrunken, Annabel?«

»Issa! Hören Sie auf!«

»Unterhalten Sie eine Beziehung zu Mr. Tommy Brue, die vergleichbar ist mit Ihrer Beziehung zu dem unbefriedigenden Mann in Ihrer früheren Wohnung?«

»Issa, ich habe gesagt, Sie sollen aufhören!«

»Ist Mr. Tommy Brue der Nachfolger dieses unbefriedigenden Mannes? Übt Mr. Tommy Brue einen unverhältnismäßigen Einfluß auf Sie aus? Ich habe beobachtet, wie er Sie in Leylas Haus mit lüsternen Augen betrachtet hat. Geben Sie Mr. Brues niedrigen Gelüsten statt, weil er über materielle Reichtümer verfügt? Glaubt Mr. Brue, indem er mich hier in Ihrer Wohnung festhält, kann er Sie seinem Willen unterwerfen und gleichzeitig sichergehen, daß er nicht gezwungen sein wird, der KGB-Klinik riesige Summen zu bezahlen?«

Sie hatte die Fassung zurückgewonnen. Wir können kein willfähriges Weibchen gebrauchen, so Bachmanns Diktum, wir brauchen Kreativität. Wir brauchen Ihren eiskalten Verstand und Ihr abgefeimtes Juristenhirn, nicht irgendwelche emotionale Kinderkacke, die nirgends hinführt.

»Schauen Sie, Issa«, sagte sie überredend und wandte sich wieder zu dem Rucksack um. »Mr. Brue ist nicht nur auf Ihr leibliches Wohl bedacht. Schauen Sie, was er Ihnen geschickt hat.«

Ein Taschenbuch, russisch: Turgenjews *Frühlingswogen* und *Erste Liebe* in einem Band.

Tschechows *Sämtliche Erzählungen*, gleichfalls auf russisch.

Ein kleiner CD-Spieler als Ablösung für Annabels alten Kassettenrecorder, CDs mit Musik von Rachmaninow, Tschaikowski, Prokofieff und dazu – denn Erna dachte an alles – Ersatzbatterien.

»Mr. Brue mag und respektiert uns beide«, sagte sie. »Er ist nicht mein Liebhaber. Das spielt sich in Ihrer Phantasie ab, nirgends sonst. Wir wollen Sie keinen Tag länger hier festhalten als nötig. Wir würden alles Menschenmögliche tun, um Ihnen zu Ihrer Freiheit zu verhelfen. Das müssen Sie mir glauben.«

* * *

Der gelbe VW-Bus stand da, wo er sie abgesetzt hatte, mit demselben Jungen am Steuer und Erna Frey auf dem Beifahrersitz. Sie hatte das Radio eingeschaltet und hörte Tschaikowski. Annabel wuchtete ihr Rad ins Wageninnere, den Rucksack hinterher, kletterte hinein und knallte die Tür zu.

»Das ist das Mieseste, was ich in meinem ganzen Leben gemacht habe«, bemerkte sie, den Blick starr zur Windschutzscheibe hinaus gerichtet. »Danke vielmals! Hat richtig gutgetan.«

»Unsinn, Kindchen. Sie haben es wunderbar hingekriegt«, sagte Erna Frey. »Er ist glücklich. Hören Sie doch.«

Aus dem Radio klang immer noch der Tschaikowski, aber der Empfang schien sonderbar abgehackt, bis Annabel begriff, daß Issa in Karstens Slippern über die Dielenbretter klapperte und in einem mißtönenden Tenor lauthals mitsang.

»Das habe ich jetzt also auch geschafft«, sagte sie. »Klasse.«

10

Glyzinien überrankten das Fachwerk des Vordachs. Davor ein schmuckes Paradiesgärtlein mit Rosenhecke und einem Seerosenteich mit wasserspeienden Messingfröschen. Das Haus war nicht minder schmuck, ein Bilderbuchhäuschen mit tiefroten Dachziegeln und malerischen Schornsteinen, gelegen an einem der begehrtesten Kanäle Hamburgs. Es war Punkt neunzehn Uhr. Bachmann wußte, was Pünktlichkeit ausmachen kann. Er hatte seinen amtlichsten Anzug angezogen und trug eine Aktentasche in der Hand. Seine schwarzen Schuhe waren gewichst, der rebellische Haarschopf mit Hilfe von Erna Freys Spray in eine befristete Unterwerfung gezwungen.

»Schneider«, nuschelte er in die Sprechanlage, und die Haustür öffnete sich prompt, nur um ebenso prompt von Frau Ellenberger hinter ihm wieder geschlossen zu werden.

* * *

In den knapp achtzehn Stunden, seit Annabel von Erna Frey zu Bett gebracht worden war, hatte Bachmann Maximilian im Zentralcomputer des Nachrichtendienstes sämtliche Karpows dieser Erde ausforschen lassen, hatte einen Kontaktmann beim österreichischen Staatsschutz telefonisch dazu vergattert, die unselige Geschichte von Brue Frères in den Jahren ihres Wiener Niedergangs auszugraben, hatte dem bärbeißigen Leiter von Arni Mohrs Observationseinheit alles aus der Nase gezogen, was es über die Lebensführung des derzeitigen Bankdirektors zu wissen gab, hatte einen seiner Auswerter auf das Archiv des Hamburger Finanzamts angesetzt sowie eine geschlagene Stunde – mittlerweile war es nach Mittag – über die verschlüsselte Verbindung nach Berlin Michael Axelrod aus der Zentrale bearbeitet, bevor er sich schließlich alle verfügbaren Akten über einen hochangesehenen muslimischen Gelehrten kommen ließ, der in Norddeutschland lebte und bekannt war für seine moderaten Ansichten und sein verbindliches Auftreten im Fernsehen.

Für einige dieser Akten mußte er erst eine Sondergenehmigung von der Geldwäsche-Abteilung der Zentrale einholen. Auf Erna Frey wirkte er zeitweise regelrecht dement, wie er zwischen der Auswertung und ihrem eigenen Büro hin- und herschlurfte, unzählige Zigaretten qualmte, wild in den Papierbergen auf seinem Tisch wühlte oder plötzlich irgendwelche Vermerke zu sehen verlangte, die er ihr geschickt und dann vergessen hatte und die nun in den Tiefen ihres Computers schlummerten.

»Warum ausgerechnet die Engländer, verdammt?« wollte er wissen. »Wie gerät ein russischer Gauner in einer österreichischen Stadt an eine britische Bank? Na gut, Karpow senior bewundert ihre Scheinheiligkeit. Er bewundert die Eleganz, mit der sie lügen. Aber wie hat er sie verdammt noch mal *gefunden*? Wer hat ihn *hin*geschickt?«

Und dann, um drei Uhr nachmittags: *Heureka!* Er hielt sie in der Hand, eine windige braune Akte aus den Katakomben der Staatsanwaltschaft. Sie war für den Reißwolf bestimmt gewesen, aber auf wundersame Weise seinen Fängen entkommen. Bachmanns Wetterzauber hatte wieder einmal funktioniert.

* * *

In geblümten Lehnstühlen saßen sie im Erker von Frau Ellenbergers blitzsauberem Wohnzimmer, das wie ein Direktimport aus England anmutete, und tranken Earl Grey aus feinstem Minton-Porzellan. An den Wänden Constable-Landschaften und Stiche des alten London. In einem Sheraton-Bücherschränkchen Jane Austen, Trollope, Hardy, Edward Lear und Lewis Carroll. Auf der Fensterbank flaumige Frühlingsblüten in Wedgwood-Töpfen.

Lange Zeit sprach keiner von ihnen. Bachmann lächelte gütig, vornehmlich in sich hinein. Frau Ellenberger studierte ihre Spitzengardinen.

»Stört es Sie, wenn ich unser Gespräch aufzeichne, Frau Ellenberger?« fragte Bachmann.

»Ganz entschieden, Herr Schneider.«

»Dann soll es unaufgezeichnet bleiben«, erklärte er mit Nachdruck und ließ das eine Gerät in seiner Aktentasche verschwinden, während das andere weiterlief.

»Aber Notizen darf ich mir machen«, schlug er vor. Und er legte sich einen Block auf die Knie und zückte den Stift.

»Ich möchte eine Kopie von allem, was Sie in Ihre Akte aufnehmen«, sagte sie. »Wenn Sie mir mehr Vorlauf gegeben hätten, wäre jetzt mein Bruder hier, um mich zu vertreten. Leider ist er heute abend anderweitig beschäftigt.«

»Ihr Bruder darf unsere Akten jederzeit einsehen.«

»Das will ich hoffen, Herr Schneider«, war Frau Ellenbergers Antwort.

Als sie ihm die Tür geöffnet hatte, war sie errötet. Jetzt war sie geisterblaß und schön. Mit ihren geweiteten, verwundbaren Augen, dem locker hochgesteckten Haar, ihrem langen Hals und Jungmädchenprofil schien sie Bachmann eine jener Schönheiten, die unmerklich in die mittleren Jahre hinübergleiten und dann verschwunden sind.

»Ich darf anfangen?« vergewisserte er sich.

»Bitte.«

»Vor sieben Jahren haben Sie meinem Vorgänger und Kollegen Herrn Brenner gegenüber freiwillig eine eidesstattliche Erklärung abgegeben. Gegenstand dieser Erklärung waren gewisse Bedenken Ihrerseits hinsichtlich der Aktivitäten Ihres damaligen Arbeitgebers.«

»Ich habe den Arbeitgeber nicht gewechselt, Herr Schneider.«

»Ein Umstand, dessen wir uns bewußt sind und dem wir Rechnung tragen werden«, erwiderte Bachmann und machte sich ehrerbietig eine Notiz: eine Maßnahme zur Vertrauensbildung.

»Das will ich hoffen, Herr Schneider«, sagte Frau Ellenberger wieder, zu den Spitzengardinen diesmal, und umfaßte die Armlehnen ihres Stuhls fester.

»Darf ich Ihnen sagen, daß ich Ihren Mut bewundere?«

Vielleicht, vielleicht auch nicht; sie ließ nicht erkennen, daß sie ihn gehört hatte.

»Ihre Ehrlichkeit natürlich auch. Aber mehr noch Ihren Mut. Darf ich fragen, was Sie dazu gebracht hat?«

»Und darf ich *Sie* fragen, was Sie *hierher*bringt?«

»Karpow«, antwortete Bachmann wie aus der Pistole geschossen. »Grigorij Borisowitsch Karpow. Ehemaliger Vorzugskunde von Brue Frères, früher Wien, jetzt Hamburg. Inhaber eines Lipizzanerkontos.«

Während er noch sprach, wandte sie das Gesicht in seine Richtung, halb angewidert, so schien es Bachmann, doch halb auch auf schuldbewußte Weise beschwingt.

»Erzählen Sie mir nicht, daß er immer noch sein Unwesen treibt«, rief sie.

»Karpow selbst, wie ich Ihnen ohne großes Bedauern mitteilen kann, weilt nicht mehr unter uns, Frau Ellenberger. Aber seine Werke wirken über seinen Tod hinaus. Wie auch die seiner kriminellen Geschäftspartner. Was, ohne mein Amtsgeheimnis verletzen zu wollen, der Grund für meinen heutigen Besuch ist. Die Geschichte legt keine Atempause ein, wie es so schön heißt. Je tiefer wir graben, desto tiefer in die Vergangenheit führt sie uns. Gestatten Sie mir die Frage: Ist Ihnen der Name *Anatolij* ein Begriff? Anatolij, *consigliere* des verstorbenen Karpow?«

»Entfernt. Nur dem Namen nach. Er hat für Karpow alles gedeichselt.«

»Aber kennengelernt haben Sie ihn nicht?«

»Es gab keine Mittelsmänner.« Sie korrigierte sich. »Außer Anatolij eben. Karpows *Deichsler vom Dienst* hat Mr. Edward ihn immer genannt. Wobei Anatolij die Sachen nicht nur gedeichselt hat. Er hat sie geradegebogen. All die krummen Dinger, die Karpow gedreht hat – Anatolij hat sie hingebogen, bis sie gerade aussahen.«

Bachmann vermerkte diesen ungewöhnlichen Kommentar bei sich, hakte jedoch nicht nach.

»Und *Iwan*? Iwan Grigorijewitsch?«

»Ich weiß von keinem Iwan, Herr Schneider.«

»Karpows unehelicher Sohn? Später hat er sich dann in *Issa* umbenannt.«

»Ich kenne keinerlei Sprößlinge von Oberst Karpow, weder unehelich noch anderweitig, obwohl ich nicht daran zweifle, daß es sie in großer Zahl gab. Der junge Mr. Brue hat mich erst vor ein paar Tagen das gleiche gefragt.«

»Ach ja?«

»Ja.«

Und auch diese Bemerkung ließ Bachmann unkommentiert. Wer halbwegs gewieft im Vernehmen ist – so predigte er den Neulingen in der Branche, wenn er denn welche in die Finger bekam, der tritt nicht die Haustür ein. Er drückt brav den Klingelknopf und geht dann hintenrum rein. Aber das war nicht der Grund für seine Zurückhaltung, wie er Erna Frey später gestand. Der Grund war *diese zweite Stimme,* die er hörte: das Gefühl, daß hinter der Geschichte, die sie ihm erzählte, noch eine andere Geschichte mitklang.

»Darf ich Sie also fragen, Frau Ellenberger – wenn wir zeitlich noch einmal zurückgehen könnten –, was Sie vor sieben Jahren dazu veranlaßt hat, diese extrem mutige Erklärung abzugeben?«

Es dauerte eine Weile, bis sie ihn hörte.

»Ich bin Deutsche, das werden Sie ja wohl verstehen«, antwortete sie unwirsch, als er seine Frage gerade wiederholen wollte.

»Ja, gewiß.«

»Ich war im Begriff, nach Deutschland zurückzukehren. In meine Heimat.«

»Aus Wien.«

»Brue Frères sollte eine Niederlassung in Deutschland gründen. Meinem Deutschland. Ich hatte den Wunsch – ja, doch, ich hatte den *Wunsch*«, sagte sie zornig und starrte in den Garten hinter den Spitzengardinen hinaus, als läge der Fehler dort.

»Sie hatten den Wunsch, einen Schlußstrich zu ziehen?«

schlug Bachmann vor. »Einen Schlußstrich unter die Vergangenheit?«

»Ich hatte den Wunsch, *unbelastet* in mein Land zurückzukehren«, entgegnete sie, nun plötzlich mit großer Lebhaftigkeit. »Unbefleckt. Begreifen Sie das nicht?«

»Noch nicht ganz, aber ich gebe mir Mühe.«

»Ich wollte einen Neuanfang machen. *Mit* der Bank. *Mit* meinem Leben. Ist das nicht nur menschlich? Sich einen Neuanfang zu wünschen? Aber vielleicht sehen Sie das ja nicht so. Männer sind da anders.«

»Wenn ich richtig informiert bin, war zudem Ihr hochgeschätzter langjähriger Arbeitgeber verstorben, und *der junge Mr. Brue*« – er griff ihre Formulierung auf – »hatte die Bank übernommen?« Bachmann sagte es gedämpft, fragend: der Schüler bei seiner Lehrerin.

»Sie sind richtig informiert, Herr Schneider. Sie haben Ihre Hausaufgaben gemacht, das ist dankenswert. So wenige machen heutzutage ihre Hausaufgaben. Ich war *ausnehmend* jung damals«, erklärte sie in einem Ton unerbittlicher Selbstdiagnose. »*Sträflich* jung, sogar für mein Alter. Verglichen mit der Jugend von heute war ich noch kaum aus den *Windeln*. Ich kam aus bescheidenen Verhältnissen und hatte *keinerlei* Ahnung von der Welt.«

»Aber ich bitte Sie, es war Ihr erster Einsatz, Ihnen fehlte jede Fronterfahrung!« rief Bachmann in ebenso indigniertem Ton. »Die Anordnungen kamen von oben, und Sie haben sie befolgt. Sie waren jung und unschuldig, und Sie hatten eine Vertrauensposition inne. Gehen Sie nicht etwas hart mit sich ins Gericht, Frau Ellenberger?«

Hörte sie ihn? Und wenn ja, warum lächelte sie dann? Ihre Stimme veränderte sich, wurde jünger. Ein helleres Timbre schlich sich in sie ein, weicher, frischer, ein Hauch von Wienerisch, der noch ihre harschesten Verlautbarungen abmilderte. Und mit der Stimme verjüngte sich auch die Körpersprache: immer noch sittsam, immer noch untadelig korrekt, aber lebhafter, mit einem Quentchen Koketterie darin. Was Bachmann freilich noch eigenartiger berührte, war die Tatsache, daß ihre ganze Redeweise plötzlich für das Ohr eines

Menschen bestimmt schien, der nicht nur älter, sondern auch höher im Rang war als sie, was auf ihn selbst beides nicht zutraf: quasi ein unbewußt rückwärtsgewandtes Sprechen, das nicht nur die Stimme ihrer Jugend zum Leben erweckte, sondern auch das Verhältnis zu der Person spiegelte, die sie hier beschrieb.

»Es gab andere, die *vorwitziger* waren, Herr Schneider«, monierte sie, aber voll Nachsicht. »*Sehr* vorwitzig sogar, wenn ihnen das nur *Mr. Edwards* Aufmerksamkeit sicherte.« Ein Name wie ein Kleinod, wie ein kostbarer Besitz. »Aber das war nicht mein Stil, o nein. Es war meine Zurückhaltung, nicht meine Vorwitzigkeit, die ihn auf mich aufmerksam machte. Das hat er mir selbst gesagt. ›Elli, wenn du ein Mädchen für alles suchst, nimm lieber eins aus den hinteren Reihen.‹ Das war seine *derbe* Seite, die da sprach«, fügte sie verträumt hinzu. »Damit hatte ich nicht gerechnet, mit dieser derben Seite an ihm. Daran mußte ich mich erst gewöhnen. Man erwartet so etwas nicht bei einem so feinen Herrn wie Mr. Edward. Aber dann war es in Ordnung. Es war *echt*«, sagte sie stolz und verstummte erneut.

»Und Sie waren gerade mal – *wie* alt waren Sie damals?« erkundigte sich Bachmann nach einer Weile, so behutsam er konnte, um nur ja den Bann nicht zu brechen.

»Zweiundzwanzig, aber mit den *besten* Abschlußnoten. Mein Vater war gestorben, als ich noch sehr jung war, wissen Sie. Wie, darüber wurde der Mantel des Stillschweigens gebreitet, das sage ich Ihnen ganz offen. Er hat den Strick genommen – *hieß* es, aber nie offiziell. Wir waren ja Katholiken. Der Bruder meiner Mutter war Priester in Passau und nahm uns in seiner Güte bei sich auf. Wie es sich für einen Passauer Priester gehört. Nur entwickelte er im Laufe der Jahre eine übermäßige Zuneigung zu mir, darum hielt ich es für geraten, für meine Sekretärinnenausbildung nach Wien zu gehen, sosehr das meiner Mutter ins Herz schnitt. Ja. So war das. Er hat sich an mir vergangen, wenn Sie es unbedingt wissen müssen. Damals begriff ich das gar nicht richtig. Wenn man unschuldig ist, begreift man vieles nicht.«

Wieder versank sie in Schweigen.

»Und Brue Frères war Ihre erste Anstellung«, sagte Bachmann vorsichtig.

»Ich kann Ihnen nur sagen«, beantwortete Frau Ellenberger eine Frage, die er nicht gestellt hatte, »daß Mr. Edward mich immer *vorbildlich* behandelt hat.«

»Daran würde ich niemals zweifeln.«

»Mr. Edward war der Anstand in Person.«

»Meine Behörde stellt das nicht in Abrede. Wir sind der Ansicht, daß er auf Abwege gelockt wurde.«

»Er war britisch im besten Sinne. Wenn Mr. Edward sich mir anvertraute, fühlte ich mich geschmeichelt. Wenn er mich einlud, ihn zu begleiten, etwa zu einem kleinen Dinner *after a long day's work*, bevor er heimging zu seiner Familie, war ich stolz, daß er mich wählte.«

»Wer wäre das nicht? Niemand.«

»Daß er vom Alter her nicht nur mein Onkel hätte sein können, sondern praktisch mein Großvater, beunruhigte mich nicht über Gebühr«, fuhr sie fort, streng, wie fürs Protokoll. »Die Aufmerksamkeiten eines älteren Mannes war ich ja schon gewohnt, die nahm ich als normal hin für ein Mädchen in meiner Lage. Nur daß in Mr. Edwards Fall mehr Verve dahinter war. Er war *nicht* mein Onkel. Als ich meiner Mutter erzählte, was vorgefallen war, konnte sie an der Situation nichts Schlechtes finden, ganz im Gegenteil, sie riet mir dringend, sie nicht durch kleinliche Einwände aufs Spiel zu setzen. Mr. Edward hatte nur einen einzigen Sohn zu bedenken, da würde er ein hübsches junges Mädchen, das ihm auf seine alten Tage liebevolle Freundschaft bewies, doch sicher nicht vergessen.«

»Und das hat er auch nicht, oder?« half Bachmann nach und ließ den Blick anerkennend durchs Zimmer wandern, aber sie war ihm schon wieder abhanden gekommen – und fast schien es ihm, auch sich selbst.

»Und an welchem Punkt genau, Frau Ellenberger«, setzte er unverdrossen zu einem neuen Vorstoß an, »wurde Ihr gemeinsames Glück, wenn ich es so formulieren darf, durch das Auftauchen von *Oberst Karpow* getrübt?«

* * *

Hatte sie ihn wirklich nicht gehört?

Nach wie vor nicht?

Ihre Augenbrauen hoben sich fast bis zum Haaransatz. Sie legte den Kopf schräg, als würde sie lauschen. Was folgte, war eine weitere Aussage fürs Protokoll:

»Grigorij Borisowitsch Karpow trat als Frères-Kunde auf den Plan, als meine Beziehung zu Mr. Edward gerade ihre volle, ganz und gar ungeahnte Blüte erreichte. Ich hätte damals nicht zu sagen gewußt, welches Ereignis zuerst kam, und ich weiß es bis heute nicht. Mr. Edward, anders kann ich es nicht beschreiben, durchlebte seine zweite oder dritte Jugend. Seine Aufmerksamkeiten ließen nichts zu wünschen übrig, und er bewies mehr Abenteuergeist als viele der jüngeren Männer in der Wiener Finanzwelt.« Sie sann ein Weilchen, setzte zum Sprechen an, schüttelte dann den Kopf und lächelte schelmisch. »*Sehr* viel mehr Abenteuergeist, wenn Sie's genau wissen wollen.« Der Moment war vorüber. »Sie haben nach dem *Zeitpunkt* gefragt, glaube ich. Wann er auf der Bildfläche erschienen ist. Karpow. Ja?«

»So ungefähr.«

»Dazu müßte ich Ihnen erst ein wenig über Karpow erzählen.«

»Sehr gern.«

»Es wäre verlockend, Karpow einfach als den typischen russischen Bären zu beschreiben. Aber das wäre nur die halbe Wahrheit. Auf Mr. Edward wirkte er wie ein Jungbrunnen. ›Karpow ist meine Spanische Fliege‹, sagte er einmal zu mir. Karpows eigenwilliger Umgang mit der Konvention brachte in Mr. Edward eine Saite zum Klingen. In den Wochen, die der Einführung des Lipizzaner-Systems vorausgingen, reiste Mr. Edward nach Prag, Paris und Ostberlin, einzig und allein zu dem Zweck, sich mit unserem neuen Kunden zu treffen.«

»In Ihrer Begleitung?«

»Manchmal in meiner Begleitung, ja. Oft in meiner Begleitung, genauer gesagt. Und manchmal kam auch der kleine Anatolij mit seinem Aktenkoffer mit, der Gute. Ich habe mich immer gefragt, was er wohl darin einstecken hatte. Einen Revolver? Mr. Edward meinte, es sei sein Pyjama. Stellen Sie sich vor, mit dem Aktenkoffer im Nachtclub! Und er bezahlte absolut alles daraus! Aus einer einzigen Außentasche an der Vorderseite, in der er sein Bargeld hatte. Den Koffer selber klappte er nie auf. Das war *top secret*. Die Glatze machte es irgendwie noch drolliger.«

Sie gestattete sich ein Kleinmädchenkichern.

»Keine öde Minute hatte man mit Karpow. Jedes Zusammentreffen ein Wechselbad aus Zügellosigkeit und Kultur, und nie wußte man, worauf man sich gefaßt machen mußte.« Ein scharfes Stirnrunzeln. »Soviel kann ich jedenfalls sagen, Herr Schneider: Oberst Karpow war ein aufrichtiger und leidenschaftlicher Verehrer aller bildenden Künste, der Musik, der Literatur, auch der Physik. Und der Frauen natürlich. Das versteht sich von selbst. Auf russisch hätte er sich als ›kulturnij‹ beschrieben. Als kultiviert.«

»Danke«, sagte der emsig kritzelnde Bachmann.

Im selben unduldsamen Ton: »Er konnte bis zum Morgengrauen in einem Nachtclub gezecht haben und zwischendurch in die Räumlichkeiten im Obergeschoß verschwunden sein – zwei- oder sogar *drei*mal *und* zwischen den Besuchen dort oben Diskussionen über Literatur geführt haben, und dann mußte er *auf der Stelle* sämtliche Kunstgalerien der jeweiligen Stadt besuchen und die kulturellen Sehenswürdigkeiten erkunden. Schlaf, wie wir ihn kennen, gab es bei ihm nicht. Für Mr. Edward und für mich war es eine unvergleichliche Erfahrung.«

Ihre Strenge verließ sie, und sie begann leise zu lachen und den Kopf zu schütteln. Bachmann sekundierte ihr mit seinem Clownsgrinsen.

»Und wurde bei diesen Unternehmungen offen über die Lipizzanerkonten gesprochen?« fragte er. »Oder wurde das alles – pst-pst, hochgeheim – nur zwischen den beiden verhandelt? Und mit Anatolij, wenn Anatolij dabei war?«

Wieder ein nervenaufreibendes Schweigen, während die Erinnerung ihr Gesicht verdüsterte.

»Oh, glauben Sie mir, Mr. Edward war selbst in seinen freizügigsten Momenten immer die Diskretion schlechthin«, beanstandete sie – keine Antwort in dem Sinn, aber immerhin eine Bestätigung seiner Frage. »In Bankbelangen, nun ja, da war das wohl selbstverständlich. Aber auch, was die *Privatsphäre* betraf. Manchmal habe ich mich gefragt, ob ich die einzige war, abgesehen natürlich von Mrs. Brue. Aber dann starb sie«, fuhr sie schmollend fort. »Er war todunglücklich, da bin ich mir sicher. So traurig, wirklich. Ich dachte, wir würden vielleicht heiraten, verstehen Sie. Wie sich zeigte, war die Stelle nicht frei. Nicht für Elli.«

»Über seinen britischen Freund *Mr. Findlay* hielt er sich ja auch bedeckt, wenn ich Ihre Aussage richtig in Erinnerung habe«, steuerte Bachmann federleichten Schrittes auf die Frage zu, die ihn hergeführt hatte.

* * *

Auf ihrem Gesicht war ein Unwetter aufgezogen. Abwehrend schob sie das Kinn vor, machte die Lippen schmal.

»Hieß er nicht so? *Findlay*? Der mysteriöse Engländer?« insistierte Bachmann in lockerem Ton. »So steht es in Ihrer Aussage. Oder bin ich da schiefgewickelt?«

»Nein. Überhaupt nicht. *Findlay* war schiefgewickelt. Völlig schief.«

»Findlay, der teuflisch-geniale Drahtzieher des Lipizzaner-Systems?«

»*Niemand* sollte sich für Mr. Findlay interessieren. Mr. Findlay sollte auf alle Zeit und Ewigkeit der Vergessenheit überantwortet werden, *das* sollte mit *unserem Mr. Findlay* passieren.« Ihre Stimme hatte einen bitterbösen Märchenton angenommen. »Mr. Findlay sollte *in Stücke gehackt und in einem Kessel gekocht werden, bis er gar ist*!«

Die plötzliche Heftigkeit, mit der dieses Verdikt erging, bestätigte Bachmann, was er schon seit einer Weile argwöhnte: Zwar mochten sie englischen Tee aus zarten Porzellantäßchen auf einem Silbertablett trinken, mit silbernem Teesieb, silbernem Milchkännchen und einem silbernen Krug mit heißem Wasser, und dazu gesittet selbstgebackenes schottisches Shortbread knabbern, aber die Dünste, die ihn von Zeit zu

Zeit in ihrem Atem anwehten, stammten von etwas weit Stärkerem als Tee.

»So schlimm war er?« staunte Bachmann. *»Hackt ihn in Stükke. Gebt ihm Saures.«* Aber sie war wieder in ihre Erinnerungen abgedriftet, so daß er ebensogut Selbstgespräche hätte führen können. »Wobei ich Sie bestens verstehen kann. Wenn jemand *meinen* Chef übers Ohr hauen würde, würde mich das auch ziemlich wütend machen. Man mag nicht gern zusehen, wie der eigene Arbeitgeber hinters Licht geführt wird.« Keine Reaktion. »Trotzdem, er muß schon eine ziemliche Type gewesen sein, dieser Mr. Findlay. Nicht wahr? Jemand, der es schafft, Mr. Edward vom Pfad der Tugend wegzulokken – ihn mit russischen Gaunern wie Karpow und seinem *Deichsler vom Dienst* zusammenzubringen …«

Er hatte sie am Wickel.

»Findlay war ganz und gar keine *Type*, danke vielmals!« widersprach Frau Ellenberger wütend. »Er war nicht mal ein *Mensch*. Mr. Findlay war ein einziges Flickwerk von Wesenszügen, die er sich von anderen *zusammengestohlen* hatte!« Worauf sie hastig die Hand vor den Mund klappte.

»Wie sah er denn aus, dieser Findlay? Einfach in ein paar Stichworten: Mr. Findlay.«

»Glatt. Böse. Blankpoliert. Trockene Nase.«

»Wie alt?«

»Vierzig. Hat er jedenfalls behauptet. Aber sein Schatten war viel, *viel* älter.«

»Größe? Allgemeines Aussehen? Irgendwelche besonderen Merkmale, die Ihnen im Gedächtnis geblieben sind?«

»Zwei Hörner, ein langer Schwanz und ein extrem starker Schwefelgeruch.«

Bachmann schüttelte beeindruckt den Kopf. »Der Mann scheint echt ein rotes Tuch für Sie zu sein.«

Frau Ellenberger durchlief eine weitere ihrer jähen Metamorphosen. Sie setzte sich kerzengerade auf, schürzte die Lippen und fixierte ihn mit tadelndem Blick. »Wenn man gezielt ausgeschlossen wird, Herr Schneider, wenn einem jeder Zugang verwehrt wird – zu einem Mann, dem Sie sich emotional verbunden fühlen, dem Sie sich in Ihrer ganzen Weiblichkeit offenbart haben –, ist es ja wohl nicht unbillig, den dafür Verantwortlichen mit Abscheu und Argwohn zu betrachten, um so mehr, wenn er der Verführer und Verderber Ihres … von Mr. Edwards beruflicher Integrität ist.«

»Sind Sie ihm oft begegnet?«

»Einmal, und dieses eine Mal war mehr als ausreichend, um mir ein Urteil zu bilden. Er ließ sich einen Termin geben wie ein ganz normaler potentieller Kunde. Er kam in die Bank, und ich plauderte im Wartezimmer mit ihm, was mit zu meinen Aufgaben gehörte. Das war das einzige Mal, daß er sich in der Bank blicken ließ. Danach wurde dann sein böser Zauber wirksam, und ich wurde vollständig ausgeschlossen. Von beiden.«

»Würden Sie das näher erläutern?«

»Wir konnten uns mitten in einem privaten Moment befinden, Mr. Edward und ich. Allein. Oder in einem Diktat, es war völlig gleich. Das Telefon klingelte. Es war Findlay. Mr. Edward brauchte nur seine Stimme zu hören, und schon hieß es: ›Elli, geh dir die Nase pudern.‹ Wenn Findlay eine *Besprechung* mit Mr. Edward wünschte, dann fand diese Besprechung in einem Restaurant statt, nie in der Bank, und ich war wieder ausgeschlossen. ›Nicht heute abend, Elli. Geh heim und koch deiner Mutter ein Huhn.‹«

»Haben Sie sich bei Mr. Edward über diese schäbige Behandlung beschwert?«

»Seine Antwort war, daß es auf dieser Welt Geheimnisse gebe, in die nicht einmal ich eingeweiht werden könne, und Teddy Findlay sei eines dieser Geheimnisse.«

»Teddy?«

»So hieß er mit Vornamen.«

»Das hatten Sie noch nicht erwähnt, glaube ich.«

»Ich verspürte nicht das Bedürfnis. Wir waren Teddy und Elli füreinander. Nur am Telefon natürlich. Aufgrund dieser einen Begegnung im Wartezimmer, bei der wir über Oberflächlichkeiten nicht hinausgekommen sind. Immer alles nur zum Schein. Alles an Findlay war vorgetäuscht. Unsere angebliche Vertrautheit am Telefon hätte in der Wirklichkeit nie und nimmer Bestand gehabt. Mr. Edward wünschte, daß ich zu seiner Impertinenz gute Miene machte, also machte ich gute Miene.«

»Weshalb sind Sie so sicher, daß Findlay hinter den Lipizzanern steckte?«

»Er hat sie sich ausgedacht!«

»Gemeinsam mit Karpow?«

»*Teilweise* gemeinsam mit Anatolij als Karpows Mittelsmann. Soweit ich das mitbekommen habe. Aus der Ferne. Aber die Idee stammte von ihm ganz allein. Er hat sich gebrüstet damit. *Meine* Lipizzaner. *Mein* kleines Gestüt. *Mein* Mr. Edward, hieß das eigentlich. Es war alles von ihm eingefädelt. Der arme Mr. Edward hatte gar keine Chance. Er wurde *umgarnt*. Erst der ach so reizende Anruf, um den Termin zu vereinbaren – privat und persönlich natürlich, nur sie beide, ganz inoffiziell. Dann die schmeichelhafte Einladung in die Britische Botschaft auf ein Gläschen mit dem Botschafter, um die Sache *amtlich* zu machen. Wie denn *amtlich*, bitte schön? An den Lipizzanern war *nichts* amtlich. Sie waren das genaue Gegenteil von amtlich. Ruhiggespritzt und mit gefesselten Vorderläufen, so sind sie ins Rennen gegangen. O-beinige Schindmähren, die als Vollblüter verkauft wurden!«

»Stimmt ja, die *Botschaft*«, nickte Bachmann vage, als wäre ihm die *Botschaft* momentan entfallen gewesen – denn wer halbwegs gewieft im Vernehmen ist, tritt schließlich nicht die Tür ein. Aber von der Britischen Botschaft hörte er hier zum erstenmal, und Erna Frey würde es ebenso gehen. Nichts in Frau Ellenbergers Erklärung vor sieben Jahren hatte sie darauf vorbereitet, daß die Britische Botschaft in Wien mitgemischt haben könnte.

»*Wie* war das gleich wieder mit der Botschaft?« fragte er in gespielter Verlegenheit. »Wenn Sie mir da noch mal kurz auf die Sprünge helfen könnten, Frau Ellenberger. Anscheinend habe ich meine Hausaufgaben doch nicht so gründlich gemacht, wie wir dachten.«

»*Mr.* Findlay hatte sich ursprünglich als britischer Diplomat vorgestellt«, erwiderte sie ätzend. »Als *informeller* Diplomat, wenn eine solche Spezies existiert, was ich bezweifle.«

Nach Bachmanns Miene zu schließen, bezweifelte er es ebenfalls, auch wenn er dieser Spezies selbst angehört hatte.

»Später hat er sich dann als *Finanzberater* ausgegeben. Wenn Sie mich fragen, war er eins so wenig wie das andere. Er war ein Scharlatan und sonst gar nichts.«

»Das heißt, die Lipizzaner haben ihr Dasein mit freundlicher Genehmigung der *Britischen Botschaft in Wien* begonnen«, sinnierte Bachmann laut. »Ja, natürlich. Jetzt fällt es mir wieder ein. Verzeihen Sie meinen kleinen Lapsus.«

»Wenn Sie mich fragen, ist der ganze Plan dort ausgeheckt worden. An dem Abend, als Mr. Edward von diesem ersten Treffen in der Botschaft zurückkam, hat er mir die Idee in ihren Grundzügen umrissen. Ich war entsetzt, aber es stand mir nicht zu, es zu zeigen. Alles, was danach an Verfeinerungen und Verbesserungen vorgenommen wurde, folgte ausnahmslos aus Beratungen mit Mr. Findlay. Teils irgendwo im Ausland, teils in Wien, aber immer schön weit weg von der Bank, und am Telefon nur in einer verkünstelten Geheimsprache, die Mr. Edward auch noch als *Wortcode* bezeichnete. Es war ein Ausdruck, den ich von ihm bis dahin nie gehört hatte. Guten Abend, Herr Schneider.«

»Guten Abend, Frau Ellenberger.«

Aber Bachmann rührte sich nicht. Und sie genausowenig. Nie in seiner ganzen Laufbahn, bekannte er hinterher Erna Frey, war er einem Gefühl von Telepathie so nahe gewesen. Frau Ellenberger hatte ihn zum Gehen aufgefordert, doch er war nicht gegangen, weil er spürte, daß sie unbedingt noch etwas loswerden wollte, sich aber scheute, es auszusprechen. Ihr Loyalitätssinn kämpfte mit ihrer Erbostheit. Abrupt trug die Erbostheit den Sieg davon.

»Und jetzt ist er *zurückgekommen*«, flüsterte sie mit weit aufgerissenen Augen. »Und diesmal hat er es auf den armen Mr. Tommy abgesehen, der nicht halb soviel Manns ist wie sein Vater. Ich habe seine Stimme durchs Telefon *riechen* können. Ich habe den Schwefel gerochen. Er ist ein Beelzebub. *Foreman* nennt er sich dieses Mal. *Foreman*. Der Boß. Immer muß er überall der Boß sein. Nächste Woche heißt er wahrscheinlich *Five*man!«

* * *

Keine hundert Meter von der Stelle, wo Bachmanns Auto wartete, begann ein Wäldchen, durch das ein schmaler Schlängelpfad zum Wasser führte. Spontan drückte er seine Aktentasche dem Fahrer in die Hand und schlenderte allein den Weg entlang. Eine Bank bot sich an, und er nahm darauf Platz. Es dämmerte schon. Hamburgs blaue Stunde hob an. Sinnend blickte er auf die dunkelnde Wasserfläche und die Lichter der Stadt, die ringsumher aufleuchteten. Einen Augenblick hatte ihm vorhin das Gewissen geschlagen: ein Dieb, der plötzlich das Gefühl hat, die falsche Person bestohlen zu haben. Mit einem Kopfschütteln überwand er den Durchhänger, zog aus einer Tasche seines Anzugs ein Mobiltelefon und gab Michael Axelrods Direktanwahl ein.

»Ja, Günther?«

»Die Briten wollen dasselbe wie wir«, sagte er. »Ohne uns.«

* * *

Ein liebenswürdigerer Anrufer als Ian Lantern war kaum denkbar, Brue konnte es nicht anders sagen. Er war voll der Entschuldigungen, er hatte tiefstes Verständnis dafür, daß Tommys Terminkalender aus allen Nähten platzte, und unter normalen Umständen würde es ihm nicht im Traum einfallen, so zu insistieren, nur saß ihm dummerweise London im Nacken.

»Deutlicher kann ich auf der unverschlüsselten Leitung leider nicht werden, Tommy. Ich muß Sie unter vier Augen sprechen, und zwar am besten vorgestern. Eine Stunde sollte ausreichen. Sagen Sie mir nur, wo und wann.«

So leicht ließ sich Brue nun nicht überrollen. »Hat es vielleicht mit der Angelegenheit zu tun, die wir bei unserem Mittagessen schon andiskutiert hatten?« hakte er nach, kampfbereit.

»Indirekt. Um ein paar Ecken. Die Vergangenheit erhebt wieder ihr häßliches Haupt. Aber nichts Bedrohliches. Nichts, das irgendwen reinreitet. Für Sie sogar eher das Gegenteil. Eine Stunde, und Sie sind mich los.«

Aufatmend konsultierte Brue seinen Kalender, auch wenn

dazu keine Notwendigkeit bestand. Mittwoch war Mitzis Opernabend. Sie und Bernhard hatten zusammen ein Abonnement. Für Brue hieß das Reste aus dem Kühlschrank oder ein Essen und eine Runde Billard im Anglo-German Club: mittwochs konnte er es sich aussuchen.

»Viertel nach sieben bei mir zu Hause – paßt Ihnen das?« Er wollte Lantern die Adresse geben, doch der fiel ihm ins Wort.

»Wunderbar, Tommy. Schlag viertel bin ich da.«

Und das war er. Mit einem Chauffeur, der im Wagen wartete. Und Blumen für Mitzi. Und diesem verfluchten immer gleichen Lächeln im Gesicht, während er an seinem Mineralwasser mit Eis und Zitrone nippte.

»Nein, ich stehe lieber, wenn es Ihnen nichts ausmacht«, meinte er leutselig, als Brue ihm einen Stuhl anbot. »Nach drei Stunden Autobahn tut es ganz gut, sich ein bißchen die Beine zu vertreten.«

»Sie sollten es mit Zugfahren probieren.«

»Tja, das nehme ich mir auch immer vor.«

Also blieb Brue ebenfalls stehen, die Hände auf dem Rükken verschränkt, mit der höflich gezügelten Ungeduld des vielbeschäftigten Mannes (so hoffte er), der im eigenen Haus behelligt wird und dafür eine Erklärung erwartet.

»Wie gesagt, Tommy, die Zeit drängt, deshalb beschreibe ich Ihnen erst mal die Klemme, in der *Sie* stecken, und dann können wir uns vielleicht mit der Klemme befassen, in der *wir* stecken. Einverstanden?«

»Wie Sie wollen.«

»Mein Gebiet ist übrigens Terrorismus. Das hatten wir bei unserem Essen gar nicht erwähnt, kann das sein?«

»Das hatten wir nicht erwähnt, stimmt.«

»Ach ja, und keine Sorge wegen Mitzi. Sollten sie und ihr Freund in der Pause die Nase voll haben, sagen meine Jungs uns sofort Bescheid. Wollen Sie sich nicht doch setzen und Ihren Whisky austrinken?«

»Danke, ich bin ganz zufrieden so.«

Lantern schien darüber enttäuscht, ließ sich aber nicht beirren.

»Kein schönes Gefühl, das können Sie mir glauben, Tommy, von meinem deutschen Kollegen erfahren zu müssen, daß Sie nicht nur sehr wohl von Issa Karpow gehört, sondern sich auch noch im Beisein von Zeugen eine halbe Nacht mit ihm um die Ohren geschlagen haben! Das hat uns doch arg dumm dastehen lassen. Ich meine, es ist ja nicht so, als hätten wir Sie nicht gefragt!«

»Sie wollten, daß ich Ihnen Bescheid sage, falls er Anspruch auf sein Erbe erhebt. Das war nicht der Fall und ist es bis heute nicht.«

Lantern nahm Brues Antwort hin, wie der Respekt vor dem Älteren es gebot, aber es war deutlich zu merken, daß sie ihn nicht zufriedenstellte. »Es gab einfach einen Haufen Informationen, die Sie hatten und die wir sehr gut hätten brauchen können. Dann hätten wir die Nase vorn gehabt in dem Rennen, statt kläglich hinterherzuhinken.«

»Was für ein *Rennen*?«

Lanterns Lächeln bekam etwas Bedauerndes. »Kein Kommentar, tut mir leid. In unserer Branche muß nicht jeder über alles Bescheid wissen.«

»In meiner auch nicht.«

»Wir haben eine kleine Motivstudie bei Ihnen vorgenommen, Tommy. Wir und London. Ihr familiärer Hintergrund, Ihre Tochter aus erster Ehe – Georgie heißt sie, nicht wahr? Tochter von Sue? Niemand konnte so ganz begreifen, warum Sie beide sich getrennt haben. Traurig, so was, finde ich immer. Fast eine Art Tod, finde ich, Scheidungen, die vermeidbar gewesen wären. *Meine* Eltern sind jedenfalls nie drüber hinweggekommen. Und ich auch nicht, wenn ich ehrlich sein soll. Gut, aber sie ist schwanger, was ja erfreulich ist. Georgie, meine ich. Sie müssen überglücklich sein.«

»Was faseln Sie da für ein Zeug? Kümmern Sie sich gefälligst um Ihren eigenen Mist!«

»Wir versuchen doch nur dahinterzukommen, warum Sie gar so unkooperativ waren, Tommy, und was Sie hier zu schützen versuchen. Oder wen. Geht es ihm nur um die eigene Haut? haben wir uns gefragt. Oder um Brue Frères? Ist es der junge Karpow – hat er an ihm einen Narren gefressen, in welcher Form auch immer? Ich meine, Sie haben das Blaue vom Himmel heruntergelogen, Tommy. Wir sind Ihnen allen Ernstes auf den Leim gegangen. Insofern, Chapeau!«

»Als ob Sie beide so großzügig mit der Wahrheit gewesen wären.«

Das überhörte Lantern geflissentlich. »Allerdings«, fuhr er munter fort, »nachdem wir uns dann die reichlich trübe Finanzsituation von Brue Frères angesehen und grob überschlagen hatten, wie viel der alte Karpow beiseite gebracht haben muß, hatten wir das Gefühl, Sie schon besser zu verstehen: Ah, *darum* geht es Tommy also! Er hofft, die Millionen des alten Karpow werden ihm einen bequemen Lebensabend sichern. Kein Wunder, daß er keinen gesteigerten Wert darauf legt, daß jemand Anspruch auf sie erhebt. Möchten Sie sich dazu äußern?«

»Sagen wir doch gleich, Sie haben recht«, fuhr Brue ihn an. »Und dann scheren Sie sich endlich raus hier!«

Lanterns jungenhaftes Lächeln wurde noch eine Spur mitfühlender. »Kann ich nicht, Tommy, so leid's mir tut. Genausowenig wie Sie, wenn Sie verstehen, was ich meine. Abgesehen davon, daß ja offenbar auch noch eine junge Dame in den Fall verstrickt ist.«

»Dummes Zeug. Was für eine junge Dame denn? Kompletter Blödsinn. Es sei denn, Sie meinen die Anwältin des Jungen, Frau« – verzweifelt tat er so, als würde er sein Hirn durchforsten –, »Frau *Richter*. Sie spricht Russisch. Stellt den Asylantrag für ihn et cetera.«

»Ein richtiges Sahneschnittchen, was man so hört. Wenn man kleine Frauen mag, und das tu ich.«

»War mir gar nicht aufgefallen. Ich fürchte, in meinem Alter ist mein Blick für die Damenwelt nicht mehr das, was er mal war.«

Lantern schlenderte zum Sideboard, so als müsse er erst einmal darüber nachdenken, was Brue gerade jetzt zu dieser abwertenden Bemerkung über sein Alter veranlaßte, und goß sich in größter Gemütsruhe von dem Mineralwasser nach.

»Tja, das ist also *Ihr* kleines Problem, Tommy, auf das ich zu gegebener Zeit noch zurückkommen werde. Bis dahin würde ich Ihnen gern *mein* Problem darlegen, das dank Ihnen leider nicht viel geringer ist. Darf ich?«

»Dürfen Sie was?«

»Sag ich doch gerade: Ihnen erklären, wie tief wir Ihretwegen in der Scheiße stecken. Hören Sie zu oder nicht?«

»Natürlich höre ich zu.«

»Gut. Weil ich nämlich morgen früh Punkt neun an einer hochgeheimen Besprechung teilzunehmen habe, hier in Hamburg, bei der *extrem* viel Feingefühl erforderlich sein wird und bei der es um keinen anderen als Issa Karpow geht, von dem *Sie* behauptet haben, Sie hätten ihn im Leben noch nicht gesehen. *Was* eine Lüge war.«

Er schien ein anderer geworden: ein Schulmeister, dem man nicht widersprach, ein Napoleon, dessen Stimme unvermutet nach einzelnen Worten ausschlug wie ein verstimmtes Klavier nach seinen Tönen.

»Und *bei* dieser Besprechung, Tommy, wo ich *dank* Ihnen einigermaßen mit dem Rücken zur Wand stehen werde, ist es *unabdingbar*, daß ich – daß meine Behörde –, daß wir alle, die wir in dieser *außerordentlich* viel Feingefühl erfordernden Situation das Richtige zu tun versuchen – London, Deutschland *plus* einige andere Dienste, die ich an dieser Stelle nicht namentlich aufzählen werde –, *sicher* sein können, daß Sie, Mr. Tommy Brue von Brue Frères, als guter britischer Patriot und erklärter Feind des Terrorismus nicht nur *bereit*, sondern *erpicht* darauf sind, mit mir zu kooperieren, und zwar in jedweder Art, Gestalt oder Form, die diese hochgeheime Operation erforderlich macht, über die Sie bis auf weiteres absolut im dunkeln gelassen werden. Meine Frage an Sie ist darum: *Habe* ich recht? Werden Sie kooperieren, *oder* werden Sie uns *wie zuvor* bei unserem Krieg gegen den Terror in den Rücken fallen?«

Er ließ Brue keine Zeit, zurückzuschießen. Er hatte aufgehört zu belfern und übte sich schon in Anteilnahme.

»Ganz *abgesehen* von Ihrem guten Willen, Tommy, an den wir hier ja appellieren: überlegen Sie doch, was alles gegen Sie spricht. Sie sind nur einen kleinen Schritt vom Konkurs entfernt, selbst ohne eine Anzeige wegen Geldwäsche. *Dann* die Frage, was wohl die Deutschen von einem britischen Bankier halten würden, der auf ihrem Boden mit einem flüchtigen islamistischen Terroristen anbändelt – *nicht auszudenken*! Sie wären im Arsch. Dabei könnte es alles so leicht sein. Verstehen Sie, was ich meine? Ich bin mir nicht ganz sicher, daß ich zu Ihnen durchdringe. Muß ich Ihnen mit Annabel kommen?«

»Das heißt also Erpressung«, bemerkte Brue.

»Zuckerbrot und Peitsche, Tommy. Wenn wir das Ding schaukeln, sind die Sünden der Vergangenheit vergessen, die Finanzwelt sieht Sie mit anderen Augen, und Brue Frères geht nicht den Bach runter. Was könnte fairer sein?«

»Und der Junge?«

»Wer?«

»Issa.«

»Ja, richtig. Ihre altruistische Einlage. Tja, das hängt davon ab, wie gut Sie Ihre Rolle spielen. Er gehört natürlich den Deutschen. Wir können ihre Souveränität nicht antasten, letztlich müssen sie entscheiden, was mit ihm passiert. Aber niemand wird ihn nach dieser Sache allzu hart anpacken, ganz sicher nicht. So was würde hier keiner machen.«

»Und Frau Richter? Was soll sie getan haben?«

»Annabel. Oh, die ist auch mächtig in der Bredouille, theoretisch jedenfalls: Sie hat Umgang mit ihm, sie hat ihm beim Untertauchen geholfen, wahrscheinlich darf er sie auch noch flachlegen …«

»Ich habe Sie gefragt, was mit ihr passieren wird.«

»Nein, haben Sie nicht. Sie haben gefragt, was sie getan hat, und ich habe es Ihnen gesagt. Was sie mit ihr machen – fragen Sie mich was Leichteres. Ihr den Kopf waschen und sie laufenlassen, wenn sie einen Funken Verstand haben. Sie hat sagenhafte Beziehungen, aber das wissen Sie ja sicher.«

»Nein, das wußte ich nicht.«

»Alte Juristenfamilie, diplomatischer Dienst, Titel, die sie weglassen, Landsitz bei Freiburg. Ein Klaps auf die Finger und dann ab nach Hause mit ihr, würde ich tippen, so wie dieses Land funktioniert.«

»Dann soll ich Ihnen sozusagen per Blankoscheck meine Dienste zusichern, verstehe ich Sie da richtig?«

»Wenn ich ganz ehrlich sein soll, ja, Tommy. Sie unterschreiben, wir lassen das Vergangene vergangen sein und nehmen proaktiv die Zukunft in Angriff. Und stellen wieder einmal fest, was für einen großartigen, lohnenden Job wir doch machen. Nicht nur für uns. Für all die Menschen da draußen, wie wir in der Branche gern sagen.«

Und zu Brues Erstaunen gab es tatsächlich ein Dokument zu unterzeichnen, und bei genauerer Betrachtung hatte es durchaus Ähnlichkeit mit einem Blankoscheck. Es kam aus einem dicken braunen Umschlag zum Vorschein, der in Lanterns Innentasche verborgen gewesen war, und es verpflichtete Brue zu nicht näher definierten »Aufgaben im Staatsinteresse« und lenkte seine Aufmerksamkeit auf die vielen drakonischen Klauseln des Geheimhaltungsgesetzes und auf die Strafen, die den erwarteten, der gegen sie verstieß. Ratlos sah er erst Lantern an und blickte sich dann in der verglasten Veranda um, ob nicht von irgendwoher Hilfe nahte. Es nahte keine, und so unterschrieb er.

* * *

Lantern war fort.

Hilflos vor Wut – zu wütend, um auch nur seinen Scotch auszutrinken, wie Lantern so fürsorglich vorgeschlagen hatte – stand Brue in seiner eigenen Diele und starrte die Haustür an. Der Blumenstrauß sprang ihm ins Auge, der noch in sein Papier gewickelt auf dem Dielentisch lag. Er hob ihn auf, roch daran, legte ihn wieder hin.

Gardenien. Mitzis Lieblingsblumen. Gute Adresse. Läßt sich nicht lumpen, unser Ian, wenn er das Geld seiner Regierung verbrät.

Warum hatte er überhaupt Blumen mitgebracht? Um zu zeigen, daß er Bescheid wußte? Bescheid worüber? Über Mitzis Vorliebe für Gardenien? So wie er und Foreman auch Bescheid darüber gewußt hatten, wo Brue am liebsten seinen Fisch aß? Und welche Fäden man ziehen mußte, damit Mario das La Scala an einem Montag mittag öffnete?

Oder wollte er zeigen, daß er *nicht* Bescheid wußte – über Mitzis Opernabend mit ihrem Gspusi, über den er natürlich genauestens informiert war; aber gut, nach der Logik seines Metiers war Wissen das, was man vorgab, nicht zu wissen. Daher die Demonstration seines Nichtwissens.

Und Annabel? *Oh, die ist auch mächtig in der Bredouille.*

Brue war nicht in der Stimmung, irgendeiner Aussage von Lantern Glauben zu schenken, aber *das* glaubte er ihm aufs Wort. Vier Tage und Nächte überlegte er jetzt schon hin und her, wie er unauffällig Kontakt zu ihr aufnehmen könnte: durch ein paar Zeilen, die der Frères-Kurier bei Fluchthafen Hamburg ablieferte, durch eine unverbindliche Nachricht auf ihrer Mailbox im Büro oder ihrem Handy?

Aber aus dem von Lantern so lebhaft beschworenen Feingefühl oder aus schlichter Feigheit, je nachdem, wie man es auslegen wollte, hatte er sich immer wieder zurückgehalten. Dennoch ertappte er sich im Büro viele Male dabei, wie er, statt seine grauen Zellen der Hochfinanz zu widmen, mit dem Kinn in der Hand dasaß und durchdringend das Telefon anstarrte, auf daß es endlich klingeln möge. Umsonst.

Und jetzt war sie in Schwierigkeiten, genau wie er befürchtet hatte. Und keine noch so aalglatten Versicherungen Lanterns konnten ihm weismachen, daß sie ungeschoren davonkommen würde. Der Zorn lieferte ihm endlich den so lange gesuchten Grund, sie anzurufen. Zum Teufel mit Lantern! Ich habe hier eine Bank zu leiten. Und einen Scotch auszutrinken. In einem Zug stürzte er ihn hinunter und wählte über das Festnetz ihre Nummer.

»Frau Richter?«

»Ja?«

»Hier ist Brue. Tommy Brue.«

»Hallo, Mr. Brue.«

»Störe ich gerade?«

Nach ihrer dürren Stimme zu urteilen, sogar sehr.

»Nein, schon in Ordnung.«

»Ich dachte, ich sollte kurz durchrufen, und zwar aus *zwei*

Gründen. Wenn Sie eine Minute Zeit haben, heißt das. Paßt es Ihnen jetzt wirklich?«

»Ja. Sicher. Kein Problem.«

Haben sie sie unter Drogen gesetzt? Sie gefesselt? Einer Gehirnwäsche unterzogen? Gibt ihr jemand die Antworten vor?

»Mein erster Grund – ins Detail gehen möchte ich am Telefon lieber nicht, wie Sie sich sicher denken können: Kürzlich ist ein *Scheck* ausgestellt worden. Er scheint nirgends eingelöst worden zu sein.«

»Die Sachlage hat sich verändert«, sagte sie nach einer endlosen Pause.

»Ach ja? Inwiefern?«

»Wir haben uns für eine andere Vorgehensweise entschieden.«

Wir? Du und wer noch? Du und Issa? Brue hatte bisher nicht den Eindruck gehabt, daß Issa in den Entscheidungsprozeß eingebunden war.

»Aber sich zum Besseren verändert, hoffe ich doch«, meinte er optimistisch.

»Vielleicht. Vielleicht auch nicht. Man schaut eben, was funktioniert.« Der gleiche ausdruckslose Ton, eine Stimme aus dem Abgrund. »Möchten Sie, daß ich ihn zerreiße? Ihn zurückschicke?«

»*Nein, nein!*« – zu stürmisch, halt dich zurück –, »ich meine, wenn irgendeine Chance besteht, daß Sie ihn vielleicht doch noch brauchen, behalten Sie ihn unbedingt. Lösen Sie ihn einfach ein, wirklich, auch wenn die Sache sozusagen noch in der Schwebe ist. Und sollten Sie einen Teil davon tatsächlich nicht brauchen, können Sie ihn immer noch irgendwann zurückzahlen.« Er zögerte, unschlüssig, ob er es überhaupt wagen sollte, den zweiten Grund anzusprechen. »Und in der *anderen* Finanzfrage? Zeichnet sich da irgendeine Entwicklung ab?«

Keine Antwort.

»Ich meine, hinsichtlich des Anspruchs, den unser Freund anmelden wollte.« Er versuchte es mit Humor. »Dieses Dressurpferd, über das wir gesprochen hatten. Plant unser Freund, es zu übernehmen?«

»Darüber kann ich im Moment nichts sagen. Ich muß erst noch einmal mit ihm reden.«

»Rufen Sie mich dann an?«

»Vielleicht, wenn ich es ausführlicher mit ihm besprochen habe.«

»Und bis dahin lösen Sie den Scheck ein?«

»Vielleicht.«

»Und Ihnen geht es gut? Keine Schwierigkeiten? Probleme? Nichts, wobei ich unter Umständen helfen kann, meine ich?«

»Mir geht es gut.«

»Sehr schön.«

Langes Schweigen beiderseits, bei ihm aus ohnmächtiger Besorgnis heraus, bei ihr aus einem scheinbar unendlichen Desinteresse.

»Dann setzen wir uns bald mal zusammen und reden?« schlug er vor, in dem zuversichtlichsten Ton, dessen er noch fähig war.

Vielleicht ja, vielleicht nein. Sie hatte aufgelegt. Jemand hat mitgehört, dachte er. Jemand ist bei ihr im Zimmer und gibt ihrer Chorknabenstimme den Einsatz.

* * *

Das Handy noch in der Hand, saß Annabel an dem kleinen weißen Schreibtisch in ihrer alten Wohnung und sah durch das Fenster hinaus auf die dunkle Straße. Ein Stück hinter ihr, in dem einzigen Sessel, saß Erna Frey und nippte wachsam ihren grünen Tee.

»Er will wissen, ob Issa sein Erbe antritt«, berichtete Annabel. »Und was mit seinem Scheck ist.«

»Und du hast ihn hingehalten«, sagte Erna anerkennend. »Und zwar sehr geschickt, fand ich. Wenn er das nächste Mal anruft, hast du vielleicht schon bessere Neuigkeiten.«

»Besser für ihn? Besser für euch? Besser für wen?«

Annabel legte das Telefon vor sich hin, stützte den Kopf in beide Hände und fixierte das Gerät so verbissen, als enthielte es die Antwort auf alle Rätsel des Universums.

»Für uns alle, Annabel«, sagte Erna Frey im selben Moment,

in dem das Handy wieder zu klingeln begann. Sie stand auf, aber sie war nicht schnell genug. Mit einer gierigen Bewegung hatte Annabel danach gegriffen und meldete sich.

Es war Melik, der sich von ihr verabschieden wollte, bevor seine Mutter und er in die Türkei aufbrachen; aber noch dringender wollte er in Erfahrung bringen, wie es Issa ging, wegen dem er sich nach wie vor schuldig fühlte.

»Und wenn wir zurück sind – sagen Sie das meinem Bruder, sagen Sie das unserem Freund: *jederzeit*. Okay? Sobald er die Duldung hat, kann er wieder zu uns. Dann kriegt er sein Zimmer zurück und darf das ganze Haus leer futtern. Er ist der Größte, sagen Sie ihm das von mir. Melik muß es wissen. Und er könnte mich in einer einzigen Runde k. o. schlagen, okay? Nicht im Ring vielleicht. Aber da, wo er war, Sie wissen schon.«

Ja, Melik, ich weiß. Und grüßen Sie Leyla von mir. Und ich wünsche ihr eine ganz wunderbare Hochzeitsfeier mit allem Drum und Dran. Und Ihnen auch, Melik. Und Ihrer Schwester und ihrem Bräutigam ein langes Leben. Und Glück und Zufriedenheit. Und kommen Sie wohlbehalten zurück, Melik, und passen Sie gut auf Ihre Mutter auf, sie ist so eine tapfere Frau, und sie liebt Sie, und sie hätte Ihrem Freund keine bessere Mutter sein können …

Und weiter in dem Stil, bis Erna Frey das Telefon sanft aus Annabels verkrampften Fingern löste, es ausschaltete und ihr behutsam die Hand auf die Schulter legte.

11

Weder ihr Übersprudeln bei Melik noch ihre Zugeknöpftheit bei Brue waren Einzelerscheinungen in Annabels neuem Dasein. Jeder Tag wurde erneut zum Wechselbad der Gefühle: Scham, Haß auf ihre Bewacher, strahlender, irrationaler Optimismus und dazwischen lange Phasen kritikloser Ergebung in ihre Lage.

In der Arbeit kapselte sie sich von allen ab, obwohl Bachmann postwendend dafür gesorgt hatte, daß Herr Werner bei Ursula anrief und ihr in Sachen Issa Karpow Entwarnung gab.

Erna Frey war nicht mehr nur Annabels Betreuerin, sondern auch ihre Nachbarin. Nur einen Tag nachdem Annabel von dem gelben VW-Bus am Hafen abgesetzt worden war, hatte Erna sich im Erdgeschoß eines Aparthotels keine hundert Meter entfernt eingemietet, und die Wohnung in dem Bau aus Stahl und Beton wurde Annabels drittes Zuhause. Vor jedem Besuch bei Issa machte sie Station dort, und nach jedem Besuch kehrte sie dorthin zurück. Manchmal schlief sie sogar dort, um sich nicht so allein zu fühlen, in dem Kinderzimmer, zu dessen Fenster die Leuchtreklamen hereinschienen.

Die Morgen- und Abendbesuche bei Issa waren keine tollkühnen Eskapaden mehr, es waren Theaterstücke, einstudiert unter der sorgfältigen Regie Ernas – und als die Tage dahingingen, mehr und mehr auch der Bachmanns. In dem gardinenverhangenen kleinen Wohnzimmer der sicheren Wohnung instruierten sie sie, einzeln oder zu zweit, bevor Annabel die verwinkelte Holztreppe erklomm, und nahmen sie hinterher wieder in Empfang. Alte Szenen wurden abgespielt und analysiert, neue entworfen und ausgefeilt, alles zu dem einen

Zweck, Issa so weit zu bringen, daß er sein Erbe antrat und sich vor der drohenden Abschiebung rettete.

Und Annabel, für die das größere Ziel, auf das sie hinarbeiteten, eine eher schattenhafte Existenz führte, war ihnen stillschweigend dankbar für ihre Direktiven, von denen sie, wie sie beklommen merkte, immer abhängiger wurde. Solange sie zu dritt über das Tonbandgerät gebeugt saßen, stellten Erna und Günther, nicht Issa, ihre Verbindung zur Wirklichkeit dar, und Issa war ihr gemeinsames Sorgenkind.

Erst wenn sie hinaustrat auf den belebten Gehsteig, wenn sie die hundert Meter ihrer Via dolorosa zurück zu Issa in Angriff nahm, drehte sich ihr der Magen um, ihre Zunge klebte am Gaumen vor Scham, und am liebsten hätte sie den beiden all die schmutzigen Zusicherungen, die sie ihnen gegeben hatte, vor die Füße geworfen. Schlimmer noch, es schien ihr, als spürte Issa mit seiner geschärften Häftlingssensibilität die Veränderung, die mit ihr vorgegangen war, den Rückhalt, den sie wider Willen darin fand, daß sie fremdbestimmt handelte.

»Laß ihn so nah an dich heran, wie du kannst, ohne deinen inneren Abstand preiszugeben, Annabel«, riet ihr Erna. »Lock ihn behutsam aus der Reserve. Wenn er seine Entscheidung trifft, dann wird sie spontan sein, nicht kopfgesteuert.«

Annabel hatte Schach mit ihm gespielt, Musik mit ihm gehört und, angeleitet von Erna, an Themen gerührt, die noch vor zwei Tagen tabu gewesen wären. Aber je unbefangener sie miteinander wurden, desto mehr schwand seltsamerweise ihre Bereitschaft, seine Sticheleien gegen ihren westlichen Lebensstil hinzunehmen, insbesondere die Spitzen gegen Karsten, dessen teure Sachen er mit schönster Selbstverständlichkeit trug.

»Haben Sie jemals eine Frau geliebt, Issa – außer Ihrer Mutter?« wollte sie von ihrem Ende des Lofts her von ihm wissen.

Ja, bekannte er nach ausgedehntem Schweigen. Er war damals sechzehn gewesen. Sie war achtzehn und schon zur Waise geworden, eine Tschetschenin wie seine Mutter, fromm, bildschön und keusch. Ihre Gefühle hätten keinen körperlichen Ausdruck gefunden, versicherte er ihr: zwischen ihnen habe die reine Liebe geherrscht.

»Und was ist aus ihr geworden?«

»Sie ist verschwunden.«

»Wie hieß sie?«

»Das ist irrelevant.«

»Und *wie* ist sie verschwunden?«

»Sie war eine Märtyrerin für den Islam.«

»Wie Ihre Mutter?«

»Sie war eine Märtyrerin.«

»Märtyrerin welcher Art?« Schweigen. »Eine freiwillige Märtyrerin? Die sich vorsätzlich für den Islam geopfert hat?« Schweigen. »Oder eine unfreiwillige Märtyrerin? War sie ein Opfer, wie Sie? Wie Ihre Mutter?«

Irrelevant, wiederholte Issa nach einer Ewigkeit. Gott sei barmherzig. Er werde ihr vergeben und sie ins Paradies einlassen. Dennoch, das bloße Eingeständnis, daß Issa eine Frau geliebt hatte, machte ihn angreifbar, wie Erna Frey flugs betonte.

»Das ist nicht nur eine Delle in seiner Rüstung, Annabel, das ist ein *Loch*!« rief sie. »Wenn er über Liebe redet, dann ist er bereit, über *alles* zu reden, Religion, Politik, was du willst. Er weiß es vielleicht noch nicht, aber er *möchte* von dir umgestimmt werden. Jetzt nicht lockerlassen, Annabel, damit hilfst du ihm am meisten.« Gefolgt von dem Zuckerstückchen, nach dem sie immer schon gierte: »Du machst das großartig, Annabel. Er hat unglaubliches Glück mit dir.«

* * *

Und sie ließ nicht locker. Frühstück am nächsten Morgen um sechs. Kaffee und frische Croissants, gestiftet von Erna. Sie saßen an ihren üblichen Plätzen: Issa unter dem Bogenfenster, Annabel in die entfernteste Ecke gedrückt, den langen Rock bis zu den klobigen schwarzen Stiefeln heruntergezogen.

»Schon wieder Bombenanschläge in Bagdad«, verkündete sie. »Haben Sie heute morgen Radio gehört? Fünfundachtzig Tote, Hunderte von Verletzten.«

»Es ist Gottes Wille.«

»Sie meinen, Gott findet es richtig, wenn Muslime sich gegenseitig umbringen? Das ist kein Gott, mit dem ich viel anfangen kann.«

»Urteilen Sie nicht über Gott, Annabel. ER wird hart mit Ihnen ins Gericht gehen.«

»Finden *Sie* es denn richtig?«

»Was?«

»Das Blutvergießen.«

»Man kann Allah nicht glücklich machen, indem man Unschuldige tötet.«

»Wer ist unschuldig? Wen *darf* man umbringen, damit Allah glücklich ist?«

»Allah weiß es. ER weiß immer Rat.«

»Aber woher wissen *wir* es? Wie teilt er es uns mit?«

»ER hat es uns durch den heiligen Koran mitgeteilt. ER hat es uns durch den Propheten mitgeteilt, Friede sei auf ihm.«

Warte, bis du die Lücke in seinem Visier siehst, dann stoß zu, hatte Erna sie angewiesen. Jetzt sah sie die Lücke.

»Ich habe ein Buch von einem berühmten islamischen Gelehrten gelesen. Dr. Abdullah heißt er. Haben Sie von ihm gehört? Dr. *Faisal Abdullah*? Er lebt hier in Deutschland. Er tritt manchmal im Fernsehen auf. Nicht oft. Dazu ist er zu fromm.«

»Warum sollte ich von ihm gehört haben, Annabel? Wenn er im westlichen Fernsehen auftritt, ist er kein guter Muslim, er ist korrupt.«

»Er ist nichts dergleichen. Er ist fromm, er lebt asketisch, und er ist ein hochangesehener Gelehrter, der bedeutende Bücher über die islamische Religion und die islamische Glaubenspraxis verfaßt hat«, konterte sie, ohne sich um das argwöhnische Lächeln zu kümmern, zu dem seine Mundwinkel sich verbogen.

»In welcher Sprache sind diese Bücher geschrieben, Annabel?«

»Arabisch. Aber sie sind in viele Sprachen übersetzt worden. Deutsch, Russisch, Türkisch, so gut wie jede Sprache, die einem nur einfällt. Er vertritt viele muslimische Wohltätigkeitseinrichtungen. Er hat außerdem etliche Schriften über das muslimische Gebot der Freigebigkeit verfaßt«, setzte sie vielsagend hinzu.

»Annabel.«

Sie wartete.

»Versuchen Sie mir die Werke dieses Herrn Abdullah schmackhaft zu machen, damit ich mich dazu überreden lasse, Karpows schmutziges Geld anzunehmen?«

»Und wenn es so wäre?«

»Dann lassen Sie sich bitte schön gesagt sein, daß ich das niemals tun werde.«

»O ja!« rief sie, am Ende mit ihrer Geduld. »Und ob ich mir das gesagt sein lasse!« War das echt? Oder nur gespielt? Sie wußte es nicht mehr. »Ich lasse mir gesagt sein, daß aus Ihnen niemals ein Arzt wird oder was immer Sie sich heute gerade einbilden. Und daß ich nie wieder ein normales Leben führen darf. Und daß Mr. Brue nie das Geld zurückbekommt, das er mir für Sie geliehen hat, weil jeden Moment die Polizei hier aufkreuzen wird und Sie findet und Sie in die Türkei oder nach Rußland abschiebt oder irgendwo noch viel Schlimmeres. Und das wird nicht Gottes Wille sein, sondern einzig und allein Ihre Dummheit und Borniertheit!«

Schwer atmend, schäumend vor Wut und zugleich mit eiskalter Ungerührtheit sah sie, daß er aufgestanden war und durch das Bogenfenster auf die sonnenhelle Welt dort unten starrte.

Wenn es sich ergibt, fahr ruhig auch mal aus der Haut – Günthers Rat. *So, wie du an dem Abend aus der Haut gefahren bist, als wir dich von der Straße aufgelesen und dir ein bißchen beim Erwachsenwerden geholfen haben.*

* * *

Als sie ins Aparthotel zurückkam, fand sie Erna Frey und Günther Bachmann euphorisiert, aber unschlüssig vor. Erna kam aus dem Loben gar nicht mehr heraus. Annabel hatte phantastische Arbeit geleistet, alle ihre Erwartungen übertroffen, sie kamen viel schneller voran, als sie je zu hoffen gewagt hatten. Die große Frage war nun: War es klüger, Issa einen ganzen Tag schmoren zu lassen, oder sollte Annabel in der Mittagspause unter einem Vorwand zurückkommen und die Gunst der Stunde nutzen, indem sie ihm Abdullahs Bücher zu lesen gab?

Doch da machten sie die Rechnung ohne das jähe Stimmungstief, in das Annabel nach ihrem Triumph fiel. Zunächst bemerkten sie in ihrem Eifer gar nicht, wie düster sie an ihrem Tischende saß, das Gesicht in die Hand gestützt. Sie dachten, sie brauche nur ein wenig Ruhe nach der Anspannung. Dann strich Erna ihr über den Arm, und sie riß ihn weg, als hätte sie etwas gebissen. Aber mit launenhaften Agenten hatte Bachmann nichts am Hut.

»Was soll der Mist?« herrschte er sie an.

»Ich bin euer Lockvogel, stimmt's?« murmelte Annabel in ihre Hand.

»Du bist *was*?«

»Erst ködere ich Issa. Dann ködere ich Abdullah. Dann schießt ihr Abdullah ab. Und das nennt ihr dann Menschenleben retten.«

Mit ein paar Schritten war Bachmann um den Tisch herumgekommen und baute sich vor ihr auf.

»So ein kompletter Schwachsinn!« schnauzte er ihr ins Ohr. »Solange du mitspielst, hat dein Freund seinen Persilschein sicher. Und zu deiner Information: Ich werde den Teufel tun und dem ehrwürdigen Abdullah auch nur ein einziges verdammtes Haar krümmen. Er gilt als Inbegriff der Toleranz und des friedlichen Miteinanders, und ich werde nicht dafür bezahlt, Krawalle loszutreten.«

Sie einigten sich auf die Mittagsvariante. Annabel würde Issa einen Blitzbesuch abstatten, Abdullahs Bücher bei ihm abliefern, Zeitdruck vorschützen und am Abend zurückkommen, um zu hören, wie er es aufnahm. Sie stimmte allem zu.

»Komm du mir jetzt nicht mit der sanften Tour, Erna«, warnte Bachmann, nachdem sie Annabel und ihr Fahrrad in den gelben VW-Bus verfrachtet hatten. »Für Rührstücke ist in dieser Operation kein Platz.«

»Nenn mir eine, bei der das anders war«, sagte Erna Frey.

* * *

Annabel und Issa saßen auf ihren üblichen Plätzen an entgegengesetzten Enden des Lofts. Inzwischen war es Abend. Annabel hatte ihre mittägliche Stippvisite absolviert und ihm Dr. Abdullahs drei kleine Büchlein in russischer Sprache vorbeigebracht. Jetzt war sie wieder da. Sie zog ein Blatt Papier aus ihrem Anorak. Bisher hatten sie kaum ein Wort gewechselt.

»Das hier habe ich aus dem Internet heruntergeladen. Möchten Sie es hören? Es ist auf deutsch, ich muß es übersetzen.«

Sie wartete auf eine Antwort, und als keine kam, begann sie laut genug für sie beide:

»Dr. Abdullah, gebürtiger Ägypter, ist fünfundfünfzig Jahre alt. Er ist ein weltbekannter Gelehrter, Sohn und Enkel von Imamen, Muftis und Lehrern … Während seiner turbulenten Studentenzeit in Kairo ließ er sich von den Lehren der Muslimischen Bruderschaft mitreißen und wurde für seine militanten Überzeugungen verhaftet, ins Gefängnis gesperrt und gefoltert … Nach seiner Entlassung setzte er erneut sein Leben aufs Spiel, indem er sich gegen seine ehemaligen Kampfgenossen stellte und den Weg der Brüderlichkeit, Wahrhaftigkeit, Toleranz und Achtung vor Gottes ganzer Schöpfung predigte. Dr. Abdullah ist ein reformistischer orthodoxer Gelehrter, der besonders die Vorbildfunktion des Propheten und seiner Gefährten betont.«

Wieder wartete sie. »Hören Sie mir zu?«

»Ich ziehe die Werke Turgenjews vor.«

»Weil Sie keine Lust haben, eine Entscheidung zu treffen? Oder weil es Ihnen nicht paßt, daß eine dumme Ungläubige Ihnen Bücher bringt, in denen steht, was ein guter Muslim mit seinem Geld anfängt? Wie oft muß ich Ihnen noch sagen, daß ich Ihre *Anwältin* bin?«

In dem gescheckten Halbdunkel schloß sie die Augen und öffnete sie wieder. Hat er vergessen, auf was für einem Pulverfaß er hier sitzt? Aber warum soll er sich mit großen Entscheidungen herumquälen, wenn wir ihm all die kleinen abnehmen?

»*Issa, wachen Sie auf! Bitte.* Fromme Muslime aus der ganzen Welt fragen Dr. Abdullah um Rat. Warum Sie nicht auch? Er vertritt jede Menge angesehene muslimische Stiftungen. Manche davon schicken auch Hilfsgüter nach Tschetschenien. Wenn ein weiser muslimischer Gelehrter wie Dr. Abdullah bereit ist, Ihnen zu sagen, wie Sie Ihr Geld am besten verwenden sollten, warum zum Donnerwetter *hören* Sie dann nicht auf ihn?«

»Es ist nicht *mein* Geld, Annabel. Es wurde dem Volk meiner Mutter gestohlen.«

»Dann suchen Sie nach einem Weg, es zurückzugeben! Und studieren bei der Gelegenheit auch gleich *richtig* Medizin, so daß Sie in Ihre Heimat zurückkehren und Ihren Leuten helfen können! Ist das nicht das, was Sie wollen?«

»Betrachtet Mr. Brue diesen Abdullah wohlwollend?«

»Ich glaube nicht, daß er ihn kennt. Vielleicht hat er ihn irgendwann im Fernsehen gesehen.«

»Es ist irrelevant. Die Meinung eines Ungläubigen zu Dr. Abdullah fällt nicht ins Gewicht. Ich werde diese Bücher selbst lesen und mit Gottes Hilfe zu einer Entscheidung gelangen.«

Fiel da endlich die letzte Barriere? Einen Moment lang betete sie, es möge nicht so sein, mit einem Gefühl der Panik, das sie sich selbst nicht erklären konnte.

Es schien eine Ewigkeit, bevor er weitersprach. »Allerdings ist Mr. Tommy Brue Bankier und kann diesen Dr. Abdullah somit aus weltlicher Sicht überprüfen. Erst wird er mit der Hilfe anderer Oligarchen feststellen, ob der Mann in seinen weltlichen Geschäften als ehrenhaft gilt. Das unterdrückte tschetschenische Volk ist zu viele Male beraubt worden, nicht nur durch Karpow. Ist er ehrenhaft, so wird ihm Mr. Brue in meinem Namen eine Reihe von Bedingungen unterbreiten, und Dr. Abdullah wird gemäß Gottes Geboten handeln.«

»Und was passiert dann?«

»Sie sind meine Anwältin, Annabel. Sie werden mich beraten.«

* * *

Das kleine Restaurant hieß Louise und hatte die Hausnummer 3 in der Maria-Louisen-Straße, Hauptstraße eines anheimelnden Viertels voller Antiquitätengeschäfte, Bioläden und Frisiersalons für die vielen reichen Hunde, die in dieser mondänen Nachbarschaft residierten. Früher, als Annabel sich noch für einen freien Menschen gehalten hatte, hatte sie oft ganze Sonntagvormittage im Louise gesessen, einen Caffè Latte und eine Zeitung vor sich, und die Welt an sich vorbeiziehen lassen. Und nun hatte sie Mr. Tommy Brue von Brue Frères ins Louise bestellt, der eine so betuchte und behütete Umgebung hoffentlich nach seinem Geschmack finden würde.

Auf Erna Freys Rat hatte sie den späten Vormittag vorgeschlagen, weil um diese Zeit im Louise am wenigsten Betrieb herrschte und die Chancen, daß Brue kurzfristig verfügbar sein würde, am größten waren. Denn wie Erna zu Recht bemerkte: Wenn dein Mr. Tommy irgend etwas darstellt in der Finanzwelt, dann ist er zum Mittagessen unter Garantie schon verabredet. Worauf Annabel lieber nicht erwiderte, daß Brue, wenn sie seine Gefühle nicht völlig verkehrt einschätzte, für ein Treffen mit ihr sogar ein Essen mit dem Präsidenten der Weltbank hätte sausenlassen.

Dennoch beschloß sie – aus einer Laune heraus, der ein langer, unzufriedener Blick in den Spiegel vorausgegangen war –, sich für ihn ein bißchen herzurichten. Mr. Tommy Brue sollte auch einmal Grund zur Freude haben. Nichts Übertriebenes, aber er war ein netter Mann und verliebt in sie und verdiente ein bißchen Entgegenkommen. Und es würde guttun, sich ihm zur Abwechslung als Abendländerin zu präsentieren. Zum Teufel also mit der Tracht, die Issas muslimische Empfindsamkeiten ihr aufnötigten, ihrer Sträflingskleidung, wie sie immer öfter dachte. Nein, sie würde ihre beste Jeans anziehen und dazu die weißseidene Wickelbluse, die sie von Karsten geschenkt bekommen und noch nie getragen hatte. Und die neuen, etwas formschöneren Schuhe, die trotzdem noch zum Fahrradfahren taugten. Und wenn sie schon dabei war: warum nicht etwas Make-up auflegen, um diesen käsigen Backen ein bißchen Farbe zu geben und ein paar versteckte Glanzlichter hervorzulocken? Brues offenkundige Begeisterung, als sie ihn aus der Gefangenschaft von Ernas Wohnung angerufen hatte, gleich nach dem Morgenbesuch bei Issa, hatte sie schwer gerührt.

»Wunderbar! Phantastisch! Gratuliere, dann haben Sie ihn also doch rumgekriegt. Ich dachte schon, Sie würden es nie schaffen, und jetzt haben Sie's doch geschafft! Sagen Sie mir einfach nur, wann und wo«, hatte er gedrängt. Und als sie die Sprache auf Abdullah gebracht hatte, ohne freilich seinen Namen zu erwähnen, weil Erna das für voreilig hielt: »Ethische und moralische Auflagen? Meine liebe Dame, für uns Bankiers ist das unser tägliches Geschäft! Hauptsache ist jetzt erst mal, daß Ihr Mandant seinen Anspruch geltend macht. Sobald das vom Tisch ist, wird Frères Himmel und Hölle für ihn in Bewegung setzen.«

Bei einem anderen Mann seines Alters hätte soviel Enthusiasmus sie abgeschreckt, aber nach ihrer glanzlosen Darbietung beim letzten Gespräch war sie zutiefst erleichtert darüber, ja regelrecht glücklich. Denn war nicht die ganze Welt abhängig von ihrem Verhalten? War nicht jedes ihrer Worte, jedes Lächeln, jedes Stirnrunzeln, jede Gebärde persönliches Eigentum derer, die ein Anrecht an ihr besaßen: Issa, Günther Bachmann, Erna Frey und bei Fluchthafen Ursula und ihre ganze frühere Familie dort, die samt und sonders ihrem Blick auswichen und sie dabei doch heimlich beobachteten?

* * *

Kein Wunder, daß sie nicht schlafen konnte. Sie brauchte den Kopf nur aufs Kissen zu betten, und schon spulten sich all die unterschiedlichen Rollen, in die sie den Tag über hatte schlüpfen müssen, in ihrem Hirn neu ab: Habe ich es übertrieben mit meiner Besorgnis um das kranke Kind unserer Telefonistin? Wie war meine Reaktion, als Ursula zu mir meinte, ich sollte doch demnächst Urlaub nehmen? Und warum sagt sie so etwas überhaupt, wo ich doch den ganzen Tag nur brav in meinem Büro sitze und gewissenhaft meiner Arbeit nachgehe? Und wie kommt es, daß ich mich als den sprichwörtlichen Schmetterling in Australien sehe, der nur mit den Flügeln schlagen muß, und am anderen Ende der Welt bebt die Erde?

Gestern abend nach der Rückkehr in ihre eigene Wohnung hatte sie, ganz beschwingt von ihrem Durchbruch bei Issa, noch einmal Dr. Abdullahs Website angeklickt und sich Ausschnitte seiner Fernsehauftritte und Interviews angesehen, und es beruhigte sie doch sehr zu wissen, daß Günther Bachmann dem ehrwürdigen Doktor kein verdammtes Haar zu krümmen gedachte. Leicht wäre es ihm ohnehin nicht gefallen, denn Abdullah war ein Glatzkopf. Er war außerdem winzig, verschmitzt – und erhaben. »Erhaben« in dem Sinn, in dem ihre Religionslehrerin im Internat das Wort so gern gebraucht hatte. Seine *Erhabenheit* vereinte, genau wie die von Issa, alles, was sich Annabel von einem moralischen Menschen wünschte: Reinheit im Geiste wie im Körper, einen Glauben an die Liebe als absoluten Wert sowie Anerkennung der Vielzahl der Wege, auf die wir zu Gott gelangen – oder welchen Namen wir IHM sonst geben mögen.

Zwar wunderte es sie zugegebenermaßen, daß er an kaum einer Stelle auf die Schattenseiten des Islam in seiner gemeinhin praktizierten Form einging, aber sein gütiges Professorenlächeln und sein scharfsinniger Optimismus räumten solch kleinliche Einwände leichthändig aus dem Weg. Jede Religion habe ihre Gläubigen, deren Übereifer sie fehlleite, sagte er, der Islam bilde da keine Ausnahme; jede Religion laufe Gefahr, von schlechten Menschen zweckentfremdet zu werden; die Vielfalt sei Gottes Geschenk an uns, und wir sollten ihn dafür lobpreisen. In ihrer gegenwärtigen Situation berührten sie am stärksten Abdullahs Verlautbarungen zur Notwendigkeit großmütigen Gebens und seine bewegenden Worte über die islamischen Verdammten dieser Erde, die ja letztlich ihrer beider Schäfchen waren.

* * *

Sonderbar getröstet von diesen unzusammenhängenden Überlegungen, fiel sie schließlich in einen tiefen Schlaf und erwachte frisch und voller Tatendrang.

Und sie fühlte sich neuerlich getröstet, als sie das überfrohe Gesicht sah, mit dem Brue die Glastür zu Louises Restaurant aufstieß und auf sie zueilte, beide Hände vor sich ausgestreckt wie ein Russe. Sie hätte sogar ganz spontan Lust gehabt, das Restaurant Restaurant sein zu lassen und ihn auf einen Kaffee zu sich nach Hause einzuladen, einfach um ihm zu zeigen, wie sehr sie seine Freundschaft zu schätzen wußte, aber sie zügelte sich – sie hielt mit so vielem hinterm Berg, schien es ihr, daß schon ein unbedachter Moment genügte, und alles würde aus ihr herausgestürzt kommen, und dann würde sie es bitter bereuen und all die Menschen, denen sie Loyalität schuldete, ebenso.

»Lassen Sie sehen, was trinken wir? Hm, nicht *ganz* mein Fall, fürchte ich«, sagte er mit einer Grimasse in Richtung ihrer Vanillemilch und bestellte sich statt dessen einen doppelten Espresso. »Apropos, wie geht es den Türken?«

Türken? Welche Türken? Sie kannte keine Türken. Ihre Gedanken waren so verzettelt, daß sie einen Moment brauchte, um in der Menge der Gesichter, die sich in ihrem Kopf drängten, Melik und Leyla ausfindig zu machen.

»Ach, gut«, sagte sie dann und sah etwas dümmlich auf ihre Uhr – jetzt mußten die beiden schon in der Luft sein, auf dem Weg nach Sankt Petersburg, nein, Ankara. »Sie fliegen zur Hochzeit meiner Schwester«, sagte sie.

»*Ihrer* Schwester?«

»*Meliks* Schwester«, verbesserte sie sich und hörte sich mit ihm um die Wette lachen über diesen Versprecher. Er sieht so viel jünger aus, dachte sie und beschloß, es ihm zu sagen. Was sie tat, und zwar mit einem so koketten Blick, daß sie sich sofort dafür schämte.

»Guter Gott, finden Sie wirklich?« fragte er mit einem rührenden kleinen Erröten. »Na ja, ich habe auch ziemlich erfreuliche Neuigkeiten in der Familie, offen gestanden. *Ja* …«

Das *Ja* sollte offenbar besagen, daß er derzeit nicht in der Lage war, Näheres zu enthüllen, wofür sie alles Verständnis der Welt hatte. Er war ein anständiger Mann, das wußte sie, und sie hoffte aufrichtig, daß sie lebenslange Freunde werden konnten, wenn auch nicht in der Weise, von der er im Zweifelsfall träumte. Oder waren das mehr *ihre* Träume als seine? Wie auch immer, höchste Zeit, daß sie andere Saiten aufzog. Auf Ernas Anraten hatte sie den Computerausdruck mitgenommen, den sie schon Issa gezeigt hatte, und dazu einen zweiten Ausdruck mit Dr. Abdullahs Telefonnummer, Privatanschrift und E-Mail-Adresse darauf, ebenfalls frei aus dem Internet beziehbar. All das fiel ihr auf einen Schlag wieder ein, und sie zog die Blätter eilig aus ihrem Rucksack, und mit einem raschen Blick in den goldgerahmten Spiegel hinter Brue drückte sie sie ihm in die Hand.

»Das ist also Ihr Mann«, sagte sie in ihrem strengsten Ton. »Ein Experte in muslimischer Freigebigkeit.« Und während er noch verwirrt auf die Seiten hinuntersah – denn sie hatte ihm bisher ja nicht erklärt, was es damit auf sich hatte, irgendwie war sie noch nicht dazu gekommen, aber gleich würde sie es –, bückte sie sich schon wieder geschäftig nach dem Rucksack, diesmal, um ihm den uneingelösten Scheck über fünfzigtausend Euro hinzustrecken, für den sie ihm unbedingt nochmals danken mußte, so überschwenglich, daß er sich gar nicht mehr aufs Lesen konzentrieren konnte, und darüber mußten sie erneut beide lachen, und immerzu sahen sie sich in die Augen dabei, was sie normalerweise nicht zugelassen hätte, aber bei Brue durfte sie das, Brue vertraute sie, und überhaupt lachte sie ja noch viel lauter als er. Dann bekam sie sich wieder in den Griff und überprüfte besorgt ihr Spiegelbild.

»Wie gesagt, es gibt ein paar Komplikationen«, fuhr sie fort, auch dies ihm mitten ins Gesicht, und es tat ihr weh, darin Sorgenfalten erscheinen zu sehen, denn bis eben noch hatte es so gestrahlt über diese ziemlich erfreulichen Neuigkeiten, die es bei ihm in der Familie gab, aber was sollte sie machen?

Die Komplikation bestehe darin, erklärte sie, daß ihr Mandant sein gesamtes Vermögen für gute muslimische Zwecke zu spenden beabsichtigte und sich von dem großen und guten Dr. Abdullah Rat erhoffte, wie dies am besten zu bewerkstelligen sei, daß aber seine extrem prekäre Lage (über die wir beide im Bilde sind, also muß ich darauf nicht näher eingehen) es ihm verbot, sich direkt an Abdullah zu wenden, weshalb er, nachdem er erfolgreich Anspruch auf sein Erbe angemeldet hatte (was ja, wie Sie sagen, kein Problem ist), Mr. Tommy darum bitten würde (er nennt Sie immer Mr. Tommy, wissen Sie), den Kontakt für ihn herzustellen:

»*Wenn* das ein gangbarer Weg ist, soweit es Brue Frères betrifft?« schloß sie mit unausgesetztem Augenkontakt und schenkte ihm ihr strahlendstes Lächeln, das er jedoch zu ihrer Betrübnis nur sehr verhalten erwiderte.

»Und Ihrem Mandanten geht es – einigermaßen?« erkundigte er sich zweifelnd, die Augenbrauen fast über die Schädelkuppe gezogen vor lauter Besorgnis.

»Soweit die Umstände es zulassen, geht es ihm gut, danke, Mr. Brue. Sehr gut sogar. Oder sagen wir so: Es könnte viel, viel schlechter stehen.«

»Und er kann immer noch ... er ist nicht ...?«

»Nein« – sie schnitt ihm das Wort ab –, »*nein*, Mr. Brue, ist er *nicht*. Mein Mandant ist in *exakt* dem Zustand, in dem Sie ihn kennengelernt haben.«

»Und in sicheren Händen?«

»So sicher, wie es unter den gegebenen Umständen möglich ist, ja. Einer Menge Händen, wenn Sie es genau wissen wollen.«

»Und was ist mit *dir*, Annabel?« fragte er mit unheilverkündender Dringlichkeit in der Stimme, und er lehnte sich über den Tisch und faßte ihren Unterarm und sah ihr mit so liebevollem Ausdruck ins Gesicht, daß ihr erster Impuls war, sich fallenzulassen und in Tränen auszubrechen, und ihr zweiter, die Notbremse zu ziehen und schnellstens die Juristin herauszukehren. Verspätet drang ihr ins Bewußtsein, daß er sie nicht nur unbefugterweise mit Vornamen angesprochen hatte, er hatte sie auch geduzt. Und das war nun wirklich unverzeihlich. Ihr ganzer Körper war starr, und auch daran trug er die Schuld. *Und* an der Tatsache, daß sie ihre Worte durch die Zähne hervorpressen mußte. Ihr Brustkorb schmerzte, aber wer gab einen Scheißdreck darauf, was ihr weh tat und was nicht? Bestimmt nicht irgend so ein alternder Bankier, der sich erdreistete, ihren Arm zu betatschen.

»Ich habe keinen Nervenzusammenbruch«, verkündete sie. »Verstanden?«

Er verstand. Er ruderte schon zurück, beschämt, aber ihr Handgelenk hielt er dabei trotzdem fest.

»Nervenzusammenbrüche gibt es bei mir nicht. Ich bin Juristin.«

Und zwar eine ganz ausgezeichnete, bekräftigte er, so lächerlich übereifrig.

»Mein *Vater* ist Jurist. Meine *Mutter* ist Juristin. Mein *Schwager* ist Jurist. Sogar mein Exfreund ist Jurist. Karsten. Ich habe ihn rausgeschmissen, weil er für eine Versicherungsgesellschaft arbeitet, die Klagen wegen Asbestvergiftung verschleppt, in der Hoffnung, daß die Kläger vorzeitig wegsterben. Bei uns in der Familie, in meinem Berufsstand, *läßt* man sich nicht von Gefühlen leiten. *Und* wird nicht ausfallend. Ich bin Ihnen gegenüber neulich ausfallend geworden. Das tut mir leid. Ich entschuldige mich dafür. Ich habe von Ihrer Scheißbank gesprochen. Es ist keine Scheißbank. Es ist einfach eine Bank. Eine ganz normale, anständige, ehrenwerte Bank, soweit eine Bank anständig und ehrenwert sein kann.«

Nicht genug damit, daß er ihr Handgelenk umklammert hielt – jetzt versuchte er ihr auch noch den Arm um die Schultern zu legen. Sie schüttelte ihn ab. Sie konnte auf eigenen Füßen stehen und demonstrierte es ihm auch gleich.

»Ich bin eine Juristin ohne Verhandlungsposition, Mr. Brue, was so ungefähr das Überflüssigste, Bescheuertste auf der ganzen Welt ist. Und verschonen Sie mich mit Ihren Beschwichtigungen. Oder mit irgendwelchen ausgefuchsten Ersatzplänen. Wir ziehen das hier durch, oder Issa ist geliefert. Und Issa *muß* gerettet werden, verstehen Sie? Wir tun hier das einzig Mögliche, das einzig Sinnvolle, *für Issa*. Habe ich mich verständlich genug ausgedrückt?«

Aber ehe Brue etwas hinreichend Begütigendes antworten konnte, setzte sie sich abrupt auf den Stuhl hinter ihr, und die beiden Frauen am anderen Ende des Raums hasteten zu ihr herüber. Eine legte ihren Arm dahin, wo Brue so gern den seinen hingelegt hätte, und die andere wedelte mit ihrer feisten Hand in Richtung eines Volvo Kombi, der im Halteverbot vor dem Lokal stand.

12

Günther Bachmann machte sich bereit, seine Ware zu präsentieren. Seit neun Uhr morgens trudelten die großen Käufer aus Berlin in Zweier- und Dreiergrüppchen in Arni Mohrs Vorzimmer ein, kosteten seinen Kaffee, kommandierten ihre Unterlinge herum, raunzten in ihre Handys und starrten auf ihre Laptops. Auf dem Parkplatz standen zwei Diensthubschrauber. Ordinäre Autofahrer mußten sich mit dem Hof vor dem Pferdestall zufriedengeben. Leibwächter in schlechtsitzenden grauen Anzügen streiften wie verirrte Katzen über das Gelände.

Und Bachmann, der Urheber von allem, der Wettermacher, der kampferprobte Spion in seinem einzigen ansehnlichen Anzug, bearbeitete die Kundschaft – konferierte hier in gedämpftem Ton mit einem Beamtenbaron, schlug dort einem alten Weggefährten auf die Schulter. Wen er gut genug kannte, dem antwortete er auf die Frage, wie lange es bis zur Produktreife seiner Ware gedauert hatte, mit seinem Clownsgrinsen und einem geknurrten *verfluchte fünfundzwanzig Jahre*: so lange nämlich rackerte er, auf die eine oder andere Art, schon im Weinberg seiner Geheimdienstherren.

Erna Frey war ihm von der Fahne gegangen. Sie müsse bei dem *armen Kind* bleiben, wie sie Annabel inzwischen nannte. Hätte sie eine weitere Ausrede gebraucht, was nicht der Fall war, so verfügte sie sich lieber ans andere Ende der Welt, als die gleiche Luft zu atmen wie Dr. Keller aus Köln. Ohne ihren mäßigenden Einfluß waren Bachmanns Bewegungen rascher als sonst, und er klang aufgedrehter – wie ein Motor, der auf zu hohen Touren läuft.

Wer unter diesen freundlich lächelnden, verdeckt um sich blickenden Männern und Frauen war für heute sein Freund, wer sein Feind? Welchem dunklen Komitee oder Ministerium, welcher Religion oder Partei waren sie verpflichtet? Nur einigen wenigen von ihnen waren seines Wissens je die Bombensplitter um die Ohren geflogen, aber in dem langen, lautlosen Kampf um die Führung ihres Dienstes waren sie hartgesottene Veteranen.

Denn das war noch so eine Predigt, die es Bachmann diesen im Gefolge des elften Septembers rasant aufgestiegenen Managern des Boom-Markts für Nachrichtendienste und verwandte Branchen zu halten juckte – eine weitere Bachmann-Kantate, die er für den Tag in petto hatte, wenn er zurückgebeten wurde nach Berlin. Es kam nicht darauf an, wollte er ihnen sagen, wie viele moderne Wunderwaffen des Spionagehandwerks sie im Schrank hatten, wie viele magische Codes sie entschlüsselten, wieviel heißes Signalgeflüster sie sich anhörten, wie viele geniale Erkenntnisse über vorhandene oder fehlende Organisationsstrukturen des Feindes sie aus dem Äther pflückten, wie viele Grabenkämpfe sie sich lieferten, und auch nicht darauf, wie viele zahme Journalisten ihnen fragwürdige Informationsperlen gegen tendenziöse Insidertips und ein paar Scheinchen extra anzudienen versuchten: nein, letzten Endes waren es der verschmähte Imam, der liebeskranke Geheimkurier, der käufliche pakistanische Wehrwissenschaftler, der bei der Beförderung übergangene iranische Militär und der einsame Schläfer, der nicht länger allein schlafen kann, die die solide Wissensgrundlage lieferten, ohne die der ganze Rest nichts weiter war als Futter für die Wahrheitsverdreher, Ideologen und Politopathen, die die Welt in den Abgrund trieben.

Aber bei wem hätte er damit Gehör gefunden? Bachmann, darüber machte er sich keine Illusionen, war ein in die Wüste verbannter Prophet. Von der gesamten Berliner Spionageelite, die sich heute hier versammelt hatte, ließ sich lediglich der hochgewachsene, lässige, kluge, nicht mehr ganz taufrische Michael Axelrod, der sich soeben zu ihm herabbeugte, als sein Verbündeter bezeichnen.

»Soweit alles klar, Günther?« fragte er mit seinem gewohnt verhaltenen Lächeln.

Er fragte es nicht ohne Grund. Gerade war Ian Lantern hereingeschlendert. Gestern abend war Bachmann von Axelrod höchstselbst in die Bar des Vier Jahreszeiten geladen worden, zu einem ach so freundschaftlichen Umtrunk zu dritt. Der kleine Lantern hatte sich so überaus englisch gegeben, so zerknirscht, daß er in Günthers Hoheitsgewässern fischte, und so freimütig bezüglich der Pläne, die London mit Issa hatte, falls dieser ihnen denn an den Haken ging – »und ganz ehrlich, Günther, für uns ist er ein so *klitzekleines* Fischchen, am Ende wären wir *garantiert* zu euch gekommen und hätten gesagt: ›Leute, tun wir uns zusammen und schaukeln das Ding auf eure Weise‹« –, daß sich Bachmann die Nackenhaare gesträubt hatten vor Mißtrauen.

Aber womit er nicht gerechnet hatte, das war Martha, die in Lanterns Kielwasser in Arni Mohrs Vorzimmer gesegelt kam, fast so, als wäre er ihr bestallter Herold, was er vielleicht auch war: die majestätische Martha, formidable Nummer zwei der Agency in Berlin (Nummer zwei von wer weiß wie vielen!), gewandet wie der Engel des Todes persönlich in einen scharlachroten Satinkaftan mit schwarzen Pailletten. Und in Marthas Windschatten wiederum, so dicht hinter ihr, daß er ihre massige Gestalt als Deckung hätte benutzen können, folgte kein anderer als der Knapp-Zweimetermann Newton alias Newt, ehemaliger Vizechef des operativen Dienstes in der US-Botschaft in Beirut und Bachmanns dortiges Pendant, der beim Anblick seines alten Kameraden aus dem Konvoi ausscherte, mit ein paar Sätzen bei Bachmann war, ihn umarmte und dazu rief: »Scheiße auch, Günther! Als ich dich das letzte Mal gesehen hab, lagst du sturzbesoffen in der Bar des Commodore! Was verschlägt denn dich nach Hamburg, Mann?«

Und während Bachmann Witze riß und lachte und sich seinerseits leutselig gab, stellte er Newton im stillen die gleiche Frage: Was zum Teufel hat die Berliner Außenstelle der CIA in Hamburg zu suchen, in meinem Revier? Wer hat sie eingeladen und warum? Und sobald Martha und Newton weitergezogen waren, um sich ein neues Opfer zu suchen, richtete er die Frage, aufgebracht und drängend, an Axelrod.

»Sie sind harmlose Beobachter. Reg dich ab. Wir haben doch noch nicht mal angefangen.«

»Und *was* beobachten sie? Newt beobachtet nicht. Newt schneidet Kehlen durch.«

»Sie interessieren sich für Abdullah. Sie glauben, daß er einen Anschlag auf einen ihrer Wohnkomplexe in Saudi-Arabien mitfinanziert hat, und noch einen fehlgeschlagenen auf eine US-Abhörstation in Kuwait.«

»Na und? Von mir aus kann er auch den Anschlag aufs World Trade Center mitfinanziert haben. Wir wollen ihn schließlich rekrutieren, nicht ihm den Prozeß machen. Wie kommen die hierher? Wer hat sie informiert?«

»Die Zentrale. Was dachtest du denn?«

»*Wer* aus der Zentrale? Welcher Teil der Zentrale? Welcher von dem halben Dutzend *Teilen* der Zentrale? Soll das etwa heißen, *Burgdorf* hat sie informiert? Burgdorf hat meine Operation den *Amerikanern* zum Fraß vorgeworfen?«

»Was tut man nicht alles für den Konsens«, knurrte Axelrod, und genau im selben Moment lichtete Martha, die bei Arni Mohr stand, die Anker und nahm wie ein Ozeanriese Kurs auf sie, Ian Lantern im Schlepptau.

»Wenn das nicht Günther Bachmann ist!« dröhnte sie mit ihrer Nebelhornstimme, als hätte sie ihn eben erst am Horizont erspäht. »Wieso zum Henker schieben Sie immer noch hier in der Pampa Dienst?« – und sie packte seine Hand und zog ihn an ihren üppigen Körper, wie um ihn ja mit niemandem teilen zu müssen. »Meinen kleinen Ian kennen Sie? Aber natürlich. Ian ist mein britischer Pudel. Ich gehe jeden Morgen in Charlottenburg mit ihm Gassi, nicht wahr, Ian?«

»Treu und brav«, bestätigte Lantern und ging dankbar neben ihr längsseits. »*Und* sie macht hinter mir den Dreck weg«, fügte er mit einem Augenzwinkern für seinen neuen Freund Günther hinzu.

Axelrod war weitergegangen. Am anderen Ende des Zimmers tuschelte Burgdorf mit seinem Satrapen Dr. Otto Keller, äugte dabei jedoch zu Bachmann hinüber, so daß es vielleicht

Bachmann war, über den sie redeten. Wie ein strammer Rechter sah Burgdorf nicht aus. Mit seinen sechzig Jahren erinnerte er Bachmann eher an ein verdrossenes Kind, das schmollte, weil die liebe Mama die Geschwister bevorzugte. Die Flügeltür hatte sich aufgetan. Den Brustkorb vorgewölbt, die Hände an der Seitennaht, bat Impresario Arni Mohr seine Gäste zum Fest.

Verblüfft und beunruhigt ob der amerikanischen Präsenz ließ Bachmann sich auf dem für ihn reservierten Stuhl am Kopfende des langen Konferenztischs nieder. Mohr hatte ihm den Ehrenplatz zugewiesen – oder war Schleudersitz zutreffender? Denn schließlich war Bachmann nicht nur der Initiator der Operation und ihr Advokat, er war auch, wenn die Sache schiefging, der Sündenbock. Für Entscheidungen der Koordinierungszentrale galt, wie Axelrod ihn gerade erinnert hatte, allen internen Kämpfen im Vorfeld zum Trotz der eiserne Grundsatz der Geschlossenheit. Da Projekte von Außenseitern wie Bachmann für alle die gleichen Risiken und Chancen bargen, mußten Beschlüsse über ihre Annahme oder Ablehnung einvernehmlich gefaßt werden. Vielleicht hatten die gegnerischen Lager von Burgdorf und Axelrod deshalb am hinteren Ende des Tisches so defensiv die Reihen geschlossen und die Plätze zwischen sich und dem Aggressor ihren bürokratischen Anhängseln überlassen.

Um Marthas Beobachterstatus zu unterstreichen, hatte Mohr ihr und Newton einen Extratisch bereitgestellt, doch aus der Zweier- war zu Bachmanns wachsender Konsterniertheit eine Dreierdelegation geworden: bei den beiden saß plötzlich eine breitschultrige Mittvierzigerin mit perfektem Gebiß und langem, aschblondem Haar. Aber damit nicht genug. In den wenigen Minuten, seit Bachmann von dem Knapp-Zweimetermann Newton umarmt worden war, hatte dieser sich einen Bart wachsen lassen, oder Bachmann hatte ihn vorher im Clinch nur nicht bemerkt: ein akkurat gestutztes schwarzes Ziegenbärtchen mitten auf der Kinnspitze, das ideale Ziel für einen schönen rechten Haken – nur daß Newton einen unter Garantie vorher zu Boden schickte.

Ian Lantern, der kleine Strahlemann, mochte zwar Ausländer sein, war aber dennoch als Mitspieler kooptiert. Er hatte einen Platz am Haupttisch ergattert, allerdings so nah bei den Beobachtern, daß er mit Martha tuscheln konnte. Links von ihm saß Burgdorf, wenn auch in einigem Abstand zu ihm, denn Burgdorf, so frisch, gepflegt und wohlgenährt, hielt nichts von körperlicher Nähe. Zwei Stühle weiter saßen zwei Monomaninnen aus dem Berliner Geldwäscheteam, die sich damit aufrieben, Rätseln wie etwa dem nachzuspüren, wie sich zehntausend von einer muslimischen Stiftung aus Nürnberg in gutem Glauben gesammelte Dollar unversehens in fünfhundert Liter Haarfärbemittel in einer Hinterhofgarage in Barcelona verwandeln konnten.

Die restlichen Gesichter in der Runde gehörten Staatsbeamten oder noch unerfreulicheren Gestalten: Spitzenleuten aus dem Finanzministerium, einer tranigen Dame aus dem Kanzleramt, einem lachhaft jungen Abteilungsleiter vom BKA und dem ehemaligen Auslandsredakteur einer Berliner Zeitung, dessen Spezialität es war, unliebsame Storys zu killen.

Sollte Bachmann anfangen? Mohr hatte die Tür geschlossen und abgesperrt. Dr. Keller starrte finster auf sein Handy und steckte es weg. Lantern bedachte Bachmann mit einem zupackenden Lächeln. »Dann mal los, Günther«, sollte das heißen. Bachmann ließ sich nicht zweimal bitten.

»Operation FELIX«, verkündete er. »Kann ich davon ausgehen, daß alle Anwesenden das Material gesichtet haben? Keiner zu kurz gekommen?«

Keiner zu kurz gekommen. Alle Gesichter ihm zugewandt.

»Dann darf ich Professor Aziz um ein Profil unserer Zielperson bitten.«

Laß erst Aziz auf sie los und heb dir den schwierigen Teil für danach auf, hatte Axelrod ihm geraten.

* * *

Seit zwanzig Jahren war Aziz nun schon Bachmanns Liebling: Aziz, der in Amman sein bester Mann gewesen war; Aziz, der in einem tunesischen Gefängnis geschmachtet hatte, all seine

Agenten am Galgen, seine Familie untergetaucht; Aziz, der auf bloßen, wundgepeitschten Füßen durch das Gefängnistor gehinkt war, um sich im Wagen der Deutschen Botschaft zum Flughafen bringen und nach Bayern umsiedeln zu lassen.

Auch jetzt ging Bachmann das Herz auf, als durch eine Nebentür, in der für einen Moment, wie geplant, Maximilian sichtbar wurde, die kleine, soldatische Gestalt mit den dunklen Haaren, dem dunklen Anzug und dem Schnauzbart leise hereinkam und ihren Platz auf dem Podium am hinteren Tischende einnahm: Aziz, der verpflanzte Spion, führender Experte der Koordinierungszentrale für die verschlungenen Pfade des Dschihadismus – und für das Handeln und Denken seines früheren Kommilitonen aus Kairoer Studententagen, Dr. Abdullah.

Nur daß Aziz ihn nicht Abdullah nennt. Er nennt ihn bei seinem Codenamen, MEILENSTEIN: Axelrods hintersinnige Anspielung auf das spirituelle Handbuch aller militanten Islamisten, *Meilensteine*, verfaßt von ihrem Vordenker Sayyid Qutb während seiner Haft in einem ägyptischen Gefängnis. Aziz' Stimme ist ernst und bekümmert.

»MEILENSTEIN ist ein Mann Gottes, in jeder Hinsicht bis auf eine«, übernimmt er den Part des Verteidigers. »Er ist ein durch und durch authentischer, hochgebildeter Gelehrter. Er ist unbestreitbar streng gläubig. Er predigt den Weg des Friedens. Er glaubt aus ganzem Herzen daran, daß der gewaltsame Umsturz korrupter islamischer Regime gegen die Gesetze seiner Religion verstößt. Er hat kürzlich die Aussprüche des Propheten Mohammed neu ins Deutsche übertragen. Es ist eine hervorragende Übersetzung. Ich kenne keine bessere. Er lebt bescheiden und ißt *Honig.*« Niemand lacht. »Er ist ein leidenschaftlicher *Honigesser*. Unter Muslimen ist er für seine Honigleidenschaft berühmt. Muslime legen die Menschen gern auf bestimmte Rollen fest. Er ist ein Mann Gottes, des Korans und des Honigs. Aber leider ist er nach unseren Erkenntnissen auch ein Mann der Bombe. Beweisen können wir es nicht. Aber die Indizien sind mehr als überzeugend.«

Bachmann sieht verstohlen in die Runde. Honig, Gott und Bomben. Aller Augen ruhen auf dem soldatischen kleinen

Professor, dem ehemaligen Freund des honigessenden Bombenlegers.

»Bis vor fünf Jahren trug er maßgeschneiderte Anzüge. Er war ein Dandy. Aber als er im deutschen Fernsehen aufzutreten und an öffentlichen Debatten teilzunehmen begann, änderte sich auch sein Kleidungsstil. Es war nun sein Wunsch, durch seine Bescheidenheit aufzufallen. Durch seinen enthaltsamen Lebenswandel. Das ist eine Tatsache. Was dahintersteckt, weiß ich nicht.«

Sein Publikum weiß es genausowenig.

»Sein ganzes Leben lang hat MEILENSTEIN sich aufrichtig darum bemüht, die Gegensätze zwischen den einzelnen Glaubensrichtungen in der Umma zu überwinden. Ich bin der Meinung, dafür gebührt ihm Bewunderung.«

Er zögert. Die meisten, aber nicht alle Anwesenden wissen, daß er mit Umma die religiöse Gemeinschaft aller Muslime meint.

»Er war im Vorstand von Hilfsorganisationen, wie sie unterschiedlicher und zerstrittener kaum sein können, um für die Zakat zu werben und ihn zu verteilen«, fährt er fort, wieder mit einem prüfenden Blick auf seine Zuhörer.

»Unter der Zakat versteht man die zweieinhalb Prozent des Einkommens, die jeder Muslim unter dem Gesetz der Scharia guten Zwecken zugute kommen lassen sollte, wie zum Beispiel Schulen, Krankenhäusern, Nahrung für Arme und Bedürftige, Stipendien für Studenten oder *Waisenhäusern*. Muslimischen Waisenhäusern. An den Waisenhäusern hängt sein Herz besonders. Für unsere Waisen, so hat MEILENSTEIN erklärt, ist er bereit, bis ans Ende seiner Tage unermüdlich um die ganze Welt zu reisen. Auch dafür gebührt ihm unsere Bewunderung. Der Islam hat viele Waisen. MEILENSTEIN selbst ist seit frühester Jugend Waise: ein Zögling strenger, sehr strenger Koranschulen.«

Doch dieses Engagement ist nicht nur zu begrüßen, wie Aziz' gepreßter Ton deutlich macht:

»Ich möchte zu bedenken geben, daß Waisenhäuser eine der vielen Schnittstellen sind, wo soziale und terroristische Belange zwangsläufig aufeinandertreffen. Waisenhäuser sind

Refugien für die Kinder der Toten. Unter den Toten sind Märtyrer, Männer und Frauen, die ihr Leben für die Verteidigung des Islam hingegeben haben, ob auf dem Schlachtfeld oder als Selbstmordattentäter. Es ist nicht die Aufgabe wohltätiger Spender, zu hinterfragen, welchen *speziellen* Märtyrertod jemand erlitten hat. Ich fürchte daher, daß in diesem Zusammenhang Kontakte zu den Händlern des Terrors unvermeidlich sind.«

Hätte die versammelte Gemeinde verzückt amen gemurmelt, wäre Bachmann nicht überrascht gewesen.

»MEILENSTEIN ist ein unerschrockener Mann«, betont Professor Aziz, nun wieder in der Rolle des Verteidigers. »Bei der Verwirklichung seiner Lebensaufgabe hat er die Not seiner muslimischen Brüder und Schwestern in den ärmsten, ja, ich würde sagen, in den *allerärmsten* Weltgegenden gesehen. In den vergangenen drei Jahren ist er auf eigenes Risiko nach Gaza, Bagdad, Somalia, Äthiopien und in den Jemen gereist; er war auch im Libanon, wo er die Verwüstung, mit der Israel dieses Land überzogen hat, aus erster Hand miterlebt hat. Was ihn aber leider auch nicht entschuldigt.«

Er holt tief Luft, als ob er Mut tanken müßte, obwohl Mut nach Bachmanns Erinnerung das letzte ist, woran es Aziz mangelt.

»Die Frage, die sich in Fällen wie diesem für Muslime wie Nichtmuslime stellt, ist jedesmal wieder die gleiche. Immer vorausgesetzt, die überzeugenden Indizien sind korrekt: Tut ein Mann wie MEILENSTEIN ein klein wenig *Gutes*, um *Böses* zu tun? Oder tut er ein klein wenig *Böses*, um *Gutes* zu tun? Meiner Einschätzung nach lag es immer in MEILENSTEINS Absicht, *Gutes* zu tun. Fragt man ihn, unter welchen Umständen die Anwendung von Gewalt akzeptabel ist, wird er antworten, daß wir beim Thema Terror unterscheiden müssen zwischen der legitimen Auflehnung gegen eine Besatzungsmacht und offenem Terrorismus, den wir verurteilen. Die Charta der Vereinten Nationen erlaubt ausdrücklich den Widerstand gegen eine Besatzungsmacht. Diese Ansicht teilen wir, wie alle liberalen Europäer. Allerdings« – plötzlich scheint ihn Schwermut zu packen –, »allerdings lehren solche

Fälle uns eines – und MEILENSTEIN bildet nach Lage der überzeugenden Indizien keine Ausnahme –, nämlich daß gute Menschen ein klein wenig Böses als notwendige Begleiterscheinung ihres Tuns akzeptieren. Bei manchen mögen es bis zu zwanzig Prozent sein. Bei anderen zwölf oder zehn. Bei wieder anderen vielleicht nur fünf. Aber fünf Prozent Böses können verheerend sein, selbst wenn die restlichen fünfundneunzig Prozent noch so gut sind. Sie kennen die Argumente. Aber in ihrem Kopf« – er tippt sich an den seinigen – »betrachten sie sie als unschlüssig. Der Terrorismus hat in ihrem Denken einen Platz, und dieser Platz ist nicht vollkommen negativ besetzt. Sie sehen in ihm« – schürft er in Abdullahs Gewissen oder in seinem eigenen? – »einen schmerzhaften, aber notwendigen Tribut an die große Vielfalt, die die Umma ausmacht. Leider ist das keine Entschuldigung. Aber ich würde sagen, es ist eine Erklärung. Vom *Verstand* her mag MEILENSTEIN noch so sehr davon überzeugt sein, daß sein Weg der richtige ist, aber er würde den Militanten niemals ins Gesicht sagen, daß sie auf dem falschen Weg sind. Weil er in seinem *Herzen* eben doch nicht sicher ist. Das ist sein unlösbares Paradoxon, und er steht nicht alleine damit. Denn suchen nicht alle wahren Gläubigen nach dem richtigen Weg? Und sind nicht Gottes Gebote in der Tat schwer zu begreifen? Vielleicht mißbilligt MEILENSTEIN das Vorgehen der Militanten zutiefst. Höchstwahrscheinlich sogar. Aber wie käme er dazu, zu behaupten, sie seien weniger fromm oder weniger von Gott geleitet als er – immer davon ausgehend, daß wir uns von den überzeugenden Indizien überzeugen lassen?«

Bachmann mustert erst Burgdorf, dann Martha, denn die amerikanische Top-Spionin und der deutsche Möchtegern-Geheimdienstzar haben genau den gleichen Blick – und sie haben ihn aufeinander gerichtet. Es ist ein ausdrucksloser Blick, der nichts preisgibt außer der Existenz eines schweigenden Einvernehmens. Der wachsame Lantern bemerkt den Blick auch und will mit von der Partie sein, weswegen er sich auf seinem Stuhl nach hinten lehnt, bis er Martha etwas in ihr juwelenbesetztes Ohr flüstern kann. Eine Reaktion ist ihren Zügen nicht zu entnehmen.

Falls Aziz diese Interaktion beobachtet hat, läßt er sich nichts anmerken.

»Wir müssen auch folgende Möglichkeit in Betracht ziehen«, fährt er fort. »Die Möglichkeit nämlich, daß MEILENSTEIN aufgrund seiner Herkunft und seiner ihm daraus entstandenen Beziehungen von seinen Glaubensbrüdern moralisch unter Druck gesetzt wird. So etwas kann passieren. Seine Kooperation wird nicht nur erwartet, sie wird eingefordert. ›Wenn du uns nicht hilfst, verrätst du uns.‹ Vielleicht wird MEILENSTEIN auch noch auf andere Weise genötigt. Er hat eine Exfrau und Kinder aus einer früheren Ehe, die er liebt und die in Saudi-Arabien leben. *Wir wissen es nicht*«, sagt er bestimmt und mit schmerzhafter Betonung. »Wir werden es *niemals* wissen. Vielleicht wird MEILENSTEIN selbst nie wissen, wie er zu dem wurde, was er ist – vorausgesetzt, er ist tatsächlich, was er ist.« Wie es klingt, rüstet er sich zu einem letzten Gefecht gegen ihr zu erwartendes Unverständnis. »Vielleicht *möchte* MEILENSTEIN lieber nicht wissen – oder weiß es tatsächlich nicht –, wohin die fünf Prozent gehen. Vielleicht weiß es keiner, bis hinunter zum letzten Glied in der Kette. Eine Moschee braucht ein Dach. Ein Krankenhaus braucht einen Anbau. Und durch Allahs Gnade und Barmherzigkeit findet sich ein Mittelsmann, der ihnen das Geld gibt. Aber die ärmsten Außenposten des Islam sind nicht gerade berühmt für ihre penible Buchführung. Deshalb kann der Mittelsmann genug Geld abzweigen, um auch noch den Sprengstoff für ein paar Bombengürtel zu kaufen.« Er hat eine letzte Botschaft. »Zu fünfundneunzig Prozent weiß MEILENSTEIN, was er tut, und er steht dazu. Aber die restlichen fünf Prozent will er nicht wissen und kann es auch nicht. Tut mir leid.«

Was tut dir leid? würde Bachmann gern nachhaken.

»Also, was ist er denn nun?« fragt abrupt eine ungeduldige Männerstimme. Burgdorf.

»Hinsichtlich seines Handelns, Herr Burgdorf? Seiner *Wirkung*? Immer davon ausgehend, daß die Beweise stimmen?«

»Ich dachte, darum ginge es hier. Nachdem wir ja wohl davon ausgehen. Um sein Handeln, oder nicht?«

Burgdorf, das mürrische Kind, ist berühmt für seine Aversion gegen liberales Lavieren. »Geben Sie mir Berater mit Tunnelblick!« soll er Axelrod während eines peinlichen öffentlichen Streits einmal entgegengeschrien haben. »Wenn ich was nicht brauchen kann, dann dieses ständige Einerseits-Andererseits!«

»MEILENSTEIN ist die Schnittstelle, Herr Burgdorf«, gibt Professor Aziz auf dem Podium traurig zu. »Vielleicht nicht durch sein Handeln im ganzen, aber im Detail. Hier ein bißchen abgezwackt, da ein bißchen umgeleitet – die Summen sind nicht *groß*. Und das brauchen sie auch gar nicht zu sein, so, wie der Terrorismus heute funktioniert. Ein paar tausend Dollar können genügen. An den elendsten Orten reichen sogar ein paar hundert. Wenn wir von der Hamas reden, noch weniger.«

Es sieht so aus, als ob er noch etwas hinzufügen will. Vielleicht erinnert er sich daran, was ein paar hundert angerichtet haben. Burgdorf unterbricht ihn:

»Er finanziert also den Terrorismus«, sagt er laut und deutlich, damit es auch ja alle verstehen.

»Darauf läuft es hinaus, Herr Burgdorf. Wenn unser Verdacht der Wahrheit entspricht. Gut, zu fünfundneunzig Prozent nicht. Zu fünfundneunzig Prozent unterstützt er die Armen und Kranken und Bedürftigen der Umma. Aber zu fünf Prozent finanziert er den Terror. Ganz bewußt und sehr geschickt. Und deshalb ist er ein Mann des Bösen. Das ist seine Tragödie.«

Axelrod hat diesen Augenblick kommen sehen und ist bereit.

»Professor Aziz, ließe sich die Sache nicht auch etwas anders auslegen? Würden Sie mir, nach allem, was wir zwischen den Zeilen lesen konnten, nicht zustimmen, daß sich MEILENSTEIN – bei den, sollen wir sagen, richtigen Anreizen und dem richtigen Zusammenwirken von Druck und ein wenig Pech – in geradezu idealer Weise eignet, für den Weg des Friedens angeworben zu werden, genau wie Sie selbst vor vielen Jahren, als Sie noch ein Muslimbruder und ein Befürworter der direkten Aktion waren?«

Professor Aziz verabschiedet sich mit einer Verbeugung

von seinem Publikum und wird hinauseskortiert. Er ist sicherheitsüberprüft – aber wozu etwas riskieren? Während Bachmann ihm nachblickt, hört er Marthas Bühnenflüstern:

»Wissen Sie was, Ian? Fünf Prozent reichen mir dicke.«

* * *

Nach Aziz' Abgang machte sich unkoordinierte Betriebsamkeit breit. Martha erhob sich und rauschte, das Handy am Ohr, hinaus, Newton und die breitschultrige Aschblonde in ihrem Gefolge. Offenbar hatte Mohr den Kollegen von der CIA sogar ein Büro zur Verfügung gestellt, damit sie ungestört ihrer harmlosen Beobachtertätigkeit nachgehen konnten. Burgdorf beugte sich zu Keller hinunter und flüsterte ihm etwas zu, wobei sie beide in verschiedene Richtungen blickten. Und Bachmann versuchte die Ängste, die in ihm hochsteigen wollten, mit einem Stoßgebet in den Worten seiner ungesungenen Kantate niederzukämpfen:

Wir sind keine Polizisten, wir sind Spione. Wir nehmen unsere Zielpersonen nicht fest. Wir bauen sie auf und setzen sie auf noch wichtigere Zielpersonen an. Wenn wir ein Netzwerk ausmachen, dann beobachten wir es, dann belauschen und unterwandern wir es, bis wir es schließlich kontrollieren. Verhaftungen sind kontraproduktiv. Sie zerstören eine wertvolle Anschaffung. Sie verdammen einen dazu, wieder bei null anzufangen und ein anderes Netzwerk zu finden, das wenigstens halb so gut ist wie das, das man gerade in den Sand gesetzt hat. Wenn Abdullah nicht zu einem bekannten Netzwerk gehört, sorge ich persönlich dafür, daß er sich einem anschließt. Und wenn es sein muß, erfinde ich ein Netzwerk ganz für ihn alleine. Das hat mich früher zum Ziel geführt, und das wird mich auch bei Abdullah zum Ziel führen. Wenn man mich läßt. Amen.

* * *

In den Händen einer legendären Auswerterin, Frau Zimmermann, die Bachmann noch von ihren Blitzbesuchen in der Beiruter Botschaft kennt, verwandelt sich MEILENSTEIN vom honigessenden Religionsgelehrten mit einem Fünf-Prozent-Makel in einen blutrünstigen Zahlmeister des Terrorismus.

Auf der Leinwand über Frau Zimmermanns breitem Schädel erscheinen Diagramme wie Familienstammbäume, an denen sich ablesen läßt, welche der seriösen muslimischen Hilfsorganisationen unter MEILENSTEINS Kontrolle mutmaßlich dazu benutzt werden, Geld und Material für Terroristen abzuschöpfen. Nicht alle seiner Fünf-Prozent-Transaktionen sind finanzieller Art. Die Elenden aus Dschibuti schreien nach hundert Tonnen Zucker? Eine von MEILENSTEINS Organisationen sorgt für ihre sofortige Lieferung. Auf dem Weg nach Dschibuti allerdings legt das Hilfsschiff einen Zwischenstop in dem kleinen Hafen von Berbera an der Nordküste des kriegsgebeutelten Somalia ein, erklärt Frau Zimmermann und fuchtelt gereizt mit ihrem Pointer auf der Leinwand herum, als wollte sie ein lästiges Insekt verscheuchen.

Und in Berbera werden versehentlich zehn Tonnen Zucker entladen. So etwas kann vorkommen, ob wir in Berbera sind oder in Hamburg. Der unbedeutende Fehler wird erst entdeckt, als das Schiff längst wieder auf hoher See ist. Und als es in seinem Bestimmungshafen Dschibuti einläuft, sind die ausgehungerten Empfänger so dankbar für ihre neunzig Tonnen, daß keiner ein Wort über die verschwundenen zehn verliert. In Berbera werden mit den zehn Tonnen Zucker unterdessen Zünder, Landminen, Handfeuerwaffen und tragbare Raketenwerfer für militante Somalis gekauft, deren höchstes Ziel es ist, möglichst kostengünstig Tod und Verderben zu verbreiten.

Doch wer will dafür die ehrbare Hilfsorganisation verantwortlich machen, die in ihrer unbestrittenen Güte den Hungernden von Dschibuti Zucker gebracht hat? Und wer will es wagen, MEILENSTEIN dafür verantwortlich zu machen, den zu fünfundneunzig Prozent frommen Streiter für Toleranz und Verständigung zwischen den Religionen?

Frau Zimmermann will es, und sie tut es.

Außerdem verweist sie ihr Publikum auf die vorliegenden

FELIX-Dossiers, in denen die Argumente, auf denen ihr Urteil basiert, im Detail aufgeführt sind. Für die Begriffsstutzigen unter ihnen hat sie ein weiteres Diagramm mitgebracht, noch simpler als das erste. Es zeigt einen Archipel aus kleinen und großen Handelsbanken, die über den ganzen Globus verteilt sind. Während es sich bei einigen um bekannte Namen handelt, muß man bei anderen die Hauptgeschäftsstelle wohl eher in der Barackensiedlung eines pakistanischen Gebirgskaffs suchen. Sie sind in keiner Weise miteinander verbunden. Ihre einzige Gemeinsamkeit ist der Lichtpunkt, der aufblinkt, wenn ihnen Frau Zimmermann mit dem Pointer droht, so wie ein erbostes Muttchen mit seinem Schirm hinter einem davonfahrenden Bus herfuchtelt.

Eines schönen Tages wird eine überschaubare Summe bei dieser Bank eingezahlt, erläutert sie. Sagen wir in Amsterdam. Sagen wir zehntausend Dollar. Ein guter Onkel kommt des Wegs und zahlt sie ein.

Und das Geld bleibt in dieser Bank. Egal, ob es einer Einzelperson, einer Firma, einer Institution oder Hilfsorganisation gutgeschrieben wird. Es rührt sich nicht vom Fleck. Es bleibt dem glücklichen Kontoinhaber erhalten. Vielleicht sechs Monate lang. Vielleicht auch ein Jahr.

Doch siehe da, eine Woche später wird ein Betrag in gleicher Höhe am anderen Ende der Welt bei *dieser* Bank eingezahlt – sagen wir in Karatschi. Und auch dieses Geld bleibt, wo es ist. Kein Telefonat, keine elektronische Überweisung. Nur ein zweiter guter Onkel.

»Bis dann schließlich einen Monat später eine fast identische Summe *hier* ankommt«, sagt Frau Zimmermann mit Schärfe. Die Spitze des Pointers liegt auf Nordzypern. »Eingezahlt an dem Ort, für den es von Anfang an bestimmt war, wie bei einem stummen Tauschhandel, den wir ohne aufwendige nachrichtendienstliche Tätigkeit unmöglich zurückverfolgen können. Jede Stunde finden unzählige solcher Transaktionen statt. Nur ein Bruchteil davon unterstützt Terrorakte. Vereinzelt zeigt uns die parallele Auswertung von Quellen und Computerdaten den Weg: aber nur *einen* Weg. Das ist das Dilemma. Selbst wenn wir die Kette einmal bis zum Anfang zurückverfolgen, muß es noch lange nicht ein zweites Mal gelingen. Beim nächsten Mal könnte sie völlig anders verlaufen. Das ist das Grandiose an dem System. Es sei denn, der Drahtzieher wird selbstgefällig oder faul und fängt an, sich zu wiederholen. Dann bildet sich ein Muster heraus, aus dem man nach einiger Zeit Schlüsse ziehen kann. Optimal ist es, den Drahtzieher und sein erstes Kettenglied zu identifizieren. MEILENSTEIN ist ein Drahtzieher, der faul geworden ist.«

Ein Lichtpunkt brennt über der Stadt Nikosia. Der Pointer tippt einmal vorwurfsvoll darauf und rührt sich nicht mehr vom Fleck.

»Mit unsichtbaren Transaktionen ist es dasselbe wie mit dem Dechiffrieren«, fährt die große Frau Zimmermann mit ihrer süddeutsch angehauchten Lehrerinnenstimme fort. »Wiederholungen sind der Traum eines jeden Ermittlers. Nach dreijähriger Beobachtung *dieser* äußerst unbedeutenden Reederei, die erwiesenermaßen seit langem Lebensmittel und andere Güter irrtümlich an dubiose Zielorte liefert, ohne sich besonders um einen Rücktransport der Fracht zu bemühen« – der harmlose Name der *SEVEN FRIENDS NAVIGATION COMPANY* erscheint in fetten roten Lettern quer auf dem oberen Teil der Insel, während sich der Pointer keinen Millimeter von der Stelle bewegt –, »und aufgrund von MEILENSTEINS ersten Kettenüberweisungen auf *dieses* Spendenkonto bei *dieser* Bank« – Riad leuchtet auf, zusammen mit dem Namen der Bank auf arabisch und englisch – »und einer entsprechenden Summe, die bei *dieser* Bank eingezahlt wird« – der Pointer wandert nach Paris – »und der gleichen Summe, die an *diese* Bank geht« – wir sind in Istanbul –, »und zwar jeweils auf Konten, die wir im Vorfeld haben ermitteln können, führt uns das zu der triftigen Annahme, daß MEILENSTEIN in die Beschaffung von Terrorgeldern verwickelt ist. Wenn MEILENSTEIN sauber wäre, davon sind wir überzeugt, dann hätte er niemals direkte Verbindung zu dieser zweitklassigen Reederei aufgenommen. Aber er persönlich hat die Firma mehr als einmal beauftragt, obwohl ihm klar sein muß – oder vielleicht *weil* ihm klar ist –, daß sie bei mehr als einer Gelegenheit Waren an den falschen Ort geliefert hat. Überführen kann ihn das nicht. Aber als Basis für eine begründete Annahme taugt es allemal.«

Während die Leinwand ins Dachgebälk entschwindet, werden Frau Zimmermanns penible Darlegungen von Marthas gebieterischem Nebelhornorgan unterbrochen, das quer durch den Raum dröhnt.

»Wenn Sie *begründete Annahme* sagen, Charlotte« – woher zum Teufel kennt sie ihren Vornamen? fragt sich Bachmann. Und wie zum Teufel ist sie wieder reingekommen, ohne daß ich etwas davon mitgekriegt habe? –, »heißt das dann soviel wie *Beweismaterial*? Er macht genau den Zug, den er machen soll – die erste Kettenüberweisung –, und damit haben wir den *Beweis*? Einen Beweis, der vor einem amerikanischen Gericht Bestand hätte?«

Aufgeregt protestiert Frau Zimmermann, daß die Frage ihre Besoldungsklasse übersteigt, und Axelrod springt gewandt in die Bresche.

»Von welchen amerikanischen Gerichten reden wir hier, Martha? Von den Militärtribunalen hinter verschlossenen Türen oder von den altmodischen Verhandlungen, bei denen der Angeklagte noch weiß, welcher Tat man ihn beschuldigt?«

Ein paar freiere Naturen lachen. Der Rest gibt vor, nichts gehört zu haben.

»Herr Bachmann«, blafft Burgdorf. »Sie wollen ein operatives Projekt beantragen. Dann lassen Sie bitte hören.«

* * *

Ein Wettermacher läßt sich nicht gern von Uneingeweihten über die Schulter schauen, während er seinen Zauber wirkt. Wie jedem echten Künstler widerstrebte es Bachmann, Einblicke in seinen Schaffensprozeß zu gewähren. Trotzdem bemühte er sich redlich, seinem Publikum zu geben, was es erwartete. In schlichter Laiensprache für diejenigen, die nur am Rande des Spionagegewerbes standen, trug er die Kernargumente vor, die seinem in aller Eile und unter redaktioneller Mitarbeit von Erna Frey und Axelrod verfaßten Antrag zugrunde lagen. Das Ziel der Operation, so erklärte er, bestehe darin, den Beweis für MEILENSTEINS Schuld zu führen, gleichzeitig aber auch seinen guten Ruf und sein Renommee nicht zu beschädigen, sondern sie auf lange Sicht sogar noch zu fördern und seine gesamten karitativen Verbindungen aufrechtzuerhalten. Es bestehe darin, seine fünf Prozent zu übernehmen und ihn als Sprach- und Hörrohr zu benutzen. Wider bessere Überzeugung zwang Bachmann sich, den Begriff »Krieg gegen den Terror« zu verwenden. Deshalb sei der erste Schritt der alles entscheidende: er müsse MEILENSTEIN heillos kompromittieren, ihm vor Augen führen, daß er kompromittiert war, und ihn vor die Wahl stellen, entweder ein angesehener Vordenker der Umma zu bleiben oder aber …

»Oder aber was, Günther? Verraten Sie es uns«, fiel ihm Martha, die harmlose Beobachterin, ins Wort.

»Öffentlich bloßgestellt und möglicherweise verhaftet zu werden.«

»*Möglicherweise?*«

Axelrod eilte ihm zu Hilfe: »Wir sind hier in Deutschland, Martha.«

»Stimmt. Wir sind in Deutschland. Er kommt vor Gericht und wird zur Abwechslung tatsächlich verknackt. Und was kriegt er? Mickrige sechs Jahre, drei davon auf Bewährung? Ihr habt doch keine Ahnung, was Knast überhaupt ist. Und wer soll ihn verhören dürfen?«

Das stand für Axelrod außer Frage. »Er wäre deutsches Eigentum und würde nach deutschem Recht vernommen. Vorausgesetzt, er weigert sich, mitzuspielen. Allerdings wäre es sehr viel besser, er würde bleiben, wo er ist, und mit uns kooperieren. Und wir glauben, daß er dazu bereit sein wird.«

»Wieso sollte er? Er ist ein fanatischer Terrorist. Vielleicht sprengt er sich lieber in die Luft.«

Bachmann nun wieder: »Wir schätzen ihn anders ein, Martha. Er ist ein Familienmensch, hat einen geregelten Lebenswandel, wird in der gesamten Umma geachtet und vom Westen bewundert. Er war seit dreißig Jahren nicht mehr im Gefängnis. Wir verlangen nicht von ihm, daß er zum Verräter wird. Wir bieten ihm eine neue Definition von Loyalität an. Wir festigen seine Position hier im Lande, wir versprechen ihm die deutsche Staatsbürgerschaft, um die er sich ein halbes Dutzend Mal erfolglos beworben hat. Gut, anfangs kommen wir ihm vielleicht mit Drohungen. Aber das ist nur das Vorspiel. Dann freunden wir uns mit ihm an. ›Schlagen Sie sich auf unsere Seite, und wir arbeiten kreativ zusammen, für einen besseren und gemäßigteren Islam.‹«

»Warum nicht auch noch eine Amnestie für frühere Terrorakte?« schlug Martha vor, die sich jetzt an der Diskussion beteiligen zu wollen schien, anstatt sie zu sabotieren. »Würden Sie die als Zugabe auch noch obendrauf packen?«

»Wenn er uns reinen Wein einschenkt. Falls Berlin es genehmigt. Als unverzichtbaren Teil des Gesamtpakets. Ja.«

Der Schatten wechselseitiger Feindseligkeit hatte sich verzogen. Martha grinste breit. »Günther, Darling. Wie viele Jahre haben Sie eigentlich auf dem Buckel? Hundertfünfzig?«

»Hundertneunundvierzig.« Bachmann spielte ihr Spiel mit.

»Und ich Idiotin hab mir mein letztes Ideal mit siebzehneinhalb rausoperieren lassen!« rief Martha, wofür sie schallendes Gelächter erntete, allen voran von Ian Lantern.

* * *

Aber gewonnen hatte Bachmann noch lange nicht. Ein verstohlener Blick in die Runde bestätigte, was er von Anfang an befürchtet hatte: die Aussicht auf eine innige Freundschaft mit einem Zahlmeister des Terrors war nicht nach jedermanns Geschmack.

»Dann verleihen wir heute also unseren Feinden die *Staatsbürgerschaft*«, bemerkte ein notorischer Sprücheklopfer aus dem Außenministerium bissig. »Wir empfangen nicht nur den bekannten internationalen Terroristen MEILENSTEIN mit offenen Armen, sondern auch noch unseren guten Freund FELIX, einen entflohenen russischen Knastbruder, der wegen einer ganzen Latte von islamistisch inspirierten Gewalttaten vorbestraft ist. Unsere Gastfreundschaft bei ausländischen Kriminellen kennt anscheinend keine Grenzen. Wir haben den Mann völlig in der Hand, und wir ködern ihn mit der deutschen Staatsbürgerschaft! Man fragt sich, wie weit wir es mit unserem Edelmut noch treiben wollen.«

»Es geht um das Mädel«, knurrte Bachmann, dem die Zornesröte ins Gesicht stieg.

»Ach ja, natürlich. Die holde Seele. Ich vergaß.«

»Sie hätte sich nie zur Zusammenarbeit mit uns bereiterklärt, wenn wir ihr nicht feierlich versprochen hätten, daß FELIX ungeschoren davonkommt. Ohne die Kleine wären wir bei ihm nie so weit gekommen. Sie hat sein Vertrauen gewonnen, sie hat ihm MEILENSTEIN ans Herz gelegt.«

Und als er mit seiner Antwort nur skeptisches, um nicht zu sagen argwöhnisches Schweigen erntete, nahm er den Kopf zwischen die Schultern und ging zum Angriff über. »Ich habe ihr mein Wort gegeben. Das kein Agentenführer gegenüber seinem Agenten jemals bricht. Das war der Deal, abgesegnet von der Zentrale.« Dieser letzte Seitenhieb galt Burgdorf persönlich, während Axelrod mit gerunzelter Stirn unbehaglich ins Leere starrte. »Sie ist seine Anwältin« – nun wieder an die ganze Runde gerichtet. »Als seine Anwältin ist sie verpflichtet, ihren Mandanten unter allen Umständen zu schützen. Sie kooperiert, weil wir ihr zugesichert haben, daß es zum Nutzen ihres Mandanten ist. Er geht straffrei aus, kann unbehelligt studieren und beten, und mehr will er gar nicht. Nur deshalb spielt sie bei uns mit.«

»Und wie man hört, soll sie in ihn verliebt sein«, warf die bissige Stimme unbeeindruckt ein. »Fragt sich nur: Wieviel Liebe kann sie da noch für uns erübrigen?«

Und womöglich hätte ihm Bachmann trotz eines warnenden Blicks von Axelrod in Worten geantwortet, die er hinterher bitter bereut hätte, wäre nicht Lantern geschickt eingesprungen, um die Spannung zu entschärfen.

»Dürfte ich an dieser Stelle kurz meinen Union Jack schwenken, Ax?« – mit seinem britischen Humor Axelrod aufs Korn nehmend. »Mir ist so, als müßte ich ganz bescheiden darauf hinweisen, daß es ohne eine gewisse renommierte britische Bank gar keinen FELIX geben würde, der sein väterliches Erbe antritt, und keinen MEILENSTEIN, der ihm hilft, das Geld unter die Leute zu bringen!«

Aber der Einwurf wurde mit eher gehemmtem Gelächter aufgenommen, und die Stimmung blieb angespannt. Martha hatte mit Newton und der geheimnisvollen Aschblonden mit dem Raubvogelgesicht getuschelt. Jetzt hob sie ruckartig den Kopf.

»Günther. Ian. Ax. Okay. Beantwortet mir noch *eine* Frage. Glaubt ihr Jungs im Ernst, ihr kriegt das über die Bühne? Ich meine, seht euch doch mal an, was wir hier haben. Eine liberale Anwaltstussi am Rand des Nervenzusammenbruchs. Einen scheintoten britischen Banker, der scharf auf sie ist. Einen halbtschetschenischen Freiheitskämpfer, der auf der Flucht vor den russischen Behörden ist, Papierflieger baut, Musik hört und davon träumt, Arzt zu werden. Und ihr bildet euch allen Ernstes ein, ihr kriegt diese drei unter einen Hut, und sie liefern euch einen abgebrühten islamistischen Geldwäscher ans Messer, der sein Lebtag noch keinem über den Weg getraut hat? Verstehe ich das richtig? Oder bin ich schon ein bißchen weich in der Birne?«

Zu Bachmanns Erleichterung konnte Axelrod diesmal aus einer Position der Stärke heraus antworten:

»Was MEILENSTEIN angeht, ist FELIX nicht vom Himmel gefallen, Martha. Wenn Sie sich das Material ansehen, werden Sie feststellen, daß er auf den von uns kontrollierten islamistischen Internetseiten ziemlich gute Kritiken bekommen hat. Und die Kollegen von der technischen Aufklärung berichten, daß sich die Mühe gelohnt hat. Der schwedische Fahndungsaufruf und der russische Polizeibericht machen sich auch schon bezahlt. Internetseiten, von denen wir noch nie gehört haben, jubeln ihn zum großen tschetschenischen Kämpfer und Ausbrecherkönig hoch. Bis es soweit ist, daß FELIX sich mit MEILENSTEIN trifft, wird ihm sein Ruhm vorausgeeilt sein.«

* * *

Jemand erkundigte sich nach dem genauen operativen Ablauf. Wie lange würde Bachmann MEILENSTEIN festhalten können, nachdem dieser kompromittiert und einkassiert worden war, ohne daß mißtrauische Fragen nach seinem Verbleib laut wurden?

Alles hänge davon ab, was MEILENSTEIN für den Rest des Abends geplant habe, sagte Bachmann. Es würde ein Wettlauf gegen die Zeit. Sowohl das Mädel als auch FELIX seien mit den Nerven am Ende.

Die Aufmerksamkeit richtete sich auf Arni Mohr. Der hatte schon fast die Hoffnung aufgegeben, noch eine tragende Rolle spielen zu dürfen, und schilderte nun breit seinen Auftritt im Polizeipräsidium, wo er die geplante Operation am gestrigen Abend einem erlesenen Kreis von Zuhörern vorgestellt hatte – in Auszügen natürlich, nicht zur Gänze.

Bei Mohrs Ausführungen packte Bachmann abgrundtiefe Verzweiflung. Die Polizei wolle rings um die Bank Scharfschützen postieren, für den Fall, daß MEILENSTEIN einen Sprengstoffgürtel trug, verkündete Mohr stolz.

Und da man davon ausgehen müsse, daß MEILENSTEIN bewaffnet sein würde, wollten sie vor dem entscheidenden Treffen in Brues Bank auch alle fünf Zugangswege sichern: das Alsterufer sowie die beiden Straßenseiten und -einmündungen.

Und auch die Dächer, fuhr Mohr fort. Sein Masterplan sah vor, das ganze Gebiet großräumig abzusperren, sobald MEILENSTEIN die Bank betreten hatte, und es mit Geschöpfen aus seinem eigenen Kosmos bevölkern: in Pkw, auf Fahrrädern, zu Fuß. Mit polizeilicher Unterstützung sollten zudem alle benachbarten Häuser und Hotels evakuiert werden.

Keller stimmte zu.

Burgdorf widersprach nicht.

Martha, wiewohl nur Beobachterin, gab gern ihr Placet.

Newton bot jede Hilfe an: technisches Spielzeug, Nachtsichtgeräte, was immer ihnen an nützlichem Klimbim noch einfiel.

Die Aschblonde mit dem Raubvogelgesicht signalisierte schmallippig ihre Zustimmung.

Axelrod versuchte, Mohr ein wenig den Wind aus den Segeln zu nehmen, indem er betonte, daß die von ihm und der Polizei befürworteten Sicherheitsvorkehrungen weder vor, während, noch nach MEILENSTEINS Besuch bei Brue Frères irgendwelche Spuren hinterlassen durften. Wenn etwas davon publik wurde – sei es in den Medien oder in der muslimischen Gemeinde, in der MEILENSTEIN in so hohem Ansehen stand –, konnten sie jede Hoffnung, einen wertvollen Informanten aus ihm zu machen, begraben.

Und ja, lenkte Axelrod ein, von ihm aus dürfe Arni Mohr dabeisein, wenn die Polizei MEILENSTEIN faktisch festnahm, aber nur, falls Bachmann eine solche Verhaftung als Einschüchterungsmaßnahme für zweckdienlich hielt, um MEILENSTEIN auf Kurs zu bringen. Waren damit alle zufrieden?

Anscheinend alle außer Bachmann. Dann war die Besprechung auf einmal vorbei. Die Geschworenen – unterstützt von ihren Beobachtern – zogen sich zur Beratung zurück, und Bachmann durfte wieder einmal hinübertrotten in seinen Stall, um bang des Urteils zu harren.

»Ausgezeichnete Arbeit, Bachmann«, sagte Burgdorf und klopfte ihm in ungewohnter Kontaktfreudigkeit auf die Schulter.

In Bachmanns Ohren klang das Lob wie ein Nachruf.

* * *

Bachmann saß an seinem Schreibtisch, den Kopf in den Händen vergraben, während ihm gegenüber Erna Frey konzentriert an ihrem Computer arbeitete.

»Wie geht es ihr?« fragte er.

»Den Umständen entsprechend gut.«

»Und wie gut ist das?«

»Solange sie glaubt, daß es Issa schlechtergeht als ihr, hält sie durch.«

»Gut.«

»Findest du?«

Was konnte Bachmann noch sagen? War es seine Schuld,

daß nun auch Erna dem Mädel verfallen war? War es Ernas Schuld? Da ihr offenbar alle verfielen, warum nicht auch sie? Liebe war, was man verkraften konnte, ohne darüber den Job zu vernachlässigen.

Auch sonst herrschte im Pferdestall eine gedrückte Stimmung. Maximilian und Niki entschlüsselten und überprüften stur die Eingänge des Tages – vornehmlich, so schien es, um nicht nach Hause gehen zu müssen. Aber keine menschliche Stimme drang an Bachmanns Ohr, kein Lachen, kein Ausruf, weder von den Auswertern nebenan noch von den Abhörern weiter hinten im Gang oder den Fahrern und Observierern im Stockwerk unter ihm.

Vom Fenster aus sah Bachmann mit einem seltsamen Déjà-vu-Gefühl zu, wie erst Kellers Diensthubschrauber in Richtung Köln abflog und dann Burgdorf gen Berlin entschwebte, begleitet von einem Schwarm von Mitarbeitern sowie Axelrod. Die letzte, die an Bord ging, war Martha, ohne ihren Newton und ohne die aschblonde Unbekannte.

Eine schwarze Mercedes-Kolonne rollte zum Haupttor. Die Schranke ging hoch und blieb oben.

Das verschlüsselte Telefon auf Bachmanns Schreibtisch klingelte. Er hob ab und raunzte abwechselnd »Ja, Michael« und »Nein, Michael« in den Hörer.

Erna Frey blieb am Computer.

Bachmann sagte »Wiederhören, Michael« und legte auf. Erna Frey arbeitete weiter.

»Wir haben es«, sagte Bachmann.

»Was haben wir?«

»Grünes Licht. Mit Auflagen. Wir können loslegen. So bald wie möglich. Sie haben Angst, daß wir auf einem Vulkan sitzen. Ich kriege ihn für die ersten acht Stunden.«

»*Acht*. Keine neun.«

»Acht reichen. Wenn er den Köder nach acht Stunden nicht geschluckt hat, kann Arni ihn festnehmen lassen.«

»Und wohin bringst du ihn für deine acht Stunden, wenn man fragen darf? Ins Atlantic? Ins Vier Jahreszeiten?«

»In deine sichere Wohnung unten am Hafen.«

»Mit vorgehaltener Pistole?«

»Ich lade ihn ein. Sobald er die Bank verläßt. Herr Doktor Abdullah, ich vertrete die deutsche Regierung, und wir würden uns gern mit Ihnen über gewisse illegale Transaktionen unterhalten, die Sie soeben getätigt haben.«

»Und er sagt …?«

»Er sitzt bis dahin im Auto. Er kann sagen, was er will.«

13

Katatonie nennt sich so was.

Die treiben sie in den Wahnsinn.

Noch eine Woche länger, und sie legt ihnen einen Auftritt hin, gegen den Georgie sich verstecken kann. Wenn es nicht jetzt schon soweit ist. Wobei ich ihr im Zweifel genauso irr vorkomme.

Bei unserem Treffen neulich im Atlantic war ich der gute alte Tommy Brue mit seiner angeschlagenen Bank und seiner angeschlagenen Ehe, ein treibendes Boot in der Strömung.

Bei den Türken dann war ich ein schuldgeplagter alter Sack, der sich mit einem Scheck in ihr Leben einkaufen wollte, fünfzigtausend Euro, die sie nicht angerührt hat.

Und wer bin ich jetzt, während ich mit Tempo hundertdreißig nach Nordwesten fahre, immer brav am Tempolimit? Der Lakai derselben Männer, die damals meinen Vater korrumpiert haben und die nun mich erpressen, damit ich einen hochangesehenen muslimischen Gelehrten, der zu fünf Prozent schlecht ist, zur Rettung des Jungen beschwatze, den sie im Zweifelsfall liebt.

»Sie tragen lediglich den Wünschen eines Ihrer vielen reichen Kunden Rechnung«, hatte ihm Lantern gestern abend eingebleut, bei der emotionsgeladenen Einsatzbesprechung in seiner gräßlichen konspirativen Wohnung, die nach dem Chlor des Gemeinschaftspools im Innenhof sechs Stockwerke tiefer stank. »Allerdings von der dunkleren Seite Ihrer Bank aus, weshalb Sie in besonderem Maße auf Diskretion bedacht sind. Sie haben den Investmentmanager seiner Wahl aufzusuchen, welcher Couleur, kann Ihnen egal sein, und für

Sie wird eine fette Provision herausspringen, ganz gleich, wie er den Kuchen aufteilt«, erklärte er im selbstbewußten Ton eines zwergwüchsigen Vertrauensschülers aus Brues verhaßtem Internat. »Also nichts, was für einen Banker nicht an der Tagesordnung wäre.«

»Nach Ihren Maßstäben vielleicht. Nicht nach meinen.«

»Und ebenso zur Tagesordnung gehört es« – Lantern überging den patzigen Einwurf großmütig –, »daß Sie auf Wunsch Ihres Kunden – den Ihnen sein Rechtsbeistand übermittelt hat – vorfühlen, ob der Gentleman, den Sie morgen besuchen fahren, den Anforderungen entspricht oder nicht. Ist das eine akzeptable Zusammenfassung?«

»Sagen wir: eine Zusammenfassung«, sagte Brue und schenkte sich eigenmächtig einen kräftigen Schluck Scotch ein.

»Sie werden mit Scharfblick und mit Objektivität urteilen. Ihr überragender Sachverstand wird Ihnen sagen, was das Beste für beide Parteien ist: für Ihren Kunden und für Ihre Bank. Die Interessen des ehrwürdigen muslimischen Gentleman, mit dem Sie verhandeln, zählen dabei erst in zweiter Linie, wenn überhaupt.«

»Aber mein überragender Sachverstand wird mir sagen, daß er der ideale ehrwürdige muslimische Gentleman für unsere Zwecke ist«, griff Brue Lanterns Ton auf.

»Tja, Sie schwimmen nicht gerade in Alternativen, oder, Tommy?« erwiderte der mit seinem entwaffnendsten Lächeln.

* * *

Zwölf Stunden zuvor hatte ihm Mitzi ebenfalls eine Eröffnung zu machen gehabt.

»Der Bernhard nervt«, hatte sie beiläufig bemerkt, als Brue in seine *Financial Times* vertieft war. »Die Hildegard verläßt ihn.«

Brue trank einen Schluck Kaffee und tupfte sich mit der Serviette die Lippen. In dem Spiel, das sie spielten, war es das oberste Gebot, niemals Überraschung zu zeigen.

»Dann müßte doch eigentlich Hildegard diejenige sein, die nervt«, meinte er.

»Die nervt grundsätzlich.«

»Und was hat der arme Bernhard verbrochen, daß er plötzlich auch nervt?« fragte Brue, ganz männliche Solidarität.

»Mir einen Heiratsantrag gemacht. Ich soll mich von dir scheiden lassen und mit ihm für den Sommer nach Sylt ziehen, wo wir dann entscheiden werden, wo wir den Rest unseres Lebens verbringen«, erklärte sie verdrossen. »Kannst du dir vorstellen, Bernhards Lebensabend mit ihm zu teilen?«

»Ehrlich gesagt kann ich mir schwer vorstellen, irgend etwas mit Bernhard zu teilen.«

»Und die Hildegard will dich verklagen.«

»*Mich*?«

»Oder mich, wo ist da der Unterschied? Dafür, daß ich ihr den Mann ausgespannt hab. Sie denkt, du wärst reich. Also mußt du den Bernhard verklagen, das stopft ihr das Maul. Ich frag deinen Spezl Westerheim, welcher Anwalt der beste ist.«

»Hat Hildegard das öffentliche Aufsehen bedacht?«

»Sie *lechzt* nach Aufsehen. Sie ist ganz wild darauf. Vulgär ist gar kein Ausdruck.«

»Und hast du Bernhards Antrag angenommen?«

»Ich überleg noch.«

»Ah. Und wie weit bist du in deinen Überlegungen gediehen?«

»Ich bin mir nicht sicher, ob wir uns noch zu allzuviel nütze sind, Tommy.«

»Du und Bernhard?«

»Du und ich.«

* * *

Der Himmel hing schwarz über der flachen, unwirtlichen Landschaft. Die Fahrbahn spiegelte wie Glas. Die Scheinwerfer entgegenkommender Autos sprangen ihn an. Dann sind wir uns also zu nichts mehr nütze. Auch gut. Ich komme schon allein zurecht. Ich verkaufe die Bank, solange noch was zu verkaufen da ist, und *lebe* zur Abwechslung mal. Schaue auf einen Sprung in Kalifornien vorbei, zu Georgies Hochzeit. Er hatte Mitzi noch nichts davon gesagt, daß er Großvater wurde, eine kleine Genugtuung. Vielleicht würde er es ihr niemals sagen.

Ob Georgie ihre Mutter auch eingeweiht hatte? Er hoffte es. Sue würde ganz aus dem Häuschen sein vor Freude. Ein Herz aus Gold, das hatte sie, die gute alte Sue, wenn man sich durch die rauhe Schale nicht abschrecken ließ. Schade eigentlich, daß er nicht schon ein bißchen eher dahintergekommen war. Vor Mitzi statt nach Mitzi, wenn man so wollte. Tja, passiert war passiert. Und Sue lag glücklich und zufrieden in den Armen ihres italienischen Weinbauern. Netter Bursche, das sagten alle. Vielleicht benannten sie ja eine Cuvée nach dem Baby.

Dann verlor sich sein kurzzeitiges Hochgefühl im Zischen des nassen Asphalts, seine Gedanken kehrten zurück zu Annabel, und ihn packte neuerlicher Zorn über das, was sie aus ihr gemacht hatten: die roboterhaften Bewegungen, diese Apathie in ihrer Chorknabenstimme, die ihn bei Melik im Zimmer noch so furios angeklagt hatte: *Ohne Ihre Scheißbank wäre mein Mandant nicht hier!*

»Die Bank steht in Ihrer Schuld, Frau Richter«, verkündete er der Windschutzscheibe in einer Parodie auf seine eigene Geschraubtheit. »Um so mehr freut es mich, Ihnen sagen zu können: Die Bank ist im Begriff, ihre Schuld zu begleichen.«

Die Bank liebt dich, fuhr er im Geiste fort. Sie will nicht Besitz von dir ergreifen, nein, nur dir helfen, neuen Mut zu fassen, damit du das Leben leben kannst, das zu leben ich so kläglich versäumt habe. Bist du in Issa verliebt, Annabel? Georgie würde sich auf der Stelle in ihn verlieben. Und dich würde sie auch lieben. Und sie würde dir sagen, daß du auf mich achtgeben sollst, denn so denkt Georgie. Immer will sie, daß alle aufeinander achtgeben. Deshalb wird sie so oft enttäuscht. Ist es überhaupt wichtig, ob du in Issa verliebt bist? Verliebt im landläufigen Sinne? Mit größter Entschiedenheit nicht. Wichtig ist einzig und allein, daß du ihn freibekommst.

* * *

»Was passiert mit Annabel, wenn dieser ganze Hokuspokus vorbei ist?« hatte Brue bei ihrer Mammutbesprechung von Lantern wissen wollen, während er von seinem Scotch trank, beileibe nicht seinem ersten, und Lantern an seinem x-ten Mineralwasser nippte. Es war ein harter Tag gewesen, selbst nach Brues Maßstäben: beim Frühstück Mitzi, die ihre Bombe platzen ließ, im Büro Revolte der Buchhalterinnen, die ihre Feiertagsschichten nicht länger hinzunehmen gewillt waren, dann ein einstündiges Gespräch mit seinem altgedienten Anwalt in Glasgow, der das Wort Scheidung noch nie gehört zu haben schien, gefolgt von einem zweistündigen, nicht eben vernunftgeleiteten Lunch im A la Carte, bei dem er Kaskaden von Witzen auf ein humorloses reiches Ehepaar aus Oldenburg niederregnen ließ. Gefolgt von einem Kater, an dem er nun fleißig weiterarbeitete.

»Was passiert mit ihr, Lantern?« wiederholte er.

»Das ist rein Sache der Deutschen, Tommy«, antwortete Lantern, der Vertrauensschüler, besonnen. »Ich würde mal vermuten, sie lassen die Finger von ihr. Solange sie nicht ihre Memoiren schreibt oder sonstwie Staub aufwirbelt.«

»Genügt mir nicht, tut mir leid.«

»Was genügt Ihnen nicht?«

»Irgendwelche *Vermutungen*. Feste Zusagen, das will ich. Schriftliche. An sie, in Kopie an mich.«

»Zusagen welcher Art, Tommy? Ich glaube, Sie haben ganz leicht einen sitzen, kann das sein? Vielleicht heben wir uns das Thema besser fürs nächste Mal auf.«

Brue stiefelte grimmig durch das schmuddelige Zimmer.

»Wer sagt, daß es ein nächstes Mal gibt? Vielleicht gibt es ja keins. Nicht, wenn ich meine Kooperation einstelle. Wie wäre das, hm?«

»Tja, in dem Fall, Tommy, wird London nichts anderes übrigbleiben, als zu gewissen Sanktionen Ihre Bank betreffend zu greifen.«

»Nur zu, mein Junge, nur zu. Immer feste draufhauen. Tun Sie sich keinen Zwang an. Frères geht vor die Hunde. Großes Heulen und Zähneklappern. Aber für wie lange? Und bei wem? Hm?« Es ging hart auf hart, endlich. Schluß mit den Zimperlichkeiten. Die Messer waren gezückt, und gut so. »Banken gehen andauernd vor die Hunde. Gerade so alte, ineffiziente wie meine. Aber das ist nichts im Vergleich zu dem, was euch Jungs erwartet, wenn ihr eure sagenhafte Operation in den Sand setzt! Ich hab einen Riecher für große Skandale, und das hier ist einer. *Ein Jammer, das mit dem kleinen Ian; wir hatten so eine hohe Meinung von ihm. Hoffen wir, er findet noch mal einen halbwegs anständigen Job irgendwo.* Na denn, lassen Sie sich Ihr Prickelwasser schmecken. Prost!«

Er rechnete halb mit einem »Prost« zur Antwort und war hochzufrieden, als es ausblieb.

»Sagen Sie mir doch einfach, was Sie zu Ihrer Beruhigung brauchen, Tommy«, schlug Lantern vor. Seine Stimme klang so monoton wie die Zeitansage.

»Auf jeden Fall einen Verdienstorden. Dann Tee bei der Queen. Und zehn Millionen Pfund Schmerzensgeld dafür, daß Sie Frères zu einem russischen Waschsalon umfunktioniert haben.«

»Das ist ein Witz, nehme ich mal an.«

»Bingo. Genauso ein Brüller wie diese ganze Operation. Aber ich habe noch andere Forderungen. Knallharte.«

»Und die wären, Tommy?«

»*Nummer eins* – möchten Sie sich's notieren oder meinen Sie, Sie können es sich so merken?«

»Ich merke es mir so, vielen Dank.«

»Ein offizielles Schreiben. Adressiert an Frau Annabel Richter, Kopie an mich. Unterzeichnet und abgestempelt von der zuständigen deutschen Behörde, die ihr für ihre Mitarbeit dankt und ihr zusichert, daß keine rechtlichen oder sonstigen Schritte gegen sie unternommen werden. Das mal als Anfang, kapiert? Fortsetzung folgt.« Und als er Lanterns ungläubigen Gesichtsausdruck sah: »Das ist keine Verarschung, Lantern. Das ist mein blutiger Ernst. Keine zehn Pferde kriegen mich morgen zu Abdullahs Tür rein, wenn ich keine bombensichere Zusage habe. *Nummer zwei:* Ich will Issa Karpows nagelneuen deutschen Paß sehen, gültig ab dem Moment, in dem er mit seiner Beute rüberrückt. Ich will ihn *in der Hand* haben, um ihn Annabel zu zeigen, und zwar *vor* dem großen Schlagabtausch, als unumstößlichen Beweis, daß ihre Strippenzieher sie nicht im Regen stehenlassen. Botschaft angekommen, oder hätten Sie's gern mit Untertiteln?«

»Das ist völlig unmöglich. Sie wollen, daß ich zu den Deutschen gehe und mir seinen Paß geben lasse, um ihn Ihnen zu *borgen*? Sie müssen verrückt sein, Mann!«

»Schwachsinn! Absoluter, hirnverbrannter Bockmist, entschuldigen Sie die drastische Wortwahl. Sie sind hier schließlich der Zauberer! Schwingen Sie Ihren Stab – oder von mir aus Ihr Stäbchen! Und ich sag Ihnen noch was!«

»Nämlich?«

»Wegen diesem Paß.«

»Was ist damit?«

»Pässe wachsen für Sie ja quasi auf Bäumen, was man so hört. Sie können sie nach Belieben fälschen, einziehen, annullieren oder mit heimtückischen Botschaften an ausländische Behörden präparieren. Richtig?«

»Und?«

»Ich habe Sie in der Hand, vergessen Sie das niemals. Und zwar auch dann noch, wenn Issa seinen Paß hat. Und wenn mir jemals zu Ohren kommt, daß Sie ihn aufs Kreuz gelegt haben, dann packe ich aus. Sehr öffentlich und sehr gründlich. Lantern von der Britischen Botschaft in Berlin. Der Spion, der sein Wort bricht. Und bis Sie mich erwischt haben, wird es schon zu spät sein. So, und jetzt gehe ich heim. Rufen Sie an, wenn Sie eine Antwort haben, Sie erreichen mich rund um die Uhr.«

»Was ist mit Ihrer Frau?«

* * *

Gute Frage. Er lag im Bett, sah der Zimmerdecke beim Schwanken zu und wartete darauf, daß sie sich geraderückte. Zettel von Mitzi: »Gipfelkonferenz mit Bernhard.«

Er wünschte ihr alles Gute. Jeder sollte irgendwann einen Gipfel erstürmen.

Es war Mitternacht, als Lantern anrief.

»Können Sie reden?«

»Ich bin allein, falls Sie das meinen.«

Lantern hatte seinen Zauberstab geschwungen.

* * *

Brue setzte den rechten Blinker und sah in den Rückspiegel. Die Ausfahrt lag vor ihm, und sie waren immer noch hinter ihm: zwei Männer in einem BMW, die sich gleich beim Verlassen des Hauses an seine Fersen geheftet hatten. *Damit Sie nicht so allein sind,* hatte Lantern mit einem kleinen Zwinkern gesagt.

Die Stadt hatte etwas von einem Ziegelhaufen, den jemand auf neblige Felder gekippt hat. Eine rote Kirche, ein rotes Bahnhofsgebäude, eine Feuerwache. Auf der einen Seite der Hauptstraße eine Reihe niedriger Pultdachhäuser. Auf der anderen eine Tankstelle und eine Schule aus Stahl und Beton. Daneben lag ein Bolzplatz, aber niemand spielte.

An der Hauptstraße war das Parken verboten, also stellte er den Wagen in einer Seitenstraße ab und ging zu Fuß zurück. Lanterns Wachhunde waren verschwunden. In die Tankstelle vermutlich, um ihren falschen Identitäten einen Kaffee zuzuführen.

Zwei untersetzte arabisch wirkende Männer in ausgebeulten braunen Anzügen blickten ihm entgegen. Der ältere ließ seine Gebetskette kreisen, der jüngere rauchte eine ungut aussehende gelbe Zigarette. Der ältere schlurfte einen Schritt auf ihn zu und streckte die Arme aus. Gut fünfzig Meter die Straße hinauf traten zwei uniformierte Polizisten aus dem Schatten einer Hecke, um den Anschluß nicht zu verpassen.

»Sie gestatten, Sir?«

Brue gestattete. Schultern, Revers, Achselhöhlen, Seitentaschen, Rücken, Hüften, Schritt, Waden, Knöchel, seine sämtlichen Zonen, erogen oder nicht. Und auf Betreiben des zweiten Mannes, der seine Zigarette inzwischen ausgetreten hatte, auch das Innenleben seiner Brusttaschen. *Es ist ein stinknormaler Füller,* hatte Lantern gesagt. *Sieht aus wie ein*

Füller, schreibt wie ein Füller, hört zu wie ein Füller. Und wenn sie ihn auseinanderschrauben, bleibt es trotzdem ein Füller.

Sie schraubten ihn nicht auseinander.

Jäh hervorbrechendes Sonnenlicht brachte alles zum Leuchten. In dem überwucherten Vorgärtchen saß eine dicht verhüllte, schwarzgewandete Frau in einem Liegestuhl und wiegte ein Baby. Georgie in sieben Monaten. Die Haustür stand offen. Ein kleiner Junge mit Scheitelkäppchen und langem weißem Hemd spähte auf halber Höhe dahinter hervor. Vielleicht bekommt sie ja einen Buben.

»You are most welcome, Mr. Brue, Sir«, deklamierte der Knirps und grinste dabei von einem Ohr zum anderen.

Aus dem Windfang trat Brue direkt in ein Wohnzimmer. Zu seinen Füßen spielten drei weißgekleidete kleine Mädchen mit einem Lego-Bauernhof, während ein auf stumm geschalteter Fernseher goldene Kuppeln und Minarette zeigte. Vor der Treppe stand ein bärtiger junger Mann in langem Streifenhemd und Khakihosen.

»Mr. Brue, Sir, ich bin Ismail, Dr. Abdullahs Privatsekretär. Seien Sie willkommen«, sagte er und legte die rechte Hand aufs Herz, bevor er sie Brue hinstreckte.

* * *

Wenn fünf Prozent von Dr. Abdullah schlecht waren, wie Lantern behauptete, dann waren es fünf Prozent von sehr wenig. Er war winzig, ein väterlich wirkender, gütiger kleiner Glatzkopf mit hellen zwinkernden Augen, buschigen Brauen und federndem Schritt. Lebhaft kam er hinter seinem Schreibtisch hervorgesprungen, umschloß Brues Hand mit seinen beiden und hielt sie fest. Er trug einen schwarzen Anzug mit weißem, bis zum Kragen zugeknöpftem Hemd und Turnschuhe ohne Schnürsenkel.

»Sie sind der große Mr. Brue«, begann er in sehr schnellem, sehr versiertem Englisch. »Ihr Name ist uns nicht unbekannt, Sir. Ihre Bank hatte einmal Verbindungen in den arabischen Raum, keine guten, aber Verbindungen. Vielleicht haben Sie das vergessen. Das ist eines der großen Probleme unserer modernen Welt, wissen Sie. Das Vergessen. Die Opfer vergessen nie. Fragen Sie einen Iren, was ihm die Engländer 1920 angetan haben, und er wird Ihnen die Namen sämtlicher Getöteter aufzählen, mit Datum und Uhrzeit. Fragen Sie einen Iraner, was ihm die Engländer 1953 angetan haben, und er kann es Ihnen sagen. Sein Kind kann es Ihnen sagen. Sein Enkel kann es Ihnen sagen. Selbst sein Urenkel wird es Ihnen noch sagen können, falls er einen hat. Aber fragen Sie einen Engländer ...?« In gespielter Ahnungslosigkeit warf er die Hände in die Luft. »Wenn er es jemals wußte, hat er es vergessen. *Schaut nach vorne!* sagt ihr uns. *Schaut nach vorne! Vergeßt, was wir euch angetan haben. Morgen ist ein neuer Tag!* Aber das stimmt nicht, Mr. Brue.« Er hielt immer noch Brues Hand fest. »Das *Morgen* geht aus dem Gestern hervor, verstehen Sie? Das ist das, was ich Ihnen zu sagen versuche. Und aus dem Vorgestern. Wer die Geschichte ignoriert, ignoriert den Wolf vor der Tür. Bitte. Setzen Sie sich doch. Sie hatten eine gute Fahrt, hoffe ich?«

»Alles wunderbar, vielen Dank.«

»Es war nicht wunderbar, es hat geregnet. Jetzt scheint kurzfristig die Sonne. Im Leben müssen wir uns den Tatsachen stellen. Meinen Sohn Ismail haben Sie ja kennengelernt, meinen Sekretär? Das hier ist Fatima, meine Tochter. Nächsten Oktober, so Gott will, beginnt Fatima ihr Studium an der London School of Economics, Ismail wird seine Schritte in den Fußstapfen seines Vaters nach Kairo lenken, und ich werde ein einsamerer Mann als zuvor sein, aber um so stolzer. Haben Sie Kinder, Sir?«

»Eine Tochter.«

»Dann sind auch Sie gesegnet.«

»Aber nicht so gesegnet wie Sie, wie mir scheint!« sagte Brue herzlich.

Wie ihr Bruder war auch Fatima einen Kopf größer als ihr Vater. Sie hatte ein breites, schönes Gesicht. Der braune Hijab fiel ihr um die Schultern wie ein Cape.

»Guten Tag«, sagte sie, senkte dann die Lider und legte zum Gruß die rechte Hand aufs Herz.

»Die Amerikaner sind noch schlimmer als Ihr Briten, aber

sie haben wenigstens eine Entschuldigung«, fuhr Dr. Abdullah im gleichen munteren Ton fort, indem er Brue zu einem üppig gepolsterten Besuchersessel führte, aber sein Handgelenk gab er immer noch nicht frei. »Ihre Entschuldigung ist ihre *Ignoranz*. Sie wissen nicht, was sie falsch machen. Ihr Engländer dagegen wißt es ganz genau. Ihr wißt es schon lange. Und ihr macht trotzdem weiter wie gehabt. Sie nehmen mir meinen kleinen Scherz nicht übel, hoffe ich doch? Mein Humor wird mich noch den Kopf kosten, sagt man mir immer. Aber halten Sie mich deshalb bitte nicht für einen Philosophen. Die Philosophie ist für Ihresgleichen, nicht für mich. Ich bin eine religiöse Autorität, das ja. Aber die Philosophie ist Sache der Abendländer und der Gottlosen. In unserem Teil der Welt liegt so manches im argen, gar keine Frage. Wessen Schuld ist das, wüßte ich gern? Vor tausend Jahren hatten wir in Cordoba mehr Krankenhäuser pro Kopf als im gesamten heutigen Spanien. Unsere Ärzte haben Operationen durchgeführt, da können sich Ihre modernen Doktoren verstecken. Was hat uns von unserem Weg abgebracht? fragen wir uns. Fremdeinmischung? Der russische Imperialismus? Die Verwestlichung? Aber wir Muslime haben auch unseren Teil dazu beigetragen. Manche von uns hatten den Glauben an ihren Glauben verloren. Wir waren keine echten Muslime mehr. Wir waren in eine Sackgasse geraten. Fatima, wir brauchen Tee, bitte. Ich war ein Jahr in Cambridge. Caius College. Ich nehme an, darüber wissen Sie Bescheid. In den Zeiten von Internet und Fernsehen gibt es keine Geheimnisse mehr. Wobei Information nicht gleich Wissen ist. Information ist eine leere Hülle. Nur Gott kann Information in Wissen verwandeln. Und Kuchen, Fatima, Mr. Brue ist den ganzen Weg von Hamburg durch den Regen gefahren. Ist Ihnen zu heiß, zu kalt, Sir? Sagen Sie es ganz offen. Wir sind gastliche Menschen, die ihr Bestes tun, um Gottes Gebote zu erfüllen. Sie sollen es behaglich haben bei uns. Wenn Sie uns Geld bringen, sollen Sie es sogar sehr behaglich haben! Je behaglicher, desto besser, sagen wir uns! Hier entlang bitte, Sir. Gestatten Sie, daß wir Sie in unser Besprechungszimmer führen! Sie sind ein aufrechter Mann. Aus Ihrem Antlitz spricht Güte, wie wir sagen.«

Zu fünf Prozent schlecht inwiefern? dachte Brue in seiner Nervosität zornig. Lantern hatte es vermieden, sich näher dazu zu äußern: *Nehmen Sie einfach mein Wort dafür, Tommy. Fünf Prozent, mehr brauchen Sie nicht zu wissen*. Aber wer ist *nicht* zu fünf Prozent schlecht? fragte sich Brue, während sie mit Abdullahs ganzer Sippschaft im Gefolge einen engen Flur entlangmarschierten. Unsere Bank mit ihren zwielichtigen Anlagen, zwielichtigen Kunden und Lipizzanern? Plus dem einen oder anderen Insidergeschäft, wenn uns keiner draufkommt? Ich sehe uns eher bei fünfzehn als bei fünf. Und unser wackerer Präsident und Geschäftsführer, welche Bilanz hat der vorzuweisen? Eine gescheiterte Ehe mit einer wunderbaren Frau, ein Scheidungskind, das er zu spät lieben gelernt hat, wahlloses Herumgevögel, Hochzeit mit einem Flittchen, das ihm jetzt den Laufpaß gibt: ich würde mir fünfzig Prozent geben, nicht fünf.

Und was macht er mit seinen restlichen fünfundneunzig Prozent? hatte er von Lantern wissen wollen.

Gutes tun, lautete die ausweichende Antwort.

Und was mache ich mit meinen? Einen Scheißdreck mache ich. Unterm Strich drängt sich einem die Frage auf, wessen fünf Prozent wirklich die schlechteren sind.

* * *

»Wenn wir uns also ans Werk machen wollen, Sir? Ganz nach Ihrem Belieben, aber bitte auf englisch. Die Kinder müssen jede Gelegenheit nutzen, um ihr Englisch zu üben. Hier hinein bitte, Sir. Danke sehr.«

Sie traten in eine bescheidene Studierstube mit Blick in den Garten. Wo keine Bücher standen, hingen arabische Kalligraphien. Dr. Abdullah nahm an einem schlichten hölzernen Schreibtisch Platz und beugte sich über die gefalteten Hände nach vorn. Fatima mußte den Tee schon vorher bereitet haben, denn sie brachte ihn unverzüglich, und dazu einen Teller mit Zuckerplätzchen. Ihr dicht auf den Fersen witschte der kleine Junge ins Zimmer, der Brue die Haustür geöffnet hatte, zusammen mit der mutigsten seiner drei

Schwestern. Als er hinter Ismail die Treppe erklommen hatte, war Brue ein einzelner Schweißtropfen die rechte Seite hinabgekrochen wie ein sehr kaltes Insekt. Aber nun da sie saßen, kam die Ruhe des Profis über ihn. Er war in seinem Element. Er hatte sämtliche von Lanterns Anweisungen im Kopf und seine Marschroute vor Augen. Und immer irgendwo ganz nahe: Annabel.

»Dr. Abdullah. Verzeihen Sie«, begann er in autoritärem Ton.

»Aber, Sir, was könnte ich zu verzeihen haben?«

»Wie ich bereits bei unserem Telefonat erwähnt habe, besteht mein Kunde auf höchster Vertraulichkeit. Seine Situation ist, gelinde gesagt, prekär. Ich halte es darum für besser, wenn wir unser Gespräch unter vier Augen fortsetzen. Bedaure.«

»Aber Sie sind ja nicht einmal bereit, mir seinen Namen zu verraten, Mr. Brue! Was für ein Risiko kann ich für Ihren geschätzten Kunden darstellen, wenn ich nicht weiß, wer er ist?«

Er murmelte einige Worte auf arabisch. Fatima stand auf und verließ ohne einen Blick in Brues Richtung den Raum, gefolgt von den beiden Kleinen und zum Schluß Ismail. Brue wartete, bis die Tür hinter ihnen zugefallen war, dann zog er einen unverschlossenen Umschlag aus der Tasche und legte ihn vor Dr. Abdullah auf den Tisch.

»Sind Sie den ganzen Weg hierhergekommen, um mir zu schreiben?« fragte Dr. Abdullah verschmitzt, doch als er Brues ernsten Gesichtsausdruck sah, setzte er sich eine verkratzte Lesebrille auf die Nase, öffnete den Umschlag, faltete das Blatt auseinander und studierte die darauf abgedruckten Zahlenkolonnen. Dann nahm er die Brille ab, fuhr sich mit der Hand übers Gesicht und setzte sie wieder auf.

»Ist das ein Scherz, Mr. Brue?«

»Ein ziemlich teurer, meinen Sie nicht?«

»Teuer für Sie?«

»Für mich persönlich, nein. Für meine Bank, ja. Keine Bank verabschiedet sich leicht von Beträgen dieser Größenordnung.«

Immer noch skeptisch, vertiefte Dr. Abdullah sich erneut in die Zahlen. »Ich finde es schon schwierig, Beträge dieser Größenordnung bei mir zu *begrüßen*, Mr. Brue. Was soll ich tun? Soll ich danke sagen? *Nein* danke sagen? Ja sagen? Sie sind Bankier, Sir. Ich bin ein einfacher Bettler im Namen Gottes. Sind meine Gebete erhört worden, oder wollen Sie mich für dumm verkaufen?«

»Wie gesagt, es gibt Auflagen«, warnte Brue mit strenger Stimme, ohne auf die Frage einzugehen.

»Ich bin froh, das zu hören. Je mehr Auflagen, desto besser. Was würden Sie schätzen, wieviel Geld meine sämtlichen Stiftungen in dieser Hemisphäre in einem Jahr einnehmen?«

»Ich habe keine Ahnung.«

»Ich dachte, Bankiers wüßten alles. Ein Drittel dieser Summe, wenn's hoch kommt. Eher ein Viertel. Allah ist barmherzig.«

Abdullah starrte immer noch auf das Blatt Papier vor ihm, die Hände besitzergreifend rechts und links davon gelegt. In seinem langen Bankiersdasein hatte Brue Männer und Frauen in jedweder Lebenslage dabei beobachten dürfen, wie ihnen das Ausmaß ihres neugewonnenen Reichtums aufging. Nie hatte jemand ein solches Bild unschuldiger Beglücktheit abgegeben wie nun der gute Doktor.

»Sie machen sich keinen Begriff davon, was diese Summe für meine Glaubensbrüder bedeuten würde«, sagte er, und peinlich berührt sah Brue, wie Abdullahs Augen sich mit Tränen füllten, so daß er sie schließen und den Kopf senken mußte. Doch als er wieder aufblickte, war seine Stimme scharf und klar.

»Darf ich Sie fragen, wo derart viel Geld herstammt? Wer es verdient hat? Auf welchem Weg es in den Besitz Ihres Kunden gelangt ist?«

»Das meiste davon liegt seit zehn oder mehr Jahren bei meiner Bank.«

»Aber das Geld kommt nicht *ursprünglich* von Ihrer Bank.«

»Selbstredend nicht.«

»Wo *kommt* es also her, Mr. Brue?«

»Das Geld ist eine Erbschaft. Nach Ansicht meines Kunden

ist es auf unehrenhafte Weise angehäuft worden. Es hat außerdem Zinsen abgeworfen, was, wenn ich recht informiert bin, gegen das islamische Gesetz verstößt. Ehe mein Kunde in aller Form Anspruch darauf erhebt, will er sichergehen, daß er in Übereinstimmung mit seinem Glauben handelt.«

»Sie haben von Auflagen gesprochen, Mr. Brue.«

»Bei der Verteilung seines Reichtums an Ihre Wohltätigkeitseinrichtungen wünscht mein Kunde, daß Tschetschenien Vorrang hat.«

»Ihr Kunde ist Tschetschene, Mr. Brue?« Im selben Maß, in dem sein Ton an Schärfe verlor, wurde sein Blick härter, und um seine Augen bildeten sich kleine Fältchen, als verengte er sie gegen die Wüstensonne.

»Meinem Kunden geht die Not der unterdrückten tschetschenischen Bevölkerung sehr nahe.« Brue vermied auch diesmal eine direkte Antwort. »Seine oberste Priorität wäre es, sie mit Arzneimitteln und Krankenhäusern versorgt zu wissen.«

»Wir haben viele muslimische Einrichtungen, die sich dieser wichtigen Aufgabe widmen, Mr. Brue« – die kleinen dunklen Augen unverwandt auf Brue gerichtet.

»Mein Kunde hofft, selbst eines Tages Arzt werden zu können. Um die Wunden zu heilen, die dem tschetschenischen Volk geschlagen wurden.«

»Einzig Gott heilt, Mr. Brue. Der Mensch leistet lediglich Beihilfe. Wie alt ist Ihr Kunde, wenn ich fragen darf? Haben wir es mit einem Mann reiferen Alters zu tun? Einem Mann beispielsweise, der sein eigenes Vermögen in einem legitimen Umfeld erworben hat?«

»Alter und gesellschaftliche Stellung meines Kunden tun hier nichts zur Sache. Er ist entschlossen, Medizin zu studieren, und wünscht der erste Empfänger seiner eigenen Großzügigkeit zu werden. Um das Geld, das er als unrein betrachtet, nicht selbst anrühren zu müssen, möchte er, daß eine muslimische Stiftung ihm ein Medizinstudium in einem europäischen Land finanziert. Die Kosten wären vernachlässigbar im Vergleich zu der Höhe der Schenkung. Aber ihm würde es die Gewißheit geben, ethisch zu handeln. In all diesen Fragen erhofft er sich Anleitung durch Sie persönlich. In Hamburg, zu einer Zeit und an einem Ort, der Ihnen beiden genehm ist.«

Dr. Abdullahs Blick kehrte zurück zu dem Blatt Papier und dann wieder zu Brue.

»Darf ich an Ihre besten Regungen appellieren, Mr. Brue?«

»Aber sicher dürfen Sie das.«

»Sie sind ein anständiger Mann, das kann ich sehen. Ehrenwert und anständig, ganz gleich, was Sie sonst sein mögen. Christ, Jude, danach frage ich nicht. Nur danach, ob Sie sind, was Sie scheinen. Sie sind Vater wie ich. Sie sind außerdem ein Mann von Welt.«

»So möchte ich mich jedenfalls gern sehen.«

»Dann verraten Sie mir bitte, warum ich Ihnen trauen soll.«

»Warum sollten Sie mir nicht trauen?«

»Weil dieses überwältigende Angebot einen unguten Beigeschmack für mich hat.«

Sie führen hier niemanden zur Schlachtbank – O-Ton Lantern. *Durch Sie bekommt er die Chance, reinen Tisch zu machen. Also kein Grund zur Selbstzerfleischung. In einem Jahr wird er Ihnen dankbar sein.*

»Wenn es das hat, dann ist das weder meine Schuld noch die meines Kunden. Vielleicht hat es mit der Art und Weise zu tun, auf die das Vermögen zustande kam.«

»Das hatten Sie schon gesagt.«

»Mein Kunde ist sich der unseligen Vorgeschichte des Geldes sehr bewußt. Er hat das Problem eingehend mit seiner Anwältin besprochen, und Sie sind die Lösung, auf die sie verfallen sind.«

»Er hat eine Anwältin?«

»Ja.«

»Hier in Deutschland?«

Das Verhör hatte wieder einen schärferen Ton angenommen, auf den sich Brue dankbar einließ.

»Hier in Deutschland«, bestätigte er stramm.

»Eine gute?«

»Ich nehme doch an. Nachdem seine Wahl auf sie gefallen ist.«

»Frauen genießen ja einen ausgezeichneten Ruf in der Branche. Hat sich Ihr Kunde bei der Wahl dieser Anwältin beraten lassen?«

»Ich nehme doch an.«

»Ist sie Muslimin?«

»Das müßten Sie sie schon selber fragen.«

»Ist Ihr Kunde ein vertrauensvoller Mann wie ich, Mr. Brue?«

Sie verraten ihm soviel und nicht mehr, hatte Lantern gesagt. *Ein zarter Streifen Wade, gerade genug, daß ihm der Mund wäßrig wird, und damit Schluß.*

»Mein Kunde ist ein Mann mit einem tragischen Schicksal, Dr. Abdullah. Er hat viel Unrecht erlitten. Er hat diesem Unrecht standgehalten. Er hat ihm getrotzt. Aber es hat Narben an ihm hinterlassen.«

»Und deshalb?«

»Und deshalb hat er meine Bank durch seine Anwältin beauftragt, das – wie er es empfindet – schmutzige Geld *direkt* an die Organisationen zu überweisen, die Sie und er gemeinsam bestimmen. In Ihrer beider Gegenwart. Von Brue Frères an die Empfänger. Er will keinerlei Mittelsmänner. Er weiß um Ihren hervorragenden Ruf, er hat Ihre Schriften studiert, und er will sich einzig und allein durch Sie leiten lassen. Aber er besteht darauf, den Transaktionen in Person beizuwohnen.«

»Spricht Ihr Kunde Arabisch?«

»Tut mir leid.«

»Deutsch? Französisch? Englisch? Wenn er Tschetschene ist, muß er Russisch sprechen. Oder kann er nur Tschetschenisch?«

»Ganz gleich, welche Sprache er spricht, ich versichere Ihnen, der entsprechende Dolmetscher wird bereitgestellt.«

Dr. Abdullah strich nachdenklich über das Blatt Papier vor ihm, dann richtete er den Blick wieder auf Brue und versank erneut in Schweigen.

»Sie sind guter Laune«, beschwerte er sich schließlich. »Sie wirken befreit. Warum? Ihre Bank trennt sich von einer Unsumme, und Sie lächeln, was widersinnig ist. Ist das das hinterlistige englische Lächeln?«

»Vielleicht hat mein englisches Lächeln ja einen Grund.«

»Dann ist es vielleicht der Grund, der mir Sorgen macht.«

»Mein Kunde ist nicht der einzige, dem die Herkunft dieser Gelder anrüchig erscheint.«

»Aber Geld stinkt nicht, heißt es doch immer. Und ganz gewiß doch nicht für einen Bankier?«

»Dennoch darf ich wohl sagen, daß meiner Bank ein kleiner Erleichterungsseufzer entfährt.«

»Dann ist Ihre Bank für ihre Integrität zu bewundern. Verraten Sie mir bitte noch etwas.«

»Wenn ich kann.«

Der einzelne Schweißtropfen war wieder unterwegs, diesmal auf der anderen Seite von Brues Brustkorb.

»Diese ganze Sache hat etwas so Dringliches. Woher rührt diese Eile? Was für ein seltsamer Motor treibt uns hier an? Kommen Sie, Sir. Wir sind beide aufrechte Männer. Wir sind allein.«

»Meinem Kunden läuft die Zeit davon. Jeden Tag kann der Fall eintreten, daß es nicht mehr in seiner Macht steht, diese Schenkungen vorzunehmen. Was ich darum so bald wie nur möglich von Ihnen bräuchte, ist eine Liste der Organisationen, die Sie empfehlen, und eine Beschreibung der von ihnen unterstützten wohltätigen Zwecke. Diese Liste leite ich dann an seine Anwältin weiter, die sie unserem Kunden zur Genehmigung vorlegt, und der Handel ist perfekt.«

Als Brue sich zum Gehen anschickte, hatte Dr. Abdullah zu seinem energiesprühenden, verschmitzten Selbst zurückgefunden.

»Dann habe ich also keine Zeit und keine Wahl«, klagte er, während er Brues Hand mit beiden Händen schüttelte und mit seinen zwinkernden Äuglein zu ihm emporlächelte.

»Genau wie ich«, stimmte Brue ihm gutgelaunt zu, im gleichen Beschwerdetonfall wie er. »Bis sehr bald, hoffe ich.«

»Dann wünsche ich Ihnen eine sichere Heimfahrt, Sir. Mögen Sie heil in den Schoß Ihrer Familie zurückkehren, wie wir sagen. Allah sei mit Ihnen.«

»Passen Sie auch gut auf sich auf«, sagte Brue ebenso herzlich, während sie sich etwas unbeholfen die Hand gaben.

Bei seinem Auto angekommen, entdeckte Brue, daß sein Hemd schweißdurchtränkt war und der Kragen seines Sakkos ihm feucht und schlaff im Nacken klebte. Als er auf die Autobahn auffuhr, scherten seine beiden Bewacher hinter ihm ein, grinsend wie zwei Idioten. Brue wußte nicht, was so lustig sein sollte. Oder wann er sich jemals so gehaßt hatte.

* * *

In den acht Stunden, seitdem Brue von Dr. Abdullah weggefahren war, hatten Erna Frey und Günther Bachmann kaum ein Wort gewechselt, obgleich sie nur Zentimeter voneinander entfernt vor Maximilians Phalanx von Bildschirmen saßen. Einer der Bildschirme war mit der technischen Aufklärung in Berlin verbunden, ein anderer mit der Satellitenüberwachung, ein dritter mit fünf von Arnie Mohrs Fahndern, die mit dem Auto vor Ort waren.

Um 15.48 Uhr hatten sie, stumm und mit halbgeschlossenen Augen, das Ende des Gesprächs Brue/Abdullah mitgehört, das Brues wachsamer Füller an Lanterns Männer übermittelte, die in der Autowerkstatt gegenüber saßen und es chiffriert in den Pferdestall weiterleiteten. Die einzige Reaktion von Bachmann war ein lautloses Händeklatschen gewesen. Erna Frey zeigte gar keine Reaktion.

Um 17.10 Uhr ging das erste einer Reihe abgefangener Telefonate aus Abdullahs Haus ein. Eine Simultanübersetzung aus dem Arabischen lief über den Bildschirm der technischen Aufklärung. Bachmann, der Nahost-Veteran, hätte auf diesen Service verzichten können. Erna Frey und die meisten anderen in Bachmanns Truppe waren heilfroh darum.

Bei jedem Telefonat erschien am unteren Bildschirmrand der Name des Angerufenen. Ein Bildschirm gleich daneben lieferte Angaben zur Person und zur Verbindung. Die Angerufenen, sechs an der Zahl, waren ausnahmslos angesehene muslimische Spendensammler und Vorsitzende wohltätiger Stiftungen. Gegen keinen von ihnen liefen, den Kommentaren der Auswerter zufolge, derzeit irgendwelche Ermittlungen.

Die Botschaft an sie alle war identisch: Wir erhalten eine Spende, der barmherzige Allah in seiner unermeßlichen Güte hat uns eines großen, eines historischen Geschenks für wert erachtet. Eine Absonderlichkeit war all diesen Gesprächen gemeinsam: Dr. Abdullah stellte es – nicht sehr überzeugend – so hin, als handelte es sich bei dem Geschenk um amerikanischen Reis und nicht um amerikanische Dollars. Und aus Millionen wurden in seinem schlichten Code Tonnen.

Die Verschleierung war laut mitgeliefertem Kommentar reine Vorsichtsmaßnahme: falls irgendein kleiner Mitarbeiter zufällig zuhörte, sollte er nicht auf dumme Gedanken kommen. Die Gespräche verliefen durchweg nach dem gleichen Muster. Eine einzige Verschriftung hätte im Grunde für alle ausgereicht:

»Zwölfeinhalb *Tonnen* in bester Qualität, mein Freund – *amerikanische Tonnen*, hast du verstanden? Ja, ganz recht, *Tonnen*. Jedes Korn davon zur Verteilung unter den Gläubigen bestimmt. Ja, du alter Esel! *Tonnen*. Hält Gott dir mit seinen gnadenreichen Händen die Ohren zu? Es gibt Auflagen, mußt du allerdings wissen. Nicht viele, aber dennoch Auflagen. Hörst du mir noch zu? Unsere unterdrückten tschetschenischen Brüder erhalten die erste Lieferung. Ihre Hungernden sollen als erste gespeist werden. Und wir werden mehr Ärzte ausbilden, *Inshallah*. Ist das nicht wunderbar? Auch in Europa. Einen Kandidaten haben wir schon!«

Dieses spezielle Telefonat wurde mit einem gewissen Scheich Rashid Hassan geführt, einem ehemaligen Kommilitonen Abdullahs aus Kairo, der jetzt in Weybridge im englischen Surrey lebte. Darum war es vielleicht auch das längste und vertraulichste der Gespräche. Allerdings endete es kryptisch, ein Umstand, den die Auswerter getreulich vermerkten:

Unser guter Freund wird dich später sicherlich anrufen, um zu klären, was sonst noch zu klären ist, verspricht Abdullah. Die Antwort ist ein unverbindliches Brummen.

* * *

Um 19.42 Uhr erscheinen die ersten Livebilder:

Aufnahmen von MEILENSTEIN, der zur Haustür herauskommt, sehr europäisch anmutend in einem fahlen Burberry-Trenchcoat, auf dem Kopf eine Schirmmütze englischen Stils. Er ist allein. Ein schwarzer Volvo wartet vor seinem Gartentor, die Tür zum Fond steht offen.

Anmerkung der Auswerter: Der Volvo ist auf eine türkische Autovermietungsfirma im fernen Flensburg zugelassen. Weder gegen die Firma noch gegen ihre Eigentümer liegt etwas vor.

MEILENSTEIN läßt sich von dem älteren seiner beiden Wachmänner in den Fond des Volvo helfen; der Mann selbst nimmt neben dem Fahrer Platz. Die Überwachungskamera wechselt die Perspektive, schwenkt hinter dem Volvo ein und folgt ihm. Fromme Männer fahren ungern selber, sinniert Bachmann. Er beobachtet den Leibwächter auf dem Beifahrersitz, der seinerseits Rück- und Seitenspiegel im Blick hat.

Der Volvo fährt auf die Autobahn auf, Richtung Nordosten. Zwanzig Kilometer, vierzig Kilometer, siebenundfünfzig Kilometer. Es beginnt zu dämmern. Das Bild nimmt den pelzigen Grünton des Nachtsichtobjektivs an. Die ganze Strecke über dreht sich der Kopf des Leibwächters zwischen den Autospiegeln hin und her. Als der Volvo auf einen Rastplatz einbiegt, erhöht sich seine Wachsamkeit noch.

Der Leibwächter steigt aus dem Auto aus und uriniert, wobei er sich suchend umsieht, vermutlich nach Hinweisen auf eventuelle unerwünschte Zeugen. Er starrt in die Kamera, faßt offensichtlich Mohrs Überwachungsfahrzeug ins Auge, das fünfzig Meter hinter ihm geparkt steht.

Wieder am Volvo angelangt, öffnet er die hintere Tür und steckt den Kopf hinein. MEILENSTEIN steigt aus und stapft zu einer Telefonzelle am Ostende des Rastplatzes, eine Hand auf die Schirmmütze gedrückt, damit der Wind sie ihm nicht wegbläst. Er betritt die Telefonzelle und schiebt die bereits gezückte Kreditkarte in den Schlitz. *Idiot*, denkt Bachmann. Aber vielleicht gehört die Karte ihm ja sowenig wie der Volvo.

Noch während MEILENSTEIN wählt, erscheint am unteren Rand eines der Bildschirme ein Name. Es ist derselbe

Scheich Rashid Hassan in Weybridge, den MEILENSTEIN am späten Nachmittag von daheim aus angerufen hat. Aber seitdem scheint etwas Merkwürdiges mit MEILENSTEINS Stimme passiert zu sein, die mit Verspätung und ein wenig taktverschoben von der technischen Aufklärung in Berlin eingefangen wird.

Selbst Bachmann ist zunächst völlig aufgeschmissen. Er muß die Simultanübersetzung auf dem Nachbarbildschirm zu Hilfe nehmen. MEILENSTEIN spricht Arabisch, das ja, aber in einer derben ägyptischen Mundart, von der er offenbar annimmt, daß kein etwaiger Lauscher daraus schlau werden kann.

Nun, da täuscht er sich. Der Simultandolmetscher, wer immer er ist, muß ein Genie sein. Er gerät nicht ins Stocken:

MEILENSTEIN: Ist da Scheich Rashid?
RASHID: Ich bin Rashid.
MEILENSTEIN: Hier spricht Faisal, der Cousin Ihres ehrwürdigen Schwiegervaters.
RASHID: Worum geht es?
MEILENSTEIN: Ich habe eine Nachricht für ihn. Können Sie ihm etwas ausrichten?
RASHID: (zeitverzögerte Antwort) Das kann ich. *Inshallah.*
MEILENSTEIN: Bei der Lieferung von Prothesen und Rollstühlen an das Krankenhaus seines Bruders in Mogadischu ist es zu einer Verzögerung gekommen.
RASHID: Was ist damit?
MEILENSTEIN: Die Lieferung wird umgehend nachgeholt. Dann kann er seinen Urlaub in Zypern antreten. Würden Sie ihm das ausrichten? Er wird sehr froh sein.
RASHID: Mein Schwiegervater wird die Nachricht erhalten. *Inshallah.*

Scheich Rashid legt auf.

14

»Frau Elli«, begann Brue, sein üblicher Auftakt.

»Mr. Tommy«, erwiderte Frau Ellenberger in Erwartung des bewährten Rituals. Diesmal lag sie falsch. Brue kehrte den Chef heraus.

»Sie werden sich freuen zu hören, daß mit dem heutigen Abend das letzte Lipizzanerkonto aufgelöst wird, Frau Elli.«

»Das erleichtert mich, Mr. Tommy. Es wurde höchste Zeit.«

»Ich empfange den Anspruchsberechtigten heute nach Geschäftsschluß. Das ist sein ausdrücklicher Wunsch.«

»Ich habe heute abend keine sonstigen Verpflichtungen. Ich kann gerne noch dableiben«, erbot sich Frau Elli mit einem Eifer, der ihn erstaunte.

Wollte sie sich mit eigenen Augen vom Hinscheiden des letzten Lipizzaners überzeugen – oder galt ihre Neugier dem Bankert von Oberst Grigorij Borisowitsch Karpow?

»Danke, aber das wird nicht nötig sein, Frau Elli. Der Kunde besteht auf absoluter Vertraulichkeit. Es wäre allerdings nett von Ihnen, wenn Sie die entsprechenden Unterlagen ausgraben und mir auf den Schreibtisch legen könnten.«

»Der Anspruchsberechtigte hat einen *Schlüssel*, nehme ich doch an, Mr. Tommy?«

»Seiner Anwältin zufolge hat er einen ganz einwandfreien Schlüssel. Und wir haben *unseren* Schlüssel. Wo?«

»Im Karzer, Mr. Tommy. In dem Safe an der Wand. Mit Doppelkombination gesichert.«

»Neben den Schließfächern?«

»Neben den Schließfächern.«

»Ich dachte immer, wir achten darauf, die Schlüssel so weit von den Fächern entfernt aufzubewahren wie möglich.«

»Das war zu Zeiten von Mr. Edward. In Hamburg haben Sie die Regeln etwas gelockert.«

»Gut, dann seien Sie doch so nett und holen mir den Schlüssel heraus.«

»Dafür brauche ich die Hauptkassiererin.«

»Wozu das?«

»Nur sie kennt die andere Kombination, Mr. Tommy.«

»Ja, natürlich. Müssen Sie ihr sagen, worum es geht?«

»Nein, Mr. Tommy.«

»Dann sagen Sie es ihr besser auch nicht. Und wir schließen heute früher. Sorgen Sie doch bitte dafür, daß ab allerspätestens fünfzehn Uhr niemand mehr in der Bank ist.«

»*Niemand?*«

»Niemand außer mir, wenn's recht ist.«

»Selbstverständlich, Mr. Tommy.«

Aber der Groll in ihren Zügen hatte ihn beunruhigt, um so mehr, als er keine Erklärung dafür wußte. Um fünfzehn Uhr war die Bank geräumt, wie befohlen, und Brue rief pflichtschuldigst bei Lantern an. Binnen Minuten klingelte es. Brue, jetzt auf sich gestellt, pirschte vorsichtig zur Eingangstür hinunter, um vier Männer in blauen Overalls vor sich zu sehen und dahinter, auf dem Vorplatz der Bank, einen weißen Lieferwagen, den sein Logo als Eigentum eines Lübecker Elektrobetriebs mit dem schönen Namen Drei-Meere-Elektrik auswies. *›Wanzen‹ nennen wir die Herren, einfallslos wie wir sind,* hatte Lantern ihm anvertraut, als er ihn auf die Invasion einstimmte.

Der älteste der vier hatte zwei Goldzähne, die der Stolz eines jeden Piraten gewesen wären.

»Mr. Brue?« fragte er und ließ die Zähne blitzen.

»Ja, bitte?«

»Wir sind beauftragt worden, Sir, Ihr System zu überprüfen«, sagte er in schwerfälligem Englisch.

»Na gut, kommen Sie rein«, antwortete Brue mürrisch auf deutsch. »Tun Sie, was Sie tun müssen. Versauen Sie mir bloß nicht den ganzen Putz, wenn das nicht zuviel verlangt ist.«

Er hatte Lantern zigmal erklärt, daß seine Bank ohnehin schon von Überwachungskameras starrte, drinnen wie draußen. Wenn Lanterns *Wanzen* partout noch mehr einbauen mußten, warum benutzten sie nicht wenigstens die vorhandenen Leitungen? Doch die waren »unseren deutschen Freunden«, wie Lantern sie nannte, offenbar nicht gut genug. Eine geschlagene Stunde tigerte Brue ohnmächtig in seinem Büro auf und ab, während die Männer ihr Werk vollbrachten: Foyer, Rezeption, Treppenhaus, der Computerraum, in dem die Kassierer saßen, das Sekretärinnenzimmer, die Toiletten, der Karzer, den er ihnen mit seinem eigenen Schlüsselbund aufschließen mußte.

»Und nun bitte noch Ihr Büro, Mr. Brue, Sir. Wenn Sie gestatten«, sagte der Mann mit dem goldblitzenden Lächeln.

Brue stampfte durchs Erdgeschoß, während sie sein Reich entweihten. Aber obwohl er mit Argusaugen nach Beschädigungen ausspähte, vermochte er nicht die geringste Spur ihres Tuns zu entdecken. Und als er seine eigenen Räumlichkeiten wieder in Besitz nahm, wirkten auch sie unberührt.

Mit hohlen Respektsbezeigungen rückten die Männer ab, und Brue, wieder allein und mit einem Schlag grundeinsam, ließ sich an seinem Schreibtisch niedersacken, zu ausgelaugt, um auch nur die Hand nach dem Stoß vergilbter Lipizzanerdokumente auszustrecken, die Frau Ellenberger ihm herausgesucht hatte.

Doch bald gewann ein anderer Brue die Oberhand, ob der alte oder eine neue Ausgabe seiner selbst, war nebensächlich. Dieser Brue hielt sein Haupt hocherhoben. Die Hände in die Taschen gestemmt, ging er mit langen Schritten durchs Zimmer und fixierte scharf den originalen, den handgemalten Stammbaum, der ihm fünfunddreißig Jahre lang tagtäglich seine Unzulänglichkeit vor Augen geführt hatte. Na, haben unsere deutschen Freunde dich auch verwanzt? Bespitzelt mich der große Gründer höchstselbst bei allem, was ich tue?

Soll er nur. Ein paar Wochen noch, dann spitzelt er aus einem Müllcontainer.

Er schwang auf dem Absatz herum und starrte herausfordernd durchs Zimmer: *mein* Zimmer, *mein* Schreibtisch, *mein* verdammter stummer Diener von Randall's of Glasgow, *mein* Bücherschrank: *nicht* der meines Vaters oder *seines* Vaters oder *dessen* Vaters. Und die Bücher darin, auch wenn ich sie nie aufgeschlagen habe: *meine* Bücher. Höchste Zeit, daß das einmal klargestellt wurde; höchste Zeit auch, daß *er* es sich klarmachte. Mit denen ich tun kann, was *mir* paßt. Sie verbrennen, sie verkaufen, sie an die Verdammten dieser Erde verschenken.

Ich muß mich an keinen mehr anwanzen. Verwanzt bin ich selber, haha.

Und nachdem er diese kleine Unbotmäßigkeit erdacht hatte – und sie gedreht und gewendet und sich an ihr ergötzt hatte –, wiederholte er sie vernehmlich: artig und in gepflegtem Englisch erst für Lantern, dann für Lanterns deutsche Freunde und schließlich für die Zuhörer in aller Welt. Waren sie schon zugeschaltet? Scheiß drauf.

Als nächstes ging er mit viel Liebe daran, den Schauplatz des Geschehens herzurichten: Issa sitzt da, Abdullah dort drüben, und ich klemme mich hier hinter meinen Schreibtisch.

Und Annabel?

Annabel muß nicht mit der zweiten Reihe vorliebnehmen, besten Dank. Nicht unter meinem Dach. Sie ist mein Gast, und sie wird verdammt noch mal so behandelt, wie *ich* finde, daß sie es verdient.

Sein aufmüpfiger Blick fiel auf den Sessel seines Großvaters in der dunklen Ecke, in die er ihn abgeschoben hatte, den scheußlichen, schnörkelreichen Sessel mit dem Brueschen Wappen auf der Rückenlehne und den Brueschen Schottenkaros auf der verschossenen Polsterung. Er zog ihn aus seiner Verbannung hervor, dekorierte ihn mit ein paar Kissen und trat dann einen Schritt zurück, um sein Werk zu bewundern: so sitzt sie am liebsten, kerzengerade – und wehe dem, der sich ihr zu nähern wagt!

Zum krönenden Abschluß ging er zu dem Kühlschrank in der Nische, holte zwei Flaschen stilles Mineralwasser heraus und stellte sie auf dem Couchtisch bereit, damit sie bis zu Annabels Ankunft Zimmertemperatur angenommen hätten.

Er liebäugelte kurz mit einem Scotch, wenn er schon dabei war, widerstand der Versuchung aber. Nur ein wichtiger Punkt stand noch auf dem Programm, ehe die abendliche Besprechung ihren Lauf nehmen konnte, und er freute sich schon darauf.

* * *

Brue hatte auf dem Atlantic bestanden, ohne dafür Gründe zu nennen, und nach kurzer Rücksprache hatte Lantern brav zugestimmt. Die Zeit war sieben Uhr, genau wie bei seinem ersten Treffen mit Annabel. Die gleichen Parfumdüfte schwängerten die Hotelhalle. Das gleiche Stimmengewirr hallte von der Bar herüber. Derselbe Herr Schwarz hatte Dienst, und derselbe Klavierspieler klimperte seine unbeachteten Liebesweisen, als Brue seinen Posten unter denselben Schiffahrtsgemälden wie neulich bezog, den Blick auf dieselbe Drehtür gerichtet.

Nur das Wetter tanzte aus der Reihe. Eine tiefstehende Frühlingssonne schickte ihre Strahlen die Straße entlang und machte die Menschen freier und größer. Zumindest erschien es Brue so, vielleicht, weil er sich selbst freier und größer fühlte.

Er war früh gekommen, aber Lantern und seine beiden Jungs waren noch früher dagewesen und saßen wie drei mittelsmarte Manager zwischen Brues Ecke und der Drehtür, vermutlich um ihm den Weg abzuschneiden, falls er mit Issas Paß zu türmen versuchte. Auf der anderen Seite des Ganges, gleich neben der Tür zur Bar, saßen die beiden Frauen, die Annabel im Café Louise beigesprungen waren. Auch jetzt wirkten sie sprungbereit: muffig und methodisch konferierten sie über einem Stadtplan, dem ihre Aufmerksamkeit sichtlich nicht galt.

Sie kam ohne ihren Rucksack.

Das war das erste, was Brue ins Auge fiel, als sie durch die Drehtür kam. Kein Rucksack, ein langsamerer Schritt, kein Fahrrad. Ein sandfarbener Volvo hatte sie vor der Tür abgesetzt, kein Taxi, also mußte es der Wagen ihrer Betreuer sein.

Sie trug dasselbe Tuch um den Hals, das sie für den Besuch bei den Oktays zum Hijab umfunktioniert hatte. Das amtlich-strenge Schwarz ihres Rocks und der langärmligen Bluse und Jacke befremdete ihn einen Moment lang. Es ließ sie aussehen wie eine Anwältin unmittelbar vor oder nach einem Auftritt bei Gericht – bis er sich bewußtmachte, daß auch er für den heutigen Termin mit Dr. Abdullah seinen dunkelsten Anzug gewählt hatte.

»Wasser?« fragte er beflissen. »Ohne Zitrone? Zimmertemperatur? Die gleiche Mischung wie letztes Mal?«

Sie sagte »Ja bitte«, lächelte aber nicht.

Er bestellte zwei Wasser, für sich auch eines. Bei der Begrüßung hatte er nicht mehr als einen verdeckten Blick in ihr Gesicht riskiert, aus Angst vor dem, was er sehen würde. Sie wirkte abgespannt, übernächtigt. Ihre Lippen waren zu einem beherrschten Strich zusammengepreßt.

»Und Sie sind ebenfalls mit Leibgarde hier, wie ich sehe«, fuhr er im gleichen leutseligen Ton fort. »Sollen wir ihnen eine kleine Aufmerksamkeit hinüberschicken? Ein Fläschchen Champagner, was meinen Sie?«

Achselzucken à la Georgie.

Er drehte auf, nur für sie. Er spielte den schrulligen Engländer. Er blödelte, wo kein Geblödel am Platz war, aber ein anderer Weg fiel ihm nicht ein. Er war ein alter Schmierenkomödiant, der sie auf ihren großen Auftritt einstimmen und ihr zeigen wollte, daß er sie liebte.

»Mir scheint ja, daß Sie bewachungstechnisch ein bißchen unterversorgt sind, Annabel. Nach dem Aufgebot an Anstandswauwaus zu urteilen jedenfalls. Sie haben nur zwei dabei, während ich drei habe. Meine sitzen da drüben, wenn Sie einen Blick auf sie werfen möchten.« Er gestikulierte ausladend in ihre Richtung. »Der kurzgeratene Knabe im Anzug ist der führende Kopf bei ihnen. Lantern heißt er. Ian Lantern von der Britischen Botschaft in Berlin, Sie können sich jederzeit beim Botschafter über ihn erkundigen. Die anderen beiden sind – na ja, ein bißchen minderbemittelt, wenn ich ehrlich sein soll. Nicht allzuviel zwischen den Ohren. Sie sind ebenfalls mit einer Abhörvorrichtung ausgestattet, nehme ich doch an?«

»Ja.«

War das der Ansatz eines Lächelns gewesen? Er glaubte, ja. »Gut. Dann ist uns zumindest ein angemessenes Publikum sicher. Oder glauben Sie« – wie von einer plötzlichen Angst gepackt –, »oder glauben Sie, daß Ihre Wauwaus nur Sie hören können und meine nur mich? Nein, das ist undenkbar, oder? Ich bin ja kein Elektronikfachmann, aber sie können nicht auf verschiedenen Wellenlängen sein – oder doch?« Besorgt spähte er über ihre Schulter hinweg nach rechts und nach links. »Ich *muß* aufhören, mir solche Gedanken über sie zu machen«, schalt er sich kopfschüttelnd. »Schließlich sind *wir* heute die Stars. Sie sind nur unser Publikum. Zum *Zuhören* verdammt«, erklärte er und wurde mit einem Lächeln belohnt, das so herzergreifend war, so gänzlich ohne Abwehr, daß er sich in eine völlig neue Dimension der Seligkeit entrückt fühlte.

»Und Sie haben seinen Reisepaß«, sagte sie, immer noch mit diesem Lächeln. »Ich habe erfahren, wie gütig Sie waren.«

»Gütig, also ich weiß nicht. Ich dachte einfach, Sie würden wahrscheinlich gern einen Blick darauf werfen. Ich dachte, *ich* würde gern einen Blick darauf werfen. Heutzutage kann man sich ja gar nicht genug vorsehen. Aushändigen darf ich ihn Ihnen leider nicht. Ich darf ihn Ihnen nur zeigen, und dann geht er zurück an den jungen Mr. Lantern zu unserer Rechten, der ihn einem von *Ihren* Leuten zurückgeben wird, der ihn freischalten wird, falls das das richtige Wort ist, sobald unser Klient sein Vorhaben – unser aller Vorhaben – verwirklicht hat.«

Er hielt ihr den Paß hin. Nicht verstohlen, nein, er reichte ihn ihr über den Tisch, so demonstrativ, daß sich beide Bewachungsteams gezwungen sahen, alle vorgeschobenen Tätigkeiten einzustellen und offen zu ihnen herüberzustarren.

»Oder gibt es Abweichungen auf Ihrer Seite?« fuhr er lässig fort. »Versionen vergleichen ist ja das A und O bei solchen Leuten. Sie leiden nicht gerade an übertriebener Wahrheitsliebe, um es mal so zu sagen. Also *mir* ist folgender Ablauf bekannt: Sie bringen Ihren Mandanten in die Bank, er wickelt seine Geschäfte ab und wird im Anschluß – auf direktem Wege, wie man mir versichert hat – an einen Ort gebracht, dessen Adresse ich nicht wissen darf, wo er irgendwelche Formulare in dreifacher Ausfertigung unterzeichnen wird und seinen deutschen Paß ausgehändigt bekommt. Genau diesen Paß, der hier vor uns liegt und der dann mit sofortiger Wirkung Gültigkeit erlangt. Stimmt das mit Ihrer Version überein? Oder haben wir ein Problem?«

»Es stimmt überein«, sagte sie.

Sie nahm den Paß und inspizierte ihn. Erst das Photo, dann ein paar unverfängliche Ein- und Ausreisestempel, keiner davon auffällig frisch. Dann das Ablaufdatum, drei Jahre und sieben Monate vom jetzigen Zeitpunkt gerechnet.

»Ich muß ihn begleiten, wenn er ihn abholt«, sagte sie, und beglückt hörte er in ihrem Ton die alte Entschiedenheit.

»Aber natürlich müssen Sie das. Als seine Anwältin sind Sie dazu verpflichtet.«

»Er ist krank. Er braucht eine Auszeit.«

»Natürlich. Und nach dem heutigen Abend kann er sich soviel Zeit nehmen, wie er nur will«, sagte Brue. »Für *Sie* habe ich übrigens auch ein kleines Dokument.« Er nahm den Paß wieder an sich und drückte ihr ein unverschlossenes Kuvert in die Hand. »Machen Sie sich jetzt nicht die Mühe, es anzuschauen. Keine Angst, es ist kein kompromittierendes Schmuckstück. Nur ein Blatt Papier. Aber eins, das auch Sie freispricht. Keine strafrechtliche Verfolgung, kein sonstiges Nachspiel, vorausgesetzt, Sie werden nicht rückfällig – obwohl ich natürlich hoffe, Sie werden es doch. Und man dankt Ihnen dafür, daß Sie *mit an Bord* sind, um es mal so auszudrücken. Was in dieser Branche schon mehr oder weniger einem Heiratsantrag gleichkommt.«

»Mir liegt nichts daran, freigesprochen zu werden.«

»Das sollte es aber«, gab er zurück, nun jedoch auf russisch statt auf deutsch, was zu seiner Genugtuung heftige Turbulenzen beidseits des Ganges auslöste. Köpfe ruckten in die Höhe, Köpfe berieten sich hektisch über den Gang hinweg: kann hier irgendwer Russisch? Nach den ratlosen Mienen zu urteilen, nein.

* * *

»Nun, da wir ein paar kurze Minuten für uns haben – zumindest hoffe ich das«, fuhr Brue in dem klassischen Russisch seiner Pariser Zeit fort, »gibt es ein paar sehr persönliche, hochgeheime Themen, die ich gern mit Ihnen erörtern würde. Darf ich?«

Entzückt registrierte er das Aufleuchten in ihren Zügen.

»Gern, Mr. Brue.«

»Was Sie über meine Bank gesagt haben. Meine Scheißbank. Ohne die er nicht hier wäre. Nun, er *ist* jetzt hier. Und wir gehen davon aus, daß er bleiben kann. Wünschten Sie immer noch, er wäre nicht hergekommen?«

»Nein.«

»Da bin ich erleichtert. Sie sollen außerdem wissen, daß ich eine Tochter namens Georgina habe, die ich sehr liebe. Ich nenne sie kurz Georgie. Sie ist meine Tochter aus erster Ehe, als ich noch nicht begriffen hatte, was Ehe bedeutet. Oder was Liebe bedeutet, offen gestanden. Es war eine Zeit in meinem Leben, als ich weder zum Ehemann getaugt habe noch zum Vater. Das ist jetzt anders. Georgie erwartet ein Kind, und ich werde lernen, ein Großvater zu sein.«

»Ach, das freut mich aber.«

»Danke. Ich will es schon seit einer Weile gern jemandem erzählen, da macht mich das jetzt richtig froh. Georgie ist depressiv. Ich mißtraue diesem Jargon für gewöhnlich, aber in ihrem Fall bin ich zu der Überzeugung gelangt, daß die Diagnose zutrifft. Sie muß ›eingestellt‹ werden, wie man das in der Fachsprache ja wohl nennt. Sie lebt in Kalifornien. Mit einem Schriftsteller. Früher war sie noch dazu magersüchtig. Sie sah aus wie ein verhungertes Vögelchen. Niemand kam an sie heran. Es war eine schlimme Geschichte. Die Scheidung hat es nicht besser gemacht. Klugerweise hat sie sich nach Amerika abgesetzt. Nach Kalifornien. Wo sie bis heute lebt.«

»Das hatten Sie gesagt, ja.«

»Entschuldigung. Worauf ich hinauswill, bei ihr läuft es jetzt wieder rund. Ich habe sie vor ein paar Tagen gesprochen. Manchmal denke ich, je größer die Distanz am Telefon ist, desto eher höre ich, ob es ihr gutgeht. Sie hatte schon mal ein Baby, aber es ist gestorben. Dieses neue wird nicht sterben, da bin ich sicher. Ich weiß, daß es nicht sterben wird. Ich komme vom Thema ab, tut mir leid. Aber ich dachte, wenn das alles hier vorbei ist, nehme ich mir ein Weilchen frei und fliege rüber und besuche sie. Vielleicht bleibe ich sogar eine Zeitlang dort. Die Bank ist am Ende, wenn Sie's genau wissen wollen. Ich kann nicht behaupten, daß sie mir fehlen wird. Alles hat seine Zeit. Jedenfalls, was ich mir dachte, ist folgendes: Wenn ich erst einmal dort bin und mich ein bißchen eingerichtet habe und wenn es bei Ihnen auch wieder rundläuft, hätten Sie ja vielleicht Lust, für ein paar Tage zu uns zu stoßen, auf meine Kosten selbstredend – auch in Begleitung, wenn Sie möchten –, und Georgie und ihr Baby kennenzulernen. Und ihren Mann, der bestimmt grauenhaft ist.«

»Ja, dazu hätte ich Lust.«

»Sie brauchen jetzt nicht zu antworten. Es ist kein Annäherungsversuch. Denken Sie einfach darüber nach. Das wollte ich nur sagen. So, wechseln wir besser ins Deutsche zurück, bevor unsere Zuhörer völlig die Nerven verlieren.«

»Ich komme gern«, sagte sie, immer noch auf russisch. »Ich habe auf jeden Fall Lust. Da muß ich nicht erst nachdenken. Ich weiß es.«

»Wunderbar«, schloß er, auf deutsch, und sah auf die Uhr, wie um zu überprüfen, wie lange er von seinem Schreibtisch weggewesen war. »Einen letzten Punkt gäbe es noch anzusprechen, und das ist Dr. Abdullahs Wunschliste für Tschetschenien. Er hat allgemeine Vorschläge, was die muslimische Gemeinschaft als Ganzes betrifft, aber das hier ist eine kurze Liste mit Empfehlungen speziell für Tschetschenien. Er dachte, unser Klient würde sie vielleicht gern vorab schon durchlesen. Sich damit die Zeit bis nachher verkürzen. Darf ich sagen, daß ich mich darauf freue, Sie beide um zweiundzwanzig Uhr bei mir zu sehen?«

»Das dürfen Sie«, sagte sie. »Ja, das dürfen Sie«, und mit einem emphatischen Nicken drehte sie sich um und ging steif zur Drehtür, wo ihre Hüterinnen schon auf sie warteten.

»Nichts Aufwieglerisches, Ian«, versicherte Brue Lantern leger, als er ihm Issas Reisepaß zurückgab. »Wir mußten nur mal kurz unseren freien Willen von der Leine lassen.«

* * *

Es war halb neun, als Annabels Wächterinnen sie am Hafen absetzten und sie sich allein auf den Weg hinauf in ihre Dachwohnung machte. Ein letztes Mal, dachte sie. Ein letztes Mal würde Issa ihr Gefangener sein und sie seiner. Ein letztes Mal würden sie zusammen russische Musik hören, während in dem Bogenfenster die Lichter des Hafens flackerten. Ein letztes Mal würde sie ihn für sich haben als ihr Kind, ihr kapriziöses, immerhungriges Kind, als ihren unberührbaren Geliebten und als ihren Lehrer im Leiden und Hoffen. In einer Stunde würde sie ihn Brue und Dr. Abdullah übergeben. In einer Stunde würden Günther Bachmann und Erna Frey bekommen, was sie sich so sehnlich wünschten. Mit Issas Hilfe würden sie mehr Unschuldigen das Leben gerettet haben, als Fluchthafen es in hundert Jahren schaffte – aber wie ließen sich Ungetötete zählen?

»Das sind Dr. Abdullahs Empfehlungen?« fragte Issa in herrischem Tonfall. Er hatte sich unter das Deckenlicht in der Raummitte gestellt, um besser lesen zu können.

»Eine Auswahl. Er hat Tschetschenien ganz oben auf die Liste gesetzt. Wie Sie es gewünscht haben.«

»Er ist klug. Das Hilfswerk, das er hier nennt, ist in Tschetschenien sehr bekannt. Ich habe von diesem Hilfswerk gehört. Es bringt unseren tapferen Kämpfern in den Bergen Medikamente und Verbandszeug. Auch Betäubungsmittel. Wir werden dieses Hilfswerk unterstützen.«

»Gut.«

»Aber als allererstes müssen wir die Kinder in Grosny retten«, sagte er, nachdem er weitergelesen hatte. »Und dann die Witwen. Junge Frauen, die ohne eine Mitschuld entehrt worden sind, sollen nicht bestraft werden, sondern, so Gott will, in eigens für sie eingerichteten Heimen untergebracht werden. Selbst wenn sie vielleicht eine Mitschuld trifft, sollen sie trotzdem aufgenommen werden. Das ist mein Wunsch.«

»Gut.«

»Keine soll bestraft werden, auch nicht von ihrer Familie. Wir werden ausgebildete Betreuer für diese Frauen einsetzen.« Er blätterte um. »Kinder von Märtyrern sollen bevorzugt werden, das ist Allahs Wille. Aber nur unter der Bedingung, daß ihre Väter keine Unschuldigen getötet haben. Wenn sie Unschuldige getötet haben, was Allah nicht gestattet, werden wir sie dennoch aufnehmen. Stimmen Sie mir zu, Annabel?«

»Es klingt wunderbar. Etwas wirr, aber wunderbar«, sagte sie lächelnd.

»Auch dieses Hilfswerk bewundere ich. Ich habe nicht davon gehört, aber ich bewundere es. Die Schulbildung unserer Kinder ist auf unserem schweren Weg in die Unabhängigkeit zu kurz gekommen.«

»Warum kreuzen Sie nicht alle an, die Ihnen zusagen? Haben Sie einen Stift da?«

»Ich bewundere sie alle. Und ich bewundere Sie, Annabel.« Er faltete die Liste zusammen und steckte sie ein.

Sag es nicht, flehte sie von ihrem Platz am anderen Ende des Lofts. Bring mich nicht dazu, Dinge zu versprechen. Mal mir keinen Traum aus, der doch nicht wahr werden kann. Ich bin nicht stark genug dafür. *Aufhören!*

»Wenn Sie erst zum wahren Glauben übergetreten sind, welcher die Religion meiner Mutter und meines Volkes ist, und wenn ich ein bedeutender Arzt bin, der eine westliche Approbation und ein Auto wie Mr. Brue hat, werde ich all meine außerberufliche Zeit Ihrem Wohlbehagen widmen. Das ist mein Versprechen an Sie, Annabel. Wenn Sie nicht zu schwanger sind, werden Sie als Schwester in meinem Krankenhaus arbeiten. Ich habe bemerkt, daß Sie sehr mitfühlend sind, wenn Sie nicht Ihr strenges Gesicht machen. Aber erst müssen Sie die Ausbildung absolvieren. Ein Abschluß in Jura reicht nicht aus, um Krankenschwester zu werden.«

»Nein, wahrscheinlich nicht.«

»Hören Sie mir zu, Annabel? Bitte konzentrieren Sie sich.«

»Ich habe nur die Uhr im Blick, das ist alles. Mr. Brue will, daß wir ein ganzes Stück vor Dr. Abdullah da sind. Sie müssen Ihr Erbe erst offiziell antreten, selbst wenn Sie das Geld nicht für sich wollen.«

»Das ist mir klar, Annabel. Ich bin im Bilde über diese Formalien. Darum kommt mich seine Limousine ja rechtzeitig hier abholen. Werden Melik und Leyla der Zeremonie auch beiwohnen?«

»Nein. Sie sind in der Türkei.«

»Dann bin ich traurig. Sie würden Hoffnung schöpfen aus dem, was heute passiert. Ich werde unseren Kindern eine breite und vielseitige Bildung auf den Weg geben. Nicht in Tschetschenien, leider, die Gefahren sind zu groß. Erst sollen sie den Koran studieren, dann Literatur und Musik. Sie sollen zu Meistern der fünf Vortrefflichkeiten herangebildet werden. Wenn sie versagen, werden sie von uns nicht bestraft. Wir werden sie lieben und oft mit ihnen beten. Ich selbst bin nicht bewandert in den Schritten, die zu Ihrer Bekehrung nötig sein werden. Ein weiser Imam muß diese Aufgabe übernehmen. Wenn ich mir eine persönliche Meinung über diesen Dr. Abdullah gebildet habe, dessen Schriften ich schätze, werde ich feststellen, ob er der rechte Mann dafür ist. Ich habe Sie nie beleidigt, Annabel.«

»Ich weiß.«

»Und Sie haben nie versucht, mich zu verführen. Es gab Momente, da hatte ich Angst, Sie stünden kurz davor. Aber Sie haben sich beherrscht.«

»Wir sollten uns langsam fertigmachen, meinen Sie nicht?«

»Wir wollen Rachmaninow hören.«

Und er ging hin und drückte den Knopf. Der CD-Spieler war zu der Lautstärke hochgedreht, die Issa gern einstellte, wenn er allein war. Gewaltige Akkorde dröhnten zu den Dachbalken empor. Issa drehte sich zum Fenster um, und sie beobachtete seine Silhouette, während er sich methodisch zum Aufbruch kleidete. Karstens Lederjacke hatte ihre Faszination für ihn verloren. Er trug lieber seinen alten schwarzen Mantel und das Scheitelkäppchen und hängte sich die gelbe Satteltasche über die Schulter.

»So, Annabel. Sie folgen mir bitte. Ich werde Sie beschützen. So will es unsere Tradition.«

Aber auf der Schwelle blieb er wie angewurzelt stehen und starrte sie an, mit einer so überwältigenden Rückhaltlosigkeit, daß sie schon einen Moment dachte, er würde die Tür wieder zumachen und sie würden für immer hier wohnen bleiben, in dieser Welt, in der es nur sie beide gab.

Und vielleicht hoffte sie es beinahe, doch da war er schon ins Treppenhaus hinausgetreten, und es war zu spät. Vor dem Haus stand eine große schwarze Limousine. Der Chauffeur, ein kräftiger blonder Jüngling, hielt ihnen die Tür zum Fond auf. Annabel stieg ein. Der Chauffeur wartete, daß Issa ihr folgte, aber er machte keine Anstalten. Der Chauffeur öffnete ihm die Beifahrertür, und er nahm vorne Platz.

* * *

Brue marschierte voran in sein Büro, gefolgt von Issa und als letzter Annabel in ihrer schwarzen Anwaltskluft und dem Kopftuch. Issa, das war ihm gleich aufgefallen, war wie verwandelt. Statt des frommen muslimischen Flüchtlings stand der Sohn eines schwerreichen Obersts der Roten Armee vor ihnen. Schon im Foyer hatte er merklich die Nase gerümpft, so als entspräche das vornehme Ambiente der Bank nicht ganz seinem gewohnten Standard. Jetzt setzte er sich unaufgefordert auf den Thron, den Brue für Annabel bereitgestellt hatte, verschränkte die Arme, schlug die Beine über Kreuz und wartete darauf, daß man das Wort an ihn richtete; für Annabel blieben damit nur die hinteren Ränge.

»Frau Richter, möchten Sie nicht etwas näher kommen?« fragte Brue in dem Russisch, das sie alle sprachen.

»Danke, Mr. Brue, ich sitze sehr bequem«, erwiderte sie mit ihrem wiedergefundenen Lächeln.

»Dann beginne ich jetzt«, kündigte Brue an und schluckte seine Enttäuschung hinunter.

Und er begann, wobei er gegen das seltsame Gefühl anreden mußte, vor einem vollen Saal zu sprechen, nicht vor zwei Menschen, die nur ein paar Meter von ihm entfernt saßen. Im Namen von Brue Frères hieß er Issa in aller Form als den Sohn eines langjährigen Kunden willkommen, vermied es jedoch taktvoll, ihm sein Beileid zu dessen Hinscheiden auszudrücken.

Issa runzelte die Stirn, nickte aber gnädig. Brue räusperte sich. Unter den gegebenen Umständen schlage er vor, die Formalitäten auf ein Minimum zu beschränken. Wie Issas Anwältin – eine leichte Verbeugung in Annabels Richtung – ihm mitgeteilt habe, wolle Issa sein Erbe nur unter der Bedingung antreten, daß es unverzüglich nach Erbantritt ausgewählten muslimischen Wohltätigkeitsorganisationen zufloß.

»Ich bin außerdem davon unterrichtet, daß Sie sich dabei von dem renommierten Islamgelehrten Dr. Abdullah leiten lassen wollen, dem ich Ihre Anweisungen übermittelt habe. Dr. Abdullah wird in Kürze zu uns stoßen.«

»Ich lasse mich von Allah leiten«, verbesserte Issa ihn mißlaunig, aber statt Brue sah er dabei das goldene Koranskettchen an, das er fest umfaßt hielt. »Es wird Gottes Wille sein.«

Unter weniger ungewöhnlichen Umständen – fuhr Brue unverdrossen fort – würde er den Anspruchsberechtigten zu diesem Zweck bitten, sich auszuweisen. Dank der Überredungskünste von Frau Richter, sagte er mit Betonung, sehe er sich jedoch imstande, auf eine solche Formalie zu verzichten und umgehend zur Tat zu schreiten, vorausgesetzt (auch dies wieder an Annabels Adresse), ihr Mandant wünsche seinen Anspruch nach wie vor zu stellen.

»Und ob ich ihn stelle!« rief Issa, ehe sie antworten konnte. »Ich stelle ihn für alle Muslime! Ich stelle ihn für Tschetschenien!«

»Nun, wenn das so ist, darf ich Sie bitten, mir zu folgen«, sagte Brue, worauf er seiner Ablage einen kleinen, raffiniert gearbeiteten Schlüssel entnahm.

* * *

Die Tür zum Karzer öffnete sich mit einem Ächzen. Nach dem Abzug der Techniker hatte er nur eins der Alarmsysteme wieder aktiviert. Die Schließfächer zogen sich eine ganze

Wand entlang, dunkelgrün, ein jedes mit zwei Schlüssellöchern versehen. Edward Amadeus, stets ein großer Freund humoriger Namen, hatte sie seinen Taubenschlag genannt. Einige der Fächer, das wußte Brue, waren seit fünfzig Jahren nicht geöffnet worden. Jetzt würden sie es vielleicht nie mehr. Er drehte sich zu Annabel um und sah ihre Züge von einem zaghaften Eifer erleuchtet. Den Blick fest auf ihn gerichtet, streckte sie ihm Anatolijs Brief mit der dick aufgemalten Kennummer hin. Er kannte die Nummer auswendig. Auch das dazugehörige Fach kannte er, zumindest von außen. Es sah ramponierter aus als die Nachbarfächer; wie eine russische Munitionskiste, dachte er. Das Etikett – ein vergilbtes, fleckiges Kärtchen, an allen vier Ecken von einer winzigen Eisenkralle gehalten – war in der pedantischen Handschrift von Edward Amadeus höchstselbst beschrieben: LIP, ein Schrägstrich, die Nummer und dann der Vermerk *Zu öffnen nur nach Rücksprache mit EAB.*

»Ihren Schlüssel, wenn ich bitten darf?« wandte er sich an Issa.

Der streifte das Goldkettchen wieder übers Handgelenk, knöpfte seinen langen Mantel auf und fischte den Lederbeutel aus dem Hemdausschnitt. Er lockerte den Riemen, zog den Schlüssel heraus und streckte ihn Brue hin.

»Ich fürchte, das kann ich Ihnen nicht abnehmen, Issa«, sagte Brue mit väterlichem Lächeln. »Ich habe meinen eigenen, schauen Sie, da.« Und er hielt den Schlüssel der Bank hoch, so daß Issa ihn sehen konnte.

»Kommt Issa als erster dran?« fragte Annabel, begierig wie ein Kind beim Kindergeburtstag.

»Ich denke, das gehört sich so – Sie nicht, Frau Richter?«

»Issa, tun Sie bitte, was Mr. Brue sagt. Stecken Sie Ihren Schlüssel ins Schloß und drehen Sie ihn um.«

Issa trat einen Schritt nach vorn und rammte seinen Schlüssel ins linke Schlüsselloch. Er drehte. Nichts geschah. Unwillig zog er ihn wieder heraus und probierte es rechts. Das Schloß öffnete sich. Er trat zurück. Brue trat vor und sperrte mit dem Schlüssel der Bank das linke Schloß auf. Dann trat auch er zurück.

Seite an Seite sahen Brue und Annabel zu, wie der Sohn des verblichenen Obersts Grigorij Borisowitsch Karpow voll Abscheu die ergaunerten Millionen in Besitz nahm, die der verblichene Edward Amadeus, O. B. E., auf Geheiß des britischen Geheimdiensts für ihn vermehrt hatte. Auf den ersten Blick machte der Inhalt des Fachs nicht viel her: ein einzelner großer, speckiger Umschlag, unversiegelt, unadressiert.

Issas ausgemergelte Hände zitterten. Sein Gesicht in dem Neonlicht war plötzlich wieder ein Sträflingsgesicht, voll Krater und Schatten und erfüllt von einem Ausdruck tiefsten Ekels. Mit spitzen Fingern zog er ein mit Wellen- und Schleifenmustern bedrucktes Stück Papier hervor; wie ein überdimensionaler Geldschein sah es aus. Den Umschlag griffbereit unterm Arm, faltete er das Dokument auseinander und stellte sich mit dem Rücken zu Brue und Annabel, um es zu studieren – wenn auch eher um seines kalligraphischen Werts als um des Inhalts willen, da der Text deutsch war, nicht russisch.

»Vielleicht sollten wir hochgehen, und Frau Richter übersetzt Ihnen alles?« schlug Brue gedämpft vor, nachdem eine Minute oder mehr verstrichen war, ohne daß Issa sich gerührt hätte.

»Richter?« wiederholte Issa, als hörte er den Namen zum erstenmal.

»Annabel. Frau Richter. Ihre Anwältin. Die Dame, der Sie es verdanken, daß Sie heute abend hier sind – und auch sonst so einiges, wenn ich das so sagen darf.«

Solcherart in die Gegenwart zurückgeholt, reichte Issa Annabel erst das Dokument selbst und dann den Umschlag.

»Ist das Geld, Annabel?«

»Wir machen es dazu«, sagte sie.

* * *

Wieder in seinem Büro, hütete sich Brue, länger als unbedingt nötig bei irgendeinem Punkt zu verweilen; zu groß war seine Angst, die plötzliche physische Realität von Karpows Sündenlohn könnte Issa zu einem Rückzieher in letzter Minute veranlassen. Annabel schien seine Sorge zu teilen, denn sie schwenkte flink auf seinen Kurs ein. Zügig ging sie mit ihrem Mandanten die allgemeinen und besonderen Konditionen seiner Inhaberschuldverschreibung durch. Ob er irgendwelche Fragen habe? Issa zuckte in vager Willfährigkeit die Achseln. Er hatte keine Fragen. Eine Empfangsbestätigung gab es noch zu unterschreiben, und Brue reichte sie Annabel und bat sie, ihrem Mandanten zu erklären, was es damit auf sich hatte. Ruhig und geduldig setzte sie Issa auseinander, was seine Unterschrift unter diesem Stück Papier bedeutete. Sie bedeutete, daß das Geld, solange er es nicht weggab, ihm gehörte. Sollte er nach Unterzeichnung der Empfangsbestätigung beschließen, es doch zu behalten oder es anderweitig zu verwenden, dann stehe ihm das frei. Und Brue dachte bei sich, daß Annabel mit diesem Hinweis die Loyalität zu ihrem Mandanten über die Loyalität zu ihren Bewachern und Manipulatoren stellte und daß das nicht nur eine Frage des Prinzips für sie war, sondern auch ein Beweis außerordentlichen Muts, denn sie setzte damit das Gelingen des ganzen Planes aufs Spiel.

Aber Issa ließ sich nicht beirren. Den Stift fahrig in der Rechten, die zusammengepreßten Finger der Linken an die Stirn gedrückt, unterschrieb er die Empfangsbestätigung mit einer Reihe stürmischer Aufwärtsstriche. Annabel vergaß einen Moment ihre muslimische Zurückhaltung und streifte, als sie nach dem Stift griff, seine Hand. Er zuckte zusammen, aber sie nahm den Stift trotzdem.

Von dem liechtensteinischen Fondsmanager war eine Bestandsübersicht vorbereitet worden. Kraft der Inhaberschuldverschreibung und der unterzeichneten Empfangsbestätigung war Issa alleiniger Erbe des Stiftungsvermögens. Die Gesamtsumme der Vermögenswerte, die von Brue an Dr. Abdullah überwiesen werden sollten, betrug zwölfeinhalb Millionen amerikanische Dollar oder, wie Dr. Abdullah es gegenüber seinem Freund in Weybridge, Surrey, auszudrücken beliebt hatte: zwölfeinhalb Tonnen amerikanischen Reis.

»Issa«, sagte Annabel in einem Versuch, ihn aus seiner Trance aufzurütteln.

Den Blick starr auf die Inhaberschuldverschreibung gerichtet, fuhr er sich mit den Handflächen über die eingefallenen Wangen, während seine Lippen sich in stummem Gebet bewegten. Und Brue, der all die kleinen Symptome plötzlichen Reichtums in- und auswendig kannte – das unterdrückte Aufflackern der Gier, des Triumphs, der Erleichterung –, suchte in Issas Miene genauso vergebens danach wie in der Miene Abdullahs: oder wenn er doch eine Spur davon ausmachte, dann als Widerschein auf Annabels Gesicht, wo es verschwand, fast ehe es aufgetaucht war.

»Also dann«, sagte er munter. »Wenn wir nichts weiter zu besprechen haben … was ich Frau Richter vorgeschlagen habe – und was wir provisorisch bereits in die Wege geleitet haben, natürlich vorbehaltlich Ihres Einverständnisses, Issa: Wir haben diese gesamte Summe auf einem Konto unserer eigenen Bank zwischengeparkt, und zwar so, daß sie *augenblicklich* elektronisch auf die Konten der Empfänger überwiesen werden kann, die Sie und Dr. Abdullah anhand Ihrer ethischen und religiösen Kriterien auswählen, in, sagen wir« – er winkelte zackig den Arm an und sah auf seine kostbare Uhr –, »sieben Minuten. Weniger, wenn ich mich nicht täusche.«

Er täuschte sich nicht. Ein Auto fuhr auf den Vorplatz der Bank. Gedämpfte arabische Stimmen drangen herauf. Der Fahrer und sein Passagier verabschiedeten sich voneinander. Brue fing ein *Inshallah* auf und erkannte Dr. Abdullahs Stimme. Dann ein abschließendes *Salaam*. Das Auto fuhr weg, und ein einzelnes Paar Füße näherte sich den Eingangsstufen.

»Wenn Sie mich einen Moment entschuldigen würden, Frau Richter«, sagte er geschäftig und eilte treppab für den nächsten Akt des Dramas.

* * *

Arni Mohr liebte sein neues Überwachungsfahrzeug, und er hatte es nur unter der Bedingung hergegeben, daß es außerhalb der Sperrzone postiert würde, die er und die Polizei um Brues Bank gezogen hatten. Innerhalb der Sperrzone: Arnis Fahnder und Polizeischarfschützen; außerhalb das Überwachungsfahrzeug, Bachmann, sein Zwei-Mann-Team sowie ein leeres, reichlich mit Reklame beklebtes Taxi. Das war der Deal, abgesegnet von Keller und Burgdorf, vergeblich angefochten von Axelrod und zähneknirschend akzeptiert von Bachmann.

»Ich kann es mir nicht leisten, mich wegen jedem Kleinscheiß mit ihnen anzulegen, Günther«, hatte Axelrod mit mehr Verzweiflung in der Stimme beteuert, als Bachmann lieb sein konnte. »Wenn ich ein paar Bauern opfern muß, um an Ihre Dame zu kommen, dann mache ich das«, ergänzte er in Anspielung auf ihre gemeinsamen Schachpartien in dem Luftschutzkeller unter der Deutschen Botschaft in Beirut.

»Aber die Dame gehört uns doch, oder?« hatte Bachmann besorgt nachgehakt.

»Unter den vereinbarten Bedingungen, ja. Wenn du MEILENSTEIN dazu kriegst, mit in deine sichere Wohnung zu kommen, wenn du es schaffst, mit ihm so zu reden, wie wir es besprochen haben, und wenn er durchblicken läßt, daß er mitspielt, gehört er uns. Beantwortet das deine Frage?«

Nein. Tut es nicht.

Es bringt mich ins Grübeln darüber, warum du drei Wenns brauchst, um ja zu sagen.

Es erklärt weder, was Martha bei der Besprechung verloren hatte, noch warum sie mit Newton kam, dem Schlächter von Beirut, noch wer die breitschultrige Aschblonde mit dem Raubvogelgesicht war und warum sie ins Zimmer geschmuggelt werden mußte, nachdem alle schon saßen, und hinterher gleich wieder rausgeschmuggelt wie eine Nutte aus einem Hotel.

Und warum Axelrod, dem die Amerikaner genauso ein Dorn im Auge waren wie mir, sie nicht am Kommen hindern konnte und warum Burgdorf offenbar gute Miene dazu gemacht hat.

Arnis Fahrzeug war, anders als die meisten seiner Art, nicht als Möbelwagen oder Speditionslaster oder Container-LKW getarnt, sondern als das schwerfällige graue Straßenreinigungsmonster, das es einmal gewesen war, mit all seinen alten Besen und Schläuchen. Es war außerdem, wie der stolze Arni gern prahlte, unsichtbar. Niemand hinterfragte seine Gegenwart, schon gar nicht, wenn es tiefnachts durch die Innenstadt kroch. Es war im Fahren ebenso einsatzfähig wie im Stehen. Es konnte in Schrittgeschwindigkeit eine Straße entlangpatrouillieren, und niemand dachte sich etwas dabei.

Als Standort hatte Bachmann einen Parkplatz zwischen Alsterufer und Harvestehuder Weg gewählt, keinen halben Kilometer von Brues Bank entfernt. Im Schein orangegelber Straßenlaternen konnte das Team durch die Windschutzscheibe ein Kastaniengehölz bewundern und durch die getarnten Schlitze an der Rückseite die Bronzeskulptur zweier kleiner Mädchen, die für alle Ewigkeit im Begriff standen, ihre Drachen steigen zu lassen.

Im Gegensatz zu Mohr hatte Bachmann sein Truppenaufgebot auf ein Minimum beschränkt und seinen Schlachtplan einfach gehalten. Vor die Batterie von Videobildschirmen und Satellitenbildern hatte er nur Maximilian und seine Niki gesetzt, die fließend Russisch und Arabisch sprach. Als Verstärkung für etwaige Notfälle hatte er zwei seiner Männer abgestellt, die sich in einem frisierten Audi gleich außerhalb der Sperrzone bereithielten. Solange er mit im Überwachungswagen saß, sollte die gesamte Kommunikation mit Arni Mohr und mit Axelrod in der Berliner Zentrale über ihn laufen. Er hatte Erna Frey förmlich angefleht, ihn zu begleiten, aber sie war auch diesmal hart geblieben.

»Das arme Kind hat weiß Gott schon genug von mir erlitten, viel mehr, als sie weiß«, hatte sie gesagt. Und nach einer gedehnten Pause, während der er sie bohrend ansah: »Ich habe sie belogen. Wir hatten gesagt, das würden wir nicht. Wir hatten gesagt, wir könnten ihr nicht die ganze Wahrheit erzählen, aber wir würden ihr nichts sagen, was nicht stimmt.«

»Und?«

»Ich habe sie belogen.«

»Das hast du gesagt. In Bezug worauf?«

»Melik und Leyla Oktay.«

»Und was hast du ihr bitte schön über die Oktays erzählt, was gelogen war?«

»Verhör mich nicht, Günther.«

»Ich verhöre dich, solange es mir paßt.«

»Du hast vielleicht vergessen, daß ich einen Deep Throat in Arni Mohrs Lager habe.«

»Die Tennisniete. Wie sollte ich die vergessen? Was hat die Tennisniete mit irgendwelchen Lügen zu tun, die du Annabel über die Oktays erzählst?«

»Annabel hat sich Sorgen um sie gemacht. Es war mitten in der Nacht. Sie kam zu mir ins Zimmer und wollte mein Wort darauf, daß Melik und Leyla keine Nachteile entstehen, weil sie Issa aufgenommen haben. Weil sie anständige Menschen sind, die anständig handeln. Sie hätte von ihnen geträumt, sagte sie. Ich glaube eher, sie lag wach und hat sich gesorgt.«

»Und was hast du gesagt?«

»Daß sie eine herrliche Hochzeit feiern und erholt und zufrieden wieder nach Hause kommen werden und daß Melik alle seine Gegner im Boxring schlagen wird und daß Leyla einen neuen Mann finden wird und daß sie glücklich und zufrieden leben werden bis an ihr Lebensende. Ein Märchen eben.«

»Warum ein Märchen?«

»Arni Mohr und Dr. Keller vom Bundesamt haben sich dafür ausgesprochen, daß ihnen die Aufenthaltsgenehmigung entzogen wird. Sie haben gegen ihre Auflagen verstoßen, finden sie, weil sie einem islamistischen Kriminellen Unterschlupf gewährt und militanten Umtrieben in der türkischen Bevölkerung Vorschub geleistet haben. Sie sind dafür, die Behörden in Ankara zu verständigen. Burgdorf gibt grünes Licht, vorausgesetzt, ihre Festsetzung in der Türkei läuft nicht so ab, daß dadurch die Operation MEILENSTEIN gefährdet wird.«

Woraufhin sie demonstrativ ihren Computer herunterfuhr, ihre Papiere im Stahlschrank einschloß und sich in die Wohnung am Hafen verfügte, um alles für MEILENSTEINS nächtliche Ankunft vorzubereiten.

Allein gelassen, richtete der zornbebende Bachmann einen neuerlichen Appell an Axelrod. Die Reaktion fiel so vernichtend aus wie befürchtet.

»Himmelherrgott, Günther! An wie vielen Fronten soll ich

denn deiner Ansicht nach noch kämpfen? Soll ich bei Burgdorf reinplatzen und ihm auf die Nase binden, daß wir beim Verfassungsschutz spioniert haben?«

* * *

Seit zwei Stunden trafen nachrichtendienstliche Erkenntnisse in stetigem Strom im Wagen ein, und allesamt waren sie positiv:

MEILENSTEINS gestrige Überlandfahrt stellte eine unstreitige Ausnahme dar. Seinem bekannten Verhaltensmuster nach benutzte er keine Telefonzellen. Auch war es sonst nicht seine Art, sein Haus und seine Familie zu nächtlicher Stunde unbewacht zu lassen. Am heutigen Abend ließ er sich denn auch wie gewohnt von einem hilfsbereiten Freund und Nachbarn chauffieren, dem Palästinenser Fuad, der ein pensionierter Bauingenieur war und nichts Schöneres kannte, als den großen Glaubensmann durch die Gegend zu kutschieren und tiefschürfende Gespräche mit ihm zu führen. Gestern hatte Fuad einen Vortrag im nahegelegenen Kulturinstitut besucht. Heute dagegen hatte er Zeit, und MEILENSTEINS Gorillas wachten zu Hause, wo sie hingehörten.

Doch wo in Hamburg würde MEILENSTEIN nach seinem Stelldichein in der Bank die Nacht verbringen? Oder wo *glaubte* er, daß er sie verbringen würde? Wenn Freunde auf ihn warteten oder wenn er ein Hotelzimmer reserviert hatte – oder wenn er vorhatte, spätabends noch heimzufahren und in seinem eigenen Bett zu schlafen –, dann konnten Bachmanns acht Stunden mit ihm schnell auf drei oder vier zusammenschnurren.

Aber zumindest in diesem Punkt war Fortuna den Planern hold gewesen. MEILENSTEIN würde bei Fuads Schwager übernachten, einem Iraner namens Cyrus, bei dem er schon öfter zu Gast gewesen war, und Cyrus hatte Fuad den Hausschlüssel zukommen lassen, da er mit der Familie Freunde in Lübeck besuchte und erst am nächsten Tag zurücksein würde.

Und um das Glück komplett zu machen, würde MEILENSTEIN allein dorthin gelangen, wenn seine Geschäfte in der

Bank erledigt waren. Fuad hatte unbedingt vor der Bank warten wollen, aber das duldete MEILENSTEIN nicht:

»Fahr du bitte weiter zu deinem guten Schwager, den Gott behüten möge, und mach dir keine Gedanken um mich, Fuad«, hatte er, noch von daheim aus, bei ihrem Telefonat insistiert. »Das ist ein Befehl, lieber Freund. Dein Herz ist zu groß für deine Brust. Wenn du nicht achtgibst, wird Allah dich vor deiner Zeit zu sich befehlen. Ich werde mir von der Bank aus ein Taxi nehmen, sorge dich also nicht um mich.«

Daher das leere Taxi, das neben dem Überwachungswagen bereitstand.

Daher Bachmanns Photo auf der plastikverschweißten Taxilizenz über dem Armaturenbrett.

Und daher Bachmanns ärmliche Jacke und Seemannsmütze, die an der Tür ins Wageninnere hingen. Wenn alles glattlief, würde dies die Montur sein, in der er den entführten MEILENSTEIN in die konspirative Wohnung unten am Hafen brachte, auf daß seine Zwangsbekehrung zum Pfad der Tugend beginnen konnte.

»Drei Wünsche habe ich bis morgen früh«, hatte Erna Frey noch verkündet, bevor sie zur Tür hinausgerauscht war. »Erstens, daß wir MEILENSTEIN im Sack haben. Zweitens, daß sich FELIX und dieses arme Mädchen wieder in freier Wildbahn befinden, und drittens mußt du bitte, bitte im Zug nach Berlin sitzen. Gepäckwagen von mir aus. Hauptsache einfache Fahrt.«

»Und für dich selber?«

»Meine Rente und mein hochseetüchtiges Boot.«

* * *

MEILENSTEIN wurde um 22 Uhr bei Brue Frères erwartet.

Um 20.30 Uhr, so die laufenden Berichte von Mohrs Fahndern, war Fuad vor MEILENSTEINS Haus vorgefahren, in dem nagelneuen BMW Coupé 335i, der sein ganzer Stolz war. Daß es der BMW sein würde, war zu spät bekannt geworden, um ihn noch zu verwanzen.

MEILENSTEIN schien guter Dinge, als er aus der Tür trat.

Sie sollten wachsam sein und Gott preisen, lautete sein Abschiedsbefehl an Weib und Kinder, von den Richtmikrophonen auf der anderen Straßenseite getreulich eingefangen. Die Abhörer meinten aus seiner Stimme einen »besonderen Unterton« herauszuhören. Einer sprach von »böser Vorahnung«, ein anderer meinte, er klinge, als würde er zu einer langen Reise aufbrechen, bei der ihm die Rückkehr ungewiß erschien.

Um 21.14 Uhr meldete die Hubschrauberüberwachung das Eintreffen des BMW in einem nordwestlichen Vorort der Stadt, wo er auf einen Parkplatz einbog, vermutlich zum Zwecke des Betens und Zeittotschlagens bis zu MEILENSTEINS Termin in der Bank. Entgegen arabischen Gepflogenheiten war MEILENSTEIN notorisch pünktlich.

Um 21.16 Uhr – nur zwei Minuten später also – teilten Bachmanns Spitzel mit, daß FELIX und Annabel planmäßig ihre Fahrt zu Brue Frères angetreten hatten, in der Limousine, die von FELIX geordert und von Arni Mohr bereitwilligst zu Verfügung gestellt worden war.

Aus seiner Sperrzone bestätigte Mohr ihre sichere Ankunft – die zwar gerade bestens auf Maximilians Bildschirm zu beobachten gewesen war, aber Doppelspiel aller Art hatte es Arni Mohr nun mal angetan.

Um 21.29 Uhr erfuhr Bachmann von keinem Geringeren als Axelrod in Berlin, daß Ian Lantern es geschafft hatte, sich in die Sperrzone zu mogeln, und mit seinem Peugeot in einer Sackgasse mit Exklusivblick auf die Bank parkte, neben sich einen *nicht identifizierten Beifahrer*.

Bachmann, mittlerweile zu sehr in Einsatzstimmung, um die Nerven zu verlieren, bezähmte seine Wut und sein Entsetzen. Statt dessen fragte er Axelrod über die verschlüsselte Verbindung mit leiser, gefaßter Stimme, wessen Fürsprache Lantern denn bitte schön den Zutritt zum Allerheiligsten verdankte.

»Er hat genausoviel Recht aufs Dabeisein wie du, Günther«, betonte Axelrod.

»Mehr, so wie's aussieht.«

»Du hast dein Mädel, um das du dich sorgst, er hat seinen Bankier.«

Aber diese Erklärung wollte Bachmann nicht einleuchten. Gut, Lantern zog Brues Strippen. Aber mußte er deshalb parat stehen, um bei ihm Händchen zu halten und ihm zu soufflieren, falls er patzte? Das einzige, was ihm aus Bachmanns Sicht zu tun blieb, war es, Brue einzusammeln, sobald das Treffen beendet war, ihm den Schweiß von der Stirn zu wischen, sich von ihm Bericht erstatten zu lassen und ihm zu sagen, wie großartig er gewesen war. Wofür er *nicht* hundert Meter vor der Bank herumzuhängen brauchte wie ein schwangerer Vater vor dem Kreißsaal. Und wer zum Henker war sein Beifahrer? Wie kam er oder sie ins Spiel?

Aber Axelrod war nicht mehr in der Leitung, und Maximilian hob den Arm. Fuad, der pensionierte Bauingenieur, hatte MEILENSTEIN vor Brues Bank abgesetzt.

15

Oben in Tommy Brues Privatbüro machten sich seine liebevollen Vorbereitungen endlich bezahlt. Unsere hochgeschätzte Dolmetscherin, wie er sie beharrlich nannte, saß jetzt wie vorgesehen im Sessel seines Großvaters und damit im Zentrum des Geschehens. Kerzengerade thronte sie in den Polstern, genau wie er es sich vorgestellt hatte. Zu ihrer Linken hatte Issa Platz genommen und zu ihrer Rechten, Brue an seinem Schreibtisch direkt gegenüber, Dr. Abdullah. Bei seinem Anblick schien Issa abermals ein anderer geworden: schüchtern, verwirrt und zusätzlich verunsichert, weil er sich mit seinem neuen Mentor in keiner gemeinsamen Sprache verständigen konnte. Dr. Abdullah hatte ihn zuerst auf arabisch begrüßt, dann rasch hintereinander auf französisch, englisch und deutsch. Sogar ein paar Brocken Tschetschenisch hatte er für Issa hervorgekramt, worauf dieser einen Moment lang aufgeblüht war, nur um dann, als der kurze Redefluß versiegte, betreten zu Boden zu blicken.

Doch auch Dr. Abdullah war in Brues Augen nicht mehr derselbe wie am Vortag. Nervös, wie er war, hatte er nicht damit gerechnet, daß Abdullah noch nervöser sein könnte. Noch während er mit ausgebreiteten Armen auf Issa zuging, schien er unschlüssig, ob er ihn in arabischer Manier umarmen sollte oder nicht. Seine Ansprache, die er auf deutsch hielt und sich von Annabel übersetzen ließ, drückte zwar eine zurückhaltende Hochachtung aus, aber vor allen Dingen klang sie forschend.

»Unser werter Freund Mr. Brue lehnt es zu Recht ab, mir Ihren wahren Namen zu verraten, mein Herr. Das ist gut so.

Sie sind Mr. X, und ich darf nicht wissen, woher Sie kommen. Aber Sie und ich, wir brauchen keine Geheimnisse voreinander zu haben. Ich habe meine Quellen. Sie ebenfalls, sonst hätten Sie mir nicht Ihren englischen Bankier geschickt, damit er mich überprüft. Nun, was Sie über mich gehört haben, ist wahr, Bruder Issa. Mehr als alles andere bin ich ein Mann des Friedens. Das heißt nicht, daß ich unseren großen Kampf nicht unterstütze. Ich bin kein Freund der Gewalt, aber ich achte die, die vom Schlachtfeld zu uns zurückkehren. Sie haben den Pulverdampf gesehen. Genau wie ich. Sie wurden für Gott und den Propheten gefoltert. Man hat sie geschlagen und eingesperrt, genau wie mich, doch man hat sie nicht gebrochen. Sie sind nicht die Urheber der Gewalt. Sie sind ihre Opfer.«

Während er auf Issas Antwort wartete, musterte er ihn mit anteilnehmender Neugier, sichtlich gespannt auf die Wirkung seiner Ausführungen. Doch nachdem Issa sich Annabels Übersetzung angehört hatte, verneigte er sich nur.

»Deshalb muß ich Ihnen Glauben schenken«, fuhr Abdullah fort. »Es ist meine Pflicht vor Gott. Wenn Gott uns solche Reichtümer schenken will, wie käme ich, SEIN armer Diener, dazu, sie zurückzuweisen?«

Aber dann, genau wie gestern bei Brue, wurde sein Ton plötzlich scharf.

»Deshalb sagen Sie mir, mein Bruder, seien Sie so gut: Welcher Großherzigkeit Allahs, welchem findigen Schachzug ist es zu verdanken, daß Sie sich in diesem Land auf freiem Fuß befinden? Wie kann es sein, daß wir hier mit Ihnen zusammensitzen, mit Ihnen reden und Sie anfassen können, obwohl Ihnen doch, wenn mich das Internet und meine anderen Quellen recht informiert haben, die Polizei der halben Welt nachstellt?«

Issa sah Annabel an, während sie für ihn übersetzte, dann drehte er sich wieder Dr. Abdullah zu, und Annabel gab die Antwort, die ihr, so vermutete Brue, von ihren Aufpassern in den Mund gelegt worden war:

»Die Situation meines Mandanten ist prekär, Dr. Abdullah«, sagte sie, erst auf deutsch, dann, halblaut und etwas verkürzt, auf russisch. »Nach deutschem Gesetz darf er nicht in ein Land abgeschoben werden, wo ihm Folter oder die Todesstrafe droht. Leider setzen sich die deutschen Behörden genau wie die anderer westlicher Demokratien häufig über dieses Gesetz hinweg. Wir werden trotzdem in Deutschland Asyl beantragen.«

»Sie *werden*? Wie lange hält sich Ihr Herr Mandant denn schon hier auf?«

»Er war krank und kommt erst langsam wieder zu Kräften.«

»Und in der Zwischenzeit?«

»In der Zwischenzeit ist mein Mandant ein verfolgter Staatenloser, der in großer Gefahr schwebt.«

»Aber die Gnade Allahs erlaubt es ihm, hier unter uns zu sein«, wandte Dr. Abdullah ein, alles andere als überzeugt.

»In der Zwischenzeit«, fuhr Annabel mit fester Stimme fort, »und bis wir die rechtsverbindliche Zusicherung haben, daß mein Mandant unter keinen Umständen in die Türkei oder nach Rußland ausgewiesen wird, weigert er sich, sich in die Hände der deutschen Behörden zu begeben.«

»Und in wessen Hände hat er sich statt dessen begeben, wenn ich fragen darf?« Dr. Abdullah ließ nicht locker. Seine Augen huschten von Annabel über Issa zu Brue und wieder zurück. »Ist er ein Betrüger? Oder Sie? Sind Sie am Ende alle Betrüger?« Jetzt schloß sein Blick auch Brue mit ein. »Ich bin hier im Dienste Allahs. Ich habe keine andere Wahl. Aber in wessen Dienst stehen *Sie*? Diese Frage liegt mir auf dem Herzen: Sind Sie gute Menschen, oder wollen Sie mich vernichten? Sind Sie hier, um mich auf irgendeine Art, die ich nicht durchschaue, hereinzulegen oder Ihr böses Spiel mit mir zu treiben? Wenn ich Ihnen mit meiner Frage zu nahe trete, verzeihen Sie. Aber wir leben in schlimmen Zeiten.«

Brue, fest entschlossen, Annabel beizuspringen, bastelte noch an einer Antwort, als sie ihm zuvorkam. Diesmal verzichtete sie auf eine Übersetzung.

»Dr. Abdullah«, sagte sie mit einer Härte in der Stimme, die von Zorn herrühren mochte oder auch von Verzweiflung.

»Gnädige Frau?«

»Mein Mandant ist ein großes persönliches Risiko eingegangen, um sich heute abend mit Ihnen zu treffen und Ihren Hilfsorganisationen einen erheblichen Geldbetrag zu spenden. Er möchte geben, Sie sollen nehmen. Er verlangt nichts dafür …«

»Gott wird es ihm vergelten.«

»… außer der Zusicherung, daß eine der von ihm bedachten Organisationen für sein Medizinstudium aufkommt. Wollen Sie ihm diese Zusicherung geben oder seine Absichten weiter in Frage stellen?«

»So Gott will, wird sein Medizinstudium finanziert werden.«

»Er besteht allerdings darauf, daß Sie absolutes Stillschweigen bewahren, was seine Identität, seine Situation hier in Deutschland und die Herkunft der Gelder angeht, die er Ihren Stiftungen übereignen will. Das sind die Bedingungen. Wenn Sie sich daran halten, wird er es ebenfalls tun.«

Dr. Abdullahs Augen ruhten wieder auf Issa – der gehetzte Blick, die abgehärmten, von Schmerz und Verwirrung gezeichneten Züge, die ineinandergeschlungenen mageren Hände, der fadenscheinige Mantel, das Scheitelkäppchen, der Stoppelbart –, und allmählich wurde seine Miene milder.

»Issa, mein Sohn.«

»Mein Herr.«

»Gehe ich recht in der Annahme, daß Sie in den Lehren unserer großen Religion nur unzureichend unterwiesen worden sind?«

»Das ist wahr!« rief Issa mit einer Stimme, die sich vor Ungeduld überschlug.

Aber Abdullahs kleine, kluge Augen hingen an dem Armband, das Issa nervös durch die Finger gleiten ließ.

»Dieses Schmuckstück, das Sie da tragen, Issa, ist das aus Gold?«

»Aus reinstem Gold, mein Herr« – mit einem furchtsamen Blick auf Annabel, während sie dolmetschte.

»Und das Büchlein: stellt es den Koran dar?«

Issa nickte, noch bevor Annabel mit dem Übersetzen fertig war.

»Und ist der Name Allahs – sind SEINE heiligen Worte – in die Seiten eingraviert?«

Issas »Ja, mein Herr« kam erst nach einer langen Pause und war nur an Annabel gerichtet.

»Und ist Ihnen nie zu Ohren gekommen, Issa, daß solche Objekte und ihre Zurschaustellung nichts als armselige Imitationen christlicher und jüdischer Praktiken sind – des goldenen Davidsterns etwa, oder des christlichen Kreuzes – und uns somit verboten?«

Issas Miene verdüsterte sich. Er senkte den Kopf und starrte auf das Armband in seiner Hand.

Annabel kam ihm zu Hilfe: »Es hat seiner Mutter gehört«, sagte sie, ohne auf ein Stichwort ihres Mandanten zu warten. »Das entspricht der Tradition ihres Volkes und ihres Stammes.«

Abdullah ging über ihren Einwurf hinweg, als wäre er nie gefallen, und sann weiter über die Schwere von Issas Vergehen nach. »Legen Sie es wieder an, Issa«, sagte er schließlich. »Ziehen Sie den Ärmel darüber, damit ich es nicht sehen muß.« Und nachdem Annabel übersetzt und Issa gehorcht hatte, fuhr er mit seiner Predigt fort.

»Es gibt Menschen, Issa, die leben nur im Diesseits, in der Dunya, und trachten nach Geld und materiellem Status für die kurze Dauer ihres Erdenlebens. Und es gibt Menschen, denen liegt gar nichts an der Dunya und dafür um so mehr an der Akhira, dem ewigen Leben, das wir im Jenseits führen, jeder nach seinen Verdiensten und seinen Versäumnissen in den Augen Gottes. Unser Leben in der Dunya ist die Zeit des Säens. In der Akhira wird sich erweisen, was für eine Ernte uns beschieden ist. Sagen Sie mir jetzt, Issa, wovon sagen *Sie* sich los und um wessentwillen?«

Annabel hatte kaum zu Ende übersetzt, als Issa aufsprang und rief: »Mein Herr! Bitte. Ich sage mich von den Sünden meines Vaters los, für Gott!«

* * *

Die Fäuste auf den Tisch unter der Monitorreihe gestemmt, hatte sich Bachmann, der neben Maximilian kauerte, keine Tonfärbung, keine Geste der vier Akteure entgehen lassen.

Nichts an Issas Verhalten kam für ihn überraschend; er meinte ihn zu kennen, seit er erstmals deutschen Boden betreten hatte. Auch der erste prüfende Blick auf MEILENSTEIN hatte ihm genau das gezeigt, was er zu sehen erwartete und in der Tat x-mal gesehen hatte, in all den Fernsehmitschnitten, Zeitungsphotos und Leitartikeln mit ihren Lobeshymnen auf den Esprit, die Besonnenheit und die Toleranz eines der führenden Muslime Deutschlands, eines Mannes noch in den besten Jahren mit blitzschneller Auffassungsgabe, charismatisch, intelligent und im ständigen Spagat zwischen dem von ihm kultivierten Bild der Weltabgewandtheit und seinem ausgeprägten Hang zur Eigenwerbung.

Doch Bachmanns Hauptaugenmerk galt Annabel. Ihr geschicktes Lavieren bei Abdullahs Kreuzverhör hatte ihm schier den Atem verschlagen, und nicht nur ihm ging es so: Maximilian saß stocksteif da, die Finger über der Tastatur, während Niki zwischen den vors Gesicht gehaltenen Händen hindurch auf den Bildschirm starrte.

»Der Himmel bewahre uns vor Anwälten«, flüsterte Bachmann schließlich, und die beiden anderen lachten befreit auf. »Hab ich euch nicht gesagt, sie ist ein Naturtalent?«

Und im stillen: *Jetzt* müßtest du dein armes Kind sehen, Erna.

* * *

Die Stimmung in seinem Büro, wiewohl unvermindert ernst, wirkte auf Brue weniger angespannt als einschläfernd. Nachdem Dr. Abdullah Issas religiöse Wissenslücken aufgedeckt hatte, hielt er ihm nun einen Vortrag über die breite Palette muslimischer Wohltätigkeitsorganisationen, die er unterstützte, und das System ihrer Finanzierung. Brue derweil lehnte sich in seinem ledernen Bankdirektorssessel zurück und versuchte sich den Anschein angelegentlichen Lauschens zu geben, dabei bewunderte er in Wahrheit nur Annabels Übersetzungskünste.

Die Zakat, so der unermüdliche Dr. Abdullah, sei nach muslimischem Recht nicht als *Steuer* definiert, sondern als *Dienst an Gott*.

»O ja, mein Herr, das ist richtig«, murmelte Issa, nachdem Annabel es ihm gedolmetscht hatte. Brue setzte eine fromm-zustimmende Miene auf.

»Der Zakat ist das *gebende Herz des Islam*«, fuhr Dr. Abdullah methodisch fort und hielt inne, damit Annabel übersetzen konnte. »Gott und der Prophet – der Friede sei auf ihm – gebieten, daß jedermann einen Teil seines Reichtums weggeben soll.«

»Aber ich will alles weggeben!« rief Issa und sprang auf, noch bevor Annabel zum Ende gekommen war. »Jede Kopeke, mein Herr! Sie werden es sehen! Ich gebe hundert Prozent. An all meine Brüder und Schwestern in Tschetschenien.«

»Aber auch an den Rest der Umma, denn wir gehören ja alle zur selben großen Familie«, erinnerte ihn Dr. Abdullah geduldig.

»Mein Herr! Ich bitte Sie! Meine Familie sind die Tschetschenen!« rief Issa mitten hinein in Annabels Übersetzung. »Tschetschenien ist meine Mutter!«

»Und da wir hier im Westen sind, Issa«, fuhr Dr. Abdullah unerschütterlich fort, als hätte er Issas Ausbruch nicht gehört, »gestatten Sie mir, Sie darüber aufzuklären, daß viele westliche Muslime ihren Zakat heutzutage nicht mehr engen Freunden oder Blutsverwandten geben, sondern ihn lieber einer unserer zahlreichen muslimischen Hilfsorganisationen zukommen lassen, damit wir ihn da verteilen, wo der Bedarf in der Umma am größten ist. Wenn ich Sie recht verstehe, ist dies auch Ihr persönlicher Wunsch.«

Eine Pause, in der Annabel dolmetscht. Eine weitere Pause, in der Issa mit gesenktem Kopf und zusammengezogenen Augenbrauen das Gehörte verarbeitet – um dann sein Einverständnis zu bekunden.

»Und von diesem persönlichen Wunsch ausgehend« – endlich kam Abdullah zum Kern der Sache –, »habe ich eine Liste von Stiftungen zusammengestellt, die meiner Meinung nach Ihre Großzügigkeit verdienen. Wenn ich richtig informiert bin, haben Sie diese Liste erhalten, Issa. Und Sie haben eine Auswahl getroffen. Stimmt das?«

Es stimmte.

»Dann waren Sie also zufrieden mit der Liste, Issa? Oder soll ich Ihnen die Tätigkeiten der jeweiligen Organisationen noch eingehender erläutern?«

Aber Issa reichte es nun. »Mein Herr!« platzte es aus ihm heraus, und er sprang ein drittes Mal auf die Füße. »Dr. Abdullah! Mein Bruder! Sie sollen mir bitte eines versichern: daß wir das Geld Gott und Tschetschenien geben! Mehr muß ich nicht hören! Es ist das Geld von Dieben, Vergewaltigern und Mördern. Es ist der sündige Ertrag aus *Riba*! Es ist *haram*! Profit aus Alkohol, Schweinefleisch und Pornographie! Es ist kein Geld Gottes! Es ist das Geld Satans!«

Nachdem er sich unbewegt Annabels Übersetzung angehört und ihr bei den arabischen Wörtern geholfen hatte, antwortete Abdullah bedächtig:

»Sie geben das Geld, um damit Gottes Willen zu tun, mein guter Bruder Issa. Es ist weise und richtig, es wegzugeben, und wenn Sie es weggegeben haben, sind Sie ein freier Mensch, der studieren und Allah in Genügsamkeit und Keuschheit verehren kann. Vielleicht ist es wahr, daß das Geld gestohlen wurde, daß es Wucherzinsen erbracht und Zwecken gedient hat, die nach den Gesetzen Gottes verboten sind. Aber bald wird es nur noch Gottes Geld sein, und ER wird Ihnen gnädig sein, was immer Sie nach Ihrem Erdenleben erwartet, denn niemand außer IHM vermag darüber zu urteilen, wie Ihnen Ihre Tat vergolten wird, ob im Paradies oder in der Hölle.«

Brue sah endlich seine Chance, zur Tat zu schreiten.

»Also dann«, sagte er munter und erhob sich ebenfalls. »Dürfte ich vorschlagen, daß wir uns in den Computerraum begeben und unsere Angelegenheit dort zu Ende bringen? Natürlich nur, wenn Frau Richter einverstanden ist.«

Frau Richter war einverstanden.

* * *

»Können wir?« fragte Maximilian Bachmann, während sie alle drei zusahen, wie Brue und MEILENSTEIN zur Tür gingen, gefolgt von Issa und Annabel.

Was soviel hieß wie: Sind wir soweit, daß du ins Taxi

steigst und ich deinen beiden Schatten das Zeichen gebe, dir im Audi zu folgen?

Bachmann zeigte mit dem Daumen auf den Bildschirm, über den der Überwachungswagen mit Berlin verbunden war.

»Kein grünes Licht«, sagte er und rang sich ein bitteres kleines Grinsen über die unergründlichen Ratschlüsse der Bürokraten in Berlin ab: immer noch kein endgültiges, eindeutiges, unwiderrufliches, unleugbares grünes Scheißlicht! Von Burgdorf, meinte er, von Axelrod oder dem ganzen aufgeblasenen, geschniegelten und gebügelten Pack von Stänkerern, das von kleinkarierten Juristen an der kurzen Leine gehalten wurde. Dauerte die Beratung der Geschworenen denn *immer* noch an? Stöberten sie in der Zentrale *immer* noch unter ihren opulenten Ledersofas nach einem Grund, nein zu sagen? Diskutierten sie darüber, ob fünf Prozent schlecht bereits schlecht genug waren, um dafür der gemäßigten muslimischen Gemeinde auf die ohnehin schon wehen Zehen zu treten?

Dabei präsentiere ich euch die Lösung doch auf dem Silbertablett, Himmelarsch! schimpfte er im stillen auf die ganze Bagage. Laßt es mich auf meine Art machen, dann kriegt kein Schwein Wind davon! Oder soll ich euch die Brocken vielleicht vor die Füße schmeißen, in einen Hubschrauber nach Berlin springen und euch Kollegen Bescheid stoßen, was *fünf Prozent schlecht* wirklich heißt in der realen Welt da draußen, vor der ihr euch so gründlich abschirmt: knöcheltiefe Ströme von Schlachthausblut und hundertprozentig Tote, die in fünf Prozent großen Stücken über den Marktplatz verstreut liegen.

Aber seine größte Angst wagte er sich selbst kaum einzugestehen: die Angst vor Martha und den Ihren. Martha, die nur beobachtet und nicht mitmischt – als hätte sie sich jemals mit einer solchen Rolle begnügt! Martha, Burgdorfs neokonservative Seelenverwandte. Martha, die laut über die Operation FELIX lachte, als handelte es sich um ein launiges europäisches Partyspiel, erdacht von ein paar liberalen deutschen Dilettanten. Er stellte sie sich jetzt in Berlin vor (zusammen mit Newton, dem alten Schlächter? Nein, den und die Aschblonde hatte sie ja hier in Hamburg gelassen): Martha, wie sie im Einsatzraum der Koordinierungszentrale saß und Burgdorf ins Ohr träufelte, was gut für ihn war, wenn er den Topjob an Land ziehen wollte – ihm zuraunte, daß Langley seine Freunde nie vergaß.

»Kein grünes Licht«, bestätigte Maximilian. »Wir bleiben auf Abruf.«

* * *

Sie war seine Anwältin, für sie zählte nur ihr Auftrag.

Und dieser Auftrag, so wie ihn Issas verzweifelte Lage ihr diktierte und wie ihn Erna Frey ihr wieder und immer wieder eingehämmert hatte, lautete, ihren Mandanten an den Tisch zu bringen, damit er sein Geld überschrieb, und ihm seinen Paß in die Freiheit zu verschaffen.

Sie war keine Richterin wie ihre Mutter, kein bigotter Diplomat wie ihr Vater. Sie war Anwältin, und Issa war ihr Mandant, und ob dieser sanfte muslimische Weise im Recht oder im Unrecht, unschuldig oder schuldig war, spielte für ihren Auftrag keine Rolle. Günther hatte gesagt, daß er nicht vorhätte, ihm auch nur ein Haar zu krümmen, und sie glaubte ihm; zumindest redete sie sich das ein, während sie die prächtige Marmortreppe hinuntergingen, Brue voraus, nach ihm Abdullah – warum auf einmal so zittrig? – und als letzte Issa und sie.

Issa lehnte sich ein Stück nach hinten, damit sie leichter seinen rechten Ärmel nehmen konnte – nur den Ärmel, immer nur den Ärmel, nie den Arm. Sie spürte seine Wärme durch den Stoff und bildete sich ein, sie könnte seinen Pulsschlag fühlen, aber wahrscheinlich war es ihr eigener.

»Was hat Abdullah denn nun verbrochen?« hatte sie Erna Frey am Mittag zum wiederholten Mal gefragt, in der Hoffnung, so kurz vor dem Startschuß würde sie sich vielleicht gesprächiger zeigen.

»Er ist ein kleines Zubehörteil auf einem großen, unaufgeräumten Boot«, hatte Erna, die leidenschaftliche Seglerin, kryptisch geantwortet. »So etwas wie ein Splint. Und genausoschwer zu finden, wenn man sich auf dem Boot nicht auskennt. Und auch genausoleicht wieder zu verlieren.«

Wenn sie an Issa vorbeispähte, sah sie sechs Stufen unter sich Dr. Abdullahs weißes Scheitelkäppchen auf und ab wippen: ein kleines Zubehörteil auf einem unaufgeräumten Boot.

Die Tür zum Computerraum stand offen. Brue, der Vater von Georgina, beugte sich über den Rechner. Ob er ihn bedienen konnte? Wenn er meine Hilfe braucht, soll er sie haben.

* * *

Im Überwachungswagen wurden Bachmann und sein Zweierteam von der gleichen Totenstille erfaßt, die sich über die vier im Computerraum gesenkt hatte. Eine an der Schmalseite in die Wand eingebaute Kamera mit Fischaugenobjektiv lieferte ein Gesamtbild des Raums, eine zweite eine Nahaufnahme von Brue, der vor der Tastatur saß und umständlich im Zweifingersystem die Bankleitzahlen und Kontonummern von einem Ausdruck abtippte, den Dr. Abdullah mitgebracht hatte und der von einer dritten Kamera gescannt wurde, die in der Deckenbeleuchtung versteckt war. Auf einem anderen Bildschirm, auf dem die Zentrale in Berlin zugeschaltet war, baute sich die Liste im Takt von Brues stockendem Schreibrhythmus ein zweites Mal auf. Hilfsorganisationen, die Dr. Abdullah im Vorfeld noch nicht von Issa hatte absegnen lassen, waren rot unterlegt.

»Herrgott noch mal, Michael«, beschwor Bachmann Axelrod über die direkte Leitung. »Wann, wenn nicht jetzt?«

»Setz dich nicht ins Taxi, Günther.«

»Wir haben ihn am Wickel, verfluchte Scheiße! Worauf warten wir noch?«

»Bleib, wo du bist. Du gehst keinen Schritt näher an die Bank ran, bis ich dir persönlich das Okay gegeben habe. Das ist eine Weisung.«

Keinen Schritt näher als wer? Arni Mohr? Lantern und sein nicht identifizierter Beifahrer? Aber Axelrod hatte schon aufgelegt. Bachmann starrte auf die Monitore, fing Nikis Blick auf und drehte sich weg. Eine Weisung, hatte er gesagt. Eine Weisung von wem? Axelrod? Burgdorf? Eingeflüstert von Martha? Oder die Konsensentscheidung einer in sich zerstrittenen Zentrale in ihrer hermetisch abgeschlossenen Kapsel, in die kein warmer Blutgeruch jemals eindringen konnte?

Sein Blick schnellte zurück zu Niki. Auf einem Sims über den Monitoren hatte ein altmodisches schwarzes Telefon, ein Fremdkörper in dieser Umgebung, gemütlich zu klingeln begonnen. Niki zuckte mit keiner Wimper. Sie hob nicht fragend die Augenbrauen, sie ermahnte ihn nicht, sie half ihm nicht in seinem Zögern. Sie ließ es einfach klingeln und wartete auf ein Zeichen von ihm. Bachmann nickte ihr zu: Geh ran. Sie legte den Kopf schief und wartete, daß er es aussprach.

»Geh ran«, sagte er laut.

Sie nahm den Hörer ab und antwortete in einem munteren Singsang, der über Lautsprecher in den Wagen übertragen wurde: »Hansa Taxis! Vielen Dank für Ihren Anruf. Die Adresse, bitte.«

Brue diktierte sie ihr in Mitschreibgeschwindigkeit. So entspannt hatten sie ihn den ganzen Abend noch nicht gehört.

»Telefon?«

Brue gab ihr die Nummer.

»Einen Augenblick, bitte!« trällerte Niki und tat so, als müsse sie im Computer nachschauen. Sie hielt die Hand über die Sprechmuschel des schwarzen Telefons und wartete erneut auf Bachmanns Anweisung. Der überlegte noch einen Moment. Dann stand er auf, fischte die Seemannsmütze vom Haken an der Tür und stülpte sie sich auf. Er schlüpfte in die billige Jacke, langsam. Er rückte sie an den Schultern zurecht.

»Sag ihm, ich bin unterwegs«, sagte er.

Niki nahm die Hand von der Sprechmuschel.

»Zehn Minuten«, sagte sie und legte auf.

In der Tür stehend, warf Bachmann einen letzten Blick auf die Bildschirme.

»*Los* genügt«, sagte er zu Maximilian und Niki. »Mehr braucht ihr nicht zu sagen, wenn wir grünes Licht kriegen. Einfach nur *los*.«

»Und wenn nicht?« fragte Niki für sie beide.
»Wenn nicht was?«
»Wenn wir es nicht kriegen. Das grüne Licht.«
»Na, dann sagt ihr gar nichts.«

* * *

Brue haßte den mit Hightech-Spielzeug vollgestopften Computerraum, und nicht nur deshalb, weil er sich darin so hilflos fühlte. Selten hatte er solche Trauer empfunden wie damals, als er, flankiert von seiner ersten Frau Sue und Georgie, in ihrem Garten in Wien vor dem prasselnden Feuer gestanden und zugesehen hatte, wie die berühmte Brue-Frères-Kartei in Flammen aufging. Auch diese Schlacht verloren. Auch diese Vergangenheit zerstört. Ab jetzt sind wir wie alle anderen.

Dr. Abdullah roch nach Babypuder, fiel ihm auf, während er mühsam eine Zahlenkombination eingab. Bei seinem Besuch bei ihm zu Hause hatte Brue nichts davon bemerkt. Vielleicht hatte der alte Knabe zur Feier des Tages eine doppelte Ladung aufgelegt. Er fragte sich, ob Annabel es auch roch; wenn es vorbei war, würde er sie fragen.

Abdullahs weißes Hemd und sein Scheitelkäppchen leuchteten hell im Neonlicht, und er stand so dicht über Brue gebeugt, daß er ihn mit der Schulter berührte, während sein Zeigefinger hilfsbereit bald auf eine Bankleitzahl, bald auf einen zu überweisenden Betrag deutete.

Wenn er ehrlich war, fühlte Brue sich im eigenen Luftraum etwas bedrängt durch diesen Körperkontakt im Verein mit dem Babypuder und der Wärme im Zimmer. Arabischen Männern machte das nichts aus, hatte er gelesen: sie konnten die härtesten Kerle im Viertel sein und trotzdem händchenhaltend spazierengehen oder im Café sitzen. Dennoch wäre es ihm lieber gewesen, wenn Abdullah ein bißchen mehr Abstand gehalten hätte; es störte ihn beim Tippen.

Ismail. Wieso kam ihm plötzlich Ismail in den Sinn? Vielleicht, weil er Georgie immer einen Bruder gewünscht hatte. Hübscher Junge. Wenn ich in dem Alter so ausgesehen hätte, ich hätte Furore machen können. Aber vielleicht habe ich ja so ausgesehen und nur trotzdem nicht Furore gemacht? Wie das Leben so spielt … Und Fatima – wollte wo studieren? Oxford? – an der London School of Economics, richtig. In solche Höhen hatte Georgie sich nie aufgeschwungen. Blitzgescheit, das war sie, durchschaute jeden im Nu, ließ sich von keinem ein X für ein U vormachen, aber für akademische Bildung war sie nicht geschaffen. Wobei sie in vieler Hinsicht gebildet *zur Welt gekommen* war. Nur eben nicht im landläufigen Sinn.

Wieder ein Schwaden Babypuder. Abdullah rückte ihm immer dichter auf den Leib. Wenn ich nicht aufpasse, sitzt er als nächstes auf meinem Schoß. Und dann die Kleinen – wie viele waren es? Drei? Vier? Und noch eins im Garten? Schon bemerkenswert, sich einfach so fortzupflanzen. Praktisch ohne einen Gedanken daran zu verschwenden. Vögeln und dabei noch Gottes Willen tun.

Abdullahs Zeigefinger war ein paar Zeilen nach unten gerutscht. Eine Reederei auf Zypern. Wie zum Teufel kam *die* jetzt ins Spiel? Eben noch eine weltbekannte muslimische Hilfsorganisation mit Hauptsitz in Riad, im nächsten Augenblick eine poplige Reederei in Nikosia. Um Abdullahs Nähe zu entkommen, aber auch, um sich abzusichern, wandte Brue sich zu Annabel um.

»Sind Sie beide damit einverstanden?« fragte er auf deutsch. »Scheint nicht abgehakt zu sein. Das einzige, was ich hier habe, ist die Summe. Fünfzigtausend US-Dollar. Für die Seven Friends Navigation Company, Nikosia.«

»Ah, diese Firma ist besonders wichtig für den notleidenden Jemen«, erklärte Abdullah Brue, bevor Annabel die Frage für Issa übersetzen konnte. »Wenn Ihrem Mandanten daran gelegen ist, der Umma medizinische Hilfe zukommen zu lassen, erreicht er das am effizientesten auf diesem Wege.«

Die Hände rechts und links neben der Tastatur, hörte Brue zu, wie Annabel ins Russische übersetzte: »Dr. Abdullah sagt, die Menschen im Jemen sind sehr arm und bedürftig. Diese vertrauenswürdige Reederei hat besonders viel Erfahrung darin, sie mit Hilfsgütern zu versorgen. Möchten Sie sie auch unterstützen?«

Issa überlegte hin und her, ja, nein, Schulterzucken. Dann kam ihm die Erleuchtung: »In meinem türkischen Gefängnis war ein Jemenit, der so krank war, daß er gestorben ist! Das soll nicht noch einmal geschehen. Tun Sie es, tun Sie es, Mr. Tommy.«

Gehorsam tippte Brue die Daten der Reederei ein und folgte ihnen in seiner Vorstellung durch den Äther: erst zu der Clearingbank, über die sämtliche Überweisungen von Frères zu laufen hatten – vor dem Computerzeitalter hätte der Name Brue genügt –, dann nach Ankara und weiter bis in eine schäbige türkisch-zypriotische Bank in Nikosia, die wahrscheinlich stark nach Latrine aussah und auf deren Türschwelle sich räudige Hunde sonnten. Annabel tippte ihm auf die Schulter. Außer beim Händeschütteln hatte sie ihn noch nie berührt.

»Das ist ein Et-Zeichen. Sie haben einen Schrägstrich gemacht.«

»Tatsächlich? Wo denn? Du liebe Güte, stimmt. Wie dumm von mir. Danke.«

Er gab ein Et-Zeichen ein. Damit war seine Aufgabe erledigt. Vierzehn verdammte Banken und eine mickrige kleine Reederei. Er brauchte nur noch auf ENTER zu drücken.

»Wäre das Werk dann also vollbracht, Frau Richter?« fragte er jovial, die Hand über der Tastatur, Mittelfinger ausgestreckt.

»Issa?« fragte sie.

Issa nickte abwesend und versank wieder in seinen Gedanken.

»Dr. Abdullah, keine Bedenken?«

»Danke, ich bin natürlich höchst zufrieden.«

Deine ganzen hundert Prozent? fragte sich Brue.

Und während er noch immer auf die ENTER-Taste hinunterblickte, überlegte er, was für eine Geste wohl angebracht war und welche Empfindung auf seinem Gesicht zu lesen sein sollte, wenn er sie drückte.

Freude darüber, daß er seine Bank gleich um Einlagen im Wert von zwölfeinhalb Millionen Dollar erleichtern würde? Wohl kaum.

Freude darüber, dem Sohn und Erben eines langjährigen Kunden seiner Bank einen Dienst erweisen zu können?

Oder vor allem Freude darüber, daß er Annabel aus der Klemme helfen und Issa vor endloser Kerkerhaft und Schlimmerem bewahren konnte?

Natürlich letzteres, aber er setzte vorsichtshalber sein Bankiersgesicht auf und drückte die Taste vor lauter Erleichterung um einiges energischer als beabsichtigt.

Schwupp, weg war er, der letzte Lipizzaner. Ade, Edward Amadeus, O. B. E. Ade, Ian Lantern, Gott mit dir und allen, die mit dir segeln.

Nun blieb ihm nur noch eines zu tun.

»Herr Dr. Abdullah. Darf ich Ihnen auf Kosten der Bank ein Taxi rufen?«

Und ohne die Antwort des guten Herrn Doktors abzuwarten, wählte er die Nummer, die Lantern ihm für diesen Augenblick gegeben hatte.

* * *

Zwischen den unsichtbaren Verkehrshütchen von Mohrs Sperrzone hindurch lenkte Bachmann – vorbei an Autos, die rätselhaft unbehelligt an Straßenkreuzungen parkten, vorbei an kräftig gebauten Fußgängern, die nichts zu tun hatten, außer sich unauffällig zu geben, vorbei an Elektrikern mit Handlampen, die sich wenig überzeugend an Schaltkästen zu schaffen machten – sein Taxi auf den erhöhten Vorplatz von Brue Frères, schlug den Jackenkragen hoch und lauschte wie jeder andere wartende Fahrer dem Taxifunk, während er mit leerem Blick durch die Windschutzscheibe starrte und mit weniger leerem Blick auf das am unteren Rand des Armaturenbretts vor sich hin flimmernde Display. Er hatte ein Bild, aber keinen Ton. Mohrs Techniker mußten im letzten Moment Mist gebaut haben.

Nur Sekunden nachdem er das Taxi geparkt hatte, hielten seine beiden Aufpasser mit ihrem Audi unten auf der Straße, für den unliebsamen Eventualfall, daß MEILENSTEIN sich nicht dafür erwärmen konnte, verschleppt zu werden. Ihr

Auftrag lautete, so lange im Wagen sitzen zu bleiben, bis Bachmann sie rief. Das hatte er ihnen gar nicht gründlich genug eintrichtern können. Wer mit Mohrs Leuten fraternisierte, dem drohte die Exkommunikation.

Bachmann nahm verstohlen die Nachbarhäuser in Augenschein und erspähte mit Grausen zwei schattenhafte Gestalten auf einem Dach und zwei weitere an der Einmündung einer Sackgasse hinunter zum Alsterufer. Die stummen Bilder auf seinem Display zeigten ihm Annabel und FELIX, die im Foyer warteten, während Brue MEILENSTEIN zum Waschraum begleitete und dann selber noch einmal nach oben verschwand, vielleicht vom gleichen Bedürfnis getrieben, vielleicht auch, um sich ein rasches Gläschen zu genehmigen.

Auf dem Bildschirm stehen Annabel und FELIX ungefähr zwei Meter voreinander, sie lachen ein wenig angespannt. Es ist das erste Mal, daß Bachmann Annabel mit Kopftuch sieht. Und das erste Mal, daß er sie lachen sieht. FELIX breitet die Arme aus, hebt sie über den Kopf und macht ein paar Tanzschritte. Etwas Tschetschenisches, vermutet Bachmann. Annabel in ihrem langen Rock tanzt, Abstand haltend, mit. Der Tanz endet, bevor er richtig begonnen hat.

Bachmann machte die Augen zu und öffnete sie wieder. Doch, er war immer noch hier, immer noch in Erwartung des endgültigen grünen Lichts, immer noch entgegen Axelrods ausdrücklicher Weisung – aber Risiko war Günther Bachmanns zweiter Vorname, das war so und das blieb so. Der Mann vor Ort gibt den Ton an: Bachmanns Gesetz. Aber warum nur diese elende Verzögerung, warum, warum? Wenn Berlin die Sache nicht total verbockt hatte, was natürlich nie ganz auszuschließen war, dann war Abdullah so kompromittiert, wie ein Mensch nur sein konnte, und die Operation war ein Triumph. Wo also blieben die Fanfaren, wo blieb sein grünes Licht, jetzt, wo jede Minute zählte?

Sein Handy klingelte. Niki, mit einer Nachricht von Maximilian: »Eine schriftliche Weisung. Gerade reingekommen.«

»Lies vor«, murmelte Bachmann.

»›Projekt verschoben. Gebiet sofort räumen, zurück ins Lagezentrum.‹«

»Wer hat sie unterschrieben, Niki?«

»Die Zentrale. Oben dein Zeichen, unten das der Zentrale.«

»Kein Name?«

»Kein Name«, bestätigte Niki.

Eine Konsensentscheidung also, wie alle, die aus der Zentrale kamen. Ganz egal, wer tatsächlich die Fäden zog.

»Und da steht tatsächlich *Projekt? Projekt* verschoben? Nicht *Operation* verschoben?«

»Richtig, Projekt. Kein Wort von Operation.«

»Und nichts über FELIX?«

»Nichts.«

»Oder MEILENSTEIN?«

»Nichts über MEILENSTEIN. Das war die gesamte Nachricht.«

Er versuchte, Axelrod auf dem Handy zu erreichen, bekam aber nur die Mailbox. Er versuchte es auf dem Festnetzanschluß – besetzt. Er versuchte es über die Telefonzentrale – keine Antwort. Auf dem Bildschirm vor seinen Knien kommt Brue wieder die Treppe herunter. Jetzt warten sie im Foyer zu dritt darauf, daß MEILENSTEIN den Waschraum verläßt.

Projekt verschoben, schreiben sie.

Für wie lange? Um fünf Minuten oder für immer?

Axelrod ist ausmanövriert worden. Sie haben ihn ausmanövriert, aber sie haben ihn die Weisung schreiben lassen, und er hat sich absichtlich so schwammig ausgedrückt, damit ich ihn mißverstehen kann.

Nicht FELIX, nicht MEILENSTEIN, nicht Operation, nur Projekt. Axelrod sagt mir, ich soll es auf meine Kappe nehmen. Wenn du losschlagen kannst, schlag los, aber sag nicht, daß du es von mir hast, sag bloß, du hast die Nachricht falsch verstanden. Nein, wiederhole ja.

Issa und Annabel und Brue warteten immer noch darauf, daß MEILENSTEIN aus dem Waschraum kam, genau wie Bachmann.

Was zum Henker machte er so lange da drinnen? Bereitete er sich auf den Märtyrertod vor? Bachmann sah wieder seinen Blick vor sich, als er vorhin auf Issa zugegangen war, um ihn zu umarmen: umarme ich einen Bruder oder meinen eigenen Tod? Den gleichen Gesichtsausdruck hatte er bei den Fanatikern in Beirut gesehen, bevor sie loszogen, um sich in die Luft zu sprengen.

Er ist draußen, endlich. MEILENSTEIN hat den Waschraum verlassen. Er trägt seinen beigefarbenen Burberry-Mantel, aber ohne das weiße Scheitelkäppchen. Hat er es drinnen liegenlassen? In seinen Aktenkoffer gesteckt? Oder will er uns damit etwas sagen? Vielleicht das, was er schon die ganze Zeit denkt: Ihr könnt mich haben. Ich bin euch sehenden Auges in die Falle gegangen, denn wie sonst könnte ich meinen Frieden mit Gott machen, also nehmt mich?

MEILENSTEIN steht vor Issa und blickt liebevoll zu ihm auf. Issa sieht verwirrt auf ihn hinunter. MEILENSTEIN nimmt Issa innig in die Arme, tätschelt ihm die Schultern: *mein Sohn*. MEILENSTEIN streichelt Issas Gesicht, nimmt Issas Hände in seine und birgt sie an seiner Brust, während die beiden Westler über die kulturelle Kluft hinweg zusehen. Mit Verspätung dankt Issa seinem Berater und Mentor, gibt seiner Verehrung Ausdruck. Annabel Richter dolmetscht. Es scheint ein langer Abschied werden zu wollen.

»Nichts Neues, Niki?«

»Alles tot. Die Bildschirme, alles.«

Ich bin auf mich allein gestellt, wie immer. Der Mann vor Ort gibt den Ton an. Arschlöcher, alle miteinander.

Aber Bachmanns Display funktioniert wundersamerweise noch, auch wenn der Ton fehlt. Das Foyer ist leer. Alle vier sind verschwunden. Eine weitere Glanzleistung von Mohrs Technikern. Keine Bilder vom Ausgang.

Die Tür der Bank öffnet sich. Kameras und Bildschirm sind überflüssig geworden. Endlich reicht das bloße Auge. Die automatische Beleuchtung erhellt die Treppe und die Säulen. MEILENSTEIN kommt als erster heraus. Ein bißchen wakkelig auf den Beinen. Der Mann hat die Hosen gestrichen voll. Issa hat seine Unsicherheit ebenfalls bemerkt und geht neben ihm, eine Hand unter den Arm des Meisters geschoben. Issa lacht.

Annabel, die hinter ihm ist, lacht auch. Endlich wieder an der frischen Luft. Sterne. Sogar der Mond scheint. Annabel und Brue bilden die Nachhut. Jetzt lachen alle, auch Brue. Nur Abdullah sieht unglücklich aus, was mir nur recht sein kann. Zuerst bestätige ich ihm, daß seine schlimmsten Befürchtungen wahr geworden sind, dann werde ich sein bester Freund und Helfer in der Not.

Sie kommen auf mich zu. Issa und Annabel reden munter auf ihn ein, und er quält sich ein Lächeln ab, aber er kann sich kaum auf den Beinen halten.

* * *

Bachmann hebt langsam den Kopf mit der Mütze und sieht zu dem kleinen Trupp hin, der auf sein Taxi zukommt – ein einstudierter Akt. Ich bin ein schläfriger Hamburger Taxifahrer. Noch eine letzte Fuhre heute, dann hab ich Feierabend.

Jetzt übernimmt Brue die Führung. Brue, der englische Gentleman, der sich vordrängt, um seine Gäste gebührend zu verabschieden.

Bachmann mit seiner Mütze und der abgetragenen Jacke – der vor gerade einmal fünfzehn Sekunden seinen Bildschirm ausgeschaltet hat – läßt das Fenster herunter und begrüßt Brue auf die knurrige Art so vieler Taxifahrer bei Nacht.

»Das Taxi für Brue Frères?« fragt Brue aufgeräumt und beugt sich durch das offene Fahrerfenster, eine Hand am Griff der hinteren Tür. *»Phantastisch!«* – und indem er sich ebenso frohgemut wieder an MEILENSTEIN wendet: »Wohin soll's denn gehen, wenn man fragen darf, Herr Doktor? Die Bank hat nichts dagegen, wenn Sie sich bis nach Hause kutschieren lassen. Ich wünschte mir bloß, all unsere Geschäfte würden so freundschaftlich über die Bühne gehen.«

Aber Abdullah kam zu keiner Antwort, oder wenn doch, hörte Bachmann sie nicht mehr. Ein hoher weißer Kleinbus raste auf den Vorplatz, krachte in Bachmanns Taxi, schob es seitwärts, zersplitterte das Seitenfenster und drückte die Fahrertür ein. Halb auf den Beifahrersitz geschleudert, sah Bachmann durch einen Regen von Glassplittern wie in Zeitlupe, wie Brue sich mit einem Satz in Sicherheit brachte, so daß sich seine Anzugjacke bauschte, als triebe sie im Wasser. Noch während er sich hochrappelte, kam ein Mercedes mit schwarzgetönten Scheiben direkt hinter dem Kleinbus zum Stehen, und ein zweiter setzte sich mit hoher Geschwindigkeit im Rückwärtsgang davor. Und als der erste Mercedes mit quietschenden Reifen hinter dem weißen Minibus stoppte, sah der benommene, vom Scheinwerferlicht geblendete Bachmann durch seine Windschutzscheibe so deutlich, als wäre es heller Tag, das Raubvogelgesicht und das aschblonde Haar der Frau, die neben dem maskierten Fahrer saß.

* * *

Zuerst meinte Annabel zu träumen, aber es war Wirklichkeit. Sie machte einen Schritt und fand sich allein. Abdullah war wie angewurzelt stehengeblieben; mit geschlossenen Beinen stand er da, die kleinen Füße leicht einwärts gedreht, und starrte an ihr vorbei auf die Straße hinaus. Wäre er nicht ein großer muslimischer Gelehrter gewesen, hätte sie ihrem Instinkt gehorcht und ihn unterm Arm gepackt, denn er schien ihr zu schwanken, und sie dachte, es müsse ein Anfall irgendeiner Art sein und gleich würde er umkippen.

Aber er kippte nicht um.

Zu ihrer Erleichterung fing er sich wieder, ohne freilich die Augen von der Straße zu wenden: Augen, aus denen Grauen und ein gepeinigtes Erkennen sprachen; die Augen eines Mannes, der seine schlimmsten Ängste wahr werden sieht. Sie bemerkte auch, daß er seinen mageren Kopf zwischen die Schultern duckte wie zum Schutz vor Schlägen, die von hinten auf ihn einprasselten, dabei stand kein Mensch hinter ihm.

An Abdullah vorbei suchte sie Issas Blick, um ihre Besorgnis mit ihm zu teilen, aber er starrte in dieselbe Richtung wie Abdullah, und dann sah auch sie endlich, was die beiden sahen, auch wenn der Anblick sie nicht sofort mit dem gleichen Entsetzen erfüllte wie Abdullah.

Sicher, seit sie für Fluchthafen arbeitete, kannte sie Berichte von Menschen, die bei der Abschiebung in Zwangsjacken gesteckt oder erst mit Schlägen gefügig gemacht werden mußten. Und bis an ihr Lebensende würde das Bild von Magomed sie verfolgen, der ihr aus dem Fenster des startenden Flugzeugs zuwinkte.

Aber darin erschöpften sich ihre Erfahrungen auch schon, und deshalb vermochte ihr Verstand die unvorstellbare und doch durch und durch konkrete Tatsache gar nicht schnell genug zu erfassen: daß sich nämlich auf dem Vorplatz nicht einfach ein komplizierter Verkehrsunfall ereignet hatte, in den ein geparktes Taxi und zwei aus dem Nichts aufgetauchte Mercedes mit getönten Scheiben verwickelt waren, sondern daß der weiße Minibus, der den Unfall eindeutig verursacht hatte, mit weit geöffneten Türen neben ihr stand und daß zu diesen Türen in aller Ruhe vier, nein, fünf Männer in Sturmhauben, schwarzen Trainingsanzügen und Turnschuhen herausstiegen.

Und weil sie so langsam von Begriff war, hatten sie leichtes Spiel. Sie rissen Abdullah von ihrer Seite weg, so blitzschnell wie bei einem Handtaschenraub, während sich Issa, dem rohe Gewalt um einiges geläufiger war, verzweifelt an seinen Mentor klammerte, ihn mit seinen dürren Armen umschlang, ja sich mit ihm zusammen auf die Knie sacken ließ, um ihn noch besser zu beschützen.

Aber nur so lange, bis die vier oder fünf Maskierten einen Ring um die beiden Männer bildeten – eine »Schildkröte« wie die römischen Soldaten in Annabels altem Lateinbuch – und sie halb zu dem Minibus trugen, halb schleiften, sie hineinwarfen, hinterhersprangen und die Türen zuknallten, damit keiner sie störte.

Brue kam angestürzt, laut auf englisch hinter den Maskierten herrufend, und sie fragte sich, warum plötzlich auf englisch. Dann wurde ihr bewußt, daß die Maskierten abgehackte Flüche in amerikanischem Englisch geblafft hatten, was erklärte, wieso Brue sie auf englisch anschrie, obwohl er sich die Puste hätte sparen können, so wenig beachteten sie ihn.

Und vielleicht war es Brues Auftauchen an ihrer Seite, was sie wieder zur Besinnung brachte und wie eine Verrückte zu dem anfahrenden Minibus stürmen ließ, wild entschlossen, sich ihm in den Weg zu stellen, wenn sie sich nur irgendwie zwischen seine verbeulte Front und den Mercedes hätte zwängen können, der sich rückwärts genau davor gesetzt hatte.

* * *

Bachmann hatte sich mit dem rechten Arm zur Beifahrertür hinausgestemmt. Stolpernd und humpelnd rannte er an dem Minibus entlang und drosch mit seiner heilgebliebenen Faust auf die weiße Blechwand ein, warf sich auf die Motorhaube des führenden Mercedes und rutschte mit den Füßen voraus darüber hinweg, von zwei Männern in Sturmhauben, die auf den Vordersitzen saßen, gleichgültig beobachtet. Der Minibus fuhr an, aber bevor sich die Seitentüren ganz schlossen, erhaschte Bachmann einen Blick auf vier Maskierte in Trainingsanzügen, zu deren Füßen zwei Gestalten mit dem Gesicht nach unten auf dem Boden lagen, eine in einem langen schwarzen Mantel, die andere in einem beigefarbenen Burberry. Jemand schrie, und er merkte, daß es Annabel war, die den Griff der Seitentür gepackt hatte und sich mitschleifen ließ, wozu sie *»open the door, open the door, open the door«* brüllte, immer und immer wieder.

Der Verfolger-Mercedes mit dem maskierten Fahrer und der Aschblonden auf dem Beifahrersitz war längsseits gegangen und versuchte sie abzudrängen, und der Minibus beschleunigte, aber Annabel hielt immer noch fest. *»Bastards!«* schrie sie. *»Bastards!« Ich hol dich da raus!* hörte er noch, aber auf russisch, und er wußte, das galt Issa, nicht seinen Entführern. *Ich hol dich da raus, und wenn es das letzte …* – und wahrscheinlich wollte sie sagen, und wenn es das letzte war, was sie in ihrem Leben noch tat, aber ihr Versprechen ging ins Leere, denn Brue riß sie zurück, und sie mußte den Griff loslassen. Doch selbst nachdem er sie wieder auf die Beine gestellt hatte, streckte sie die Arme noch immer nach dem Minibus aus, als könnte sie ihn zurückholen.

Bachmann hinkte vom Vorplatz hinunter auf die Straße,

wo seine beiden Schatten reglos in ihrem Audi saßen und auf sein Zeichen warteten. Mühselig schleppte er sich bis zu der Sackgasse, wo er zuvor Arni Mohrs Kontrollfahrzeug erspäht hatte. Es war nicht mehr da, aber Arni Mohr stand auf dem Bürgersteig unter einer Laterne und plauderte mit Newton aus den alten Beiruter Tagen. Neben ihnen stand eifrig der kleine Ian Lantern, lächelnd wie stets, deshalb vermutete Bachmann, daß Newton der nicht identifizierte Beifahrer in Lanterns Wagen gewesen war.

Als Bachmann sich näherte, setzte Arni eine betont unbeteiligte Miene auf und mußte plötzlich ein dringendes Telefonat führen, was ihn zwang, ein paar Schritte die Straße hinunterzugehen, aber Newton mit seinem neuen schwarzen Ziegenbart schlenderte leutselig auf seinen alten Kumpel zu.

»Günther Bachmann, sag bloß! Wie hast du's denn hier reingeschafft? Wir dachten, du wärst Mike Axelrods Boy! Hat dir Bruder Burgdorf doch noch einen Platz in der ersten Reihe gegeben?«

Aber als Newton dichter herankam und Bachmanns blutenden Arm, seinen lädierten Zustand und die glühende Anklage in seinen Augen sah, begriff er seinen Irrtum und blieb mit einem Ruck stehen.

»Mann. Tut mir leid wegen deinem Taxi, okay? Diese Penner von der Farm fahren wie die gesengten Säue. Du mußt deinen Arm behandeln lassen. Ian fährt dich ins Krankenhaus. Jetzt sofort, ja, Ian? Er sagt ja. Jetzt sofort.«

»Wohin habt ihr ihn gebracht?« fragte Bachmann.

»Abdullah? Ist doch scheißegal. In der Wüste in ein Loch geschmissen, wenn's nach mir ginge. *Justice has been rendered. We can all go home.*«

Bachmann in seinem benebelten Zustand verstand nur Bahnhof.

»*Rendered?*« fragte er stumpfsinnig. »Was heißt *rendered*? Welche Gerechtigkeit?«

»*Amerikanische* Gerechtigkeit, du Penner. Was dachtest du denn? Gerechtigkeit, die nicht lange fackelt. Knallharte Gerechtigkeit, die meine ich! Noch nie was von *extraordinary rendition* gehört? Wo man seine Verdächtigen in Drittstaaten verfrachtet, um sie durch die Mangel drehen zu können, ohne daß einem irgendwelche Juristenärsche Knüppel zwischen die Beine schmeißen? Nein? Höchste Zeit, daß ihr Krauts euch ein Wort dafür einfallen laßt. Bist du stumm geworden oder was?« Aber von Bachmann kam immer noch nichts, also fuhr Newton fort: »Auge um Auge, Günther. Gerechtigkeit im Sinn von Vergeltung, klar? Abdullah hat *Amerikaner* auf dem Gewissen! Das ist für uns der Sündenfall schlechthin. Du stehst auf Spionage-Pingpong? Da mußt du dich an die europäischen Weicheier halten.«

»Ich rede von Issa«, sagte Bachmann.

»Issa war *Luft*, Mann«, fuhr Newton ihn an. »Und wessen Kohle war es denn letztlich? Issa Karpow sponsert den Terror, basta. Issa Karpow läßt den ganz bösen Jungs Knete rüberwachsen. Gerade eben zum Beispiel. Fick dich ins Knie, Günther. Okay?« Aber anscheinend glaubte er, noch etwas nachschieben zu müssen: »Diese ganzen Tschetschenen, mit denen er so dicke war – willst du mir erzählen, das sind alles Unschuldslämmer?«

»Er ist unschuldig.«

»*Bullshit*. Issa Karpow hat Dreck am Stecken, aber hundertprozentig. Und das wird er schon noch gestehen, spätestens in ein paar Wochen, falls er so lange durchhält. Jetzt verzieh dich, bevor ich dir Beine mache.«

Lantern, der sich im Schatten des hochgewachsenen Amerikaners hielt, schien seine Ansicht zu teilen.

Von der Alster kam eine frische Nachtbrise und trug aus dem Hafen den Geruch von Öl heran. Annabel stand mitten auf dem Vorplatz und starrte die leere Straße hinab, hinter dem verschwundenen Minibus her. Brue blieb an ihrer Seite. Ihr Tuch war ihr vom Kopf gerutscht. Abwesend schob sie es wieder hoch und knotete es unterm Kinn zusammen. Als Brue Schritte hörte, drehte er sich um und sah, daß der Fahrer des ramponierten Taxis auf sie zuhumpelte. Dann drehte sich Annabel ebenfalls um und erkannte in dem Fahrer Günther Bachmann, den Wettermacher, der zehn Meter vor ihr stehengeblieben war und sich nicht näher wagte. Sie musterte ihn, dann schüttelte sie den Kopf und fing an zu frösteln. Brue legte ihr den Arm um die Schultern, wie er es sich schon seit so langer Zeit wünschte, aber er hatte das Gefühl, sie merkte es gar nicht.

Der Autor dankt:

Yassin Musharbash von Spiegel Online für seine unermüdliche und akribische Recherche; Clive Stafford Smith, Saadiya Chaudary und Alexandra Zernova von der englischen Menschenrechtsorganisation Reprieve* und Bernhard Docke** in Bremen für ihren juristischen Rat; dem Hamburger Autor und Journalisten Michael Jürgs für die wertvollen Kontakte, die durch ihn zustande kamen, und für seine gründliche Lektüre der frühen Fassungen; dem ehemaligen Privatbankier Helmuth Landwehr für die Einblicke, die er mir in die Praktiken der weniger integren unter seinen einstigen Kollegen verschafft hat; Anne Harms und Annette Heise von flucht•punkt* in Hamburg, die es mir möglich gemacht haben, ihrer eigenen Hilfsstelle mit »Fluchthafen Hamburg« eine fiktive Schwester-Institution samt fiktiven Mitarbeitern und fiktiven Klienten an die Seite zu stellen; sowie dem Autor und Nahostexperten Said Aburish für seine klugen Anregungen. Und Carla Hornstein, die mir durch einen der Wechselfälle des Lebens den Anstoß zu diesem Projekt geliefert und mir auf unbezahlbare Weise mit Rat und Tat zur Seite gestanden hat.

* Reprieve kämpft mit juristischen Mitteln für Menschenrechte weltweit, von der Todeszelle bis hin zu Guantánamo Bay. Bei flucht•punkt finden Asylbewerber und Staatenlose im Raum Hamburg Rechtsbeistand und anderweitige Hilfe. Beide Einrichtungen sind anerkannte Wohltätigkeitsorganisationen.

** Bernhard Docke ist der Anwalt von Murat Kurnaz, dem in Deutschland geborenen türkischen Staatsbürger muslimischen Glaubens, der schuldlos viereinhalb Jahre in Guantánamo Bay inhaftiert war.